# 과거로부터의 행진

상

# 과거로부터의 행진

## 상

김석범 지음 ― 김학동 옮김

보고사
BOGOSA

**KAKOKARA NO KOUSHIN  volumes 1 & 2**

by Suk Bum Kim
Copyright © 2012 by Suk Bum Kim
First published 2012 by Iwanami Shoten, Publishers, Tokyo.
This Korean edition published 2018
by BOGOSABOOKS, Paju-si
by arrangement with Iwanami Shoten, Publishers, Tokyo.

# 1

제주국제공항의 아스팔트 활주로를, 눈앞으로 다가온 바다에 처박힐 듯한 기세로 질주, 단숨에 이륙 부상한 제트기는 파란 바다를 밑으로 내려다보며 상승, 이윽고 멀리 흰 구름이 그림자를 드리운 한라산을 오른편에 두고 서쪽으로 향했다. 하얀 해안선까지 육박해 있는 시내가 점점 눈 아래로 밀려나 멀어져 간다.

들렸나? 활주로 아래 땅속에 묻힌 뼛조각의 신음 소리가. 지금까지 상상도 못 했던 희미한 땅의 소리가. 이륙할 때 엔진을 고속으로 회전시켜 발진, 이윽고 굉음과 함께 이륙할 때까지의 몇 분 사이에 분명히 뼈의 소리를 들었다. 이 활주로 아래에 무수한, 몇 백, 몇 천의 죽은 자들의 뼈가 있다고 생각하자 들려왔다. 거대한 제트기 바퀴의 중압에 짓눌려 뿌드득 뿌드득 부서지는 뼛조각의 신음 소리가. 후쿠오카(福岡)국제공항을 떠나 제주공항에 도착한 것이 어제 오후 3시경. 지금 오전 11시니까 밤

5

을 합쳐서 20시간의 체류. 어제 착륙할 때는 거대한 바퀴가 쿵 하고 떨어졌으니 땅이 울리면서 땅속의 뼛조각은 더 잘게 부서졌겠지만, 어제는 활주로 밑의 일까지는 생각지도 못했다. 그런데 지금은 분명히 귀 안쪽에서 땅속의 무수한 뼛조각이 서로 부딪히는 소리가 들렸다. 하룻밤 사이에 고재수(高在洙)의 머릿속 청각신경에 이변이 일어난 모양이다.

편도 비행시간 1시간 30분. 체류는 만 하루도 안 되는 20시간, 어제 고향인 제주공항에 함께 내려선 부모와 형에게 작별을 고하지도 못한 채 강제송환으로 국외추방. 도대체 무슨 일인가, 이건? 하룻밤을 지내고 날이 새자 일본으로 되돌아간다.

지금 같은 KAL · 대한항공 여객기 안의 맨 앞줄 오른쪽 3인용 좌석 창가에 고재수가 혼자 있고, 스튜어디스가 머리 위의 트렁크에 넣자는 것을 거절한 보스턴백이 왼쪽 빈자리에 일행처럼 놓여 있었다.

제트기의 사진 패널이 있는 벽을 등진 앞자리에 베이지색 제복의 스튜어디스 두 사람이 긴장이 가시지 않은 굳은 표정으로 가지런히 모은 무릎 위에 양손을 올려놓고 앉아 있었다. 두 사람은 바로 한 시간쯤 전에 고재수를 비행기로 안내하기 위해 일부러 공항건물까지 공항직원과 동행하여 마중 나와 주었기 때문에 기내에서 처음 만나는 것은 아니었다. 가슴이 큰 한 사람은 어디선가 본 듯하였는데, 어느 영화배우를 닮았을지도 모

6

르겠지만 도무지 생각이 나지 않았다.

그렇다 하더라도 이건 있을 수 없는 일이다. '무죄' 석방! 생각할수록 이곳 한국에서는 불가능한 일이다. 전대미문, 처음이자 마지막일 것이다. 역시 비자 없이 입국한 내가 이상한 거다. 그들의 '법'이라는 것이 있다. 강제송환되는 것이 당연하다. 조선적(朝鮮籍)*인 내가(설령 한국적이라 하더라도) 석방, 강제송환은커녕, 그대로 서울의 안기부, 보안사 같은 곳으로 보내져 간첩 날조의 대상이 되지 않은 게 다행이다. 이상한 일이다. 일본에서 비자 없이 한국으로 들어갈 수 있을 리가 없을 터인데(아니, 일본인은 비자 없이 들어갈 수 있으니 이상한 일 아닌가), 난 후쿠오카공항에서도 제주공항에서도 심사관의 부스 앞을 당당히 통과했었다. 제주에서는 아깝게 잡히고 말았지만. 그리고 지금 일본으로 송환되고 있는 중인데, 고재수는 허공에 떠 있는 기내의 좌석 위에서 그동안 느끼지 못했던 공포가, 어제 공항에서 체포 연행될 때보다 자유의 몸이 된 지금에서야 어디 땅속에서라도 누군가가 머리를 들어 올리듯 되살아났다. 1미터를 사이에 두고 마주한 두 사람의 스튜어디스 앞에서, 이들이 경찰이었다면 하는 생각을 하자, KCIA, 아니 ANSP—국가안전기획부 말이다. 몸이 떨리는 것을 느끼며 창밖으로 시선을 던졌

---

* 국적이 북쪽도 남쪽도 아닌 '조선'으로 되어 있는 재일동포.

다. 먼 창공에 커다란 흰 구름이 가을 햇살을 반사하며 비행기와 함께 천천히 움직이고 있다.

고재수는 상의 안쪽 주머니에 손을 넣어 손가락으로 확인한 재입국허가서를 꺼내 그 갈색의 대형 수첩 크기의 딱딱한 증명서를 오른손에 쥔 채 무릎 위에 내려놓았다. 이것이 없으면 일본에 입국할 수 없다. 영원히 하늘 위를 떠도는 건가. 흰 구름이 멀리에서 근처까지 일정한 거리를 두고 천천히 움직이고 있었는데, 제트기는 계속 움직이고 있는 건지 어떤지 창문에 이마를 갖다 대볼 정도로 거대한 몸체가 하늘에 뜬 채 정지해 있는 듯하다. 조금 불안하다.

고재수는 창가 쪽 자리의, 얼핏 창밖으로 시선을 준 두툼한 가슴 실루엣이 눈부신 스튜어디스에게 조선어로 말을 걸었다. 한국 여성이지만 일본어와 영어가 가능할 것이다.

"당신은 이전에 저와 얼굴을 마주친 적 없나요?"

"……?" 상대는 놀란 듯 자세를 고치며 고개를 가볍게 흔들었다. "없어요."

공손한 말은 아니다.

"아, 그런가요, 이 노선은 언제부터 타고 있지요?"

상대는 옆의 두세 살 어려 보이는 동료와 얼굴을 마주보더니 대답했다.

"오-래됐어요."

그리고는 다시 창밖으로 얼굴을 돌렸다.

어미가 '없어요'와 마찬가지로 '어요'이지만, 경어를 뺀 "오래됐어"와 중간쯤 되는 말이다.

"음, 오래됐다고? 스튜어디스는 손님과 말을 해서는 안 되는 건가?"

"……"

"일에 지장을 주는 잡담은 좋지 않겠지. 그럼, 대답만 해봐요. 두 사람이 제주공항 건물까지 나를 데리러 왔을 때, 내가 강제송환자라고 공항직원으로부터 들었나요?"

"예."

두 사람이 동시에 대답했다.

"강제송환자와 이렇게 마주 앉은 적 있어요?"

"없어요."

"으-음, 강제송환자라고 하면 수갑을 차고 양옆에 사복경찰이 붙어 있는 법인데, 본 적 있어요?"

"예-, 보지 않아도 알고 있어요."

"그런데도 날 강제송환자라고 생각해요?"

"……"

강제송환자치고는 공항에서 수갑을 채운 것도 아니고 더구나 경찰이 아닌 세 사람의 공항직원이 고재수에게 굽실거리는 모습을 스튜어디스는 목격하고 있었던 것이다. 무슨 범죄자인가? 그게 아니라면 뭐 하는 사람일까. 회색 양복에 와인색 넥타이, 보기에도 천박하지 않은 인품의 풍채 좋은 대장부. 이 사십 대 중반으로 보이는 남자는 뭐하는 사람일까. 여권이 없는 밀입국이라면 그런 VIP급 태도는 취하지 않을 것이다.

고재수는 다른 한 사람, 그의 오른손에 들려 있는 증명서에 시선을 고정시킨 후배로 보이는 스튜어디스를 향해 말했다.

"이게 뭔지 알고 있어요?"

"……."

"재입국허가서라는 거요. 이게 없으면 이렇게 강제송환되어도 일본에 들어갈 수 없어요. 일본인이 한국에 갈 때는 비자가 없어도 되는데, 왜 자신의 조국이자 고향인 제주도로 가는데 비자가 필요한 거죠? 재일동포는 한국의 입국비자, 여권을 취득해야 하고, 그리고 또 일본에 입국, 돌아올 때 재입국허가라니 어떻게 된 거죠? 일본인은 일본에 재입국허가서 없이 재입국, 그리고 다시 나갔다가 또 재재입국, 재재재……입국할 수 있어요. 일본인에게는 재입국이라는 게 없는 거지요. 그게 문제가 아니라, 그걸로 문제될 게 없는 거요, 일본인의 경우는 말이오. 그런데 당신들은 제 감시역인가요?"

"아니에요, 고 선생님은 손님입니다."

"으음……."

두 사람은 시계를 보고 일어나 공손하게 허리를 굽히고 나서 곧장 통로를 오른쪽으로 돌아 벽 뒤로 사라졌다.

그 선배격인 스튜어디스의 모양 좋은 허리 뒷모습을 보다가 "아이고!" 하며 고재수는 두 사람이 돌아볼 정도로 자신의 무릎을 탁 쳤다. 글래머 선배와는 어제 만났던 것이다. 다른 게 아니라, 어제 오후 후쿠오카발 비행기에 승무하고 있었다. 분명히 어제 본 얼굴이었다. 그런데 이게 어찌된 일일까. 마치 훨씬 이전에 전혀 다른 곳에서 만난 듯한 느낌이 드는 것은.

얼마 지나지 않아 통로 오른쪽 벽 뒤에서 캔 맥주 등을 실은 카트가 나왔다. 스튜어디스가 가져온 도시락을 거절한 그가 맥주 두 개를 부탁하자 쟁반에 담은 채로 옆 자리에 올려놓았다.

음, 나는 어제 틀림없이 이 벽 쪽에 서 있던 그녀를, 계속 뒤쪽의 왼쪽 좌석에서 한동안 보고 있었던 것이다. 왜 초면인 그녀에게 시선이 머물러 있었던 것일까. 글래머라서 그랬던 걸까. 그 이면에 그녀에게 더욱 끌리는 다른 무엇이 있었던 것일까. 어쨌든 별일 아니다, 훨씬 전에 만난 적이 있다고 생각했을 뿐, 실은 같은 기내에서 보았던 것이다. 손을 뻗으면 잡힐 것 같은 시간인 어제와 오늘. 그것이 지금은 멀리 떨어진 시간 속의 안개 저편처럼 느껴진다. 시간과 시간 사이에 피어오르는 듯한 안개가 끼어 있었다. 이 안개는 무엇일까. 잠시 후 얼굴에 끼어 있던 안개가 걷히고 안개 저쪽으로 구멍이 보인다. 깊은 안개 저편에 동굴처럼 열린 입구가 있다. 땅속의 안개가 감도는 긴 공간. 공항의 깊은 땅속 동굴 안에 고재수는 서 있었던 것이다.

어제까지는 귀에 들리기는커녕 생각지도 못했던, 제트기의 거대한 바퀴가 활주로를 짓밟는 땅속에 대한 걱정. 바퀴에 짓밟혀 부서지는, 겹겹이 뒤엉킨 뼛조각의 커져가는 신음 소리, 비명. 고재수는 창밖의 하얗게 은색으로 빛나며 눈을 찌르는 설원의 운해 위에서 눈앞을 가리는 안개 덩어리를 휘저으며 캔에다 입을 대고 쓴 맥주를 마셨다.

고재수는 하드커버의 재입국허가서를 손바닥 위에 올려놓고 한동안 바라보았다.

'재입국허가서—RE-ENTRY PERMIT TO JAPAN'. 음, JAPAN은 내가 지금까지 태어나서 영주하고 있는 곳이다. 한가운데에 뭔가 동그란 아침 해를 연상시키는 금박을 찍은 듯한 모양. 그리고 그 아래에 일본국법무성, 같은 내용의 영문. 흐음, 캔 맥주를 쟁반위에 올려놓고 양손으로 증명서를 펼쳤다. 0페이지 표지 뒷면에 완전히 잊고 있던 주의사항이 있다.

1. 이 허가서는 출입국관리 및 난민인정법 제26조 제2항에 따라 소지인의 재입국허가를 위해 교부하는 것으로, 소지인의 국적을 증명하는 것은 아니고 또 그 국적에 아무런 영향을 미치지 않는다. 이하 영문. 게다가 2에서는 "뒤쪽 난에 기재된 유효기

간에 한해서 본 허가서는 유효……" 운운이라고 되어 있다.

흐-음, 우리는 난민 쇄국 일본이 거의 받아들이지 않는 난민 수준이다. 후쿠오카공항에서 이걸 제시하고 일본을 출국했었다. 즉 이건 재입국에 필요한 것이고 출국과는 관계없는 것이다. 그렇다면 출국을 하든 말든 내 자유. 그리고 나는 일본을 나왔다. 그런데 지금 일본에 재입국. 이러한 출입국의 현실은 어제와 오늘 사이의 일인가. 거기에는 크레바스와 같은 단층이 존재한다. 깊은 안개가 감도는 크레바스가.

아니, 이건 올해로 더구나 이번 달로 기한이 끝나는 거로군, 어? 뭐야 이건. 고재수는 몇 쪽인가 뒤에 있는 유효기간 난을 펼쳐보고 놀랐다. Oct. 13, 1991. 10월 13일. 13일은 모레가 아닌가. 모레인 10월 13일 이후에도 제주에서 계속 체재한다면 일본으로의 재입국은 불가능하다. 핫하하, 이건 전혀 눈치 채지 못했군, 아니 어째 이런 일이. 고재수는 어이가 없어 웃었다. 말도 안 되는 바보 같은 일이다. 한국에서 계속 신세를 질 뻔했다.

재입국허가서는 4년 전에 재일교포 고향방문단으로 한국에 들어갈 때 일괄적으로 만들었다. 그때의 여권이 아닌 1회용으로 한국 정부가 발행한 임시여행증명서는 아마 집 어딘가의 서랍에 들어 있을 것이다.

나는 어제 오후 일본을 떠나, 하루 지난 오후에 일본으로 재입국한다. 재입국이라는 건 뭔가……. 고재수는 증명서를 안쪽 호주머니에 넣은 뒤 캔 맥주를 입에 대고 크게 기울여 단숨에 비웠다.

한국 정부가 발행하는 여권을 대신하는 여행증명서도 없이, 더구나 한국적도 아닌 조선적으로 일본에서 볼 때는 외국인 한국에, 투명인간도 아닐 터인데, 손쉽게 입국할 수 있을 거라고는 생각하지 않았다. 그럼에도 고재수는 왠지 모르게 낙관적이었다. 어떻게든 될 것이다. 어떻게 될 비책도 없는데 어떻게든 될 거라니. 이상한 일이라고 하면 이상하지만, 어쨌든 실행하고 볼 일, 단연코 제주도에 들어간다. 실행하는 것이 어떻게든 되는 것. 흐-응? 어떻게든 된다.

4년 전인 1987년 가을, 재일조선적동포 고향방문단 2백 명의 일원으로 참가하여 처음 한국에 왔을 때 당국의 안내로 1주일간의 견학여행을 마치고 부산에서 해산한 뒤, 고재수는 단신으로 고향(부모의 고향은 내 고향이다.) 제주도에 처음으로 들어갔는데, 그때의 감동과 충격적인 인상이 아직도 남아 있다. 벌써 이십 년 전인 조선대학교 시절에 두 번 우리 '조국' 북쪽 공화국에 갔다 왔고, 이번에 제주도로 들어오기 전까지 남쪽의 서울, 그리고 울산조선소 등 한국 본토를 안내원과 함께 견학했지만, 제주도의 바다와 산이라는 대자연에 안긴 수일간의 자유

14

로운 체제는 남·북 조국 방문 때의 감격을 무산시킬 정도로 제주도의 바다에 반짝이는 태양 빛 같은 힘을 지니고 있었다. 그때까지는 말과 표상으로만 존재하던 고향 제주도를 몸으로 실감하고 발견하였던 것이다.

고재수가 제주도를 가게 된 동기는 팔십을 넘긴 고령의 아버지가 임박한 죽음을 느낀 것인지 고향으로 마지막 성묘를 하러 가고 싶다고 말했기 때문이다. 그리고 모친은 물론 한국에 간 적이 없는 형 상수(相洙)도 동행한다고 했다.

부모님은 고재수가 한국을 방문하기 이전에 고향방문단에 참가하여 일본으로 돌아온 뒤 한국적으로 바꾸었고, 형도 마찬가지로 한국적 여권을 지니고 있었는데 고재수가 이번에도 조선적으로 두 번째 한국 방문을 하게 되면 일본으로 돌아온 뒤에는 '국적'을 한국적으로 바꿔야만 한다. 그러한 사정을 알고 있는 아버지는 굳이 차남인 고재수의 동행을 요구하지 않았다.

그러나 아버지와 어머니, 더구나 형까지 함께 제주도에 들어가 조상에게 성묘하는 것을 고재수는 도저히 견딜 수 없었다. 4년 전 제주도에 갔을 때 다 풀지 못한 고향에 대한 뜨거운 정을 어떻게든 가족과 함께 풀고 싶었다. 그래서 출발을 열흘 정도 앞둔 9월 말, 항공권을 예약하는 단계에서 고재수가 갑자기 자신도 함께 가겠다고 말해 아버지를 놀라게 했다.

"뭐라고? 갑작스럽게······" 아버지는 잠시 숨을 고른 뒤 말을 계속했다. "너는 여권, 네 경우는 1회용 여행증명서잖아. 그건 어떻게 하려고?"

설령 제주도에 간다고 해도 입국허가신청 관련 서류를 갖추어 주일한국대사관에 제출, 각하가 아니라 제대로 허가가 나온다 해도 여권을 대신하는 임시여행증명서의 발행은 빨라도 한 달이 걸린다. 2, 3개월 기다린 끝에 불허되는 경우도 있다. 고재수의 양친, 그리고 형도 여권을 소지하고 있지만 고재수는 없다.

"예……, 그건 어떻게든 될 겁니다."

"어떻게든 된다고? 지금 바로 수속을 한다고 해도 그렇게 빨리 나오나? 처음 듣는 이야기다."

"예……, 그건 어떻게든 될 겁니다."

"넌 어떻게든 됩니다, 라고만 하는데, 국적을 변경할 생각이냐?"

"아니요, 아닙니다. 어쨌든 그건 제 일이고 어떻게든 될 테니 아버지는 거기까지 신경 쓰지 않으셔도 됩니다. 이럴 때 형님과 함께 고향에 가서 성묘를 할 수 있다면 그보다 더 좋은 일은 없겠지요."

"아암, 그보다 더 좋은 일이야 없지. 당연한 일인 걸, 그걸 탓할 사람이 어디 있겠냐. 당연한 일이긴 한데, 그게 가능하겠냐?"

"예-."

"뭔가 그렇게 할 수 있는 편법이라도 있는 거냐? 응?"

예……, 하고 대답을 하니 아버지는 아들의 말을 진심으로 받아들이면서도 확신까지는 하지 못했지만, 내심 아들의 어머니와 함께 크게 기뻐했던 것이다.

고재수보다 두 살 위인 형은 일본의 소학교를 시작으로 국립대학 의학부를 나와 현재는 개업의, 동생은 형이 원장인 종합병원의 사무장이었는데, 도쿄의 조선대학교까지 줄곧 민족교육을 받았고 졸업 후에는 민족 기관의 일을 해왔기 때문에 형과는 경력이 대조적이었다.

고재수의 아버지는 해방 후 한국·제주도에 출입하지 못하다가 나이 팔십이 다 되어 겨우 민단(民團)이 주최(실제로는 한국대사관 내에 거점을 둔 KCIA의 공작에 의한 것)한 고향방문성묘단에 참가, 오매불망, 한시도 잊지 못하던 부모 등 조상의 묘에 눈물의 성묘를 달성했던 것이다. 후일 한국적으로 변경하여 여권을 취득했지만, 아버지는 작은 철공소 공장을 운영하면서 조총련계 지부분회장 등 '열성분자'로서 '애국사업'의 일단을 맡고 있었으며, 장남을 제외한 차남과 그의 두 여동생들에게 모두 민족교육을 시킨 장본인인 만큼 고재수의 국적 변경은 쉽게 받아들이기가 어려웠다. 그러나 국적 변경 등이 아니라면 뭐가 어떻게 된다는 건지 알 수는 없지만, 아들의 말대로 어떻게든 된다면야 그걸로 좋았다.

형인 상수가 고향에 동행한다고는 해도 조부의 묘 앞에 절을 해야 할 장남이라는 것뿐이고, 원장님이지만 조선어를 못할 뿐만 아니라 한국에 대해서도 잘 모르기 때문에 팔십을 넘긴 아버지로서는 차남인 재수가 동행해준다면, 차남에게는 사정을 고려해 일부러 말을 하지 않았던 만큼 크게 의지할 수 있을 터였다.

그나저나 어떻게든 될 거라는 건 무슨 말인가. 실제로 한국에 가려면 준비가 필요하다. 열흘 안에 무슨 준비가 가능한가. 그러나 고재수는 재입국허가서를 손에 들고 바라보면서 음, 하고 씩 웃는다. 이거야, 이거면 돼. 지금 이 손 위에 있는데 무슨 준비를. 열흘이고 1개월이고 필요 없다, 이것만 있으면 된다. 그러나 입국을 위한 증명서는 있는 게 낫다. 없으니까 이런저런 궁리 끝에 생각해 낸 것이 재입국허가서다. 비자 없는 한국 입국은 분명 모험이지만, 일본을 나가는 것은 이쪽 맘인 것이다. 대개의 일본인은 노비자로 작년 1990년부터 제주도에 입국할 수 있게 되었다. 고재수가 이에 힘을 얻은 것은 사실이다. 난 제주도인. 일본인이 입국할 수 있는데 왜 내가 갈 수 없다는 것인가. 내가 내 나라에, 고향에 가는데 왜 허가서가 필요한가. 입국허가증명서가 필요하다는 것은 '법'이나 '제도'일 뿐 정의는 아니다. 고재수는 한국에 가는 일의 정의는 자신에게 있다고 믿는다. 따라서 한국 측의 고재수에 대한 입국허가는 일본이 관여할 일은 아니다. 한국과 고재수의 문제다. 나는 한국에, 제주도에 가기 위해 일본을 떠난다.

입국이 아닌 출국은 지명 수배자를 잡기 위한 엄중한 경계태세가 아니라면 형식적인 일이 될 것이다. 재입국심사가 까다로운 것은 이치에 맞지만, 난민 수용은 일 년에 몇 명밖에 안 되는 엄격한 나라인 만큼, 일본인이 아닌 재일조선인이 나가는 것을 막을 이유는 없다.

정의는 제쳐두고 제도로서는 위법, 불법입국이기 때문에 모험이라는 것은 각오하고 있지만 일단은 합법, 즉 비자, 입국허가 취득도 생각은 해보았다.

지난번 한국행은 히로시마(廣島)의 민단 관계자가 일괄하여 임시여행증명서를 취득해 주었지만, 개인적으로는 어떻게 해야 되는가. 이것저것 많은 서류를 갖추어 민단이나 한국영사관에 들락거리며 밟는 수속, 이것을 견딜 수 없었고 애당초 그곳에 얼굴을 내밀 생각이 털끝만큼도 없었다. 그렇다고 모두가 총련계인 지인들에게 의논하는 것도 뒤가 켕기는 기분이 들었고, 또 그들을 번거롭게 하는 것이 싫었다. 딸 셋이 위로부터 히로시마 조선고교, 중학교, 초급학교 학생이자 조선적이라서 '국적' 변경을 전제로 한 한국 재입국허가의 수속에 대해 다른 사람에게 묻고 싶지 않았다.

어떻게든 된다. 한국 측에서 보자면 불법입국이기 때문에 제주공항의 입국심사 부스를 제대로 통과하지 못하면 체포될 것이다. 그 정도는 각오하고 있었다. 그렇지만 내가 무슨 한국 정부의 전복이라는 정치목적을 지니고 불법 잠입하는 것은 아니다. 자신의 고향에 가는 것뿐이다. 그리고 조상의 묘소에 성묘하는 것 이외의 다른 목적은 없다. 이야기하면 어떻게든 된다. 참으로 소년같이 천진난만한 희망적 관측으로 입국하면서도 전혀 두려움이 없다는 것 역시 힘이 되었다. 그렇다고 불안이 없는 것은 아니지만 그만한 공포심은 없었다. 단순, 만용, 제주도 가는 일에 조금 정신을 빼앗긴 탓인가.

아내에 대한 대응도 그랬다. 당신, 아버지와 함께 제주도에 간다면서? 아니, 입국허가가 나와? 아니, 어떻게 될 거라니, 아직 안 나온 거야? 어쨌든 출발 때까지 어떻게 될 거라는, 근거 없는 확신이었지만 아내도 아버지와 마찬가지로, 그래도 어떻게든 될 거라며 불안을 가슴에 묻는다.

예정대로 10월 10일 이른 아침, F역 북쪽의 산자락에 있는 단기대학 옆의 협화(協和)병원을 나온 네 사람은 택시를 타고 F역으로 향했다. F역에 9시 조금 넘어 정차하는 신칸센(新幹線)으로, 얼마 지나지 않아 정차하는 히로시마역을 거쳐 하카타(博多)까지 약 3시간. 공항연결 버스로 후쿠오카국제공항에 도착한 것이 12시 반. 1시 30분 출발의 3층 탑승구로 향한다. 제주 도착은 오후 3시 예정. 일본은 체육의 날로 공휴일, 하늘은 높고 쾌청.

카메라를 목에 건 하카타역의 행락객들은 상쾌한 바람에 미소를 짓고 있었다. 2시간 뒤에 내려설 제주는 어떨까. 한라산은 잘 보일까.

다시 국제선터미널 버스로 공항 주변을 반 바퀴 빙 돌아 국제선터미널에 도착. 3층으로 올라가는 에스컬레이터는 해외여행에 익숙한 상수 형이 선두에 서고, 양친, 그 뒤를 고재수가 따랐는데, 에스컬레이터를 내린 곳은 3층 출발 로비의 넓은 구내 전체를 조망할 수 있는 각 항공사의 체크인 카운터였다. 바로 옆의 KAL 창구에 줄을 서서 티켓 구입 수속을 한다. 수속은 고재수가 했다. 네 명의 예약번호와 영문 이름 등을 기입한 서류를 내고 조선어로 말을 주고받으며 여직원이 지정좌석의 유무를 확인하는 사이에 각각의 여권(이건 한국 정부가 발행한 것으로 기본적으로는 일본 출국과 관계가 없다.), 재입국허가서를 제시, 담당자는 사무적으로 훑어보더니 항공운임을 계산하고 티켓과 함께 돌려주었다.

그럼, 그렇지, 문제는 없다. 출국을 위한 출국, 나가면 그만이다. 이것이 맹점, 담당자의 실수인가. 일본인은 노비자로 갈 수 있는 제주도니까 당연(담당자는 재입국허가서를 손에 들고 표지를 열어 사진을 보고 있었지만), 처음부터 문제의식, 의문을 가지지 않았는지도 모른다. 고재수는 옆에서 기다리고 있던 부모와 형에게 각각의 여권과 티켓을 건넸다.

자, 다음으로 게이트는 어느 쪽이더라. 지금부터는 형이 나설 차례가 아니다. 지난번은 서일본 지역의 재일동포 단체였고 제주가 아닌 서울의 김포공항으로 갔지만 같은 KAL편이었다. 어쨌든 비행기를 타기 위해서는 출국심사 게이트를 돌파해야만 한다. 아니, 유유히 통과하여 일본을 떠난다, 으흠, 게이트 앞에서 심호흡을 해야 할 것 같다. 탑승대합실이 있는 로비로 나가면서 수하물 검사를 끝내고 진행방향인 앞쪽을 보니 몇 갠가의 게이트에서 담당직원들이 여행객을 체크하고 있었다.

이번에는 형이 선두에 서고, 아버지, 어머니, 그리고 고재수가 그 뒤를 따랐다. 오른쪽 끝의 게이트로 들어갔는데, 심사관은 승객이 제시한 여권을 펼쳐 흘낏 훑어볼 뿐 자세히 확인하지는 않는다. 고재수는 아버지 뒤에 서 있었다. 입국 때와는 달리 정지선에서 잠시 기다리는 일은 없다.

보스턴백을 한 손에 들고 오른손으로 꺼낸 짙은 청색의 여권과는 확실히 구별되는 갈색의 대형 재입국허가서를 상대가 펼치기 쉽도록 위쪽을 들고, 나가는 데 할 말 있나, 일본에 돌아올 때의 재입국허가서가 이거라는 듯이 조금 턱을 내밀며 제시했다. 삼십 대 중반쯤의 작은 몸집인 상대는 증명서를 손에 들고 표지를 열더니 페이지를 넘기다가 사진과 눈앞에 있는 본인을 흘낏 올려다보면서 아무 말도 하지 않고 증명서를 내밀었다. 투명한 공기가 서로의 사이를 흐르는 듯한 묘한 순간이었다. 재입국허가서를 다시 손에 든 고재수의 명치 부근에 꽈악 조이는 쾌감이 스쳤다. 아하, 이렇게도 되는구나.

넓은 탑승 로비로 나오자 정면에 밝고 화려한 면세점 구역이 있다. 친척에게 줄 선물이 필요하다는 아버지를 따라 면세점으로 향하면서 고재수는 빙긋이 웃었지만, 게이트 쪽을 향한 등에서는 식은땀이 솟아나는 것을 느꼈다.

혼잡한 탑승대합실 소파에 부모님을 잠시 쉬게 했다. 탑승 안내방송에 따라 제주도행의 줄에 섰는데, 휴일 탓인지 줄이 길었고 대부분이 일본인 승객이었다. 노비자인데다 제주도는 홋카이도(北海道)나 오키나와(沖繩)보다도 가까워 가벼운 마음으로 갈 수 있는 관광지였다.

아버지와 형은 고재수가 재입국허가서로 출국심사 게이트를 통과한 일에 그다지 의문을 갖지 않는 모양이었다. 그저 자신들과 마찬가지로 출국했다고 생각하고 있는 것인지 전혀 그 일에 대해서는 화제로 삼지 않았고, 고재수도 게이트를 통과하던 순간의 스릴에 대해 아무 말도 하지 않았다. 어떻게든 되겠지. 경솔한 것은 고재수 본인뿐만이 아니다. 어떻게 해결됐겠지 생각하고 있을 것이다. 다만, 비행기에 탑승하여 중앙부의 좌측 창가 쪽 좌석에 형제가 나란히 앉자마자 나온 기내식을 먹은 두 사람이 캔 맥주를 마시고 있을 때, 동생의 출국에 대해 완전히 무관심한 것처럼 보이던 형이, 넌 제주공항에 도착하고 나서 어쩔 거야? 하고 물었다.

"응······?"

"넌 여권 대신에 필요한 여행증명서를 취득하지 않았잖아?"

지금, 그 사이 지구가 몇 바퀴나 돌았을 터인데 이제 와서 무슨 잠꼬대 같은 소리를 하는 걸까.

"넌 여권 대신 필요한 입국허가증명서, 비자를 발급받지 않았잖아?"

"발급받지 못했어. 그럴 시간이 없었잖아. 있는 거라고는 재입국허가서뿐이야."

"재입국허가서는 나도 있어. 그건 일본에 돌아올 때 필요한 것이고. 어디나 입국심사는 엄격해."

"알고 있어. 그런데 형, 난 체포될 거야."

"뭐, 뭐라고, 체포된다고? 체포된다는 게 무슨 말이야."

형 상수는 놀라서 엉거주춤 일어섰다.

"조선적에다 비자가 없으니 체포에는 안성맞춤이지, 틀림없이 체포될 거야."

"그런 말을 잘도 하는구나. 어떻게 할 거야 너, 체포될 걸 알면서 비행기를 탄 거냐. 체포된다고? 아버지, 어머니가 알면 기절하실 거다."

어머니, 아버지는 앞자리에 나란히 앉아 있었다.

"어떻게든 이야기를 해봐야지."

"뭐? 누구와 이야기를 할 건데?"

"한국 당국. 제주공항에서 사정을 이야기하면 어떻게 되겠지."

"허어, 넌 덩치만 큰 어린애냐. 무슨 사정을 이야기할 건데. 참으로 태평하다, 노비자라니……. 일본에서도 어떻게 될 거라고 하더니, 입국허가 없이 입국해서 어떻게 될 거라는 건 무슨 소리야. 한국은 독재가 계속돼온 비상체제의 국가라고."

"어떻게 될 거야. 만원인 비행기 안을 좀 돌아봐. 2백 명 정원인 제트기가 거의 만원, 그것도 대부분이 일본인 관광객이잖아. 그들은 노비자야. 태평하다고 할 거 없어. 나도 그들과 마찬가지일 뿐이지. 일본인은 노비자로 타국인 제주도에 입국할 수 있는데 왜 난 내 고향에 노비자로 들어가지 못한다는 거야. 어쨌든 형, 걱정하지 마. 어떻게 될 거야."

고재수는 웃으며 차분한 목소리로 말했다.

"……"

형 상수는 어이가 없는지 동생의 얼굴을 한번 돌아보고 나서 잠자코 캔 맥주를 입으로 가져갔다.

말하면 이해할 수 있다는 것은 도리가 통한다는 것이다. 입국허가증명서를 대신할 무기는 고재수의 도리, 정의, 이것을 통하게 할 수밖에 없다.

오후 3시가 좀 지나 약 1시간 반을 날아온 제트기는 제주국제공항에 착륙. 사람들은 두세 대의 버스에 올라 공항 건물 뒤편에 석양이 가려진 변변찮고 좁은 입구 앞에서 하차, 많은 노비자의 일본인 관광객에 섞여 출구 쪽의 계단, 통로를 걸은 뒤 세관에서는 거의 검사 없이 통과. 자, 이제 다음은 IMMIGRATION이라는 표시가 있는 게이트의 줄에 섰다. 한글 표시의 내국인, 외국인 두 줄이 있는데, 재일은 어느 쪽일까. 요령을 알고 있는 아버지는 그 수가 적은 내국인의 줄에 섰지만, 고재수는 지난번 처음으로 한국에 들어와 서울의 김포공항에 내렸을 때는, 난 어느 쪽의 인간인가, '재일'은 누구인지 한참 망설였던 것이다. 내국인 쪽이라고 들었을 때는 내가 내국인? '한국'인? 하고 고개를 가웃거리면서도 묘하게 안심했던 기억이 있다.

게이트 밖 로비의 문을 한 발짝 나서면, 좀 전에 하늘에서 내려다 본 한라산을 정점으로 펼쳐진 제주도의 대자연이 가슴 뭉클하게 다가왔던 바로 그 대지가 눈앞에 펼쳐지는 것이다. 제주도가 처음인 형은 감개무량한 듯이 고개를 끄덕이고 있었지만, 고재수는 4년 전 부산 근교의 김해공항을 출발하여 햇빛에 빛나는 파란 바다 위를 한동안 날아 처음 제주도에 들어왔을 때와 같은 감동은 없었다.

뒤를 돌아보자 내국인 줄은 자신이 마지막으로 아무도 없었다. 내가 마지막이었나. 왼쪽 외국인 줄은 계속 이어지고 있었다. 좀 더 앞줄에 섰더라면 지금쯤 게이트 밖으로 요행히 빠져

나가 있을지도 모르는데. 마지막은 너무 눈에 띈다. 아니, 심사관은 긴장이 풀려 있을지도 모른다. 지난 밤 과음을 해서 숙취가 남아 있거나 수면부족이라면 더욱 좋다. 어떻게든 된다, 이야기해서 통한다면 '돌파'할 것이 아니라, 직접 사정을 말하면 되는 거 아닌가. 고재수의 머릿속에 진지한 잡념이, 무기력한 신호가 스쳐지나간다. 눈앞에 다가온 투명한, 일순간의 단단한 벽이다.

아버지가 발밑 정지선으로부터 몇 걸음 움직인 뒤 부스 앞에서 여권을 내밀고 서자 곧 패스. 어머니가 정지선을 지나 마찬가지로 여권을 내밀고 통과. 아버지와 함께 게이트를 벗어났다.

고재수 앞에 섰던 형도 계속해서 통과. 고재수가 정지선을 천천히 넘어가 부스 앞에서 재입국허가서를 제시. 심장의 고동이 멎는다. 3, 4초⋯⋯. 잠자코 되돌려준 증명서를 손에 든 채 설레는 마음을 억누르며 침착하게 게이트 밖으로 나왔다. 음, 멋지게 해냈다. 흐-음, 너무 일이 잘 풀렸다. 이런 일이 있을 수 있나. 그는 고개를 세차게 흔들었다.

7, 8미터, 로비 한가운데로 나왔을 때, 잠깐! 뒤쪽에서 확실히 자신의 등 쪽으로 날아온 날카로운 목소리에 뒤돌아보자, 이리 와! 게이트 밖으로 나온 좀 전의 심사관이 고함을 질렀다. 고재수가 게이트로 다가가자 곧바로 달려온 두 사람의 직원에게 둘러싸였다.

"다시 한번 증명서를 꺼내봐!"

심사관이 말했다. 고재수는 상대의 험악하고 날카로운 시선을 피하며 손에 든 증명서를 내밀었다.

"이건 뭐야, 재입국허가서잖아. 일본국 법무성……. 이걸로 한국에 재입국한다는 건가. 이건 일본국용이야. 다른 증명서, 여권을 내놔봐!"

"이게 전부입니다."

"뭣, 이게 전부?"

"이놈!"

갑자기 뒤에서 양 겨드랑이 밑으로 깍지를 껴서 뒤돌아봤을 때, 몇 미터 앞에 우두커니 서서 이쪽을 가만히 응시하는 형의 모습이 멀리에 있는 것처럼 눈에 들어왔다. 부모님은 이미 밖으로 나가신 건지 보이지 않는다. 고재수는 형을 향해 턱을 내밀며 가! 라고 신호를 보냈다. 아이고, 역시 안 되는구나. 음, 그렇겠지. 로비 밖으로 가을 햇살을 반사하는 도로가 보였다. 곧바로 시야에서 사라진 한순간의 도로 정경이 강렬하게 가슴을 찔렀다.

순식간에 모여든 여러 명의 남자들에게 좌우로 단단히 붙잡힌 채 게이트 안쪽으로 끌려 들어갔다. 아직 줄을 서 있는 일본인 관광객의 시선을 받으며 어딘가로 연행되었다. 설마 살해당하지는 않겠지. 신문(訊問)이다, 음, 이로써 겨우 말할 수 있는 때가 온 거다, 어떻게든 될 때가.

아직 세관원이 남아 있는 수하물 검사대 옆을 지나 왼쪽 정면에 보이는 공중화장실 앞의 통로를 오른쪽으로 돌았을 때는 어느새 세 사람이 대여섯으로 늘었고, 이 자식! 이놈의 자식! 뭐 하러 왔어! 제각각 험한 욕을 하면서 고재수를 연행해 갔다. 오가는 사람이 없는 긴 통로의 왼쪽으로 들어가 안쪽 철문 앞에서 일단 멈춰 섰다. 둘러보니 모두 여섯 명, 달려오는 발소리가 나더니 다시 한 명 추가. 일곱 명이 고재수를 둘러싸고 문 안으로 들어갔다. 비상상태나 다름없다. 라이트가 켜졌다. 그곳은 평탄한 바닥이 아니었다. 눈앞에 앞으로 고꾸라져 빨려 들어갈 것만 같은 구멍. 계단이다. 깊은 계단의 공간이 비스듬하게 아래로 뚫려 있었다. 계단? 흐음, 지하로 가는 계단. 제주 공항에 지하계단, 지하실, 공항에 깊숙한 지하실? 고재수는 중력이 느껴지는 발을 내딛었을 때 지하 공간에서 올라오는 어둡고 습한 공기에, 끝이 없는 계단? 순간 소름이 돋는 공포를 느꼈지만 그것은 잠시 층계참까지의 시간일 뿐이었다. 층계참에서 계단은 반대로 이어져 1층이 나왔으나 그곳은 단지 위아래 통풍을 위한 벽으로 막힌 공간이었고, 지하 2층까지 내려가자 층계참에 철문이 보였지만 그곳을 그냥 지나쳐 다시 깊은 계단을 내려가면서 지하 백 미터의 평양 지하철을 상상했다. 조선 대학교 학생 시절 조국 방문 당시에는 아직 소련의 원조로 건설이 막 시작된 참이었고 핵 피난소를 겸하고 있는 것이었겠지만, 백화점만큼이나 천장이 높은 이 공항 지하실은 무얼까. 한 계단, 한 계단, 열대여섯 개의 서로 얽힌 발소리를 공간에 울리며 3층으로 내려가자 좌우로 뻗은 복도가 있었다. 그곳이 막다른 곳으로 더이상 이어지는 계단은 없다. 복도에 면한 철문을 열자 커다란 공간이 펼쳐졌다.

이 자식아! 들어가! 양팔을 꽉 잡은 두 사람이 고재수를 탁 치듯이 문 안쪽으로 밀어 넣었다. 공기가 무겁게 눅눅했다.

체육관의 3분의 1 정도 되는 방 오른쪽 구석 벽에 소파, 소파 앞에 커다란 테이블이 놓여있다. 정면과 오른쪽 벽에 문이 있었다. 통로나 방이 있을 것이다. 무슨 방일까. 벽 구석 쪽에 작은 문이 보였는데, 아마 화장실일 게다. 이 자식아! 넌 어디서 왔어. 이 자식, 뭐 하러 왔어. 여기가 어딘지 알고 있나! 고재수는 테이블의 한쪽, 정면의 문을 등지고 있는 접이식 의자에 앉혀졌다.

테이블 정면에 심사관 두 사람, 소파를 바라보고 왼쪽에 세 사람, 오른쪽에 두 사람의 심사관과 공항경비원 등 7명이 고재수를 둘러싸고 신문을 시작했다.

고재수는 명령받은 대로 양복 주머니, 와이셔츠의 가슴 주머니에서 소지품을 전부 꺼냈다. 외국인등록증, 운전면허증, 문제의 재입국허가서. 고재수는 자신의 일이지만 대단한 강심장이라고 생각했다. 그 외에 지갑, 담배, 라이터, 만년필, 수첩, 손수건, 휴지 등 특별한 것은 없다. 풀라는 말은 없었지만, 손목시계를 풀었다. 18K 금도금이 된 오메가였다. 4시 10분. 완전히 시간을 잊고 있었는데, 벌써 한 시간 이상 지나고 있었다. 밤낮의 변화가 없는 지하실에서도 시간은 흐르고 있는 것이다.

정면 의자에 앉아있던 심사관과 상사로 보이는 사십 가까운 둥근 얼굴에 안경을 쓰고 머리가 벗겨진 남자가 나란히 앉아 신기하다는 듯이 재입국허가서의 페이지를 넘기고 있었다. 그리고 고재수의 성명, 본적, 생년월일 등을 물은 뒤, 세 통의 증명서가 한쪽의 젊은 심사관의 손에서 확인을 마치자 알겠다는 듯이 고개를 끄덕였다.

"외국 입국시 여권과 비자가 없으면 불가능하다는 것을 알고 있나?"

"예, 그러나 한국, 여기는 외국이 아니야. 조국이자 내 고향이지."

"그런 말을 하고 있는 게 아니야. 고재수, 넌 불법입국으로 법을 어긴 인간이야. 여기 세 가지 증명서는 모두 일본에서만 통용되는 것이지. 게다가 넌 한국적이 아냐, 조선적인 자가 대한민국에 밀입국했어. 북한은 적대국이고 적대국의 인간이 불법입국하면 출입국위반과 동시에 조사결과에 따라서는 반공법 위반에 해당된다. 이건 경찰의 관할이고 간첩혐의로 체포되겠지만, 여기서는 사법으로 돌리기 전에 제1차 심사를 한다."

"그건 아니지. 조선적이 곧 북한은 아니야. 난 북한에서 온 것이 아니라고. 일본에서 온 사람이지. 재입국허가서를 보면 알 수 있어."

"이번 밀입국이 처음인가?"

"그렇지 않아. 아니, 처음이지. 한국에는 4년 전에 고향방문으로 한 번 온 적이 있어."

서로 간의 말투에 경어를 뺀 어미가 뒤엉켜 있는 것을 의식하면서 고재수는 아직 어린 상대의 반말이 마음에 들지 않았다. 다짜고짜 '넌'이라든가 '너는'이라는 건 뭔가. 좀 전에 지하실의 깊숙한 계단에 발을 내딛었을 때 소름과 함께 공포감이 싸늘하게 밀려오는 바람에 가슴이 철렁했지만, 맨 아래층으로 연행된 지금은 전혀 공포를 느끼지 않았다.

"그렇다면 이번에는 불법입국이라는 것을 알면서도 입국한 확신범이다. 무슨 목적으로 불법입국을 꾀했나?"

"성묘를 하기 위해서다."

"성묘? 누구의 성묘냐?"

"조부님과 다른 조상들의 성묘다."

"성묘를 한다고? 불법입국으로 성묘를 한다는 말은 들은 적이 없다. 대한민국 정부는 재일조선총련 교포들에게 조국방문 성묘단 수용의 특혜를 베풀고 있다. 왜, 넌 전에는 성묘단으로 합법입국을 했으면서 이번에는 불법입국을 범한 것이냐?"


## 2


넌……. 너는……. 이 자식이. 머리에 피가 솟구쳐 올랐다. 고재수는 머리가 뜨거워지는 것을 느끼며 자신을 둘러싼 테이블 주위를 보았다. 여섯 명이 자신을 노려보고 있었다. 정면에 안경을 낀 상사에게, 너라니 무슨 말투야! 라고 입에서 튀어나오는 것을 억눌렀다.

계단 쪽의 문이 열리고 좀 전에 나갔던 관계자 한 사람이 들어오더니, 상사에게 이제 곧 경찰이 온다고 보고하고 나서 소파 쪽 의자에 앉았다. 그리고 말을 시작한 고재수를 다른 사람들과 마찬가지로 노려보았다.

"일본에서 부모님들이 갑자기 성묘를 가시겠다고 해서" 고재수는 상대를 타이르듯이 양친에 대해 정중한 경어를 사용하며 천천히 말했다. "그래서 입국허가를 받을 시간이 없었지만, 부모님을 모시고 성묘를 오게 되었다. 이전에 왔을 때는 서울 등 본토를 돌아보는 데 시간을 뺏겨서 성묘할 여유가 없었다."

"부모님의 여권은?"

"나보다 앞서서 여권을 내밀고 게이트를 나간 노부부가 있었지 않나." 고재수는 옆에 있는 젊은 심사관을 향해 말했다. "아버님과 어머님이다. 바로 그 뒤를 따라 형도 나갔는데, 모두 증명서를 가지고 있다. 증명서가 없는 건 나뿐이다."

"음, 불법입국을 해놓고 넌 당당하구나. 너는 우리말을 알고 있나?"

"우리말? 우리말이라니 무슨 소린가. 지금 내가 사용하고 있는 것은 어느 나라 말이지? 우리말이 아닌가? 거기는 우리말을 모르나?"

상대를 따라 '넌' 또는 '너는'이라고는 하지 않았다.

"어디서 우리말을 배웠지? 일본에서 태어났을 텐데."

"으음, 그런데 거기는 몇 살이지?"

"몇 살? 나 말인가."

고재수는 고개를 끄덕였다.

"왜 다른 사람 나이를 묻나?"

"알고 싶다. 여기에 있는 제군은 내 이름, 연령을 모두 알고 있다. 예를 들어 내 나이는 45세, 만으로 44세, 난 그쪽의 이름도 연령도 모른다. 심사관의 나이만이라도 알고 싶다."

"……"

상대는 화가 난 듯한 표정으로 둥근 이마에 번진 당혹감을 감췄다.

"사십이 되지 않았겠지."

"……"

상대는 입을 다문 채 그렇다고 고개를 끄덕였다.

"거봐. 음, 나보다 훨씬 나이가 어린 젊은이야. 어디 우리말 풍습에 손윗사람을 향해서, '여보'라든가 '너'라든가 하는 반말을 쓰는 법이 있단 말인가. 말투를 좀 조심하는 게 어떤가. 적당히 좀 하라고. 내가 나이가 많아. 에잇, 재일교포라고 깔보는 건가, 어험!"

고재수는 갑자기 나이가 든 것처럼 지극히 침착해졌지만, 목소리에는 힘이 들어가 있었다. 순식간에 긴장된 공기가 테이블을 한 바퀴 돌더니 정면의 두 사람, 그리고 다른 사람들의 얼굴에 당혹감이 번졌다.

"옛, 옛!"

일곱 명은 거의 동시에 자리에서 벌떡 일어서기라도 하듯이 일제히 황송한 목소리를 내었다.

이건 또 뭐야. 태도가 급변. 이상한 일이다. 이것이 '동방예의지국'의 '법'인 것이다. 고재수는 너무나 어이가 없어 그들의 얼굴을 다시 쳐다보기 힘들었지만 그래도 보았다.

"겨, 경찰이 어쨌다고, 지금부터 온다고?"

안경을 쓴 상사는 자리를 고쳐 앉으며 표정을 가다듬고 소파 쪽 직원에게 되물었다.

"예, 지금 오고 있는 중입니다……. 아, 지금 오셨습니다."

문이 열리고 제복 차림의 경찰관 세 사람이 들어와 지금 막 자리에서 일어난 두 사람의 심사관 자리에, 한 사람은 소파 쪽 자리에 교대하듯이 앉고, 두 사람의 심사관은 오른쪽에서 일어 나 나간 공항직원들의 자리로 가 한숨 돌렸다는 듯한 표정으로 앉았다.

정면의 사십 남짓한 경찰관이 흘낏 고재수를 훑어보고는 심사 관으로부터 넘겨받은 취조서류를 일독, 소지품인 외국인등록증 등을 손에 들어보면서 담배를 물고 라이터의 불을 붙였다.

"처음 온 건가?"

"아니, 이전에 한 번 온 적이 있다."

"음, 이전에?"

"그렇다."

"두 번째냐!"

"그렇다."

"뭐라고?"

"그렇다."

"호오, 홋, 이 새끼! 경찰한테 말조심해!"

"이 새끼가 뭐냐. 내가 개새끼냐. 경찰은 연장자한테 반말해 도 되는 건가."

소파 쪽 부하가 이 자식! 하며 의자를 차고 덤벼드는 것을 이 봐, 그만둬! 라는 상사.

"으흠." 상사는 턱을 쑥 잡아당기며 크게 숨을 들이쉰다. "손대지 마. 넌 북한 빨갱이냐?"

"아니다."

"아니라고? 빨갱이가 아니라는 것을 증명할 수 있나."

"빨갱이가 아니니까 빨갱이가 아니다. 한국은 민주사회가 된 거 아닌가. 언론, 사상의 자유가 있을 텐데."

"훌륭한 말씀이로군. 우리 대한민국은 반공국가로 반공법, 국가보안법이 있다. 조총련의 조선적인 자가 불법입국해서 목적불명의 국경침범, 넌 반국가단체 북괴의 간첩용의자로서 거기에 앉아 있는 거라고. 반한, 북괴 찬양의 이적행위는 자유가 아니야."

"말도 안 돼! 뭐가 반한, 북괴 찬양이란 말인가. 당, 당치도 않아, 내가 어째서 그런 용의자가 되는 거지? 터무니없어, 흥, 무슨 날조를 하려는 거냐."

"현재 취조중이다. 취조해보면 판명된다. 나이는 몇 살이지?"

"45세."

"으음, 45세, 젊군."

"거기보다는 많을 텐데."

"하아, 하아, 네가 내 형이냐 삼촌이냐?"

경찰은 성명, 생년월일, 주소, 본적 등, 입국심사관의 신문과 같은 말을 반복하고 보다 상세히 전후의 관련 사항, 부모의 성명 등, 형제들의 경력, 가정 사정, 사상 동향, 그 밖의 심문, 고재수의 출생지는 일본 고베시(神戸市) 나가타구(長田區), 조선 초·중급학교, 도쿄조선고교, 조선대학교 정경학부 입학…….흠, 광주에 조선대학교가 있는데, 일본 도쿄에도 조선대학교가 있나…… 졸업 후, 조선총련 기관지 조선신보 기자, ××년 가업인 철공소 공장을 나이 든 아버지로부터 인수받기 위해 도쿄를 떠나 선반공으로서 공장에 들어갔다. 후일 형 상수의 요청으로 공장을 누나 부부에게 맡긴 뒤 히로시마현 F시의 형이 경영하는 종합병원의 사무장에 취임하여 현재에 이른다. 한국 본토, 제주도, 북한의 친척. 교우관계, 아내, 딸들의 국적, 북한으로 왕래……. 앞 사람들과 같은 내용을 몇 번이고 심문하면서 진술의 모순은 없는지 확인했지만, 조선대학교가 어떤 교육기관인지, 조선신보 등에 대해서는 거의 알지 못했다. 단지 조선총련은 북한계의 무서운 빨갱이 단체라는 정도로 인식하고 있었다. 옆에서 볼펜을 쥐고 있는 부하로 보이는 경찰관과 간간히 말을 주고받았는데, '간첩용의자' 고재수를 어떻게 처리할 것인지 '전무후무' 전례가 없는 이례적인 사태인 만큼 쓸만한 매뉴얼이 없는 것이다.

소파 너머 벽 쪽으로 또 하나의 사무용 테이블이 있었고, 그 위에 검은 전화기가 라이트 빛을 반사하며 곧바로 눈에 들어왔다.

"거짓말은 아니지? 음, 넌, 조총련 일족이다. 빨갱이에 물든 일족이야……."

경찰관이 일어나 테이블 쪽으로 가더니 수화기를 들었다.

"……서장실인가. 난 윤 보안부장이야. 서장님 바꿔줘, 뭐, 안 계셔, 어디 가셨나. 뭣, 몰라. 모른다면 다야? 서장실에서 서장님이 어디 갔는지 모른다. 서장실에서 서장님이 어디 갔는지 모른다는 게 말이 되나. 음, 식당에 갈 시간도 아니고. 긴급사태가 발생했으니 서둘러 찾아봐! 여기는 공항 지하야……. 뭐, 밖이 평온한데 무슨 긴급사태냐고. 여기는 지하야, 밖과는 관계가 없어. 보안부장이 긴급사태라잖아. 꾸물거리지 말고. 아직 이른 시간인데 어디를 가셨다는 거야. 뭐라고, 벌써 5시라고, 긴급사태에 5시고 6시고 어디 있나, 여기 저기 찾아봐! 에잇, 빌어먹을."

전화를 끊은 보안부장의 입술에 하얀 거품이 묻어 있었다.

"휴일도 아닌데 어딜 간 거야, 음, 어디 기생집에라도 틀어박혀 있는 거 아냐, 제길!"

경찰모 아래로 이마에 땀이 맺혀 있는 보안부장은 내뱉듯이 말하고는 옆에 있는 부하에게 부산경찰서장에게 전화를 하라고 명령했다. 왜, 바다 건너 부산경찰인 걸까. 뭔가 계통이 있을 것이다. 자리에서 일어난 부하는 테이블로 가 수화기를 들고 통화했지만 서장은 부재중인 모양이다.

"도대체가 세상의 경찰서장들은 긴급사태가 일어났는데 뭘 하고 있는 거야. 서장을 찾지 못하면 서울에, 음, 잠깐만, 먼저 제주대공분실로 전화해서 서울로 연락하라고 해. 조총련 분자, 불법입국, 북한 간첩용의로 취조 중⋯⋯. 그리고 주일한국대사관에, 아니 영사관인가, 관할 영사관이 히로시마인가, 여긴 일본 어디냐, 뭐라, 음, 원폭이 떨어진 히로시마⋯⋯. 관할 영사관에 연락을 해서 4년 전 재일교포 고국방문단 명부, 그 밖의 조사를 해봐. 긴급사태에 관할 서장이 부재라니 말도 안 돼. 이건 불법입국의 출입국관리 차원의 문제가 아니야. 국사범, 국사범이란 말이다."

보안부장과 부하가 함께 자리에서 일어나 등을 보이고 정면을 향해 걸어가더니 벽의 문을 열고 별실로 들어갔다. 문틈으로 보기에는 복도 같기도 했다. 좀 전에 폭력을 휘두를 것처럼 행동하던 소파 쪽의 경찰관이 뒤를 돌아본 고재수의 등 뒤로가 망을 보듯이 어깨를 곧추세우고 우뚝 섰다.

대공분실이라는 건 뭔가. 제주대공분실. 서울의 대공⋯⋯. 안기부, 남산이 아닌가. 출입국관리 차원이 아닌 국사범⋯⋯. 고재수는 등 뒤로 다부진 폭력 경찰관의 존재를 의식하면서 이건 뜻밖에 큰일이 될 것 같다는 생각을 했다. 이야기를 하면 통한다, 어떻게든 된다⋯⋯는 문제가 아닌 듯하다. 땅속 깊은 곳에, 천장이 높은 지하 3층. 공항의 아무도 모르는 곳으로 끌려왔다. 이렇게까지 큰 소동이 일어날 줄은 몰랐다. 남산의 지하실. 무서운 고문 장치로 재일동포들에게까지 알려져 있는 남산 지하실. 남산의 지하실은 1층일 것이다. 층수가 문제는 아니다. 으음, 어금니를 악물고 침을 삼켰다. 아니, 남산이 있는 서울의 그곳. 남산, 녹음이 우거진 남산 꼭대기의 남산공원에는 커다란 타워가 있다……. 난 아무것도 아니다. 단순한 불법입국, 난 내 고향으로 조상님께 성묘를 하러 온 것이다.

고재수의 뒤에 있는 경찰관이 헛기침을 했다. 눈앞에서 등을 보인 채 앉아 있는 불법입국자가 갑자기 일어나기라도 한다면 순식간에 달려들 것이다. 왼쪽 소파에 앉아 이따금 고재수에게 흘낏 시선을 던지는 출입국관리소 직원 두 사람은 그저 고요한 땅속 시간의 움직임을 불법입국자와 함께 기다리고 있는 것 같았다. 제트기의 거대한 몸체가 아스팔트 활주로에 내려앉고 있겠지만, 땅속 가라앉은 공간에는 움직임이 없다. 몇 시간쯤 전에는 파란 하늘 위였다. 하늘 위에서 설마 지상도 아닌 땅속으로 오다니. 머리 위의 지층을 떠받치는 공간이 무겁다.

고재수는 전화기를 한동안 응시하고 있었는데, 갑자기 전화 벨이 시끄럽게 울리며 수화기가 몸을 떨 듯이 높은 천장에 메아리쳤다. 깜짝 놀라 고개를 들고 험악한 벨소리를 들으며 일어서려던 고재수는 뒤쪽으로부터 가만히 있어! 라며 양팔을 짓누르는 듯한 호통에 제압됐다.

튕겨나듯이 자리에서 일어난 출입국관리소 직원 한 사람이 테이블 쪽으로 달려가 떨고 있는 수화기를 들었다.

"예-, 출입국관리소, 그렇습니다. 제주경찰서장실……. 예-, 윤 보안부장님은 지금 자리에 안계십니다만, 옛, 뭐라고요, 아직 서장님의 행방을 모른다, 계속 찾고 있다……. 예, 알겠습니다……."

출입국관리소 직원은 마치 보안부장이라도 된 양 수화기를 탁 하고 놓더니 뭔가 한마디 욕이라도, 미아가 되어 기생집을 잘못 찾아들어간 거 아니냐고 할 듯한 기세였지만, 깜짝 놀라 뒤를 돌아보더니 고재수의 배후에 있는 경찰관과 시선이 마주쳤는지 표정을 고치며 자리로 돌아왔다.

문이 열리고 보안부장 일행이 들어온 것은 방을 나간 지 삼사십 분이 지난 뒤였다.

부장이 고재수와 마주앉아 다시 심문을 시작한다. 고재수의 등 뒤에 계속 서 있던 경찰관이 소파 옆 의자에 앉았다.

부장은 고재수가 지난 4년 전에 고향방문단의 일원으로 부산에서 해산한 뒤 홀로 제주도에 들어와 행동한 나흘간 만난 인물, 친척 등을 반복해서 따져 물었고, 그것을 옆에 있는 경찰관이 기록했다.

출입국관리소 직원으로부터 여전히 서장의 행방을 알 수 없다는 전화가 서장실에서 걸려왔다는 이야기를 듣고도 콧방귀를 꾀듯 대수롭지 않게 반응했다.

"고재수, 너 때문에 히로시마 주재 한국영사관, 민단 단체는 난리가 났어. 일본에서 불법입국을 했는데도 영사관에서는 아닌 밤중에 홍두깨, 전혀 모른다는 것은 언어도단이고, 재일교포 고국방문사업을 극력 방해, 반대하고 있는 조총련의 책동과 관련이 있으며, 도쿄의 한국대사관에서도 긴급히 협의를 진행했다. 지난번의 고국방문, 조총련계 교포에 대한 동포애를 토대로 한 인도적 조치를 무시, 은혜를 원수로 갚는 행위, 영사관의 국가 권위를 대행하는 여권 업무를 짓밟은 비밀입국은 전대미문, 이것은 간첩용의와는 별개의 문제다⋯⋯."

보안부장의 뒤쪽에서 테이블을 흔들며 전화벨이 울렸다. 전화가 올 것을 예상하고 있었던 것인지 보안부장이 일어나 큰 걸음으로 몇 발자국 다가가 수화기를 들었다.

"⋯⋯예-, 제주국제공항 출입국관리사무소입니다. 예-, 제주경찰 윤 보안부장⋯⋯. 예-, 예⋯⋯, 제주 21시 10분, 예-, 손 과장님, 마지막 편으로 도착⋯⋯. 알겠습니다. 정중히 마중하겠습니다⋯⋯."

자리로 돌아온 윤 부장이 담배를 물고 불을 붙여 연기를 뿜어냈는데, 입술 언저리에 차가운 미소가 흘렀다.

"음, 서울에서 손님이 오신다. 21시 10분, 공항 도착⋯⋯."

"서울에서? 손님⋯⋯. 예-."

계속 방에 남아 있던 출입국관리소 직원들이 말을 받았다.

21시 10분, 9시 10분. 제주공항 도착. 그러나 제트기의 굉음은 들리지 않는다. 자신의 팔목으로 돌아와 금빛으로 반짝이는 오메가를 들여다보자 6시를 지나고 있었다. 서울에서 손님. 손님으로부터 직접 걸려온 전화는 아니다. 분명히 손 과장이라고 했는데, 무슨 과장일까. 서울 어딘가의 경찰, 아하, 대공분실, 대공본부가 아닌 안기부, 남산……. 고재수는 자신도 모르게 가슴이 철렁 내려앉으며 소름이 돋았다. 일부러 서울에서 야간 비행기로 찾아오다니. 이건 정말 아무래도 큰 일이 벌어졌다……. 하지만 이것이, 앞으로 몇 시간 밖에 남지 않은, 서울로부터의 별세계 사람 같은 손님의 도래가 자신과 직접 관계가 있다는 실감은 아직 나지 않았다.

그러나 아까부터 긴급사태, 비상사태라며 괜한 소동을 피우는 것처럼 생각된 자신의 불법입국이 지금 서울로부터 아마도 안기부가 직접 내려오는 사태에 이른 것이다. 8시를 지나 탑승이니까 지금은 긴급회의가 열리고 있을 것이다. 뭐, 나 때문에? 정말로 9시 넘어 서울에서 온 손님이 나타날까. 안기부가, 구 KCIA가 서울에서 나를 찾아 내려온다. 이것이 내 행동의 필연적인 결과인가. 고재수와 KCIA가 무슨 관계가 있나……? 지금 눈앞에서 있었던 전화 통화의 내용은 현실, 사실. 좀 전의 테이블 위의 광경이 그곳만 잘라낸 것처럼 공중에 떠 보였지만, 현실, 보안부장이 손님이 온다고 확인했듯이 사실이다. 영화의 한 장면이 아니다. 안기부가, 구KCIA가 서울에서 나를 찾아 내려온다. 무슨 일인가. 나와 KCIA가 무슨 관계가 있나……?

길게 정지한 듯한 시간이 흘렀다. 경찰관 세 사람 모두가 자리에서 일어나 지하 계단 쪽 문으로 나갔다. 지상으로 계단을 올라가는 것이다.

한 시간 후에 경찰관들이 돌아오고 출입국관리소 직원 4명이 교대하듯 나간 것은 식사 때문일 것이다. 폭력 경찰이 부장에게 지시받은 대로 도시락과 페트 물병을 고재수 앞에 놓았는데, 희미하게 술 냄새가 났다.

고재수는 마음속으로 감동의 신음 소리를 내었다. 간첩용의자로 불린 불법입국자를 인간 취급해주려는 모양이다. 사형 집행 전의 한 잔의 술은 아닐 테지. 그는 호감을 가졌다. 도시락은 김치, 생선조림, 튀김 등을 일본식 나무상자에 담은 간이식이었다. 젓가락이 들어 있었다.

형과 함께 기내식을 먹은 게 전부였지만 공복을 느끼진 않았다. 게다가 경찰로 둘러싸인 테이블 위에서 혼자 말라빠진 도시락을 여는 것은 주인 앞의 개처럼 느껴져서 도시락을 들고 일어나 앞에 사무책상 쪽으로 가려 했다.

"이봐, 어딜 가!" 폭력 경찰이 호통쳤다. "그 자리에서 먹어."

고재수는 도시락을 다시 테이블 위에 올려놓고 고쳐 앉은 뒤

물병의 물을 마셨다. 차갑고 맛있다. 한라산 지하수를 담은 것
일 게다.

그는 경찰의 감시 아래 방구석에 있는 화장실로 갔다. 경찰
이 화장실 문을 열어 둔 채로 고재수가 용변을 마칠 때까지 기
다렸다가 테이블로 데리고 왔다.

제주공항에 내리면 먼저 부모님, 형과 시내로 나와 향토 요
릿집에 들어간다. 전복과 갈치회 등의 생선요리와 흑돼지 돔베
고기, 접시 대용 도마에 그대로 올린 두꺼운 수육을 입안 가득
밀어 넣고 한잔 기울인다. 아아, 얼마나 철없는 한순간의 꿈인
가. 불법입국으로 무사히 상륙, 재빨리 시내 요릿집에서…….
참으로 태평하게 그런 생각을 하고 있었다. 자신의 일이면서도
무심코 웃음이 새어나와, 아핫핫 하고 입이 벌어져 소리가 나
오려는 것을 참았다.

보안부장과 심사관이 부하가 작성한 조서를 서로 조회 확인
하고, 고재수에게도 심문을 반복하는 등 새로운 조서를 다시
만들었다.

이윽고 보안부장은 입국심사계장과 함께 방을 나갔는데, 시
각은 8시를 조금 넘고 있어서 서울에서 오는 손님이 도착할 시
간은 아니다.

지하의 시간이 정지한 채 테이블을 둘러싼 사람들의 맥박이
되어 움직이고 있었다. 남겨진 전원이 9시 ××분 그 시각을 향

해 깔때기에 밀려들어가는 것처럼 테이블 공기가 긴장으로 팽팽해졌다.

9시를 훌쩍 지나, 계단을 내려오는 발소리가 방 안에까지 들리지는 않겠지만, 전원이 그때를 기다리고 있는 듯한 초읽기의 순간이 숨을 막히게 할 즈음, 찰칵하고 문손잡이가 돌아가는 딱딱한 소리가 나자 모두가 일어섰다. 직립부동. 문이 열리고 양복을 입은 신사가 보안부장과 심사계장을 대동하듯이 들어왔다. 고재수도 일어선 채로 문 쪽을 돌아보지 않고 문이 있는 벽을 응시하고 있었다.

"앉으시오."

발소리가 테이블 맞은편에서 멈추더니, 서울에서 온 손님은 보안부장과 교대하듯 고재수와 마주보고 자리에 앉았다.

"앉으시오."

부장과 심사계장은 제 각각 테이블 좌우에 의자를 하나씩 더 놓고 전원이 자리에 앉았다. 테이블은 정면의 손님과 고재수가 대면하는 형태가 되었다. 오십 가까이, 고재수가 의외라고 느꼈을 정도로 인텔리 풍의, 그야말로 서울·수도에서 온 손님이었다. 아마도 안기부 과장, 구KCIA, 온화함의 이면에 무엇이 있을까. 옅은 갈색 양복에 짙은 감색의 촘촘하게 흰 물방울 모양이 수놓아진 넥타이. 내 것은 붉은 색이다, 와인색 넥타이.

"고재수 선생이십니까?"

"예-."

"고재수 선생이 이런 식으로 오신 건 곤란한 거 아닙니까?"

자기소개는 없다.

너와 선생. 모두가 손님의 말투에 놀라 이질적인 긴장감에 휩싸였다.

"예-, 부모님과 함께 성묘하러 왔습니다."

"그래도 그건 곤란하지 않습니까?"

"예-, 그렇습니다."

그렇습니다, 이 얼마나 허무한 대답인가.

"그래서, 제주경찰 당국과 출입국관리사무소 당국이 각각 취조를 했을 것으로 생각합니다만, 다시 확인하겠습니다."

두 개의 제주 당국이라고 했지만, 자신은 어떤 당국인지 주어를 뺀 채 다시 말하지 않았다.

보안부장의 서울과의 통화로 손 과장이라는 것이 밝혀진 손님은 경찰 측으로부터 건네받은 조서를 한동안 읽었다. 페이지를 넘길 때 일어나는 작은 바람소리가 날카롭게 들릴 정도로 테이블 위와 주위는 조용했다.

"이거, 틀림없는 건가?"

손님은 소파 옆에 앉은 조서를 작성한 경찰관을 향해 물었다.

고재수에게는 손님을 대하는 말투를 썼고, 경찰에게는 엄격한 서열상 상사로서의 태도를 취했다.

"예-, 반복해서 취조한 결과를 담은 조서입니다."

경찰 보안부장과 함께 지상의 공항으로 마중을 나갔다 온 입국심사계장이 말했다.

"전적으로 그렇습니다."

제주경찰 보안부장.

"이 조서에 잘못된 점은 없습니까?"

"예-."

고재수.

"그런데……." 서울에서 온 손님은 페이지를 두세 장 넘기다가 가늘고 날카로운 시선을 고재수에게 던졌다. "조대생, 조선대학교 제1×기생이지요. 1×기생."

"예-."

"그렇습니까. 음, 이런 사람들이 있지요."

"……?"

이런 사람들, 눈앞에 그런 사람들의 사진이 있을 리도 없다.

"윤××라든가, 김××, 김○○, 임××……. 윤×× 씨는 요코하마(橫浜)에서 일류 호텔을 경영하고 있고 서울의 호텔과도 제휴하고 있습니다. 김×× 씨는 출판사, 임×× 씨는 A대학 사학 관계 학부 조교수로 신진학자, 조대 졸업 후에 미국 유학, M대학 학위, 박사학위를 취득했지요. 한국에 대해서도 어느 정도 비판적 입장에 서 있지만, 조총련 조직에 대해서도 건전한 비판적 정신을 지니고 있는 인사로서 최근에는 한국 학계와의 교류를 시작하고 있습니다. 그 밖에 조총련 중앙 간부 등 쟁쟁한 인사가 이상하게도, 우리도 역시 주목하고 있습니다만, 조대 1×기생에 집중되고 있는 것은 교육학적으로도 주목할 만한 현상이라고 생각합니다. 다들 사십 대 중반의 한창 일할 나이지요. 고재수 선생도 그 중의 한 사람입니다만, 모두가 고 선생의 친한 친구지 않습니까. 서로 학부는 다르지만. 핫하, 민단 조직은 고등학교 하나 제대로 운영하지 못하는 게 현실이지요."

서울에서 온 손님은 표정도 바꾸지 않고 억양이 없는 어투로 말했다.

"……예-, 그렇습니다."

1×기 동기생……. 고재수는 대답하기 전까지 순간적으로 토할 것처럼 숨이 막혀 있었다. 취조 중이던 경찰 보안부장은 일본 도쿄에도 조선대학교가 있냐고 되물었는데, 서울에서 온 손님은 역시나 안기부다. 틀림없이 안기부의 어딘가 대공 관계부서의 과장이다. 더구나 손님은 고재수의 동급생 이름을 메모를 보면서 말하는 것이 아니라, 머릿속에서 메모를 끄집어내고 있었다. 아이고, 몸이 부르르 떨렸다.

"맞을 겁니다. 여러 가지 말씀을 여쭙고 싶습니다만, 고 선생님은 조선신보사에서 일을 하신 건가요. 사회부의 기자였습니까."

"그렇습니다. 집안 사정으로 3, 4년 만에 조직을 떠났습니다."

"그랬더군요. 핫하, 고재수 선생님, 그래도 이런 식으로 오셔서는 곤란하지 않습니까."

"예-, 그렇습니다."

고재수는 표정이 누그러지지 않은 상대의 얼굴을 보고 고개를 끄덕였다. 마음속으로도 납득하고 있었다.

손님은 조서를 반복해서 확인했을 뿐, 재차 신문다운 청취는 하지 않았다. 고재수는 왜 지금 이 순간, 신문자인 손님과 마주한 채 의자에 엉덩이를 올려놓고 있는 것인지, 뻐딱한 자세로 상체를 세우고 긴장한 채 있었는데, 이 평온하게 응고된 공기의 압박이 피부에 닿았다.

손님이 페이지를 넘겼던 조서는 덮여 왼쪽 팔꿈치 옆으로 밀쳐지면서 심문이라 할 수 있는 일은 이미 끝나 있었다. 그리고 화제는 서울과는 반대로 멀리 일본으로 날아가 재일동포와 조총련, 그것도 정치적 의도는 보이지 않는 일반적이고 단편적인 일, 그리고 일본의 사정, 지난달 국제연합에서 승인 가결된 남·북 동시 국제연합 가맹에 대한 감상 등 잡담을 섞어 가며, 손님은 자리를 뜨기 전에 얼마 남지 않은 시간을 때우려는 듯이 심문과는 관계가 없는 이야기로 일관했다.

간첩용의자, 반공법 위반 같은 말은 일체 나오지 않았다. 도대체가 이 남자는 무엇 때문에 서울에서 1시간이나 비행기를 타고 온 것일까. 제주경찰로부터 긴급연락을 받고 공항을 나올 때까지의 두세 시간 동안에 불법 입국한 '간첩용의자'에 대한 조사, 대책이 결정되어 있던 것일까. 고재수의 대각선 오른쪽에 앉아 있던 제주경찰 보안부장은 고재수가 시선을 던지자 입술을 움찔하더니 시선을 돌려 피했다. '너' '넌' '너는'은 어디로 사라진 것일까. 이 시골 경찰 부장 놈아! 서장은 아직도 기생집에 있느냐.

"고재수 선생님, 한국에 또 와주십시오."

손님이 자리를 뜨는 말이었다. 이런 식으로 오셔서는 곤란하지 않습니까. 반복되던 같은 문구였다. 예─, 그렇습니다.

"예─, 감사합니다."

서울에서 온 손님을 전송하기 위해 일어섰을 때, 1시간 반 동안 계속된 테이블을 사이에 둔 심문 탓에 맥이 풀려, 허리가 휠만큼 힘이 빠지고 중심을 잃어 커다란 덩치의 발이 후들거릴 정도였다.

자리에서 떠나지 않고 그곳에 서 있던 고재수는 모두가 문밖으로 나가고 난 뒤 접이식 의자에 천천히 앉았다. 흐음, 이게 어찌된 일인가?

이윽고 세 사람의 경찰관 전원, 안경을 낀 심사관을 제외한 세 사람이 방으로 되돌아왔다.

그들은 테이블에 둘러앉더니, "고 선생님, 미안합니다."를 반복했다. 이 자식, 이놈의 새끼 등 욕설을 퍼부으며 등 뒤로 팔을 꺾고 발길질을 했지만, 그렇다고 사죄할 일은 아니다. 미안하다고 해야 할 사람은 이쪽이다. 한 사람이 안쪽 사무용 책상으로 옮긴 도시락을 가지고 와 눈앞에 놓았지만, 고재수는 먹을 기분이 나지 않았다. 곧 11시. 공복이었지만 지하실의 압축된 공기를 들이마신 탓에 배부른 느낌이 들었다.

이십 분 정도 지나자 안경을 쓴 상사가 돌아왔다. 그가 고재수의 정면, 맨 처음 자리에 앉았다 다시 일어나 "고재수 선생님, 대단히 죄송합니다."라며 고개를 숙였다. 자리에서 일어난 네 사람이 저쪽 사무용 책상에서 머리를 맞대고 뭔가 이야기를, 의논을 시작한 모양이다.

모습을 보이지 않는 경찰은 철수한 모양이다. 오늘밤은 이미 깊었기 때문일까. 경찰 관할에서 제외됐기 때문인가. 아마도 더 이상 출입국관리의 차원이 아니라며 보안부장이 흥분하던 일이 다시 출입국관리의 차원으로 되돌아온 탓일 것이다. 어떻게 되는 건가. 앞으로, 지금부터 어떻게 할 것인가. 그것을 지금 의논하고 있을 것이다.

시간은 걸리지 않았다. 십여 분 만에 모두가 테이블로 돌아와 각각의 자리에 앉은 뒤 상사인 심사관이 '죄송합니다만'이라는 서두를 꺼내고는 아직 고 선생님에 대한 출입국관리 당국으로서의 조치는 결정되지 않았기 때문에 바로 이 자리에서 돌아가시게 할 수는 없다(당연하겠지. 나도 그렇게 생각한다. 내가 불법입국자인 것은 틀림없다.), 그래서 가능하면 호텔로 안내하여 출입국관리소 직원들과 함께 숙박을 하면 좋겠지만, 그곳은 출입국관리사무소 권한 밖의 민간 지역인 까닭에 만일의 사태에 대비하여(즉, 도망가는 일을 말하겠지만, 난 그런 짓은 하지 않는다. 그래도 좋다.), 죄송하지만 오늘밤은 출입국관리사무소에서 신병을 맡기로 하였으니 지금부터 출입국관리사무소 쪽으로 옮겼으면 좋겠다고 말한다.

"출입국관리사무소라면 어떤 곳인가?"

"예-, 출입국관리사무소 내의 유치장입니다."

정면의 안경을 쓴 심사관.

"유치장? 그렇군, 으음."

호텔에서 유치장.

"그렇습니다."

"장소는 어딘가?"

"예, 제주항, 종합터미널 근처입니다. 그러니까 구시내입니다."

"먼 곳이군."

"자동차로는 그다지 시간이 걸리지 않습니다."

"자동차를 타고 유치장까지 간단 말이지……. 으음."

"죄송합니다."

"여기 지하실에는 머물 곳이 없다는 건가? 여기는 출입국관리사무소 관할일 텐데. 유치장은 없나?"

"있습니다. 유치장은 있습니다만, 그러나, 그…….."

"똑같은 제주출입국관리사무소 유치장일 테지. 뭐가 다른 거지?"

"예-, 완전히 같습니다만, 지상과 지하라는 차이가 있습니다. 지상의 밤공기는 바다의 향기도 나고…… 그게."

"바다 위에 유치장이 있는 것은 아니겠지. 여기는 지상과 지하의 환기, 공기의 통로는 있을 텐데."

"예-, 그것은 물론, 말할 필요도 없이 설비는 잘 정비되어 있습니다."

"음, 이제 와서 같은 유치장으로 간다면 움직이는 게 큰일이야. 호텔이라면 몰라도. 으음, 당연하잖아, 호텔에서 목욕을 하고 싶은데."

"예-, 예-, 정말 죄송합니다."

고재수는 페트병의 물을 다 마셨다. 하룻밤일 뿐이다. 만일 이틀 밤이 된다면 묵어보고 내일 지상으로 올라가자. 어쨌든 내일은 지상으로 올라가야 한다. 경찰의 권한 밖으로 나오는 것이니 사법에 휘말릴 일은 없을 것이다. 지하 감옥에서 자는 것도 재미있다. 영원히 땅속에 갇히는 것은 아니다.

"어쨌든 유치장으로 안내해주시오. 어떤 곳인지?"

심사계장과 부하, 그리고 고재수, 두 명의 직원이 방의 정면이 아닌 오른쪽 문을 통해 밖으로 나와 벽의 스위치를 눌러 나타난 복도 오른쪽 끝이 철창으로 된 유치장이었다. 복도에 면해 있었다. 막 켜진 백열전구에 비친 아무도 없는 방이 무척 쓸쓸해 보인다. 두세 평 정도 될까. 한 사람이 자기에는 넓지도 않고 딱 좋을 것 같았다.

"이 유치장의 구조는 출입국관리사무소와 같습니다."

계장이 변명하듯이 말했다. 복도의 반대편은 경찰 보안부장 일행이 들락거리던 또 다른 문 쪽 복도와 교차하고 있는 모양이었다. 네 사람은 유치장 옆에 붙어 있는 방으로 들어갔다. 네댓 평 정도의, 유치장을 보고 난 후라 그런지, 꽤 좋아 보이는 방으로 벽 쪽 소파 앞 자그마한 원탁 주위에 4개의 의자가 있다. 안쪽에는 삼단 침대. 소파에 고재수, 둥근 테이블을 둘러싸고 네 사람이 앉았다.

두 사람이 자리에서 일어나더니 문 쪽 취사장의 선반에서 소주 서너 병, 페트 물병, 땅콩이랑 간이 된 완두콩 등의 봉지를 나무 접시에 담아왔다.

고 선생님, 고생하셨습니다, 라면서 우선 고재수부터 차례로 술을 따라 조촐한 주연이 시작되었다. 고재수의 부탁으로 한 사람이 심문실 테이블에서 도시락을 가져와 펼쳐 놓았다.

"고 선생님은 술을 좋아하십니까? 얼굴을 보면 알지요."

도시락을 가져온 이십 대 중반의 아직 젊은 직원이 붙임성 있게 말했다. 틀림없이 지하 3층의 열린 문으로 '이 자식아! 들어가!'라며 양팔을 잡고 뒤에서 밀어 넣은 한 사람이다.

"흐흠, 무슨 건방진 소리를 하는 거야."

상사인 심사관이 콧소리를 내면서 말했다.

젊은 직원 두 사람은 일본의 이야기를 이것저것 묻고 싶어 하는 것이 꽤나 일본을 동경하고 있는 듯하다. 일반적으로 그럴 것이다.

문××라고 자기소개를 한 붙임성 있는 청년은 일본 대학으로 유학을 가고 싶은데, 일본어학교에서 1, 2년 공부하면 대학 입시는 가능한지, 일본은 물가가 비싼데 누구나 아르바이트가 가능한지, 대학의 학비는……이라든가, 이쪽이 대학입시 알선자라도 되는 것처럼 출입국관리사무소의 상사 앞에서 열심히 묻고 있었지만, 장소에 어울리지 않는 질문인데다 피곤한 탓에 고재수는 입을 다물고 있었다. 일일이 제대로 상대해서 대답할 수 있는 성질의 질문이 아니다. 평소에 품고 있던 강한 소망인 모양인데, 그것이 꽤나 집요하다. 여기가 출입국관리사무소의 '간첩용의자'를 가두는 지하실이라는 것을 잊어버린 것인지, 일본에 돌아가거든 한국 대학의 안내서 같은 것을 모두 모아 보내달라는 등, 동경과 몽상 때문에 낙관적인 생각을 갖게 된 것인지, 꽤나 뻔뻔스럽다.

새벽 1시, 계장이 자리에서 일어나 "이런 곳이라 미안합니다."라며 고개를 숙이고 방을 나갔다. 출입국관리사무소로 돌아간다고 한다. 세 사람이 남아 보초를 설 모양이다. 보초가 있는 것이 좋다. 네 사람 모두가 지상으로 돌아가 버리고 땅속 깊이 혼자 갇혀 있다가는, 아이고, 고재수는 이내 지상을 향해 기어 올라갈 것이다.

공항 게이트를 일단 통과한 고재수를 "잠깐만!"하고 불러 세운 심사관이 칫솔, 튜브 치약, 수건을 가져와 "이걸 사용해주세요."라고 말했다.

"난 여행용으로 가지고 있어. 가방 속에 있지."

"아닙니다, 그냥 이걸 사용해주세요. 가방은 잘 보관하고 있습니다."

음, 그렇군, 호텔을 대신한 지하 유치장에서 내준 칫솔, 치약이다…….

원탁 위에 빈병이 늘어섰다. 다섯 병. 작은 병이니까 한 병에 한 홉 반 정도 될까, 그래도 한 되에 가까울 것이다. 양으로서는 별거 아니다. 한국 소주는 달아서 고재수의 입에 맞지 않지만, 페트병의 한라산 물을 섞으면 설탕 같은 단 맛이 부드럽게 변해서 그럭저럭 마실 수 있다. 익숙해지는 건 무섭다. 일본에서도 한국 소주가 맛있다고 마시는 일본인이 많은데, 일본의 소주나 각 지방 청주의 맛을 모르는, 아니 술맛을 모르는 사람들이다. 한국 사람들은 단숨에 마시고 상대에게 잔을 권하는 버릇이 있다. 그리고 잔을 되돌려 권하고 또 이를 반복하는데, 4년 전에 한국에 갔을 때는 술을 좋아하는 고재수도 그만 질려 버리고 말았다.

지상의 주연이 아니라서 그런지 직원들의 취기는 긴장한 기색이 배어 있었다. 목소리에 여유로움이 없다.

"선생님, 술은 아직 있는데요……."

"아니, 됐어. 난 잘 거야. 자리에서 일어나야지, 음."

'나는 잔다' 귓속에서 울리는 듯한 자신의 목소리.

"예-, 예-."

고재수와 함께 세 사람이 자리에서 일어나 왼쪽 옆의 유치장으로 안내했다. 이불을 짊어진 한 사람이 유치장의 열린 문 밖에서 구두를 벗고 안으로 들어가 벽 쪽에 위아래 이불을 놓았다.

갑자기 일어나 걸으려 하자 상반신이 휘청거렸고, 머리로 올라온 취기가 귓속에 남은 '나는 잔다'라는 목소리를 밖으로 뿜어 올렸다. 고재수는 유치장의 열린 철창문 앞에서 외쳤다.

"나는 잔다! 어잇, 어잇!"

놀란 세 사람이 한 걸음 뒤로 물러나 고재수의 얼굴을 올려다보았다. 텅 빈 복도에 울려 퍼진 목소리가 되돌아왔다. "나는 잔다, 나는 잔다!"

"에잇, 에잇."

"문을 열어 놓게 되어 정말 죄송합니다." 심사관이 한 걸음 앞으로 내딛으며 말했다. "호텔로 안내했더라면 좋았겠지만, 이런 곳이라 죄송합니다. 저희들은 옆방에 머무니까 용무가 있으시면 언제라도 말씀해주세요."

"고맙소."

세 사람은 고재수가 유치장 안으로 허리를 굽히며 들어가는 것을 지켜본 뒤 그곳을 떠났다.

"어잇, 나는 잔다!"

좁은 유치장에, 지하실 공간에 그 목소리가 메아리치면서 울렸다. '나는 잔다!'


3


취조 중에 얻어맞은 것도 아닌데 온몸의 마디마디가 쑤셨다. 분명히 긴장과 약간의 공포로 인한 피로일지도 모른다. 옆의 직원들이 있는 방 소파에서 일어났을 때는 취기도 있어 상반신이 휘청거렸지만 술은 깨기 시작한 모양이다. 술이라고는 해도 달콤한 소주 2홉 정도. 윗옷을 벗고 넥타이를 푼 뒤 옆방에서 가져온 이불 위에 드러누운 얼굴을 비추는 천장 불빛이 눈에 시릴 정도로 백열전구의 윤곽이 선명했다. 지하 3층의 유치장. 공항 지하의 심문실. 밤도 낮도 없는 땅속에서 빛이 사라져 어둠이 된다면 어떻게 될까. 시간의 움직임도 공간의 위치도 알 수 없는 어둠 속에 24시간 갇혀 있는 것만으로도 인간은 미쳐버릴지 모른다. 지상이 아닌 땅속의 어둠 속에서 어떻게 미쳐가고, 손발, 그리고 지금 가슴에 손을 올린 몸의 움직임은 어떻게 되는 걸까. 보이지 않는 어둠 속에서 지금처럼 숨은 쉴 수 있는 걸까.

바로 위에 매달려 있는 백열전구의 빛이 사라지면 거대한 어둠의 덩어리가 빛의 속도로 떨어져 내릴 것 같다. 덩어리의 조각들이 억지로 입을 벌리고 목구멍으로 밀려들어와 숨이 막힌다.

지상의 어둠은 온 하늘에 빛나는 별들과 함께 있다. 서울 등의 도회지에서는 보이지 않는, 하늘을 가득 메운 별의 반짝임을 감싸 안은 어둠. 4년 전에 처음으로 제주에 들어와 밤 전체에 아로새겨진 별빛에 놀랐다. 시내의 해변에 서서 올려다본 밤하늘에는 처음에는 거의 아무것도 보이지 않았지만, 이윽고 거리의 눈부신 네온이 씻긴 눈으로 하늘의 한 점을 계속 응시하고 있으면, 그곳에서 빛이 번져 반짝이는 하늘의 별무리, 그야말로 백금의 별 부스러기가 흘러넘쳐 떨어져 내린다. 서울에서도, 일본의 도회지에서도 볼 수 없는 운동하는 천체의 파노

라마. 백열전구는 계속 빛나고 있다. 제주도의 밤하늘을 우러러보는 대신에 지하 감옥의 전등 밑.

독재시대에 이 유치장, 지하 감옥에 정치범이 갇혀서 죽은 일은 없을까. 제주국제공항은 1960년대 말 박정희 시대에 만들어졌다고 하는데 왜 지하 3층일까. 2층 계단 층계참에도 철문이 있었는데, 유치장 천장 위에도 뭔가의 공간이 있을 것이다. 백 미터 지하의 평양지하철은 알려진 대로 핵대피소이기도 하지만, 여기도 무슨 군사적 목적이 있는 걸까. 물론 유사시에는 공항 자체가 군용으로 전용될 것이다.

정말이지 아무런 소리도 들리지 않는데 귀 안쪽 공간이 투명하게 모든 소리를 빨아들일 것처럼 맑아져 있었다. 무음이 얼어붙어 있었다. 그리고는 중얼거림. 지평선 저쪽의 희미한 빛, 잠과 맨 정신 사이의 엷은 경계선에 비치는 희미한 빛 같은 중얼거림이 들려온다. 중얼거림이 무음의 공간에 별빛 알갱이처럼 가득 찬다. 땅속 바로 옆은 바다 밑이다. 땅울림으로 희미하게 들려오는 파도 소리. 바다의 중얼거림. 유치장의 마룻바닥에 전해지는 희미한 땅의 숨결. 이런, 중얼거리는 소리가 베개에서 들린다. 옆의 마룻바닥 한 곳이 움직이며 벌어지더니 한 줄기 검은 피가 흐르고 있어 깜짝 놀라 몸을 돌려 응시하자, 하나의 검은 실 같은 것이 위아래로 움직이고 있었는데, 그것은 개미가 일렬로 바쁘게 기어가는 발소리다. 수많은 발의 움직임이 돋보기를 들여다보는 것처럼 뚜렷이 보인다. 이런, 행렬을 쫓던 시선 아래로, 이상하게 어딘가로 사라져버렸다. 사람의 기척에 구멍 속으로 도망쳐 들어간 것일까. 그럴 만한 구멍은 눈앞의 개미들이 사라진 그곳에는 없다. 흔들린다. 눈의 착각인가. 개미들이 하나의 검은 실처럼 행진하던 발소리는? 왼손 손목시계의 초침 소리가 들려왔다.

눈을 뜨고 있었다. 아까부터 계속 자지 않고 있었던 것이다. 아니, 백열전구의 빛을 잔뜩 흡수한 눈을 뜬 채 반쯤 잠든 것이다. 눈을 뜨고 꿈을, 아니, 꿈속에서 눈을 뜨고 백열전구의 빛을 흡수하고 있었던 것이다. 꿈속의 중얼거림. 반각반수(半覺半睡), 2시 40분.

유치장 입구를 보자 철창의 문이 열린 채였다. 천천히 일어나 문 앞에서 신발을 신고 옆방으로 갔다. 문이 열려 있었다.

"아이고, 고 선생님, 무슨 일이십니까?"

불침번인 일본 유학을 지망하는 젊은 직원이 의자에서 일어났다. 눈이 빨갛다.

"음, 수고 많아. 술이 있나?"

"옛."

젊은 직원은 취사장 쪽에서 나무접시에 소주병, 페트 물병, 컵, 마른안주가 들어 있는 봉지를 가지고 와서는 병뚜껑을 따 원탁의 한쪽에 놓은 뒤, 어서 앉으시라며 의자를 권했다.

고재수가 괜찮다며 술병을 손으로 잡으려 하자, 직원은 자신이 가지고 가겠다며 술 등을 나무접시에 담아 방을 나서는 고재수의 뒤를 따랐다.

복도로 나온 고재수는 맞은 편 심문실 문 앞에 멈춰 서서 손잡이를 돌려보았다. 문이 열리며 펼쳐진 밝은 공간에 아무도 없다. 당연한 일이지만 아무도 없다. 사람 그림자가 있다면 유령일 것이다.

"아무도 없습니다."

직원의 취기와 졸음이 섞인 목소리.

"음, 항상 누군가 있나?"

"아니요, 아무도 없습니다."

왼쪽 벽에 지상으로 올라가는 계단과 연결된 문이 있는데, 그곳으로 들어왔었다. 문밖의 계단을 올라가면 지상으로 나갈 수 있을 것이다. 지상으로 나가면, 심야의 바닷바람과 파도를 일으키며 흔들리는 커다란 바닷소리. 밤하늘의 어둠.

고재수는 술을 가져다 준 젊은 직원을 돌려보낸 뒤 바닥에 책상다리를 하고 앉아 홀로 술을 따랐다. 한라산 물을 섞지 않고 소주병을 기울여 컵에 따른다. 마른안주가 든 비닐봉지는 열지 않았다. 달콤한 소주를 음미하며 마시는 게 아니다. 얼굴을 찡그리며 마신다. 취기가 술이자 안주다.

작은 병의 술은 거꾸로 들고 흔들 때까지 시간이 걸리지 않는다. 페트병의 물을 직접 목구멍으로 흘려 넣는다. 물이 맛있다. 위에서 서서히 퍼지며 물은 술맛으로 변한다. 깊은 밤, 지하 유치장에 술 냄새가 감돈다. 술에 젖어 취한 눈으로 회색빛이 감도는 삼면의 콘크리트 벽을 노려본다.

벽 너머는 땅속이다. 그 너머는 바다 밑. 사방이 바다다. 유치장의 취기가 스며든 벽이 파도처럼 흔들린다. 중얼거림. 땅속의, 바닷속의 중얼거림. 바닷속의 조용한 물 흐르는 소리. 바다 밑에 하얀 생물 같은 덩어리가 흔들리더니 백마처럼 생긴 것이 스쳐 지나간다. 하얗게 빛나는 것은 해녀, 해녀인 모양이다. 제주도의 해녀. 그렇다……. 흔들린다. 벽이 흔들리고 조용한 황혼 같은 바닷속의 흐르는 물이 흔들린다. 어머니는 제주도의 해녀였다. ……제주도 4·3사건 당시 이 학살의 섬에서 게릴라 투쟁이 있었고 해녀들이 싸웠다. 예전에 들은 적이 있다. 해녀가 게릴라 측의 연락을 위해 밤바다를 헤엄쳐 옆 마을로 그리고 또 다시 옆 마을로, 그리고 다음의 연락을 위해 산으로, 게릴라가 숨어 있는 한라산에 전달했다고……. 어머니로부터 얼핏 듣긴 했지만, 연락책으로 활약한 것이 어머니는 아닐 터였다. 당시에 내가 일본에서 태어났으니까. 흔들린다. 내게는 삼촌이 있었을 터인데 삼촌은 아마도 4·3사건 당시에 사망했다. 모든 것이 터부…….

뿌드득, 뿌드득, 파도 치는 밤 해변의 모래를 밟는 소리. 누군가의 목소리가. 목소리가 아니다. 말……. 목소리가 아니다, 말. 중얼거림, 희미하게 들려오는 밤 저편 해변의 모래를 밟는 소리. 저승에서 들려오는 부서진 뼛조각이 뼛조각을 밟는, 뼛조각이 엉키고 서로 겹쳐져 삐걱거리는 희미한 소리. 땅속에 있는 뼈들의 숨소리.

유치장의 불빛이 꺼졌는지 어두운 천장에 매달린 백열전구의 형태도 눈에 들어오지 않는다. 완전한 어둠은 아니다. 어둠의 반이 비쳐 보인다. 베개 위의 귓속에서 어둠의 소리가 밀치락달치락 거리기라도 하듯이 취기의 흐름에 섞여 중얼거리고 있었다.

자신도 모르게 이불 위에 누워 있던 고재수는 수영을 하듯이 상반신을 일으켜 자세를 고쳐 앉았다.

열린 채로 있는 유치장의 문밖은 아무것도 보이지 않는다. 그는 자리에서 일어나 문 쪽을 향해 반쯤 비쳐 보이는 어둠 속으로 들어갔다. 문밖은 지하 공간이 이어지고 옅은 우윳빛 안개가 끼어 있었다. 멀리에 구멍이 보인다. 깊은 안개 안쪽으로 동굴같이 열린 입구가 있다. 양쪽이 암벽으로 된, 안개가 감도는 지하의 긴 동굴, 물이 흐르고 있었다. 공항의 깊은 지하 동굴 속에 고재수는 서 있었다.

박명이 비친 어둠 속, 물줄기를 피해 암벽을 따라 걸어갔다. 동굴 밖으로 나왔다. 전방에 물가가, 펼쳐진 물가가 보인다. 바다인가, 호수인가. 어두운 수평선과 이어진 물가의 황량한 암반지대를 걸어가자 앞바다로 향하는 다리가 있다. 다리는 길게 뻗어 있고 물가는 커다란 강기슭 같다. 다리 아래에 사람 그림자 같은 것이 멈춰서 있다. 다리의 일부처럼 움직이지 않는다.

다리를 피해 반대쪽으로 걸어가자 길을 막는 거대한 묘지, 수많은 묘와 마주쳤다. 여기가 동굴로부터 나온 아득히 먼 땅속의 공간인가. 망막한 저승의 하늘인가. 많은 까마귀 그림자가 날고 있었다.

산소라고 불리는 반원형의 분묘, 그런 산소가 걸어가는 좌우로 하나, 둘, 셋, 게다가 삼사 미터 높이의 둥근 묘가 여기저기 흩어져 있어서 고재수는 거대한 조각상의 무리 속으로 잘못 들어오기라도 한 것처럼 움직이듯 앞을 가로막는 많은 묘들을 비켜가면서 걸었다. 잔디가 없이 흙뿐인 벌거숭이 산소였다.

어디로 가는 건지 목적지는 생각나지 않았지만, 여기 묘지의 미로에서 빠져나가지 못하는 것은 아닌지 초조해졌다.

아무도 쫓아오는 낌새가 없는데도 등 뒤로부터 밀리는 듯한 기세로 빙글빙글 돌고 있자니, 갑자기 잠에서 깬 것처럼 전방이 환하게 펼쳐졌다. 그곳은 분지처럼 많은 산소에 둘러싸인 평지로, 펼쳐진 광장을 따라 계속 나아가자 중앙에 커다란 받침대가 나타났는데 마치 제단 같았다. 제단, 거대한 묘지의 제단이었다.

제단의 주위를 아지랑이처럼 투명한 그림자가 행렬하듯이 걷고 있었다. 인간의 형태를 한 그림자는 등에 지게로 뭔가의 짐을, 거적 같은 것으로 덮은 짐을 짊어진 채 걷고 있었다. 그 것은 제단 너머 오른쪽 구석의 산소 그늘에서 일렬로 나와 제 단을 한 바퀴 돌고 다시 제단 너머 반대편인 왼쪽 구석의 산소 그늘로 사라져갔다. 그 산소 너머에는 커다란 강이 있었고 그 강의 다리를 건너가는 흰옷을 입은 사람의 모습이 보였다. 동 굴에서 나왔을 때 보았던 강기슭 같던 물가의 다리 위였다.

커다란 강은 거대한 묘지 옆을 흐르고 있었다. 흰옷차림으로 변한 듯한 이들 그림자의 행렬은 무엇일까. 제단 앞에는 아무 도 없다. 무인의 커다란 제단. 고재수는 아, 저건 제단이로군, 하며 새삼스레 납득했다.

거적을 씌운 짐을 짊어진 행렬은 무엇일까.

행렬은 죽은 자들이 산소에서 나온 형체가 없는 그림자 모양 이다. 산소라는 것은 자신들이 나온 무덤이다. 거적을 덮어씌 운 것은 사체, 정뜨르 비행장에서 학살당한 망자들이다. 망자 와 망자의 행렬이다.

뭘 하고 있는 건가?

망자를 묻는 것이다. 망자가 망자를 묻는 것이다.

오오, 망자가 망자를 묻는다…….

행방도 모른 채 살해되고, 산 채 매장되어 아무도 찾을 수 없는 가운데 썩어서 뼈만 남은 망자, 묘가 없는 망자, 갈 곳이 없는 망자다. 거대한 묘지에 살고 있는 망자들이 행방도 모른 채 살해되어 방치되어 뼈만 남은 망자들을 저승, 황천으로 데리고 가는 중이다.

아니, 저건? 어디선가 본 듯한 광경이 땅속에서 솟아나듯 떠올라 사람 모양을 한 투명한 그림자 대신에 누더기를 걸친 분명히 게릴라 패잔병으로 보이는 행렬이 제단 주위에 유령처럼 나타났다.

어디선가 본 듯한 이건 뭔가? 망자들의 행렬은 사라지고 좀 전까지 들리던 목소리도 사라졌다. 여기는 황천이 아니다. 애당초 살아 있는 내가 올 수 있는 곳이 아니다. 황천으로 가는 입구인가.

헝클어진 머리, 맨발의 게릴라들은 어깨에 죽창을 짊어지고 있었고 그 끝에는 사람의 막 자른 목이 꿰어져 있었다. 산에서 하산하여 항복한 게릴라들이 이미 살해된 다른 게릴라들의 막 자른 목을 짊어지고 제단 주위를 쓰러질 듯이 행진하고 있는 것이었다. 검은 그림자가 저승의 하늘로 날아가고 까마귀들이 까악, 까악 울어대면서 죽창 끝에 피가 엉겨 붙은 목의 자랄 대로 자란 머리카락을 커다란 부리로 쥐어뜯으며 필사적으로 매달렸다.

땅속 하늘의 까마귀 떼다. 까마귀가 물고 늘어지는 망자의 목을 짊어진 죽창의 행진은 계속되었다. 고재수는 상당히 멀리 보이는 행진으로 달려가 맨손으로 까마귀를 잡으려 했지만, 마치 자석에라도 찰싹 들러붙은 것처럼 다리가 지면에서 떨어지지 않았다. 한쪽 발을 들어 올리려 했지만 꿈쩍도 않는다. 다시 다른 발을 움직이려 했으나 허사였다. 순간이 영원처럼 움직이지 않는다. 밤인지 낮인지 알 수 없는 그 자리에 영원히 계속 서 있어야 하는가. 움직이지 않는다.

고재수는 유령의 그림자처럼 희미해져 가는 게릴라들의 행진을 지켜보면서 소리가 아닌 소리를 내어 외쳤다.

삼촌! 삼촌!

네 삼촌은 4·3사건 때 죽었단다.

삼촌! 삼촌님!

사라져가는 유령들의 행진을 쫓으며 영원한 가위눌림의 상태로 멈춰선 채 외쳤다. 삼촌님!

밤인지 낮인지 알 수 없는 정지한 시간의 흐름 속에서 출입국관리사무소 직원들이 깨우는 바람에 눈을 뜬 뒤 한참 지나 여기가 지하 유치장이라는 것을 깨달았지만, 분위기로 보아 이곳을 나가 지상으로 올라가려는 모양이다. 7시 반, 오전인가 오후인가. 자다가 일어났으니까 아마 오전 7시 반일 것이다. 외계와의 사이에 빛이 들어오는 창문이 없는 탓에 여기에는 시간이 없다. 과연 외계가 있기는 한 건가. 주변에 사람이 없다면 시간은 정지한 채로 있을 것이다.

지하실, 여기는 틀림없이 공항 지하 3층의, 천장을 보고 누운 양쪽 눈에 백열전구 빛이 스며들던, 그리고 비치고 있는 유치장이다.

세수를 하고, 화장실을 다녀오고, 와인색 넥타이를 매고, 양복저고리를 걸치고, 옆 대기실에서 차를 마신 뒤, 숙면 중에 일어나시게 해서 죄송합니다, 라며 황송해 하는 출입국관리사무소 직원 세 사람과 지상으로 나오게 되었다.

"어젯밤은 누추한 곳에서 잘 주무셨습니까?"

"……어젯밤? 음, 어젯밤인가……?"

"미안합니다. 어젯밤이 아니라, 실은 오늘 오전입니다. 오전 3시였습니다."

"어젯밤이 아니라, 오늘 오전……?"

여기는 지하실이다. 지하……. 땅속 저승의 하늘 아래에 둥근 분묘, 거대하게 펼쳐진 묘지가 보였다. 4·3사건은 언제인가. 40년 전일 것이다. 거의 생각해본 적이 없는 4·3사건. 나는 정지한 시간의 40년 전의 현실에 서 있었다. 뿌드득, 뿌드득, 밤 저편 해변의 모래를 밟는 소리. 저승에서 희미하게 들려오는 부서진 뼈가 뼈를 밟는, 뼈가 뒤엉키고 서로 겹쳐지며 부딪히는 소리, 땅속에 묻힌 뼈들의 숨결. 어둠이 아닌 박명의 빛이 감도는, 황혼 같은 바다 밑바닥에 가라앉은 뼈의 무리.

"아, 그렇군, 오늘은 며칠인가?"

"예-, 10월 11일입니다, 금요일입니다."

"난 이 제주공항에 10월 10일 도착한 거 아닌가?"

"그건 그렇습니다."

"무슨 말인가? 그건 그렇다니."

"예-, 그렇습니다."

"오늘은 어제의 다음날, 11일인가?"

"그렇습니다."

"하루가 지난 건가?"

"그렇습니다. 시간적으로는 반일이 조금 지난 시점입니다. 하지만 날짜가 바뀌었습니다."

"음, 내가 어제 이곳에 끌려왔었군."

"예-."

"이제 어디로 가는 건가?"

"출입국관리사무소까지 갑니다."

"출입국관리사무소, 거기에 가서 뭘 하려고. 공항은 여기 지상이 아닌가?"

아마도 이대로는 강제송환 비행기에 타지 못할 것 같다. 너무 낙관적이었나 보다.

"출입국관리사무소에서 고 선생님에 대한 최종결정이 내려집니다."

"으음, 최종결정이라. 아직 최종결정이 내려진 게 아니었군. 하긴 난 불법입국을 한 고재수니까. 어젯밤에 서울에서 온 손님은 돌아가셨나?"

"아닙니다. 아직 제주에 체재 중입니다."

"음, 최종결정까지 시간이 많이 걸리나?"

"출입국관리사무소에 가봐야 알겠습니다만, 시간은 그다지 걸리지 않을 거라고 생각합니다."

설마 다시 체포되는 것은 아닐 테지. 직원 한 사람이 고재수의 보스턴백을 들자, 다른 한 사람은 방의 전등을 끄고 문을 열쇠로 잠근 뒤 맞은편 심문실, 심문실인지 뭐하는 방인지, 고재수가 심문을 당한 넓은 그 방을 세 사람에게 둘러싸인 채 빠져나와 자물쇠가 채워진 문밖의 지상에 올라가는 계단으로 나왔다.

가방을 든 한 사람은 앞에, 두 사람은 세 계단 아래의 좌우에서 고재수의 팔을 잡지는 않았지만, 꽤나 중력이 느껴지는 깊숙한 공간의 계단을 구둣발 소리를 울리며 올라갔다.

맨 위층의 문을 열자 넓은 공간의 빛이 전신을 씻어내듯 흘러들었다. 거대한 묘지가 펼쳐진 커다랗고 어두운 공간의 껍질을 철문 너머에 벗어던지고, 겨우 제대로 된 공기를 들이킬 수 있는 낮의 세계로 되돌아왔다.

"고 선생님." 양쪽 팔을 잡은 한 사람이 고개를 숙인 뒤 말했다. 긴장된 목소리다. "한쪽 손을 주십시오."

"⋯⋯?"

고재수는 오른손을 내밀었다.

"미안합니다."

반짝하며 빛난 차가운 수갑이 손목에 채워지자 찰칵하고 잠금장치가 걸렸다. 깜짝 놀라며 무슨 일인지 생각해보았으나 음, 별일 아니다. 이 젊은이들은 경찰권을 가진 출입국관리사무소 직원, 지하 감옥에도 집어넣을 수 있는 말단의 국가권력을 행사할 수 있다. 어제 입국에 실패하여 체포되었을 때는 여러 명의 직원들에게 포위되어 수갑을 채울 필요가 없었을 뿐이다. 아직 최종결정이 내려지지 않았다. 난 불법입국자다.

앞에 가방을 든 한 사람, 좌우에 두 사람, 유학을 지망하는 한 사람은 왼쪽, 오른쪽의 한 사람은 수갑이 채워진 고재수의 손이 보이지 않도록 몸을 바싹 붙인 채 로비 쪽으로, 공항관계자 이외의 사람 그림자가 없는 구내의, 어제 고재수가 돌파를 시도했던 입국심사 게이트를 통과, 그곳에서 7, 8미터 거리에서 잠깐만! 하고 불러 세워졌던 로비의 중앙을 빠져나갔다. 분명히 비행기에서 내려 게이트 앞에 줄을 선 양친과 형의 뒤를 따라 부스 앞에 있는 심사 게이트를 통과했었다. 그것이 어제, 언제적 어제란 말인가? 이미 멀리 안개처럼 멀어진 시공 저편의 고재수의 움직임, 스크린처럼 자신의 모습이 보이고 있었는데, 심사 게이트에서 멀리 벗어나 공항 현관 밖으로 나왔다. 앗, 전방 아득하게 투명한 파란 하늘 아래 섬 중앙으로 솟아오른 한라산이 보였다. 험준한 정상에서 출발하여 쓸어내린 것처럼 완만한 능선이 바로 이어지며 동서로 사라져가듯이 멀리 뻗어나간다.

한동안 우뚝 서 있던 고재수는 양팔을 크게 펼치고, 이런, 오른쪽 손목에서 찰칵하는 소리가 날 뿐 움직이지 않는다. 그래, 그렇지, 그는 하늘을 우러러 한쪽 손을 크게 펼치고 심호흡을 했다.

어느새 눈앞에 한 대의 자동차가 멈춰 있었다. 고재수는 뒤쪽 좌석의 두 사람 사이에 끼어 앉았다. 한 사람은 앞쪽의 조수석. 자동차는 출발을 기다리고 있었다는 듯이 속도를 올려 달리기 시작했다. 신시가지로 나와 동서를 관통하는 아스팔트 교차로를 구시가지(성내) 쪽으로 달리고 있음을 알 수 있었다. 새로운 건물이 늘어서 있는 것 같았다. 녹음이 우거진 가로수가 아름답다. 십 분 남짓 만에 구시가지로 들어가자 아침이 이른 섬사람들의 움직임으로 이미 분주하다. 관덕정 광장 터미널을 왼쪽으로 스쳐 지나간 뒤 동문로 교차로를 건넌 즈음부터 언덕길, 즉 사라봉 기슭을 가로지르는 꽤 급한 경사를 요란한 엔진 소리와 함께 올라갔다.

"출입국관리사무소는 어디에 있지?"

"예-, 이제 곧 도착합니다."

"제주항 터미널 옆이라고 하던데 전혀 바다가 보이지 않네."

"예-, 산 쪽으로 사라봉 자락 언덕에 있습니다."

"거기는 어딘데."

"건입동입니다."

"건입동? 건입동이라."

"예-."

"여기는 내 고향 마을이야."

성내 전체가 그렇지만 많이 남아 있던 옛적 초가지붕은 자취를 감추었다. 처음으로 고향을 방문했을 때 훨씬 앞쪽 바닷가 근처를 걸었는데, 해안의 매립확장 공사나 호텔 건설 등으로 옛날의 자취는 완전히 없어진 것 같았다.

"여기는 내 고향이야. 난 일본에서 태어났지만, 건입동은 아버지나 삼촌들의……." '삼촌'이라는 마치 타인과 같은 자신의 목소리에 움찔 놀라며 순간적으로 말을 삼켰다. "음, 그렇다니까. 이곳에서 태어나 자란 곳이 건입동이야."

"예-, 고 선생님 조서에서 봤습니다."

조서에 삼촌에 대한 내용은 없을 터였다. 애당초 삼촌에 관해서는 머리에 떠오르지 않았다. 삼촌은 4·3사건 당시 섬의 어디에 있었던 걸까. 한라산에 들어가 있었던 걸까. 성내의 건입동 지구를 드나들면서 게릴라 활동에라도 관계하고 있었다면,

성내 지구에서 체포되었다면, 당시의 제주경찰, 그리고 정뜨르 비행장—사형장으로 이송되었을 것이다. 어디를 아지트로 삼아 4·3투쟁에 관계하고 있었는지 전혀 알 수가 없다. 터부—. 망막한 안개 속에서 4·3사건이 서서히 떠오른다. 사라봉이 크게 눈앞으로 다가왔다. '봉'이라고는 해도 제주도에 삼백여 개가 있다는 한라산을 주봉으로 한 오름(측화산)의 하나로서, 사라봉은 바다 쪽을 백수십 미터 남짓한 절벽으로 깎아내린 원추형의 비교적 작은 산이다.

자동차는 똑바로 사라봉 기슭을 가로지르는 것이 아니라, 언덕 중간에 있는 교차로를 바다 쪽으로 좌회전한 뒤 다시 완만한 경사를 달리다가 골목에서 우회전, 그리고 또 좌회전해서 세련된 이층 건물 앞에 멈춰 섰다.

건물 현관 벽에 '법무부 제주 출입국 관리사무소 Jeju Immigration Office'라는 금속 안내판이 박혀 있다. 바람이 볼을 쓰다듬으며 지나갔다. 소금 향기를 품은 바닷바람이다. 하아, 법무부다. 재입국허가서도 일본국 법무성이었다. 현관으로 들어서자 수갑을 풀어줬다.

"미안합니다. 수고하셨습니다."

현관을 지나 열십자로 교차된 복도를 오른쪽으로 돌아들어간 안쪽에 유치장 같은 쇠창살이 보이는 것이 지하 유치장을 닮았다고 생각했지만, 고재수는 그곳까지 가지 않고 방 두 칸을 못 간 대합실 같은 방으로 끌려들어갔다. 그렇겠지. 지하실에서 나와 자동차를 타고 다시 지상의 유치장에 수감되는 일은 없을 것이다.

양쪽 벽에 놓여 있는 긴 의자의 한쪽에 앉자 잠시 기다리라는 말과 함께 세 사람은 방을 나갔다. 두 개의 긴 의자 사이로 방 가운데에 테이블이 있었지만, 그 위에는 아무것도 없었다. 오른쪽 창밖으로 밝은 아침 햇살에 비친 잔디가 보였지만, 주위에는 가시 달린 철조망이 쳐진 콘크리트 벽이 서 있었다.

마지막 결정. 음, 이전에 뭔가 결정이 있었던 걸까. 강제송환이 아닌, 뭔가 다른 결정이 있었던 것일까. 강제송환이라도 간단한 일이 아니라는 것인가.

서울에서 내려온 안기부인 듯한 손님과 깊은 지하실에서 만난 일이 훨씬 이전의 기억처럼 눈앞에서 안개 너머로 멀어져 간다. 설마 서울에서 손님이 오다니. 그리고는 얼마 지나지 않아 유령처럼 사라져 갔다. 그러나 현재 이곳에 체재 중이다.

꾸벅꾸벅 졸고 있자니, 감긴 눈꺼풀 뒤쪽이 어두운 동굴 같은 깊은 지하 계단의 공간으로 변하고, 다시 땅속의 어둠으로 펼쳐지면서 앞으로 고꾸라질 듯한 상반신을 액체처럼 빨아들인다. 상반신을 좌우로 흔들며 자세를 고치자 문이 열리는 소리가 나고 사람이 들어왔다. 유학을 지망하는 직원과 김이 피어오르는 음식을 담은 커다란 쟁반을 양손에 든 젊은이가 들어와 테이블 위에 쟁반을 올려놓았다.

고사리를 걸쭉하게 끓인 곰탕, 소꼬리 요리인 국에서 피어오르는 김이 좋았다. 공복을 느꼈다. 김치, 나물 등의 삶은 채소, 뚜껑을 덮은 밥사발. 숙취는 아니었지만 곰탕 해장국은 좋다. 천천히 메마른 위벽에 스며드는 것 같다.

천천히 드십시오. 젊은 직원이 한마디 인사를 하고 두 사람이 함께 방을 나갔다.

컵에 든 차가운 보리차를 마시고 나서 먼저 숟가락으로 국을 한 번 입에 떠 넣었다. 고사리가 거의 섬유 상태로 녹아 진한 맛이 우러난 걸쭉한 육즙을 뼈에서 발라낸 고기와 함께 입에 물고 천천히 씹었다. 일본에서 먹는 것과는 맛이 다르다. 맛의 격이 다르다. 하얀 사발 뚜껑을 열자 쌀밥의 부드러운 김이 얼굴을 감싸며 두 눈에 스며드는 것이 기분 좋다. 최종결정을 앞둔 밥이다.

9시에 형 상수가 찾아왔다. 어제도 이쪽으로 찾아온 모양이다. 출입국관리사무소 직원이 함께 들어왔다가 형을 남겨둔 채 방을 나갔다. 넥타이를 똑바로 맨 양복차림의 형이 테이블 맞은편에 앉자마자 하는 말.

"아버지가 화나셨다."

"음, 걱정은 하지 않으시고?"

"걱정 이전의 문제잖아. 어리석은 짓을 했다며 화가 많이 나셨어. 처음부터 뻔했던 일 아니냐. 응."

"알고 있어."

"앞으로 어떻게 되는 거냐?"

이제야 '어떻게 되는 거냐?'고 묻는군. 태평한 아버지와 형이다. 어젯밤 무슨 일이 있었는지 알기나 하는지. 공항에는 깊은 지하실이 있었다고. 지하 3층, 그리고, 이야기해도 알 리가 없지. 난 망자들의 세계에 갔다 왔거든. 지상의 인간에게는 보이지 않아. 지하의 세계.

"글쎄, 음. 아마도 강제송환이 되겠지."

"글쎄라는 건 또 뭐야. 강제송환이라면 어제 네가 비행기 안에서 말했던 대로잖아. 그걸 알면서 불법입국을 했다는 거고. 정말 어이가 없다. 보통이라면 생각하기 어려운 일이야. 강제송환된다면 아버지가 안심하시겠지."

"그렇겠네."

자신이 생각해도 참 싱거운 대답이다.

형은 삼십 분 정도 있다가 자리에서 일어났는데, 그 전에 안경을 낀 심사관이 찾아왔다. 최종적으로 강제송환 조치가 정식 결정되었다는 것을 전했다. 그뿐이었다. 출입국관리사무소에서는 그 이상의 취조심문은 없었다. 고재수의 보스턴백을 가지고 온 부하 심사관이 본인의 외국인등록증, 운전면허증, 재입국허가서를 고재수에게 돌려주면서 소지한 돈의 유무를 물었다. 일본행의 항공운임 때문이었다. 형이 내려는 것을 제지하고 고재수는 상의 호주머니에서 지갑을 꺼내 돈을 건넸다. 본인을 대신해서 출입국관리사무소 직원이 항공권을 구입해준다고 한다. 비행기를 탈 때까지는 강제송환의 대상이자, 국내 도망의 가능성이 전혀 없다고는 할 수 없을 것이다. 형은 강제송환되는 동생에 대해 아버지가 그럴 거라고 했던 것처럼 안심하고 기뻐했다. 귀찮은 사람을 내쫓는다는 것인가.

형 상수가 자리를 뜨고 얼마 지나지 않아 출입국관리사무소 직원 두 사람의 보호 아래 자동차를 타고 공항으로 향했다. 맨 처음에 게이트 밖으로 불법입국한 고재수를 불러 세웠던 심사관 한 사람과 일본 유학을 지망하는 직원 문××. 이름을 지하실의 술자리에서 들었으면서도 잊어버렸다가 다시 이름이 무엇이냐고 물었다. 문남주, 文南柱, 그랬었지. 기억이 났다. 그는 명함을 내밀었다. 출입국관리사무소 공항관리과로 되어 있다. 일본 대학의 입학안내서를 보내주자.

공항에 도착하자 심사관이 전화를 해두었는지 항공권 발매소에서 바로 구매하여 불법입국자에게 건넸다. 항공권을 손에 들자 겨우 자신이 사법 사태에 이르지 않고 출입국관리사무소 차원에서 해결되는 것을 실감했다.

시간은 10시 20분을 지나고 있다. 출국 항공권 개찰구에 두 사람의 스튜어디스가 나와 있었다. 무슨 일인가 싶었는데, 탑승까지의 안내역이었다. 고재수와 두 사람의 출입국관리사무소 직원에게 인사를 한 뒤 앞장서서 출국 게이트를 지나더니 그곳에서 공항경비원으로 보이는 한 사람과 함께 공항 건물 밖으로 나와 정차 중인 공항버스에 올라탔다. 흐음, 아무도 없이 텅 빈 강제송환자를 위한 특별 버스로군. 고재수는 버스가 달리기 시작한 이후에도 뒤쪽의 창밖을 보았으나 공항에서 일하는 경비원 이외에 의심스런 사람 그림자는 없었다. 좀 전에 출국 게이트를 통과하면서 문득 뒤쪽을 돌아보았는데, 혹시라도 뒤쪽에서 동행하고 있는 심사관이 아닌 누군가가 잠깐만! 하고 불러 세울지도 모른다는 두려움에 떨고 있었던 것이다. 버스는 2, 3분 만에 활주로 앞에 보이는 제트기의 그림자 속으로 들어갔다. 버스 안에서 문 쪽에 서 있던 키가 큰 글래머 스튜어디스는 어디선가 본 듯한 느낌이 들었지만 그저 그뿐이었다.

버스에서 내려 트랩 아래까지 갔다.

"고 선생님, 대단히 고생하셨습니다. 또 한국에 오시는 건가요?"

입국심사 게이트의 부스에 앉아 있던 젊은 심사관. 핫하, '잠깐만!'이라고 외치던 남자.

"오-, 아이·섈·리턴."

"......?"

"아이·섈·리턴!"

82

"예-, 예-, 꼭 다시 고향인 제주도에 와 주십시오. 다시 만나 뵙길 고대합니다."

"고마워요."

한쪽 손에 보스턴백을 들고 트랩을 두세 단 올라 세 사람에게 손을 흔들며 그 어깨 너머로, 잠깐만! 하며 자신을 쫓아오는 그림자는 없는지 공항을 둘러보았다.

그리고 또 공항 건물 저편의 아득히 먼 창공 아래, 햇살에 흐려 보이는 한라산을 올려다보았다. 아아, 안녕, 제주여, 손을 크게 흔들었다. 언젠가 한라산에 오르고야 말겠다. 고재수는 트랩을 올라갔다. 예-, 예-, 꼭 다시 고향인 제주도에 와 주십시오……. 이런 식으로 오셔서는 곤란하지 않습니까? 예-, 부모님과 함께 성묘하러 왔습니다. 그래도 이건 곤란하지 않습니까? 예-, 그렇습니다. ……그래도 이런 식으로 오셔서는 곤란하지 않습니까. 예-, 그렇습니다. 고재수 선생님, 또 한국에 와 주십시오. 감사합니다……. 공항 지하 3층 심문실의 목소리.

스튜어디스가 기내로 들어가고 고재수는 그 뒤를 따라 탑승구의 바로 앞쪽이 아닌 안쪽 통로를 일반석 쪽인 우측으로 돌아 화장실 앞을 가로질러 바로 좌측 가장 앞자리에 안내되었다. 후쿠오카를 출발할 때만큼은 아니더라도 거의 만석인 숨결과 시선을 느낀다.

제트기가 지상을 떠나 공중에 뜨고 난 뒤, 분명히 같은 제트기로 어제 오후에 일본을 떠났고 그리고 지금 일본으로 향하고 있다는 것을 어제와 같은 스튜어디스를 앞에 두고 납득했지만, 그 어제와 오늘의 거리가 하루, 아니 열 몇 시간이 아니라 솟아오르는 안개의, 그 밑에 크레바스가 감춰져 있는 건너편 기슭 같은 기분이 든다. 그것은 바다 저편으로 마치 움직이는 섬처럼 멀어져 간다.

이륙하여 공중에 높이 뜬 기내 안에서 후두부에 들러붙어 있던 보이지 않는 추적의 그림자로부터 해방되었지만, 고재수는 자유의 몸이 된 지금에서야 제주공항에서 체포되었을 때보다도 더욱 더 당시에 느끼지 못했던 새로운 공포에 시달렸다. 이러한 공포감이 안개 밑바닥의 크레바스를 뛰어넘어 고재수에게 어제와 오늘 사이의 시간적인 현실 감각을 되돌려 주었다.

용케도 강제송환만으로, 서울의 안기부 같은 곳에 넘겨져 간첩 날조의 재료가 되지 않고 '무죄석방'으로 끝났다. 지금 돌이켜보면 이상하기도 하고 전대미문의 일이라는 생각이 든다. 제주공항에서의 체포 가능성은 생각하고 있었지만 설마 서울에서 구KCIA가 찾아오다니, 지금 베이지색 제복의 스튜어디스와 마주하고 있으면서도 졸음과 남은 취기로 양 눈의 깜박임이 무뎌지는가 싶더니, 그녀들이 수갑을 든 경찰로 보이는 바람에 몸서리를 쳤다. 새삼스럽게 무슨 일인가 하고 자신의 손목을 쳐다보고 시선을 다시 스튜어디스에게 돌렸지만, 그 정도로 지금까지의 나는 세상일에 무관심, 둔감, 사상적인 자각이 부족하거나 마비되어 있었던 것이 아닌가. 강제송환당하면 아버지는 안심할 거야. 그렇겠지. 그렇겠지라는 건 또 뭐야. 나 자신이 안심하고 있는 것이다. 안심하고 있기 때문에, 안심할 수 있는 몸이 아닌 북괴간첩용의, 국사범으로 서울에 보내질 수 있는 상황이었기 때문에, 지금 공포심이 엄습해오는 것이다. 비싼 대가를 치른 공포심이, 오오, 고마워요, 스튜어디스여, 평화롭다……

꾸벅꾸벅 졸고 있었던 모양이다. 깜박임이 둔해지고 눈꺼풀이 갑자기 무거워진다. 졸리다. 눈앞, 감은 눈앞에, 눈꺼풀 뒤의 망막하게 펼쳐진 공간, 두꺼운 무(無). 반쯤 비쳐 보이는 어둠 속. 뿌드득, 뿌드득, 파도치는 밤 해변의 모래를 밟는 소리, 누군가의 목소리가. 목소리가 아니다, 말……. 목소리가 아니다, 말, 말. 중얼거림, 희미하게 들려오는 밤 저편 해변의 모래를 밟는 소리. 저승에서 희미하게 들려오는 부서진 뼛조각이 뼛조각을 밟는, 뼛조각이 엉키고 서로 겹쳐져 삐걱거리는 소리……. 뿌드득, 뿌드득, 어둠. 누군가의 목소리, 목소리가 아닌 말……. 앞으로 푹 고꾸라졌던 머리가 저절로 제자리에 왔다. 으음, 졸음의 여파로 전두부와 두개골 전체가 달콤하지만 씁쓸하게 안쪽으로 오그라들고, 눈앞이 몽롱, 미인 두 사람, 아니 제복을 입은 두 사람이 미소를 지었다. 이런, 거의 일어나다시피 자세를 고쳐 앉았다. 머리를 흔들고 빛이 들어오는 창밖을 보았다. 하늘, 하늘, 비행기?
비행기가 날고 있다. 그렇다, 제트기, 이 비행기는 제주 안기부
가 기다리고 있는 제주도에……?

"이 비행기는 어디로 가는 거지?"

"……?" 두 사람은 얼굴을 마주 보았다. "예, 후쿠오카입니다."

"후쿠오카. 오오, 후쿠오카, 그랬었지. 난 또, 헷헤, 자고 있
는 사이에 어디로 날고 있나…… 해서. 아하하……."

이 또한 이상한 대답이다. 뿌드득, 뿌드득……은 지나간 일
이다. 제주 정뜨르 비행장 상공, 활주로는 지났다. 뿌드득, 뿌
드득……. 누군가의 목소리가 아니다, 말이다. 내 안의 기억 한
구석에 쭈그리고 있던 말……. 말소리의 말이 아니다, 하나의
문장으로서의 말이다. 그것이 어둠 속에서 목소리로 울리는 말
로 변했다.

재일작가 김일담(金一潭)의 분명 소설이 아닌 에세이, 사십
년 만의 한국 방문 여행기에 나오는 그의 고향 제주도, 국제공
항, 예전의 정뜨르 비행장 활주로에 제트기가 착륙할 때의, 땅
속 망자들의 뼈가 부스러지는 환청과 자신이 망자의 뼈를 짓밟
는 듯한 마음의 통증을 쓴 3, 4년 전의 문장이다. 반조총련, 반
공화국분자로서 비판당하고, 반한, 적색분자로 한국 측으로부
터도 기피인물, 위험인물로서 취급되던 사람의 문장이었던 만
큼 신경을 써서 읽은 기억이 있다. 그때는 조총련계 신문사를

그만뒀었고, 일찍이 기자 시절에 조직의 지시대로 그를 반혁명, 반조직분자로 신문지상에서 비판한 적도 있었지만, 후일 형이 운영하는 병원의 사무장이 되었을 무렵에는 사상적으로도 자유로웠고 또 김일담에 대한 반조직분자라는 선입감은 있었지만 그래도 제법 객관적으로 읽었다. 그리고 그 외의 소설이나 평론 등도 입수해서 읽었기 때문에 그의 책은 집 어딘가의 책장에 몇 권쯤 있을 터였다.

훨씬 이전에, 벌써 옛날이다, 정뜨르 이야기, 4·3사건으로 살해된 도민이 정뜨르 비행장 아래에 묻혔다는 등의 이야기는 모친에게 들은 적이 있지만 꺼림칙한 사건, 금기시되어 관심 밖으로 멀리 묻혀 있었다. 그리고 조선신보 기자 시절, 해방 후에 제주도에서 밀항해온 선배 기자의 이야기를 들은 적이 있었는데, 얼마 지나지 않아 신문사 내부에서도 4·3사건은 금기시되었고, 신문사를 그만두고 나서도 4·3사건에 무관심하던 차에 우연히 과거의 반조직분자, 현재도 그러한 김일담의 글을 읽은 것이다. 제주공항 활주로 아래 수백, 수천, 그 수를 알 수 없는 학살된 사체가 묻혀있는데 언젠가는 그것을 지상으로 파내야 된다고, 현지의 신문에도 쓰고 인터뷰도 반복함으로써, 그야말로 현지 사람이 발설할 수 없는 것을, 터부를 이 반한, 반공화국의 재일조선인 작가는 한국을 여행하면서 이야기하고, 그리고 일본에서 글로 쓰고 있는 것이었다. 조선대학교 학생 시절부터 줄곧 반조총련분자로서 반감을 품었던 사람이었기에 그의 글은 놀라움이었고 복잡한 충격을 주었다.

그리고 지금 용케도 북괴간첩용의자로 서울에 넘겨지지 않은 것에 대한 안심에서 오는 비싼 대가를 치른 공포심이 기억을 자극하여 뿌드득, 뿌드득, 뼈들의 삐걱거리는 소리와 함께, 분명 작년의 일이다, 김일담이 쓴 글을 떠올렸다. 한국에서의 일대 간첩 사건 조작에 재일조선인 김일담을 끌어들이려던 음모를 종합지 『논계(論界)』에 폭로 발표한 것이었다. 잡지는 집에 있을 터였다. 제목은 잊었지만 일련의 조작을 꾀하는 과정의 엉성한 시나리오를 도표와 함께 폭로하고 있었다. 그래, 이제 무사히 강제 송환되어 집에 도착하면 잡지를 찾아서 읽어보자.

"선생님, 이제 실례하겠습니다. 오랜 시간 고생하셨습니다. 감사합니다."

두 사람은 공손하게 허리를 굽혀 인사했다. 글래머인 그녀는 조금 두툼한 입술 전체에 미소를 지으며 다시 한번 머리를 숙인 뒤 이내 자세를 바꿔 통로로 성큼 걸어 나갔다. 아앗, 이 얼굴이다, 본 적이, 만난 적이 있다, 중국에서, 북경의 밤이다.

# 4

고재수는 물러간 스튜어디스의 얼굴을 떠올리고 있었다. 육 감적인 빨간 립스틱 입술에 머리 위 네온의 짙은 빛을 반사하며 사람을 유혹하는 깊은 눈동자, 아니 스튜어디스가 아닌, 그 너머에 그녀의 얼굴을 이끌어내는 다른 얼굴이, 훨씬 이전에 만난 적이 있다고 생각했을 뿐인, 잘 생각이 나지 않던 그 그림자가 중국에서 만난 여자, 차이나드레스를 입은 북경의 밤의 여자였다. 그리고 얼마 지나지 않아 발을 들이밀었던 건물 3층의 공포의 밀실⋯⋯. 으음, 고재수는 토해낸 깊은 한숨 밑바닥에서 서울 손님의 말이 덩어리가 되어 눈앞에 떠오르는 것을 보았다. 고 선생님은 조선대학교 1×기생이시지요. 임××는 미국 유학을 하였고 현재는 A대 조교수, 윤××는 요코하마의 일류 호텔 경영, 김××는 출판사⋯⋯. 그리고 묻지는 않았지만 서울 손님은 그가 이름을 댄 조선대학교 1×기생들과 함께한 중국여행도 알고 있었던 게 아닐까.

그게 언제였던가, 이미 10년이 다 된, 나카소네(中曾根) 내각이 막 성립되었을 무렵의 일본이 호경기였던 시절로, 전후 정치의 총결산을 제창하며 전 각료의 야스쿠니신사(靖國神社) 참배를 강행, 한편 서독의 바이츠제커 대통령이 일본과는 반대로 전후 40주년을 맞은 국회에서 과거의 역사청산에 관한 역사적인 연설했던 그 한 해 전의 일이니까 7, 8년, 10년이 가깝다. 요코하마의 윤종일, 당시 A대학 강사였던 임동호, 그 밖에 두 사람의 동기생, 도쿄조선고교 동기가 중국을 여행한 적이 있다. 동북지방의 연변조선족자치주에서 심양, 북경으로 가는 여행 첫 번째 땅 연변에서는 연길대학을 방문, 도쿄의 조선대학교 졸업생이라고 해서 일제강점기에 4년간 도쿄에서 유학을 했다는 학장까지 나와 환대해주었던 그때가 4월 하순의 봄이었다는 것을 기억하고 있다. 음력으로는 3월 상순이었는데, 마침 일본에서는 조부의 제사가 여행일정의 하루와 겹치고 있었다. 그날은 삼촌도 함께 제사에 모시는 날이기도 했다. 아버지의 남동생은 20대 전반에 제주도 4·3사건에 연루되어 사망한 모양이었다. 사망한 날짜도 장소도 알지 못한 채 언제부턴가 조부의 제삿날 밤에 다른 제상을 차려 함께 제사지내기 시작한 게 소학교 시절부터니까 이미 몇십 년은 된다. 처음에는 영문도 모른 채 절을 했지만, 이윽고 삼촌, 숙부님께 예를 올리라는 말을 듣게 되었고, 그저 숙부가 조부와 마찬가지로 젊어서 돌아가신 줄로만 알고 있었다. 도쿄조선고교에 진학한 뒤로는 휴일이 아니면 제사를 위해 집에 가는 일은 없었다. 그 무렵 우연히 서점에서 입수한 김일담의 4·3사건 관련 소설을 읽고 나서 아버지께 4·3사건에 대해 질문했으나 일체 대답을 하지 않았고, 또 매년 제사를 지내는 4·3사건에 관련된 듯한 숙부의 죽음에 관해서도 따져 물었지만, 아버지는 아들의 집요한 질문에 4·3사건에 대해서는 절대 입에 담지 말라며 큰 소리로 호통을 쳤다. 4·3사건은 절대적인 터부로서, 어머니도 언뜻 흘린 적은 있지만, 이미 모든 것을 잊었다, 모른다고만 했다. 고재수는 조선대학교에 진학한 이후에도 잊은 것은 아니었지만, 조총련 조직과 대학에서도 4·3을 무시, 묵살, 무리하게 4·3사건을 공언하려는 분위기는 사라진 탓에 남북으로부터 말살된 상태가 되어 있었다.

연길의 물이 나오지 않는 호텔에서 맞이한 조부의 제삿날 밤, 임동호와 같이 쓰는 2인실에서 취침 전 고재수는 테이블 위에 배갈을 따른 두 개의 잔을 올려놓고 바닥에서 절을 올렸는데, 사정을 알게 된 임동호도 공손하게 절을 마친 그때, 고재수는 4·3사건으로 사망한 듯한 숙부—삼촌의 사망한 날도 장소도 모른 채 조부와 함께 제사를 지내고 있다는 이야기를 했다. 미국에서 공부를 한 조선근현대사 연구자 임동호는 제주 4·3사건에 대해서 공화국이나 조총련과는 다른 선입견을 배제한 견해를 지니고 있어서, 오십 도의 목을 태우며 내려가는 제주(祭酒)로 올린 배갈을 기울이며 4·3사건을 화제로 삼았다. 그러나 고재수는 4·3사건을 잘 알지 못한 탓도 있었지만, 뭔가 가슴이 답답한 기분이 들어 이야기가 깊어지는 걸 피했던 일을 지금도 기억하고 있다. 어쨌든 그 자신이 터부의 주박에서 자유롭지 못했던 것이다.

북경에서는 동창안제(東長安街)의 호텔에서 멀지 않은 왕푸징(王府井)의 번화가를 중국어가 가능한 윤종일을 선두로 걷다가 다제(大街)—큰길의 중화음식점에서 식사를 한 뒤, 봄날 밤바람에 샤오싱주(紹興酒)의 취기가 배어난 볼을 붉히며 톈안먼(天安門) 거리와는 반대인 동쪽 뒷골목의 네온이 드리워지고 여자들이 줄지어 서 있는 지역의 옆길로 들어갔다. 어딜 가나 동료들로부터 떨어져 걷는 습관이 있는 고재수는 어느새 혼자가 되었고, 작은 건물 그늘 모퉁이에 서 있는 차이나드레스의 여자를 어정쩡한 중국어에다 영어, 일본어를 섞어가면서 상대하고 있었다. 양팔을 드러낸 글래머 여자의 요염하게 빨아들이는 듯한 깊은 눈에 움찔하며 그녀가 내민 촉촉한 손을 잡고 움직이는 발을 따라 건물 안으로 들어가려는 찰나, 이봐, 재수! 뒤따라온 동료들이 불러 세웠다. 어딜 가는 건가, 그만둬, 이봐, 이봐…… 그렇지만 건물의 좁은 계단을 올라가는 여자와 고재수의 뒤를 따라 3층의 몇 갠가 늘어선 클럽 중의 하나로 들어갔다. 향기가 희미하게 감돌고 핑크빛 반조명이 비치는 대여섯 평의 공간은 몇 갠가 독실이 있었고 여자들이 그곳으로 한 사람씩 안내했다. 아앗, 하고 놀랐지만, 이제 와서 나갈 수도 없다. 고재수는 옆에 앉은 여자의 검은 다이아몬드처럼 빛나고 불타오르는 듯한 깊은 두 눈동자에, 그것은 건물 밖에서 순간적으로 사람을 끌어들인 눈이었지만, 그는 여자가 있는 독실의 분위기에 푹 빠져 있었던 것이다. 시간이, 반시간은 아니었겠지만, 한 시간이 지났는지 두 시간이 지났는지 확실하지 않은 것은 결과가 너무나 충격적이라서 그때 시간감각이 날아가 버렸기 때문일 것이다.

자리를 뜰 때가 되어 청구된 금액은 엔화로 백만 엔에 가까웠다. 이건 말이 안 된다고 여자에게 따지자, 그렇지 않다, 상표가 다른 고급술이 몇 병이나 나왔고, 디저트, 그리고 서비스료를 포함한 정당한 금액이라며 물러나지 않는다. 중화음식점의 몇십 배다. 윤종일이 화를 내며 주인을 데려오라고 했다. 여자가 방을 나가고 얼마 지나지 않아 기다리고 있었다는 듯이 문이 활짝 열리더니, 거구의 레슬러와 같은 무서운 얼굴을 하고 들어온 네 명의 사내들 손에는 맥주병이 거꾸로 들려 있었다. 빨간 넥타이에 검은 양복을 입고 맨 처음 들어온 대머리의 남자 손에는 단검이 빛나고 있었다. 소형의 청룡도처럼 끝부분이 넓게 펼쳐져 있고 손잡이 부분에는 장식 모양의 날이 달린 단검을 든 남자가 손님들을 하나의 소파에 앉게 하더니 갑자기 있는 돈을 다 내놓으라고 겁박했다. 윤종일이 말을 걸려 하자 단도의 끝을 그의 목에 들이대고, 다른 말은 필요 없고, 돈을 내놔! 그리고는 모두의 지갑과 호주머니에서 중국 돈과 일본 돈을 전부 꺼내게 만들었다. 윤종일이 삼십만, 각각 이십만,

십만, 그럭저럭 백만 엔 가까이 되자, 이번에는 각자의 손목시계를 벗겨갔다. 도중에 꾸물거리자 호통과 함께 일제히 맥주병을 치켜 올린다.

칼 따위를 손에 든 다부진 네 남자들에 둘러싸여 취기는 순식간에 증발, 공포로 전신이 얼어붙어 몸을 움직일 수 없었다. 여기 중국 마굴의 밀실에서 살해당해 어딘가 실려 가도 알 수가 없다. 마치 암흑의 살인자에게만 보이는 어둠속의 살인극이다. 다섯 사람은 두 명의 큰 남자에 이끌려 건물 밖으로 나가 두 대의 택시에 나눠 탄 뒤 어딘가를 빙글빙글 돌다가 동창 안제의 호텔 앞에 내렸다. 이튿날 오후 비행기로 일주간의 예정을 변경, 이틀 빨리 도쿄로 출발했다. 이것이 혁명 중국, 중국공산당 정권하의 인민공화국 수도 북경의 공포에 떨던 밤이었다. 마치 영화에라도 나올 법한 옛날 중국 상해의 밤의 마굴. 중화인민공화국의 수도, 상상하기조차 어려운 북경의 밤의 마굴. 약을 섞지 않은 것만도 다행이었다고 해야 할까. 그 충격은 지금까지도 가시지 않는다.

글래머 스튜어디스가 이쪽 통로 끝에 서서 이제 곧 후쿠오카 공항에 착륙할 예정이니 좌석벨트를 착용하라는 방송을 한다. 그녀의 옆얼굴을 가까이 보면서 고재수는 한순간 심장이 덜컹하고 내려앉는 기분이 들었다. 건물 밀실의 암흑 같은 베일의 공포 속에서 검은 다이아몬드처럼 요염하게 빛나는 눈으로 사람을 빨아들이던 차이나드레스의 여자. 십 년이나 지난 옛일이지만 공포와 등을 맞댄 표상으로서 중국 여자의 얼굴과 모습이 떠오르는 것이다. 영원히 잊을 수 없는 밀실의 얼어붙은 공포. 지금 그 공포의 배경으로 지하 3층으로부터 서울로 연행되는 공포가 나란히 선다. 스튜어디스 너머로 다시 그녀를 유혹해 내는, 잘 생각나지 않던 그 밖의 그림자가 스튜어디스 위에 오버랩 되면서 환영처럼 사라졌다. 어둠, 땅속 깊숙한 곳의 어둠. 뿌드득, 뿌드득……. 들리는가. 활주로 아래 땅속에 묻힌 뼛조각의 욱신거리는 통증이. 거대한 제트기 바퀴의 중압에 짓밟혀 뿌드득, 뿌드득하고 부서지는 뼛조각의 신음 소리가. 어제까지는 귓속에 들리기는커녕 생각지도 못했던 제트기의 거대한 바퀴가 활주로를 질주하는 땅속에 대한 근심. 바퀴에 짓밟혀 부서지는, 겹쳐지고 서로 엉키는 뼛조각의 더 큰 신음 소리. 비명.

오후 12시 30분. 후쿠오카국제공항 도착. 공항의 국제선터미널 2층 도착지점에서 비행기를 내려, 어제 12시 반경에 걸었던 3층 탑승로비와 같은 2층 로비를 걷다가 멋쩍음을 감추기 위해서라도 면세점에서 선물을 살까 했지만, 강제송환을 당하는 입장에서의 선물은 오히려 아내와 얼굴을 마주하기 어려울 것 같아 그대로 중앙의 입국심사장으로 향했다. 몇 개나 되는 게이트 중 하나에 줄을 서서 다른 여행객들은 여권만을 제시하고 있는데 여권이 아닌 재입국허가서만을 부스의 카운터 위에 올려놓았다. 중년의 심사관이 눈을 치켜 올려 뜨고 말없이 고재수를 노려본다. 기분이 나쁘다. 사전에 제주 출입국관리사무소로부터 불법입국 강제송환이라는 연락이 있었는지 여권을 대신하는 임시여행증명서의 요구는 없었고, 탑승권, 외국인등록증, 재입국허가서를 확인, 검인스탬프를 찍은 뒤 고재수에게 돌려줬다. 그는 그 사이에 심호흡을 하고 있었다. 그리고 일단 손에 든 재입국허가서를 떨어뜨릴 것 같은 커다란 공허의 덩어리, 공 모양의 투명한 허탈감 덩어리를 등에 짊어진 느낌으로 입국 게이트를 통과하여 정면에 보이는 에스컬레이터로 향했다. 잠깐만! 이라는 소리는 없다. 2층의 에스컬레이터에서 위쪽으로 뚫려 있는 3층 로비의 천장을 올려다보면서 어제 오후와 오늘 오후 현재, 어제 3층 탑승구로 향하는 출입국심사장에서 재입국허가서를 제시하고 통과, 그리고 오늘 입국심사장 통과 사이의 공간에 가로누운 뭔가 크고 공허한 거리가 겹쳐져서 고재수는 발 디딤판이 함몰할 것 같은 느낌으로 긴 에스컬레이터를 비틀거리며 내렸다.

1층의 국제선터미널 버스를 타는 곳까지 나온 뒤 공중전화박스에 들어가 집으로 전화를 걸었다. 그냥 돌아가 아내를 놀라게 하는 것보다 예방선을 쳐놓는 편이 도착하고 난 뒤의 기분이 편하다. 수화기를 들고 다이얼 버튼을 누르는데 갑자기 숨쉬기 힘들 정도로 심장의 고동이 커지는 건 어찌된 일인가.

"아, 영실인가, 나야, 재수……."

"재수? 당신? 지금 제주예요?"

"아니, 일본이야. 지금 막 후쿠오카공항에 도착했어."

"후쿠오카, 공항……? 어디요?……"

아내는 얼이 빠진 듯한 목소리로 말했다.

"어디? 후쿠오카공항은 하나잖아. 규슈(九州)의 하카타 말이야."

"하카타라니, 어떻게 된 거야. 지금 거기서 뭐하고 있어? 어제 제주에 간 거 아니야?"

"지금 제주에서 여기에 도착했어. 그쪽에서 체포되었거든. 불법입국으로, 그래서 강제송환되었어."

"강제송환……. 강제송환이라고? 그러니까, 당신이 이쪽으로 돌아왔다? 누군가 옆에 따라붙어 있어?"

"나 혼자야. 걱정할 거 없어."

"일본에 돌아온 거구나. 아이고 정말로, 무슨 말을 해야 할지. 몸은 괜찮아?"

"괜찮아. 그냥 체포되었을 뿐이야. 그리고 오늘 비행기에 태워줬어."

이런 줄거리는 마치 어린애의 철없는 희극과 다를 바 없다.

"……" 아내는 잠시 말이 없었다. 설마 울고 있는 것은 아니겠지. 그런 여자는 아니다. 고재수가 '이봐' 하고 말하려는 찰나 그걸 제지하듯이 영실이 말했다. "목소리에 힘이 하나도 없네. 빨리 돌아오세요. 돌아올 거죠."

'돌아올 거죠'는 또 무슨 소린가. 돌아오지 않아도 된다는 건가. 공허하게 울리는 '돌아올 거죠'.

"지금 집으로 갈 거야. 신칸센이 몇 시인지 모르겠지만, 지금 가면 2시쯤에는 탈 수 있겠지. 집에는 6시 무렵이면 도착할 테고. 음, 그럼 끊을게."

고재수는 수화기를 내려놓았다.

공항버스로 공항 현관을 나와 다시 연결버스로 하카타역에 도착한 뒤 가게에 들러 막내딸에게 줄 선물을 사기로 했다. 아내? 집에 가지고 갈 선물은 패잔병의 변명 같아서 공항면세점에 들를 기분이 나지 않았지만, 버스를 타고 있는 동안에 마음이 바뀌었다. 딸이 뭐라고 할지 모르겠지만 왠지 쑥스럽다. 조총련계 초급학교 6학년은 한국에 대한 이미지가 좋지 않다. 부친의 한국 여행에 대해서도 그저 조상에 대한 성묘라고 단순하게 받아들이지 않는다. 게다가 뭔가 확실한 입국허가도 없이 간다는 모험이 아무래도 납득이 가지 않는 모양이었다. 그저 어떻게 되나 보다, 그렇게 생각하고 있는 것이다. 선물로 딸을 속이고 싶은 생각은 없지만, 한순간이라도 기분을 돌릴 수는 있을 것이다. 게다가 역시 빈손은 왠지 쓸쓸한 기분이 든다.

고재수는 행인이 오가는 밝은 상점가 지하도를 걷다가 잡화

용 가방가게 앞에서 멈춰 섰다. 쇼윈도 안의 가방들이 시선을 끌었던 것이다. 손가방과 숄더백 사이에 조금 크지만 손가방으로도 좋을 것 같은 숄더백의 장식이 없이 심플한 모양이 좋았다. 소가죽이다. 베이지, 세피아, 검은색, 하늘색이 있었는데, 하늘색에 끌렸다. 고재수는 가게 안으로 들어가 백을 유리 카운터 위에 꺼내달라고 부탁했다. 깊은 라이트블루의 제주 하늘, 바다의 색, 부드러운 가방 표면에 손을 대자 손가락 끝이 바다의 살갗에 안기듯이 포근하게 빨려든다. 딸이 고른 것은 아니지만, 지금 외출용으로 사용하고 있는 천으로 된 손가방보다는 마음에 들 것이다. 일반 성인용이지만, 내년에 중학생이 되니까 충분히 사용할 수 있다. 훨씬 어른 티가 날 것이다. 싫다면 어머니에게 양보하라 하고 다른 걸 사주면 된다. 1만 4천엔 정도였지만, 아이도 비웃을 모험 실패의 벌이다.

커다란 쇼핑백에 넣어 가게를 나왔다. 높이가 30센티나 된다. 양손에 가방을 들고 도쿄행 플랫폼으로 향했다. 시각은 1시반, 2시를 지나 F역에 정차하는 신칸센이 있다.


5시 40분에 F역에서 하차, 조세키(城跡) 출구 쪽으로 나와 택시로 협화병원과는 반대인 동F역 방면을 향해 달리다가 도중에 공원이 보이는 M초(町) M하이츠의 자택에 도착한 것은 6시 전이었다. 어제 아침, 부모와 형이 기다리고 있는 협화병원으로 향한 것이 8시 전이었으니, 어젯밤을 끼고 하루 반나절이 되는 건가. 그 사이에 무슨 일이 있었던 것인가. 언제나 병원에서 돌아오는 것은 이 시각에서 7시 사이다. 몸이 꿈속에서 크게 비상한 듯한 기분이 드는데, 여느 때와 같은 시간의 하루 반 사이에 무슨 일이 있었던 건지 지금 당장은 알 수 없는 느낌이 든다. 맨션 5층 엘리베이터에서 내려 10미터 거리의 자택 초인종을 누르자 딸의 목소리가 들렸다. 쇼핑백을 고쳐들며 안심한다.

"아버지다."

"아버지? 아버지예요? 아버지."

"그래. 어험, 아버지 맞아."

문이 열리고 윤이가 맞아주었다.

"아버지, 어떻게 된 거예요? 어제 제주도에 갔잖아요. 벌써 돌아왔어요?"

부친의 두 개의 짐을 받아든 채 말했다.

"그래, 돌아왔단다. 어머니는 없는 거니?"

"베란다에 나가 계세요."

"그런데 너, 어떻게 된 거냐고? 어머니한테 못 들었어?"

"몰라."

"으음, 아버지가 전화를 했을 때는 아직 학교에서 돌아오지 않았었구나. 지금 돌아온 거니?"

"예-, 좀 전에 돌아왔어."

"아아, 그런가, 아버지도 지금 돌아왔다."

그렇구나, 나도 지금 돌아왔단다. 돌아올 시간이 아닌데 돌아왔다. 딸은 어제 아침 출발할 때는 이미 학교에 가 있어서 집에 없었던 것이다. 그런 만큼 오랜만이라는 느낌이 든다. 아직 모친으로부터 듣지 않았다면 다시 딸을 향해 설명을 해야 하는 건가.

어제 일본은 체육의 날로서 휴일이었지만, 민족학교는 휴일이 아닌 등교일이었다. 축제일인데도 책가방을 짊어지고 학교에 가는 조선학교 학생들은, 쟤들, 휴일인데도 학교에 가는 거봐! 라며 자주 놀림을 받았다. F시에 있는 민족초급학교는 한 학년 한 학급 30명 내외, 전교생 백 수십 명으로, 졸업 후에는 일본의 중학교에 진학하는 경우도 있지만, 대부분은 히로시마의 중·고급학교로 진학한다.

"왜 그렇게 서 있는 거야. 안으로 들어가자."

예-. 딸은 양손에 아버지의 가방과 짐을 들고 마룻바닥인 복도를 지나 안쪽 거실로 갔다. 고재수는 구두를 벗고 딸의 뒤를 따랐다.

"할아버지와 할머니, 병원 큰아버지도 함께 제주도에 가셨잖아요. 아버지만 돌아온 거야?"

아버지만이라는 건 또 뭔가.

"아, 그래. 아버지가 먼저 돌아왔단다······."

"아, 아버지가 돌아오셨네. 수고하셨습니다." 베란다 문이 열리고 밝은 목소리의 아내가 거실 쪽으로 들어왔다. 수고하셨습니다, 라는 말은 비꼬는 게 아니다. 아내는 소탈한 얼굴이었다.

"아이고, 그건 뭐야?"

"열어봐. 윤이 선물이야."

"흐응, 윤이만?"

"그래요."

딸이 쇼핑백에서 짐을 꺼내 포장을 풀자, 깊은 라이트블루의 숄더백이 나왔다.

"와, 좋아! 아버지, 고맙습니다."

딸이 웃는 얼굴로 바라보며 두 손을 모았다.

"좀 클지도 모르지만, 손가방도 될 걸."

흰색의 둥글게 목을 판 스웨터에 갈색 체크무늬 치마를 입은 날씬한 몸의 어깨에 걸었다.

"좋은데. 어울린다, 윤이."

고재수는 눈부시다는 생각을 하면서 딸의 아름다운 미소를 보았다. 아내 영실은 남편이 벗은 상의와 와이셔츠에서 풀어낸 넥타이를 옷걸이에 걸고 나서 딸과 나란히 소파에 앉았다.

"윤이, 아버지는 역시 잘 안 됐어."

"안 되다니, 응, 그래서 어떻게 됐어? 어머니."

"그래서 입국하지 못하고 돌아오신 거야."

"으응, 여권이 없었잖아요. 그래도 아버지는 어떻게 될 거라고 하셨어요."

"그게 잘 안 됐어. 재수 씨, 당신, 전화로 체포되었다고 했었는데, 제주공항에서 경찰에 연행된 거야?"

"경찰이 아니야. 제주출입국관리사무소였어."

"어젯밤은 어디서 묵었어?"

"거기 유치장에서."

"출입국관리사무소에 유치장이 있어?"

"있더군."

공항의 지하 3층이라고는 말하지 않았다. 헤에-, 하며 크게 놀랄 것이다. 설명하는 것이 힘들지만, 제주공항의 지하세계. 지상의 인간에게는 상상하기 힘든 태양이 없는 땅속에 펼쳐진 공간. 지금도 덜컥하며 가슴이 아프다.

"그런데 어떻게 석방된 거야?"

"어떻고 말고가 어디 있어. 불법입국으로 강제송환이야."

"낮에 전화를 받고 나서 생각해봤는데, 불법입국이니까 당연한 일이겠죠. 불법입국이라는 것이 확실한데도 당신은 어떻게 될 거라며 출발했으니까. 강제송환이 됐든 뭐가 됐든 용케도 돌려보내줬네."

"이봐, 그건 또 무슨 소리야."

"당신, 알잖아요. 그쪽에서 하룻밤 자고 왔으니까. 정말로 당신은 운이 좋았어요. 전 한국 정부에 감사하고 있어요. 용케도 무서운 곳에서 빠져나왔으니까."

"음, 그렇군."

고재수는 내심 수긍했다. 영실은 남편이 재일 출신의 스파이나 정치범으로 날조당하지 않고 끝난 일을 말하는 것이다. 애당초 지하 3층 심문실에서 제주경찰의 윤 보안부장이 북괴 간첩용의자로서 심문을 시작했었고, 돌아오는 제트기 안에서 새삼스럽게 비싼 대가를 치른 공포로 몸서리를 친 것도 그런 생각 때문이었다.

"재수 씨는 태평하다니까. 여기에 무사히 돌아와서야 운이 좋았다는 생각을 하다니, 전 전화를 받고 나서 온몸에 소름이 돋았다니까. 몸이 떨려서 혼났어. 강제송환으로 끝나서 정말 다행이야. 당신, 거기서 체포된 뒤 그대로 서울로 압송됐다면 어쩔 뻔 했어요?"

"······" 그 말이 맞아. 나도 섬뜩한 느낌이 들었으니까, 한참이 지나서. 난 아내에게 지적을 당할 정도로 둔감, 거기까지 생각이 미치지 못했다. 돌아오는 비행기 안에서, 아아, 그 북경의 어두운 밤, 마굴의 여자 얼굴을 떠올리면서, 서울로의 연행에서 벗어난 뒤에 공포를 느끼다니! 마굴의 얼어붙은 공포에 결코 뒤지지 않는 서울로의 연행이었다. "어험, 나도 그렇게 생각하고 있어."

"하지만 당신, 이상하지 않아?"

"뭐가."

"무사히 일본으로 강제송환된 거."

"으음, 글쎄."

"글쎄라니, 당신도 참……."

일본으로 강제송환된 것이 이상하다……. 아침에 제주출입국관리사무소로 찾아온 형이 강제송환되면 아버지가 안심할 거라고 남 일처럼 말했지만, 분명히 강제송환되었다는 것은 생각해보면 이상한 일이다.

"하루 만에 석방되었잖아요. 당신, 체포되고 나서 아무 일도 없었어?"

"무슨 일?"

"……"

영실이는 됐다는 듯한 표정을 지으며 대화를 이어가지 않았다.

"아버지는 어떻게 될 거라고 집에서 말했지만 안 된 거네. 아버지는 바보야. 여권도 없이 갔으니까. 하지만 일본에 돌아올 수 있어서 다행이었어. 남조선 같은 데는 안 가는 게 좋은데, 게다가 여권도 없이."

이번에는 딸 차례다.

"남조선이 아니야. 제주도지."

"제주도도 남조선이잖아요."

"공화국에서는 남조선이지만, 남쪽에서는 '한국'이라고 해."

고재수는 한숨이 나왔다. 6학년이면 어른인 체하기 마련인가. 민족학교에 다니고 있어서 한국에 대한 알레르기가 심하다.

고재수는 놀라는 가족들과 얼굴을 마주하는 것이 멋쩍고 입국 실패에 대한 변명을 위해 딸에게 줄 가방을 사왔지만, 강제송환을 수치가 아니라 무사생환이라며 기뻐하는 걸 보고 새삼스레 강제송환의 의미를 생각해보았다. 아내가 이상하지 않느냐고 물었지만(제트기 안에서 비싼 대가를 치른 공포를 느끼기는 했다.), 여권 없이 아무렇지도 않은 듯 불법입국을 하고 강제송환으로 아무렇지도 않게 일본으로 돌아온 것을 당연한 일처럼 생각하고 있는 것이 이상한 일인 것이다.

"병원은 별일 없겠지."

"예—." 영실이 고개를 끄덕였다. "내일부터 병원에 나가?"

"내일은 토요일이야. 내일 병원에 얼굴을 내밀면 오늘 돌아온 것이 돼. 어제 한국에 갔다가 하루 만에 돌아왔다는 건 이상하잖아. 부사무장도 있겠다, 내가 어슬렁어슬렁 나가서 창피한 소문을 퍼트릴 필요는 없겠지. 웃음거리가 된다고."

"당신, 그걸 알고는 있네."

아내가 웃었다.

"이봐, 적당히 하라고. 아버지는 모르겠지만 형은 일요일 밤에 돌아와서 월요일에 병원에 나올 테니까 나도 거기에 맞출 거야."

그는 공복이었지만 저녁식사는 목욕을 한 뒤에 먹기로 했다. 차를 마신 뒤 소파에서 일어나 거실에 접해 있는 베란다 쪽 서재로 들어갔다. 책상 위에서 보스턴백의 내용물을 전부 들어내 정리를 했다. 늘어난 것도 줄어든 것도 없다.

잠시 의자에 등을 기대고 있다가 상반신을 일으켜 유리문을 열었다. 황혼의 하늘 아래, 녹색 숲에 눈을 돌리고 담배를 문다. 시선의 끝은 숲을 넘어 펼쳐진 하늘 끝으로 향한다. 눈앞에 맴도는 담배연기를 후- 하고 불어 창밖으로 밀어낸다. 일상생활의 어제와 오늘, 밤낮을 합쳐 24시간. 난 어디에 가서 뭘 했던 것일까. 그래, 여기에서 크게 움직인 것은 사실이다. 그러나 실감이 나지 않는다. 왜 지금 여기에 앉아 있는 걸까.

아, 그렇지, 그는 담뱃불을 재떨이에 비벼 끄고 일어나서 벽쪽에 서 있는 책장 하단 어딘가 짚이는 장소를 찾았다. 음, 있다, 있어. 잡지 『논계』가 몇 권, 그 상단과의 사이에 김일담의 단행본도 끼어 있었다. 그 사건은 작년 90년 가을의 일이니까, 1991년의 책등 글자를 찾는다. 반년쯤 전의 일이다. 그걸 꺼내 들고 베란다로 간 뒤 잡지에 입을 가까이 대고 세게 입김을 불어 그 윗부분에 쌓인 먼지를 밖으로 날렸다.

잡지를 열자 옆으로 길게 5쪽에 달하는 접이식의 방대한 목

차 라인업 후반부에 김일담의 이름이 나와 있었다. 「권력은 스스로의 정체를 폭로한다(勸力は自らの正體を暴く)」. 음, 이거다, 생각이 났다. 그는 의자에 앉아 페이지를 넘겨보았다. 10쪽 정도의 분량으로 끝부분에 본 기억이 있는 계보 같은 도표가 나와 있었다. 아하, 이거다, 이거. 그는 도표를 보았다.

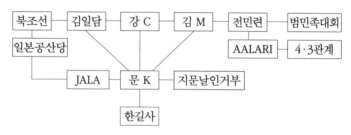

김일담(金一潭)이 배후로 되어 있는 간첩망조직도
(「권력은 스스로의 정체를 폭로한다」)

흐흠, 재미있군. 무슨 일인지 아직 잘 모르겠지만, 용케도 이런 도표를 만들어냈다. 우스꽝스러운 것은 북조선과 김일담이 직결, 핫하하, 김일담은 낙인찍힌 반조총련, 반공화국, 반혁명분자, 민족반역자 등등의 꼬리표까지 붙은 사람. 그건 표면적인 것이고 뒤로는 북조선의 지령을 받고 있다는 말인가. 그런 시나리오 같은데 지나치게 잘 짜 맞췄다. 일본공산당과 북조선은 견원지간, 그런데 사이좋게 손을 잡고 나란히 있다. 웃음이 나온다. 잡지를 샀을 때 손에 들고 무슨 일인지 의심하면서, 다

읽은 뒤엔 웃었던 것이다. 아니, 우습다기보다는 공포 같다. 그래서 어떻다고? 난 무모하게 여권도 없이 불법입국, 불꽃에 날아드는 여름밤의 벌레.

목욕물이 데워졌다고 한다. 자, 천천히 읽기로 하고, 이 그림이 들어간 한국 정부를 비판하는 글이 일본의 양식을 대표하는 종합지에 발표된 뒤 한국 정부는 가만히 있었을까. 날조에 실패했기 때문이겠지만, 그걸 폭로당한 채 잠자코 있는 한국 정보기관도 어지간하다. 그러니까 터무니없는 일을 꾸민다.

고재수는 현관 옆 욕실로 갔다. 늘 하던 목욕이 아니다. 제주공항 지하 3층 어두운 세계의 유치장에 드러누웠던 몸이다. 같은 욕조에 하루가 어긋난 시간과 공간의 이동이 있다. 그 단절이 깊다. 수증기가 자욱한 욕실 욕조에 몸을 담그고 있자니, 생각지도 않았는데 더운물이 전신의 피부를 감싸 안듯이, 어젯밤의 공항 지하 정경이 땅속으로부터 지상의 그의 머릿속에 떠올라왔다. 눈을 감자 욕실 벽 바깥쪽이 지하 3층 유치장의 벽 바깥쪽과 연결돼 있는 듯이 천천히 벽이 움직이며 열린다. 아함! 눈에 수증기가 스며든다. 감시자가 있는 호텔을 대신한 유치장. 호텔에 머물렀다면 공항 지하의 어두운 세계로 잘못 들어가지는 않았을 터였다. 아니, 무사히 입국심사 게이트를 통과했다면 밤에 형들과 호텔에 묵었을 터였다. 공항 지하를 모른 채.

북조선과 직결시킨 김일담의 경우는 있지도 않은 일을 대대

적으로, 분명 일대 간첩 사건이라는 표현이 있었는데, 가공의
사건을 날조하려다 결국은 불발. 지금 생각해보면 내 경우는
틀림없이 지하실에서 경찰부장의 조사심문, 불법입국, 북괴간
첩용의, 국사범, 목적불명의 국경침범……은, 무에서도 사건을
날조한다는 것을 생각할 때, 마음만 먹으면 날조하기 위한 근
거, 소재는 충분히 있었다. 그런데 아내의 말처럼 이상하게도
강제송환되어 오체가 멀쩡하게 돌아와 지금 뜨거운 욕조에 몸
을 담그고 있었다. 당신은 행운이예요. 체포되어 서울로 압송
되었다면 어찌되었겠어요? 그렇군, 그렇게 맞장구를 칠 때가
아니다. 그건 실제로 있을 수 있는 일이었다.

목욕 후 식탁에서는 고재수의 강제송환에 의한 무사생환을
축하하며 아내의 선창으로 웃으며 건배. 딸이 반쯤 따른 맥주
잔에 귀여운 입술을 조금 대며 건배하는 시늉이긴 했지만 신선
한 생선회 등의 진수성찬에 만족했다.

식후 고재수는 어둠의 색으로 물든 창가 책상에 앉았지만,
맥주의 취기로 인한 졸음과 함께 무거운 피로가 겹쳐져 의자
에 등을 기댄 채 잠이 든 모양이다. 엉덩이를 얹어놓은 의자가
푹 꺼질듯이 몸이 가라앉더니, 정신을 차리자 제트기의 좌석
에 몸이 앉아 있거나, 다시 거기에서 빠져나와 잠의 공간을 날
다가 공항 지하의 높은 천장 주위로 투명한 몸이 떠 있거나, 심
문자들에 둘러싸인 자신으로 생각되는 모습을 보거나, 유치장

의 열린 문 저쪽 지하 동굴의 보다 깊숙하고 망막한 땅속 공간으로 빨려들거나, 취기의 흔들림과 흐름을 타고 몸이 기체처럼 움직이고 있었다. 잠에서 깸과 동시에 지하실 천장으로부터 아래로 춤추듯 내려왔는데, 그건 책상 앞의 자신이었다. 잠깐 졸고 있는 사이에 중력이 사라져 공간을 날 수 있었던 것이다. 십분 정도의 선잠이었지만, 졸음도 취기도 깬 나른한 쾌감이 남았다.

담배를 물고 『논계』의 페이지를 펼친다.

「권력은 스스로의 정체를 폭로한다」.

이 제목은 시인 김M과 함께 구속된 S출판사 사장 유G의 최종진술 "……따라서 이와 같은 재판이라는 것은 부정한 권력이 자신의 정체를 폭로하는 장이 되는 것입니다……."에서 따온 것이라고, 제목 옆에 부연 설명이 붙어 있다.

김M과 유G 그 밖의 두 명을 『마르크스·엥겔스「프롤레타리아당 선언」』, 『제주민중항쟁Ⅰ~Ⅲ』, 『노동자의 철학』, 『노동자 해방문학』 등, 이미 2년 전에 합법적으로 출판되어 서점에 진열되어 있는 서적의 출판, 소지가 국가보안법 위반이라며 치안본부가 구속, 기소하여 김M은 3년 구형, 실형 1년 반으로 투옥 중. 다른 사람은 기소유예 등이었지만, 전혀 근거가 없는 이 정도의 '범죄사실'로는 무엇을 목적으로 한 사건인지 명확하지 않다고 쓰여 있다.

유G의 진술 중에서 "……이 사회가 지닌 모순을 규명하고, 민족의 장래를 걱정하는 젊은이들이 감옥에 가 있습니다. 또 그러한 책을 만들고, 그러한 책을 팔았다는 이유로, 그리고 말도 안 되는 것이 그러한 책을 소지했다는 이유만으로 감옥에, 감옥으로 향하고 있습니다……."

고재수는 가슴이 욱신거렸다.

당시 귀국 준비 중이던 T대학 대학원 유학생 강C에게 위험하니까 귀국을 중지하라는 연락이 지인으로부터 온다. 김일담과 강C는 한국보다 앞서 최초로 제주 4·3사건 도쿄집회 개최를 목표로 함께 일했던 모양이다. 결국 작년 10월과 11월에 걸쳐서 석방된 유G, 그 밖의 사람들에 의해 경찰치안본부와 육군보안사령부 요원이 입회한 조사내용이 밝혀졌다. 김일담은 11월 말에 그 자세한 내용을 알았다고 한다.

그 '일본을 근거지로 한 일대 간첩 사건' 지시계통의 도표는 전민련(전국민족민주운동연합)이 추진한 남북, 해외동포 참가에 의한 민족대회(평양)에 전민련 대외협력위원장으로서 남측 책임자였던 김M을 통해 '북'의 지령이 침투, 한편 김M이 소장인 AALARI(아시아·아프리카·라틴아메리카연구소)를 연결점으로 '4·3'과 관계를 맺게 된다. 문K와 JALA(일본 아시아·아프리카·라틴아메리카 연대위원회-역자), 한길사와의 관계도 일반적인 출판물에 간접적인 투고를 한 정도이고, 일본공산당과 JALA도

관계가 없다. 필자 김일담은 "이 당국자들의 너무나 엉성하고 무지한 수준에 놀라지 않을 수 없다"고 말하고 있다. 김일담 밑에 있는 강C가 비밀리에 '북'을 왕래하며 '북'의 지시로 한국에 있는 김M에게 지령을 보내고 있다는 것인데, 그 배후에는 재일조선인 김일담이 있고, 그 위에 '북'이 있는 것으로 되어 있다.

"……나는 자초지종을 알고 나서 놀라움이라든가 분노라든가 그런 게 아닌, 강C가 간첩 사건의 주모자라고 들었을 때의 섬뜩하게 다가오는 느낌의 리얼리티가 단숨에 날아가 버리고, 그저 어이가 없어 그저 어이가 없어 껄껄 웃으며 슬프고 한심한 생각에 빠져들었다……."

재판 과정에서 권력 측이 변명할 수 없었던 피고의 진술 내용 등을 언급하고 있는데, 그 전에도 재일유학생 등에 대한 간첩 날조 사건이 자주 있었는데, 다시 이런 엉터리 같은 사건을 날조하려 했다는 사실에 고재수는 기가 막혀 말이 나오지 않았다.

『논계』를 읽은 게 다행이지만, 기분이 무겁고 피곤해졌다. 고구마소주를 책상 위로 가져와 뜨거운 물을 섞어 몇 잔인가 천천히 마셨다. 11시가 넘었다. 스탠드를 끄고 옆방 침실로 간다. 딸은 현관 옆 욕실과 마주한 자신의 방에서 이미 자고 있을 것이다. 소형전구의 불빛 아래 잠옷으로 갈아입고 있자니, 당신, 잠깐만……. 침대에서 일어난 아내가 전등의 끈을 잡아당겨 불을 밝힌 뒤 침대 가장자리에 앉았다.

"왜 그래."

"팬티 그대로 저쪽을 봐 봐……. 응, 이번에는 이쪽을 봐요."

"아니, 이 사람."

"예-, 알았어. 이제 됐어."

아내는 미소를 지으며 고개를 끄덕였다.

고재수는 잠옷으로 갈아입은 뒤 침대로 들어갔다.

"왜 그래. 몸에 뭐가 붙어 있었나?"

"체포되었잖아요. 고문 같은 건 없었네. 출입국관리사무소 유치장이라서 그런가."

"아무 일도 없었어, 대우가 좋았다고."

"무슨 말이야?"

"불법입국이었지만 다른 목적이 있었던 것은 아니잖아. 처음에는 간첩용의자가 불법입국했다고 소란이었는데, 실제로는 아무것도 없으니까 하루 만에 석방한 거야."

"거 봐요. 역시 간첩용의로 조사받은 거잖아. 용케도 하루 만에 돌아왔다니까."

"애당초 양친, 형과 함께 성묘하려고 했다는 게 확실했으니까. 결국 아무것도 없으니 강제송환할 수밖에."

"그래도 이상해요. 당신, 오사카 강문주 오빠의 남동생 사건을 알고 있잖아요. 그게 82년이잖아. 광주항쟁이 있고 2년 뒤였어. 제주도에서 남동생 문호, 모두 내 팔촌 오빠인데, 형의 아들 결혼식에 참석하고 제주도로 돌아가자마자 체포, 그리고 고문을 당한 뒤 2년형으로 감옥에 갔다가, 2년이 지난 뒤 무죄로 풀려났어요. 오사카 조선총련 간부였던 형으로부터 한국에서의 간첩활동 지시를 받았다는 날조로 재판을 받았던 거지."

"음, 꽤 이전의 일이었지."

"석방된 지 10년도 안 됐어요. 지금 한국은 많이 변했나?"

"글쎄, 87년 노태우의 민주화선언 이후에 꽤 변한 것은 사실이야."

그러나 그렇지 않다. 김일담 등의 일대 간첩 사건 날조는 작년의 일이다. KCIA의 김대중 납치 사건, 재일유학생 간첩 날조 사건이 빈발한 70, 80년대로부터 20년이 지났는데도 '재일을 근거지로 한 일대 간첩 사건'이 꾸며진다. 아내의 말대로 강제송환, 무사생환은 이상한 일이다.

"이봐, 영실이."

"예-, 왜?"

"……"

어느새 손을 맞잡고 있었다. 서로의 손에 열기가 피어난다. 가슴에서 희미한 고동이 울리고 있다. 설렘인가. 설렘, 근래에 없던 일이다.

"당신, 이상하다고. 지금쯤 강제송환이 아니라 서울에 연행되었다면. 아이고, 어떻게 하나."

아내는 남편의 가슴에 얼굴을 묻었다.

"바보 같은 소리 하지 마. 이렇게 무사히 돌아왔잖아."

고재수는 아내를 안았다.

서울 어딘가의 지하실에 있는 자신과 지금 아내와 일체가 된 자신, 어제의 자신과 지금의 자신 사이에 끝이 보이지 않는 단절의 시커먼 크레바스 위에 침대가 떠 있었다.

불빛이 꺼졌다.

사랑이 손가락 끝으로 흘러 사방으로 터졌다.


5


아침, 여느 때와 마찬가지로 잠에서 깼다. 숙취는 없다.

문득 평소 기상할 때의 느낌이 끊기고, 어제 아침, 잠을 깬 것은 이곳이 아니라는 것을 알아차렸지만, 어제 이곳에 없었던 자신이 지금 이곳에 있는 자신과 겹쳐지지 않았다. 어제? 언제의 어제란 말인가. 자신이 어제 이곳에 없었다면 그것은 시공을 달리하는 다른 차원의 자신이고, 자신은 여느 때와 마찬가지로 여기에서 잠을 깬 것이다. 어제의 시공이 다른 곳으로 이동한 것은 아니다. 어제도 오늘도 마찬가지로 시간은 끊임없이

116

지속되면서, 다른 자신이 시간의 궤도에서 튀어나와 다른 하루를 여행하고, 다시 여느 때의 자신으로 돌아온 느낌이었다.

어젯밤은 그제 밤과 하룻밤 만의 시공의 차, 공백이었는데, 영실과의 포옹은 몇 년이나 된 공백의, 혹은 죽음으로부터 생환하여 합체한 듯, 지금까지 없던 감각의 섬모로 전신이 휩싸였다. 이 합체를 위해 궤도에서 벗어난 제주도행을 했던 게 아닐까. 제주도행에 의한 강제송환이 아니었더라면 있을 수 없는, 온 하늘에 가득한 별들의 반짝임을 맛본 풍윤한 밤이었다.

잠에서 깨기 전의 밤의 시간, 아내와 함께 자고 있지만, 전날 밤에 이어 언제나 오늘밤이 있듯이 지금 그런 것인지, 전날 밤에 이어져 있으면서 이어져 있지 않은, 아내의 말처럼 이상함을 바닥에 깔고 있었다. 자택에서 가족과 함께 있는 일이 불가능했을지도 모른다. 이처럼 풍윤한 밤의 현실이 없었을지도 모른다. 하루 차이로 영원히……. 영원과 지금. 궤도에서 벗어나 연결되지 않는 하룻밤의 시공 단절이 무서운 여행이라는 보이지 않는 크레바스가 되어 압박해 온다. 제주공항 지하 유치장의 마룻바닥이 아닌 침대에 혼자 드러누운 고재수는 당신, 이상하다고, 서울로 연행되었더라면…… 아내의 기도하듯 중얼거리는 말을, 마치 나중에서야 사실을 깨닫는 우둔한 사람처럼 추인하듯 심각하게 생각했는데, 문득 뭔가 무서운 것이 닿는 느낌에 두 눈을 부릅뜨고 하얀 천장을 응시하면서, 만일, 혹시

가능하다면 김일담을 만나고 싶다, 만날 수 없을까 하고 생각했다. '가능하다면'이라는 것은 물론 상대가 있어야 되는 것이지만, 나 자신이 그를 만날 수 있느냐는 것이다.

김일담과 만난다. 과거에는 적대시했던, 인간적으로나 개인적으로는 원망할 일이 없는데도 조직의 원칙에 입각하여 인공적으로 증오를 부풀린 사람이지만, 나 자신이 만날 수 있는지, 만날 용기와 자신이 있는지. 일단 만나고 싶다는 생각을 하자 상대가 커다란 존재로서 앞을 막아섰다. 왠지 무서운 기분이 든다.

담배를 피우고, 침대에서 상반신을 일으켜 아내가 따라 놓고 간 머리맡 사이드테이블 위의 홍차를 마시면서, 과연 김일담을 만날 필요가 있는지 생각한다. 아마도 시간을 낼 수 있다면 상대는 거부하지는 않을 것이다. 그런 기분이 든다. 고재수의 주위에는 누구나 김일담을 알고 있어도 그와 거리가 있는 사람뿐이라서 소개를 부탁할 수도 없지만, 그와 만나려는 목적을 다른 사람에게 알릴 필요도 없다.

갑작스런 전화는 좋지 않을 것이다. 당연하다. 그래 편지다, 편지를 써야 한다. 김일담에게 편지를 쓴다? 직접 만난 적은 없지만, 글을 읽어보면 꽤나 편벽함을 상상할 수 있다. 가까이 다가가기 어려운 인간이다. 김일담의 반조직적인 글은 물론 문제지만, 조직을 총동원하여 김일담에 대한 온갖 욕설, 민족반역자라고까지 딱지를 붙이는 총련의 행위는, 일찍이 나도 그 일단을 짊어지고 있었지만, 좋지 않다. 너무 심하다. 당연한 일이지만 내가 총련 조직의 현역이라면 그와 만날 수도 없고, 또 만날 필요도 없었을 것이다.

특별히 서두를 필요는 없지만 편지를 쓰는 것은 마음 편한 일은 아니다. 나는 면식도 없는 김일담에게 왜 편지를 쓰려는 걸까. 필요하다는 것은 분명하다. 만날 필요가. 필요가 있다면 난 쓴다. 어떻게 될 거라면서 난 전무후무한 불법입국이라는 모험을 하고 체포, 공항 지하 세계를 본 인간이다. 편지 하나쯤이야 쓰려고 생각하면 쓴다.

고재수가 김일담에게 편지를 쓴 것은 그 다음 주 월요일에 형이 돌아오고, 다시 이삼일 후에 양친이 돌아오고 난 뒤, 고재수 일행이 일본을 출발하여 제주국제공항에 도착한 날로부터 정확히 일주일 뒤였다.

마지막이 될지도 모르는 이번 성묘에 만족한 듯한 아버지는 웃으며, 넌 어떻게 될 거라고 하더니, 그래, 경찰에 잡히고 그러냐. 중학생이라도 좀 더 낫게 행동할 거다. 음, 다 큰 딸이 셋이나 있는 부모가 할 일이냐. 한국 국법, 법률을 어겼는데 용케도 강제송환을 해주었구나. 앞으로는 절대 어린애 같은 짓은 하지 말거라. 제주 친척이 어이가 없어 웃기도 하고, 일족의 수치라며 화를 내기도 했다. 당연하지, 다음에 갈 때는 제대로 한국 국적으로 바꿔서 가거라. 그게 아니면 갈 생각을 말고. 아버지는 본심인지 어떤지 마음에 없는 듯한 말을 했지만, 아버지나 형은 아내와는 달리 강제송환을 이상하다고는 하지 않았다.

그런 고재수는 베란다 창가 책상에서 콘사이스 한일사전을 옆에 놓고 김일담의 글이 있는 『논계』 페이지를 막연히 펼쳐 놓은 채, 조선어로 김일담에게 편지를 썼다. 신문연감의 인명록을 뒤지자 김일담의 주소와 이름이 나와 있었다. 사이타마(埼玉)현 W시……라고 되어 있다. 만일 상대가 만나도 좋다고 하면 W시로 찾아가야겠다고 생각했는데, 도쿄에서 오래 생활한 고재수는 도쿄도와 인접한 W시는 몇 번인가 가본 적이 있다.

김일담 선생님께.

초면에 편지로 인사드리는 것을 용서해주십시오. 소생은 히로시마현 F시에서 친형이 경영하는 종합병원에서 사무장을 하고 있는 사람입니다만, 과거 1970년대 전반기에 조선신보 기자를 역임한 조선대학교 출신입니다. 그 후 사정에 의해 총련 조직생활을 그만두고 현재에 이르고 있습니다……

군이 김일담의 서적을 금서로 지정한 조선대학교 출신이라고 씀으로써, 상대에게 일단은 거부반응을 불러일으키겠지만, 그 편이 오히려 감추는 것 없이 솔직하다는 인상을 줄 것이다.

그리고 사정으로 조직생활을 그만두었다고 한 것이 아마도 그에게 어떤 공감을 불러일으킬 수도 있다고 생각했다.

왜 선생님을 만나고 싶다는 것인지, 목적은 확실했고 깊이 생각하고 쓰기 시작한 편지인데도 좀처럼 쉽게 말이 나오지 않았다. 보이지 않는 김일담의 존재에 압박감을 느끼고 있는 것일까. 반년 전에 읽은 글을 이제야 들고 나오는 것도 당돌했지만, 그래도 말을 이어가기 위해 쓰기로 했다.

이번에 우연히 김일담 선생님께서 올봄 『논계』에 발표하신 글 「권력은 스스로의 정체를 폭로한다」를 다시 읽을 기회가 있어 오랜만에 페이지를 펼쳐 읽었습니다만, 새삼스럽게 감동과 충격을 받았습니다. 선생님의 저작에 대해 소생은 결코 애독자라고는 할 수 없습니다만 소설 등도 읽고 있습니다. 소생이 총련 조직의 현역이었다면 선생님께 이와 같은 편지를 보내드릴 입장은 아닐 것입니다. 그럼에도 굳이 선생님께 편지를 드리는 것은 꼭 김일담 선생님을 만나 뵙고 싶기 때문입니다…….

그는 일단 볼펜을 놓았다. 음, 소설……. 소설 등도 읽고 있습니다……. 책상 위에는 그 밖에 작년 봄의 『논계』와 올해 초의 『논계』, 그리고 4·3사건을 주제로 한 소설 단행본이 놓여 있었다. 잡지에 게재한 「재방문을 거부당하고(再訪を拒まれて)」

는 몇 해 전에 40년 만이라는 최초의 방한 뒤 두 번째 입국신청을 한국대사관에 했다가 한 달 뒤 거부당한 전말을 쓴 것으로, 필자가 취재를 위한 입국허가가 나올 것으로 생각하고 여러 편집자와 비행기 편을 예약해 놓고 있었음에도 1개월 뒤에 거부당한 이유를 설명해달라고 요청했지만 아무런 응답이 없었다고 한다. 한국 측에서 조선적에게 입국허가를 내주는 것은 이른바 재일동포에 대한 배려인데, 거부의 이유를 설명하지 않고 도망 다니는 대사관을 물고 늘어지는 꽤나 배짱 있는 글이라서, 고재수는 그가 대담하게 정면으로 한국 정부를 비판할 수 있는 사람이라며 감탄했다. 조선적에 대한 입국허가의 '법적 근거'로서 "조선적으로 자신들(한국 측)의 의견을 받아들이는 사람들을 대상으로 반년 간 유효한 1차 여권을 발급한다"는 규정이 있는 것 같은데, 김일담의 경우는 그렇지 않았던 것이고 대사관에서는 그걸 확실히 설명하지도 또 아무런 대답도 않은 채 모호하게 거부의 입장을 취했던 모양이다.

김일담이 그 '자신들의 의견을 받아들이는 사람'이 되어 1차만이 아니라, 2차 3차 즉 한국적으로 여권을 발급받게 되면, 그야말로 조총련은 드러내 놓고 한국 정부보다 기뻐할 것이다. 총련은 그의 타락과 한국으로의 전향을 기대하고 있는 것이다.

고재수는 불법입국 이래 며칠 동안은 마음속 깊이 꿈의 공간처럼 다른 형태의 공간을 감싸 안고 있었다. 제주공항의 지하 유치장 벽에 접한 공항 땅속에 모여 있는 망자들의 뼈가 삐걱거리는 소리와 신음 소리. 어젯밤 한밤중에 땅속 저승을 헤매다가 어딘가의 구멍으로 빨려 들어가듯이 나온 곳이 지하 유치장이 아닌, 제주 바다 멀리 떨어진 영실과 함께 있는 침대라는 것에 놀라 상반신을 일으켰지만, 땅속 묘지 제단이 있는 광장에서 본 패잔 게릴라의 죽음의 행진은 김일담 소설의 한 장면이 변화하여 저승인 땅속의 하늘 아래에 나타난 것이었다.

고재수는 소설책 표지의 『까마귀』라는 검은색의 커다랗게 디자인한 문자를 한동안 들여다보다가 마음에 짚이는 페이지를 넘겨보았다. 「관덕정(觀德亭)」의 끝부분에, 비가 계속 내리는 광장을 강제동원으로 가득 메운 관중이 지켜보는 가운데 걸레처럼 진창길을 걸어가는 패잔 게릴라……

"……4열종대로 수십 명의 패잔 빨치산이 관덕정 돌계단 아래의 광장 주위를 돌면서 행진을 계속하고 있었다……. 그들은 어깨에 총이 아니라 사람의 막 자른 목을 꿴 죽창을 제등처럼 메고 있었다. 탁하고 더러운 피가 비에 씻겨 잿빛 공기 속 대나무를 타고, 혹은 비로 창백하게 드러난 얼굴의 턱을 타고 하염없이 흘러내린다. 그것은 다시 행진하는 자들의 위에, 그 부분만이 빨간 비가 되어 떨어진다. 모든 것이 거무죽죽했지만, 막 자른 대나무의 푸른색만이 묘하게 선명했다……. 하늘을 덮고 소용돌이치는 검은 무리 속에서 하나 둘 덩어리로 떨어져 내려온다. 까마귀는 차례로 죽창의 머리에 덤벼든다……. 잘린 목의 쑥대머리에 매달린 채 공중에서 꿈틀거리자, 무수한 까마귀 둥지가 사람들의 머리 위에서 행진하는 것처럼 보였다……."

고재수는 책을 덮었다. 꺼림칙한 장면이 계속된다. 소설에는 쓰여 있지 않지만, 이 투항한 게릴라들 행진의 끝은 마침내 트럭에 실려 정뜨르 비행장으로 운반된 뒤, 사형장에서 자신들의 무덤을 파고, 그리고 등 뒤에 총을 맞으며 매장당하는 것이겠지. 그런 그들의 머리도 공항 땅속에 흩어진 채로 있다. 나는 제주공항의 지하에 가기 위해 불법입국을 한 것일까.

고재수는 담배를 물고 한숨과 함께 연기를 뿜어냈다. 편지를 쓰자. 그렇지, 지금 쓰고 있는 참이다.

고재수는 조선적으로 한국 정부의 비자를 받지 않은 채 불법입국, 강제송환되었다고는 왠지 진부한 느낌이 들어 쓰지 않았지만, 생각해 보니 그걸 지금 언급하지 않으면 김일담을 만나고 싶다는 편지의 문맥과 편지를 쓰고 있는 자신이 연결되지 않는 느낌이 들었다.

그래서 실은 일주일쯤 전에 조상의 성묘를 위해 불법입국했다가 제주공항에서 체포, 다음날 강제송환된 사람입니다만, 그런 일도 있고 해서 그런지 이전에 읽었던 『논계』가 생각나 다시 읽었습니다. 그 일로 꼭 선생님을 뵙고 싶다고 쓰는 편이 편지의 줄거리가 통할 뿐만 아니라, 이건 무슨 일인가 하고 김일담의 관심을 끌 수 있을 것이라는 계산이 작용했다. ……김일담 선생님을 뵐 수 있다면 선생님이 편하신 날에 W시로 찾아뵐 생각이며, 편지가 선생님께 도착했을 무렵에 전화를 드리겠습니다…….

도쿄까지 가는 것은 문제없다. 오랜만에 도쿄로 나가 대학시절 친구들을 만나 즐기는 것도 또 다른 목적의 하나이다.

그러나 실제로 W시까지 찾아가서 김일담 본인과 직접 얼굴을 맞대고 이야기를 꺼낼 수 있을까. 일찍이 조직인 직장 등에서 김일담의 이름을 입에 올리거나, 듣거나, 김일담이라는 활자가 눈에 들어오는 것만으로도 서로 간에 증오와 경멸의 표정을 지었는데, 그것이 그를 비애국, 반조직분자로서 재인식하는 증표가 되었던 것이다. 일본어로 문학 활동을 하면서 조직을 비방하는 패거리는 민족을 파는 인간이다. 그를 규탄하는 것은 조직에 대한 충성을 의미하고 있었고, 나도 그 일에 가담했던 인간이다. 조직에서는 김일담 공격의 정당성을 객관적으로 증명하기 위해 그가 한국 측으로 전향하는 것을 기대하고 있었지만, 그처럼 될 것 같지는 않았다.

고재수는 조직을 그만두고 나서도 오랫동안 김일담에 대한 선입감은 사라지지 않았고(그것을 자신의 애국심이 지속되고 있는 징표로까지 삼으면서), 김일담의 이름이 머리에 떠오르면 저절로 입가가 일그러지면서 경멸의 감정이 솟아나기도 하였다.

지금은 그렇지 않다, 최근 몇 년 그러지 않았던 것이다. 그리고 지금, 일본어로 글을 써서 민족을 파는 인간이라고 조직적으로 비판한 그 당사자의 『논계』 글에 감동하고, 그것을 본인 앞으로 보내는 편지에 쓰고 있다.

아내가 말하는 강제송환의 이상함을 '재일을 근거지로 한 일대 간첩 사건의 주모자'는 어떻게 생각할까. 알고 싶다.

편지를 보내도 김일담이 만나줄지 어떨지는 알 수 없다. 만나기를 포기할까. W시에 간다고 해도 실제로 본인과 마주할 용기가 있는가, 흐음. 어떻게든 된다……와는 다른 이야기다.

아니, 어떻게든 된다. 난 어떻게든 된다……는 생각으로 불법입국을 하고, 자칫 서울·남산의 지하실로 보내질 뻔한 상황에서 빠져나온 인간이다. 어떻게든 된다……. 즉 움직여야 한다는 것, 움직이지 않으면 아무런 일도 일어나지 않을 것이다.

고재수는 편지를 처음부터 고쳐 쓰고, 그걸 다시 편지지에 깨끗이 옮겨 적은 뒤 하얀 봉투에 넣었다.


알지 못하는 사람, 고재수와 만난다. 누구든 처음에는 알지 못하지만, 고재수는 어떤 사람인가. 한글로 공손하게 가로쓰기를 한 석 장의 편지를 읽고 난 김일담의 의문이었는데, 전화가 오면 응대를 한 뒤 만나 보기로 했다.

조선대학교 출신, 70년대 전반기에 조선신보사 기자를 했다는 자기소개가 눈을 끌었다. 고재수는 김일담이 60년대 전반기의 신보사 선배임을 알고 있을 터인데 그 일은 언급하지 않고 사정으로 신보사를 그만두고 현재에 이르며, 최근 조상의 성묘를 위해 한국에 불법입국, 제주공항에서 체포, 다음날 강제송환으로 일본에 돌아왔다……. 역시나 불법입국, 강제송환, 당연한 일이다. 다시 한번 읽어본다. 불법입국, 체포, 강제송환……. 문자를 나열해보면 내용이 통하지만, 그러나 기묘한 편지였다. 이당연한 일이 한국을 배경으로 하면 당연하지 않게 된다. 너무 완벽하다. 그리고 『논계』를 읽고 감동했다고 썼는데, 왜 강제송환되면서 『논계』를 다시 읽을 마음이 생긴 걸까. 그리고 꼭 만나고 싶으니 전화를 하겠다고 한다. 성씨가 제주도에 많은 '고'이고 성묘를 위해 제주를 갔다고 하니 제주 출신일 것이다.

꼭 필요한 용건이 아니면 멀리 외출하거나 사람을 만나지 않는 김일담은 어떻게 할지 망설였지만, 면식이 없는 자신에게 편지를 써서 만나고 싶다는 것은 상대에게 피치 못할 이유가 있기 때문일 것이다. 그리고 『논계』를 읽었다는 등의 말은 아무래도 그의 불법입국과 강제송환에 관계되어 있을지도 모른다. 그보다도 여권이 없는 밀입국, 그런 일이 가능한 것인가. 일본 공항에서부터 출국수속이 있을 터인데 이해할 수가 없다. 불법입국에서부터 강제송환까지의 순서는 명료하지만, 편지 자체는 불명료했다. 그러한 의심스러움에 거의 끌려들다시피 만나기로 했다.

편지를 받은 다음날 오후, 상대로부터 전화가 왔다. 정중한 조선어로 대략적인 인사를 했는데, 상당한 조선어 실력에 김일담은 호감을 가졌다. 꼭 선생님을 만나 뵙고 『논계』에 관한 일 등을 여쭙고 싶다고 한다. 소박한 느낌의 남자였다.

"그런데, 그쪽에게 동무라고 해도 괜찮을지. ⋯⋯고 동무는 내게 뭘 묻고 싶은 겁니까?"

"예ㅡ, 그건 직접 만나 뵌다면 제가 여러 가지로 선생님께 여쭙고 싶은 것이 있습니다."

"여러 가지 이야기를, 어떤 이야기?"

"⋯⋯"

"그렇군, 직접 만나서 해야 될 이야기로군. 제주도를 갔다고 하는데 어디에서 비행기를 탔습니까?"

"후쿠오카공항입니다."

"후쿠오카. 여권 없이 들어갔다고?"

"예ㅡ, 임시여행증명서였습니다만, 출국은 문제없습니다. 여 권과 비자는 상대국의 문제이고 출국과는 관계없는 것입니다."

"으음, 공항의 출국심사대를 통과할 수 있었다는 뜻⋯⋯?"

"예ㅡ."

"⋯⋯"

어쨌든 좋다. 김일담은 잘 이해되지 않았지만, 특별히 거부

감도 없었기 때문에 좌우지간 만나자고 대답했다.

예엣? 상대방은 놀라는 목소리로 계속했다. 감사합니다.

오는 11월 초순, 도쿄 신주쿠(新宿)역 동쪽 출구 주변의 그도 그 장소를 알고 있는 찻집 Z에서 오후 4시에 만나기로 했다. 이번 달은 원고 마감도 있고, 며칠 뒤부터 시작되는 베를린장벽의 붕괴를 그려낸 동독 영화「잘 가라, 혁명」을 고재수와 만나기 전에 보고 싶었다.

달이 바뀌어 약속한 날, 오랜만에 전차에 흔들리며 시부야(澁谷)로 나왔다. 집을 나설 때는 구름 낀 하늘이었는데 도쿄는 비가 내린다. 역의 편의점에서 비닐우산을 산 뒤 번화가 외곽의 고속도로 건너편에 있는 영화관에 들어갔다. 동독 영화「잘 가라, 혁명」.

두 시간 뒤, 쓴 약을 반복해서 먹은 듯한 기분으로 영화관을 나왔다. 비가 계속 내리고 있었는데, 영화 속의 베를린도 비였다. 다시 역으로 향하면서 영화 장면이 머릿속에서 움직일 때마다 입안에 시큼한 침이 솟아났다.

나이 든 당원이었지만 확고한 신념의 모범적인 여교사는 반체제 데모의 소용돌이 속에서 의식불명이 되고, 입원 중에 베를린장벽이 허물어져 동독의 사회주의 체제는 어이없이 붕괴된다. 가족들은 본인이 의식을 회복한 뒤 현실의 격변에 충격을 받을 것을 우려한 나머지, 입원 때와 마찬가지로 퇴원한 후에도 침대에 누운 채 생활을 계속하는 그녀가 동독의 체제붕괴를 알아차리지 못하도록 방 안의 모든 가재도구도 이전 그대로 두었고, 이따금 켤 수밖에 없는 텔레비전의 영상까지도 유사현실, 가상현실을 만들고자 궁리하여 그녀를 속이고 납득시킨다. 가족들도 열심히 이전의 생활환경을 재현하기 위해 분투하는 과정에서 모친에 대한 애정이 각별하던 아들은 어느새 붕괴 이전의 기분으로 모친인 여교사와 함께 독재체제가 사라진 현실과의 괴리를 느끼지만, 마침내 붕괴된 새로운 현실이 고층아파트에 위치한 방의, 낯선 애드벌룬이 떠 있는 하늘을 향해 열린 창문으로 들어온다……. 지나간 혁명의 허무한 패러디. 웃지 못할 희극. 1989년 11월 9일, 2년 전 바로 지금이다. 그리고 2년 뒤에 소련 붕괴.

고속도로를 건너 역의 혼잡함 속으로 들어가는 김일담은 우울했다. 북쪽의 공화국도 마찬가지다. 북조선의 현실에 발을 들여놓은 적은 없지만, 북조선은 현실이 허구인 국가다. 그 국가를 보다 허구화함으로써 현실적인 국가가 된다. 애당초 1948년 8월 15일에 성립된 대한민국이 허구의 국가였다. 그 강권에 의해 지속된 지배의 허구가 세월과 함께 현실화된다. 그 허구의 국가가 또 다른 허구의 국가와 김일담 등을 끌어들여 재일을 근거지로 한 일대 간첩 사건을 날조하려고 한다. 그러나 한국의 현실적 권력은 그러한 허구를 현실로, 지상의 것으로 할 수 있고, 해왔던 것이다.

거리의 혼잡함과 머릿속 혼잡함 사이를 헤치며 걷다가 표를 사고 개찰구를 빠져나가 역 안내방송이 울려 퍼지는 계단으로 검은 용암 덩어리처럼 내려오는 사람들을 바라보면서, 뒤에서 떠밀려 올라가듯이 한쪽 계단으로 플랫폼 쪽을 향해 간다.

플랫폼의 시계는 3시 반. 고재수와의 약속은 4시니까 그럭 저럭 늦지 않게 갈 수 있을 것이다. 고재수는『논계』를 읽고 감동했다고 하는데, 왜 그는 일부러 도쿄까지 오는 것일까. 그의 이번 불법입국, 그리고 강제송환과 관계가 있는 걸까. 잘 모르 겠지만, 김일담에 대한 무슨 예비공작 같은 건 아니겠지. 이런 경우는 대개 몽상적이 되기 쉬운 법인데, 김일담은 상대에게 는 미안하지만, 무슨 공작이 아닌지 조금은 그렇게 의심해 보 았다. 일본에서의 KCIA 등에 의한 조총련계 간부나 문화 인사 들에 대한 공작은 대체로 간접적이고 가볍게 접근하는 편이고, 이처럼 직접적인 접근은 거의 없다. 설령 그렇다 하더라도 한 국의 재일유학생들처럼 불시에 납치당하는 일은 없을 테고, 상 대가 일부러 편지와 전화로 요청해온 것이니 위험한 일은 없을 것이다. 아직 러시아워 전인 만원 전차에 흔들리다 신주쿠에서 하차, 역의 동쪽 출입구로 향했다. 여전히 지하도를 메운 혼잡 함과 소음은 계속되었지만, 머릿속의 혼잡함은 사라져서 역 밖 의 거리가 밝게 보였다.

역에서 멀지 않은 번화가 거리의 건물 1층 모퉁이에 유리창으로 된 찻집 Z가 있었다. 문을 밀고 들어간 김일담이 비치된 비닐봉투에 우산을 넣은 뒤 가게 안으로 걸어가자, 바로 왼편 유리벽 쪽 자리에서 일어난 양복을 입은 남자가 자신이 고재수라며 조선어로 인사를 하고 명함을 내밀었다. 협화병원 사무장이라고 되어 있다. 서로 마주보고 자리에 앉았다.

"먼 길 오시느라 고생 많았습니다."

고재수는 선생님은 뭘 드시겠냐고 물었고, 김일담이 커피라고 대답하자, 웨이트리스에게 커피 두 잔을 주문했다. 예전에 집회 등에서 스쳐 지나가며 얼굴을 본 적은 있지만, 눈앞 가까이서 김일담과 대면하는 것은 처음이었다. 좀 전에 유리창 너머로 길을 건너오는 김일담의 위압적인 얼굴이 비닐우산 아래로 살짝 보이는 순간 가슴이 철렁했지만, 문을 열고 들어오는 그를 맞이하려고 자리에서 일어났을 때, 표정이 부드럽게 변하는 김일담에 대해 고재수는 일시에 긴장이 풀리는 것을 느꼈다.

"언제 히로시마로 돌아갑니까?"

"예? 예, 예-, 이삼일, 오랜만에 도쿄에서 친구들도 만나고, 이삼일 있다가 돌아갈 생각입니다. 선생님, 부디 나이 어린 사람에게 존댓말은 쓰지 말아주십시오. 반말로 말씀해 주십시오."

"예. 그렇게 되겠지요……. 초면에 갑자기 반말은 나오지 않지요."

김일담은 웃었다.

커피가 나왔다. 향기와 맛이 따뜻한 커피가 좋다. 비 때문에
밖은 추웠다.

습기로 흐릿해진 유리창 너머 대각선 맞은편 건물 사이에 골
목을 낀 아담하고 조명이 차분한 찻집이 있다. 아무르. 골목의
반대편 쪽 십자로 왼쪽 모퉁이가 정면 출입구이고, 골목 중간
에 또 하나의 출입구가 있는데 이쪽으로도 출입이 가능했다.
문을 열고 닫을 때마다 '짤랑' 하는 작은 종소리가 난다. 그 여
운이 좋다. 양탄자는 차분한 장밋빛이었다. 지인이나 편집자
등과 만날 때 자주 이곳을 이용했었다. 극도의 긴장이 지속되
던 시절로, 밤낮없이 계속되는 무언의 전화는 제쳐두더라도,
밤늦게 역에서 내려 집으로 돌아가는 경우에도 미행이나 자동
차 뺑소니를 우려해 택시를 탔고, 밖에서도 찻집이나 익숙지
않은 술집에서는 낯선 사람의 미행이나 접근에 신경을 쓰고 있
었다.

아무르를 이용할 경우에는 대개가 골목 쪽 출입구로 들어가
골목 쪽 창가 중앙 언저리 테이블에, 그곳이 비어 있을 때는 거
기에 앉았다. 만에 하나 위험을 감지한 경우에는, 양쪽으로 습
격을 당한다면 어쩔 수 없지만, 어느 쪽인가 한쪽 출입구로 도
망치기 위함이었다. 미행이나 습격하는 사람들은 한국 측이 아
니다. 조선총련 조직 중추에 절대충성의 특별훈련을 받은 비

밀 F부대, 조선대학교 졸업생들 중에서 선발된 젊은이들로 구성되어 있었다. 김일담은 직접 습격받거나 납치당한 일은 없지만, 눈치 챈 것만도 서너 번, 지인과 함께한 술집에서 바로 옆자리에 진을 치고 이쪽을 염탐하는 것도 모르고 있다가, 이상하다고 느꼈을 때 한두 사람의 남자가 갑자기 자리를 박차고 뛰쳐나가 도망치는 것을 이놈! 이놈의 자식! 하며 밖에까지 쫓아나갔던 일도 있다.

시부야에 나오는 김에 고재수도 알고 있다는 신주쿠 근처의 찻집으로 정했을 뿐이고, 우연히 조선대학교 출신자를 앞에 두고 있자니 바로 옆의 아무르가 있는 골목이 보였던 것이다. 김일담은 지금 골목의 보이지 않는 안쪽에까지 시선을 보내고 있을 뿐, 영화관을 나온 뒤의 시큼한 침과는 다른 씁쓸한 침이 혀 사이에 고이는 바람에 몇 번이나 삼켰다.

그는 꽤 넓고 밝은 가게 안의 구석구석을, 관엽식물 잎으로 가려진 만석의 테이블을 둘러보았다.

"……"고재수는 인사 이외의 처음에 해야 될 말을 준비하고 있지 않았다. 테이블로 돌아온 김일담의 시선과 마주치자 고재수는 잔으로 시선을 내리고 커피를 마셨다. "누군가 만나기로 하셨습니까?"

"아니."

"예-. 저어."고재수는 목이 막히기라도 한 것처럼 소리를 밀어내었다. "김일담 선생님, 지금 제가 이처럼 선생님을 뵙는 것에 화가 난 것은 아닌지요?"

"……내가, 화가 났다고? 자네에게? 그건 무슨 소린가."

"예-, 예전에 제가 신보사에 있을 무렵, 이름을 밝히지 않은 채 김일담 선생님을 비판한 적이 있습니다."

"아, 그랬었지. 핫하하, 그건 고 동무만이 아니야. 그런 시절이 아니었던가. 이름을 밝히건 밝히지 않건 마찬가지야. 여러 인간들이 있었지. 문화면 전면에 이름을 밝히고 쓴 경우도 있었어."

"그렇게 생각하십니까?"

"생각이고 뭐고, 그랬었지."

"감사합니다. 저는 조선대학교 출신입니다."

"그런 것 같군. 자네가 조선대학교 학생일 무렵은 심했잖은가. 조선대학교 교원들도 그랬지. 학생을 홍위병으로 길러낸 교원이 한국 측으로 전향하기도 하고……. 김일담의 책을 읽지 말라고 금지하기도 하고. 그 무렵에 내 조카라는 녀석이 어느 날 아침, 먼 곳에서 새벽차를 타고 내가 사는 아파트로 고함을 치며 들어온 적이 있네. 삼촌은 반혁명, 반총련의 사상에 젖어 있어서, 아버지나 자신들이 매우 곤혹스럽다며 창백하게 굳은 얼굴로 나를 비난했지. 이 자식아! 네 담임 교수가 누구냐. 그 자식이 널 김일담이 있는 곳으로 가게 하더냐! 그 자식에게

135

직접 나를 찾아오라고 전해! 아무것도 모르는 넌 얼른 돌아가! 핫하하, 이렇게 쫓아버린 적이 있어요. 홍위병들이 곤봉을 들고 오지 않은 것만 해도 다행이었지. 조선대학교의 조청(재일조선청년동맹)반은 그야말로 홍위병이었어." 김일담은 유리잔의 차가운 물을 마셨다. "옛날이야기는 그만두자고. 고 동무는 도쿄까지 날 만나러 왔으니 그 이야기를 해주시오."

"……" 고재수도 유리잔을 손에 든 채 얼음이 떠 있는 물을 마셨다. 나와야 할 말이 기억이라는 흐름의 굴곡에 걸려서 나오지 않았다. 김일담의 조카 일은 어느 정도 상상이 간다. 정경학부의 2, 3년 정도 후배였다. 그리고 지도교원도. "김일담 선생님은 『논계』에서 한국 정부 관련자들이 재일을 근거지로 한 일대 간첩 사건의 날조를 획책했다고 쓰고 있습니다."

"음."

김일담은 고개를 끄덕였다.

"어째서 그들은 실패한 것일까요?"

"뭐라, 어째서 실패했냐고?" 김일담은 날카로운 눈으로 고재수를 보았다. 고재수는 가만히 그 시선을 받고 있었다. "흐음, 그건 알 수 없지. 고 동무는 묘한 걸 묻는군요."

"묘한 질문입니까?" 그런 말을 듣고 보니 자신이 생각해도 당돌한 느낌이 든다. "그들은 아무런 근거도 없이 날조를 시도한 건가요. 그들은 지금까지 많은 날조를 성공시켜 왔지 않습니까. 그런데 김일담 선생님을 주모자로 꾸미려 한 음모가 실패한데다, 일본의 『논계』에 폭로까지 되어 다짜고짜 두들겨 맞고도 반론을 하지 못하는 것은 날조를 인정하고 있는 게 아니겠습니까. 그러니까 다른 일은 성공시켜 왔는데도, 그들의 손에 걸리면 못 할 일이 없을 텐데도, 왜 실패할 일을 했는지 알수 없습니다."

고재수는 도중에 일본어를 섞어가며 이야기했다.

"그건 모르지. 실패할 거라고는 생각하지 못하고 했겠지요. 그것이 내게 묻고 싶은 건가요? 이 일이 고 동무의 체포, 강제송환과 관계가 있는 건가?"

"예……." 잘 모르겠다. 강제송환과는 관계가 없다. 뭔가 관계가 있다고 생각하고 온 이유는 뭘까? "예, 선생님께 그런 말씀을 들으니 관계가 없습니다. 생각해보니 이번 일이, 제주도에서의 일이 이상한 기분이 들어서 『논계』를 떠올린 모양입니다. 선생님께서는 모른다고 하셨지만, 어째서 그 무서운 국가권력이 날조에 실패를 한 것인지 그게 이상했습니다."

"이상한 일과 이상한 일이 서로 연결되었다는 건가?"

"예?"

"제주도의 '이상한 일'과 날조된 '이상한 일' 말이야. 그러고 보니 양쪽 모두 이상하군. 하긴 후자는 국가권력치고는 거짓을 꾸미는 일, 날조 방법이 서툴렀던 것이지."

"그렇습니까? 논문에서는 당국자들의 엉성하고 무지한 정도가 심해서 놀라고, 그저 어이가 없어 껄껄 웃으며 슬프고 한심한 생각에 빠져들었다……고 쓰고 있습니다만, 완전히 동감입니다. 그 정도 수준인가 싶습니다."

"그러니까, 알 수 없어. 한국 정부에게 물어보지 않는 한. 그런데 고 동무는 여권 없이 후쿠오카공항의 게이트를 무사히 통과한 모양인데, 그런 일이 가능한 건가?"

"예-. 제가 그곳을 통과하고, 이튿날 다시 그곳을, 2층 게이트입니다만 반대로 통과해서 이쪽으로 돌아왔습니다……."

고재수가 부친 일행과 후쿠오카국제공항 게이트를 통과한 이야기를 김일담은 믿을 수 없다는 듯이 들으면서, 그렇다 하더라도 이 남자의 불법입국에 대한 집념에 감탄하고 있었다.

"그렇지만 다음날 같은 곳을 통과해 돌아왔다. 즉 강제송환을 당했다는 것인데, 고 동무는 운이 좋았다고나 할까, 무사히 돌아와서 다행이군."

"선생님도 그렇게 생각하십니까?"

"그렇지 않은가. 불법입국으로 체포되었는데 다음날 석방돼 일본으로 돌아왔다는 것은 한국 당국으로서는 상당히 빠른 조치일세. 필요에 따라서는 며칠간, 일주일간이라도 유치장에 넣어둘 수 있겠지. '일대 간첩 사건'의 날조도 가능했을 걸."

"선생님, 이상하다고 생각하십니까?"

고재수는 상대가 어쩌면 자신을 의심하고 있을지도 모른다고 생각했지만, 설마 그건 전혀 바라는 바가 아니다.

　"음, 글쎄, 이상하다면 이상한 일 아닐까? 체포되었으니 유치장에 들어갔을 테지."

　"예-, 제주출입국관리사무소의 유치장입니다."

　"오오, 제주출입국관리사무소의 유치장. 당연히 경찰 조사도 있었겠지."

　"예-, 상당히 당했습니다."

　"당했다고? 고문이라도 당했나……?"

　"아니요, 그런 건 전혀 없었습니다만, 요란하게 조사했습니다."

　"음, 그렇겠지."

　김일담은 그 이상 묻지 않았지만, 왜 하룻밤 만에 석방되었는지 석연치 않았다. 불법입국자, 더구나 '적대국'의 조선적을 가진 자를 정치적으로 이용하려 했다면 조건이 잘 갖추어져 있지 않은가.

　고재수도 말을 끊었다. 그의 머릿속 후두부 공간에 공항 지하 3층 심문실의 테이블을 마주한 서울에서 온 손님의 얼굴이 커다랗게 떠올라 흠칫 놀랐지만, 표정을 억제했다. 이런 식으로 오시는 것은 곤란하지 않습니까. 예-, 부모님과 성묘하러 왔습니다. 그래도 곤란하지 않습니까? 예-, 그렇습니다. 고재

139

수 선생님, 한국에 또 와주십시오. 감사합니다……. 오오, 아이·섈·리턴! 지하 3층 공간에서, 아니 후두부의 펼쳐진 공간에서 주문처럼 목소리가 울리고 있었다. ……한국에 또 와주십시오. 감사합니다. 난 이때 이미 약속, 거래를 하고 있었던 걸까? 아이·섈·리턴!

"고 동무는 이번 일을, 무사 귀환한 일을 스스로 이상하다고 생각하고 있는 겁니까?"

"예엣, 예-, 점점 이상하게, 뭔가 이상하다고 생각하게 되었습니다만, 이번 일은 선생님도 이상하다고 생각하십니까?"

"글쎄, 법적 순서라고 하는 것이, 한국에서 적합한지 하는 것일 텐데? 그런 의문은 있군요."

"의문이란 말씀인가요?"

"의문이라기보다 이건 지금까지의 한국에서는 생각할 수 없는 일인데, 한국도 상당히 변했을지 모르고."

김일담은 말을 바꿨다.

"그럴지도 모르죠. 제가 둔감한가 봅니다. 송환되는 비행기 안에서 이상하다고 느꼈습니다. 왜 이상한 건지, 이상한 일이 일어난 건지. 실은 그래서 『논계』를 읽고 그 일을 알고 싶어서 선생님을 만나야겠다고 생각했던 겁니다. 선생님, 직접 만나 말씀을 여쭙고 보니, 당연한 일이지만, 선생님의 논문과는 관계가 없습니다. 지금 이해했습니다."

"도쿄까지 일부러 왔는데, 미안하군요."

"아닙니다. 이걸 구실로 예전에 큰 실례를 범한 김일담 선생님을 직접 뵐 수 있었고, 그리고 친구를 만난다는 또 다른 목적도 있었습니다……."

"그건 기대가 되겠군요. 그쪽이 더 큰 목적 아니었을까. 고동무, 담배를 피우겠죠. 부담 갖지 말고 담배를 피워요."

김일담은 좀 전에 고재수가 상의 호주머니에서 담배를 꺼내다가 집어넣는 걸 보았던 것이다.

"예-." 고재수는 식은 커피를 마시고 나서 말했다. "선생님, 왜 서울로 연행되지 않았을까요?"

"뭐, 서울? 왜 서울……에 연행되지 않았느냐?" 남의 일처럼 당돌한 질문이었지만, 그 말은 김일담의 내부에서 고재수가 의미한 듯한 대상에 도달했다. "으음, 남산 주변을 말하는 건가?"

고재수는 잠자코 고개를 끄덕였다.

"고 동무 자신도 그렇게 생각하고 있는 건가? 왜지. 왜 고재수가 남산에 연행되지 않으면 안 된다는 건가. 그럴 만한 일이 있었나. 난 모르겠네."

"좀 전에 선생님은 강제송환이 지금까지의 한국에서는 생각할 수 없는 일이었는데, 한국도 상당히 변했기 때문일 것이라고 말씀하셨습니다만, 서울로 연행되지 않은 것은 역시 한국이 변했기 때문입니까?"

한국이 변했다? 일대 간첩 사건의 날조가 실패한 것은 작년의 일이다.

"음, 글쎄. 마찬가지긴 한데."

김일담은 고개를 끄덕였다. 끄덕이지 않을 수 없었다. 마찬가지긴 한데 변했다는 건가. 고 동무가 남산에 연행될 만한 일이 있었나, 불쾌한 질문이었다. 김일담은 대답이 궁해졌다. 서울로 연행되었다고 해도 그와 관련된 상황을 언급할 만한 고재수의 움직임을 알지 못했고, 거기까지 파고들어갈 방법이 없다. 커피 잔에 손을 대었다가 빈 잔이라는 것을 알고 옆에 있는 유리잔의 물을 마셨다. 지나가던 웨이트리스가 테이블에 내려놓은 유리잔에 주전자의 물을 따랐다.

고재수가 커피를 주문하시겠냐고 하는 것을 김일담은 괜찮다고 고개를 저은 뒤, 자리에서 일어나 화장실로 향했다. 푸른 관엽식물이 있는 통로 양쪽 객석을 아무렇지도 않은 듯이 흘낏 바라보고 가게 안쪽으로 걸어갔다. 조선적으로 불법입국, 이것만으로도 충분히 간첩용의가 성립될 수 있다. 더구나 조선대학교 출신에다 과거에 조총련 활동가였다고 한다면 간첩으로서의 적절한 조건을 갖춘 존재였다. 설마 고재수가 체포되고 나서 석방될 때까지 간첩으로서의 예비공작을 받은 것은 아닐 테지. 서울 근방으로 연행될 가능성이 있던 인간이 그대로 석방되었다는 것을 이해할 수 없다. 역시 한국은 변한 것일까. 이상하다.

고재수는 화장실로 가다가 고개를 돌려 객석 좌우를 살피는 김일담의 뒷모습을 보았다. '일대 간첩 사건'과 나의 강제송환은 관계가 없다는 것을 그와 만나 잘 알게 되었다. 내 안에서 다람쥐 쳇바퀴 돌 듯하더니, 결국 아무것도 없다. 이상함만이, 두 개의 이상함만이 남았다. 분명 이상하지 않은가. 왜일까. 알 수 없다. ……당신, 이상해요. 지금쯤 강제송환이 아니라 서울에 연행되었더라면 아이고, 어떻게 하나. 고재수는 영실의 목소리에 몸서리를 쳤다. 이상함은 밀약의 대가가 아닐까. 밀약의, 그럴 리가 없다. 그것은 착각이다. 착각?

그는 담배를 상의 호주머니에서 꺼내 입에 물었다. 한입 맛있게 들이마셨다가 토해낸다. 연기 저편 유리벽 너머에 비가 저녁 색으로 빛나며 계속 내리고 있었다. 5시다.


6


비에 젖은 빌딩 사이의 거리는 평일이지만 우산을 받쳐 든 통행인들로 한층 혼잡한 듯이 보였다. 대도시의 거대하게 움직이는 공간의 단면이다. 고재수는 이상함에 쫓기듯이, 이상함에 끌리듯이, 이상한 느낌을 투명한 봉지처럼 몸에 감고 도쿄로 올라왔다. 내가 그날 바다 저편 제주도에 갔다가, 그리고 다음날 이쪽 가족이 있는 곳으로 돌아왔는데, 즉 무사히 강제송환된 것이 이상하다. 분명히 이상하지만, 도쿄에 온 것은 이상함을 해결하기보다는 이상함의 정체를 알기 위해서였다. 난 어디선가 그 이상함을 짊어진 기억을 날려버린 것은 아닐까. 배후의 도로가 함몰하듯이 기억이 푹 꺼져버린 것처럼. 지하 유치장에서 엉뚱한 꿈을 꾸고 있다가 그래서 이상함을 짊어진 기억을 잃어버린 것은 아닐까. 무슨 기억일까. 기억해 내려고 뇌수를 쥐어짜자 이마에 통증이 느껴진다. 계약, 밀약의 기억, 심증, 언질을 준 기억. 그 외에 있었을지도 모를 다른 기억을 기억으로 느끼지 못하는, 그 대가가 이상하다. 즉 잃어버린 기억을 생각해내려 해도 현실과 일치하지 않는다. 즉 강제송환은 착각이 아니다. 자신이 현재 이곳에 있을 수 있는 현실. 그러나 그 현실이 이상하지 않은가. 현실이면서도 있을 수 없는 현실. 이상하면서도 이상하지 않은 것이 사실이라는 현실. 아이·섈·리턴, 난 어디선가 자기 자신을 착각하고 있는 것은 아닐까. 뭔가의 조작에 의한 기억의 상실, 함몰.

이상함이 옥외의 잿빛 비 내리는 하늘에 홀로 떠 있는 기구 같다. 뭔가 눈에 보이지 않는, 자신도 모르는 기구 같은 것에 태워져 움직이고 있는 느낌이다. 이대로 자리를 뜰 마음이 나지 않는다. 유리벽 밖에 기구가 떠 있을지도 모르는 젖은 하늘을 올려다보면서 고재수는 역시 김일담이 자신을 의심하는 게 아닐까 하는 생각과 함께 퍼뜩 뒤를 돌아보았다. 김일담은 아니었다.

서울로 연행되지 않은 것은 남산과 뭔가의 거래가 있었다고 생각하는 게 아닐까. 아니, 당치도 않다. 이상함을 털어내려고 찾아왔다가 그 김일담에게 의심을 받다니. 그가 가게 안에서 누군가를 찾고 있던 이유는 뭔가. 누군가와 만나기로 한 것일까? 아니다.

김일담이 테이블의 자리로 돌아왔다. 동시에 웨이트리스가 가져온 커피를 고재수 앞에 놓고 빈 잔을 쟁반에 얹었다.

"선생님, 전 커피를 주문했는데요, 선생님은 뭔가 다른 걸로 주문할까요?"

"으음, 그럼 나도 같은 커피로 할까. 고 동무는 커피를 좋아합니까?"

"예-. 글쎄요, 싫어하지는 않습니다."

"나도 그렇다고 할 수 있지."

"선생님, 지금부터 일정은 어떻게 되십니까?"

"난 돌아갈 겁니다. 고 동무는 어떻게 하려고? 모처럼 도쿄에 올라왔으니, 먼데서 온 손님, 손님에게 저녁이라도 대접해야 하는데."

"예, 예엣……." 손님, 서울에서 온 손님! 하마터면 위장 밑바닥으로부터 고막 뒤로 울리는 목소리가 품어져 나올 뻔했다. 가슴에 철렁하고 부딪치는 고동소리를 들으며 잔을 손에 들고 뜨거운 커피를 한 모금 마셨다. 혀에 화상을 입은 듯한 통증이 왔다. "당치도 않습니다. 저를 위해 일부러 여기까지 와주셨는데, 그것만으로도 송구스럽습니다. 저는 친구들과 뒤에 약속이 있습니다만, 선생님께서 괜찮으시다면 시간은 상관없습니다. 7시쯤에 전화하기로 되어 있습니다."

"아아, 그렇습니까. 그거 잘 됐네요. 그럼 조금 있다가 자리에서 일어나기로 하지."

김일담 자신도 다행이라고 생각했다. 고재수의 강제송환과 『논계』는 관계없음을 본인이 납득했으니, 이제 뭐가 남은 것일까. 김일담은 의심이 남아 있을 뿐이었다. 그에 대한 추궁은 지금의 고재수와 만난 자리에서 할 일은 아니다. 불법입국, 체포, 다음날 송환이라는 단어적인 설명이 있었을 뿐이고 그걸 연결하는 문맥은 알 수 없다. 이런 상황에서 장소를 다른 곳으로 옮겨도 이상하기는 마찬가지일 것이다. 당했다, 경찰 조사에서 고문이 아니면 어떻게 상당히 당했다는 것인지, 거기까지 상대가 이야기하지 않는 한 파고들 수도 없고 그럴 맘도 없었다. 술을 마신다 해도 이상함이 사라지지 않는 한 우울할 것이다. 두 사람 사이의 테이블에 이상함을 올려놓고 마시는 것도 어색하다.

"예-. 저는 잠시 더 선생님과 동석하고 싶습니다. 친구들은 제가 김일담 선생님과 만나고 있다는 것을 알고 있어서 조금 시간이 늦어도 상관없습니다."

"그럴 필요까지는 없겠지. 약속을 지키는 편이 좋아요."

친구들은 아마도 조선대학교 시절의 동창들일 것이다.

"저어, 이번에 저는 4년 전에 고향방문단으로 참가하고 나서 두 번째 제주도 방문이었습니다만, 제주공항 활주로에 착륙하는 제트기 밑 땅속에서 분명히 망자들의 부서진 뼈의 삐걱거리는 소리가 뿌드득 뿌드득 하고 들렸습니다. 이전에는 없던 일입니다."

"호오." 김일담은 놀란 표정으로 고재수를 보았다. "그건 정뜨르인데요."

"예-, 그렇습니다."

"환청이지요, 실제로는 들릴 리가 없을 테니까 환청이겠지만, 그거 대단한데."

"선생님의 기행문을 읽은 탓이라고 생각합니다."

"핫하하, 뿌드득 뿌드득, 책을 너무 읽은 모양이군. 하지만 누구에게나 환청이 들리는 건 아니지. 그게 언젠가는, 글쎄, 언제인지 알 수 없는 언젠가가 되겠지만, 정뜨르 비행장을 파헤쳐서 학살된 사람들의 유해를 지상으로 돌려보내야 되는데 말이야. 핫하, 어리석은 자의 꿈이라고나 할까."

"예-, 저는 감동했습니다. 현지 사람들이 말할 수 없는 것을 선생님이 한국어로 쓰거나 공언하고 있으니 말입니다. 지하에 어느 정도의 사체가 있을까요."

"알 수 없어. 몇백 명인지, 몇천 명인지. 지상도 암흑, 지하도 암흑. 공항 지하는 거대한 무덤이니까."

고재수는 몸서리를 쳤다. 공항 지하는 거대한 무덤이다. 정말로 그랬다. 제주공항 지하 3층 저편으로 펼쳐진 거대한 땅속의 무덤, 지하 깊숙한 심문실, 유치장. 제주공항에 3층의 지하실이 있다……. 고재수는 목구멍까지 말이 나오려 했지만, 서울에서 온 손님, 위장 밑바닥으로부터 위산이 섞인 목소리가 나오는 바람에 입을 다물었다.

"그 지하의 무덤을 지상으로 옮길 수가 있을까요."

"그건 알 수 없지. 보통의 상식으로는 몇십 년씩이나, 반세기 가깝게 비행장 아래에 무수한 인골을, 그것도 학살된 섬사람들의 뼈를 묻어둔 채로 둘 수는 없을 거야. 역학관계 아닐까. 한국이 진정으로 민주화된다면 언젠가 그 일은 가능하겠지. 생각해 보자고. 만일 현재 서울 김포국제공항 지하에, 활주로 아래에 학살된 사체가 무수히 방치되어 있다면, 세상 사람들이 그것을 알게 된다면 그대로 암흑 속에 매장시킬 수 있을까?"

"예……." 고재수는 고개를 끄덕였다. "그렇습니다. 암흑입니다. 공항 지하도 암흑이었고. 어쩌면 저는 당연한 것처럼 일본으로 돌아왔으나, 강제송환입니다만, 생각해보면 아무래도 이상하고 암흑 속에 있는 것처럼 잘 모르겠습니다. 모처럼 선생님을 뵙고 이렇게 폐를 끼치고 있으면서도 이 이상함은 알 수가 없습니다. 도대체 이건 무엇일까요?"

"글쎄, 이상하기는 하지만 나도 잘 모르겠네. 제주도 현지에 있던 본인이 모르고 있으니 난 더 모르겠지. 실체는 있는데 이상함만이 빠져나간 것 같고, 그 실체와 이상함이 같은 하나지만, 그 실체를 알 수가 없어. 그러니까 실체인 권력의 입장에서는 이상한 일이 아닐 거야. 우리는 알 수 없어. 이상함만이 자립하여 유령처럼 움직이고 있는 느낌이라, 종잡을 수가 없군……."

"선생님, 전 아까부터 이상함이 독립해서 뭔가 기구라도 되는 것처럼 제 주위에 떠 있는 느낌입니다."

"기구라, 음, 애드벌룬 말이군."

"애드벌룬이라고요? 그렇군요. 이상함의 애드벌룬……."

"이상함의? 이상한? 애드벌룬, 어느 쪽이건 상관없겠지. 핫하하."

동베를린의 고층아파트 창밖 하늘에 떠 있는 동독 체제의 붕괴를 알리는 애드벌룬. 김일담은 저녁 빛이 달라붙은 유리벽 밖의 건물 너머에 펼쳐진 박명의 비 오는 하늘을 올려다보았다. 네온 빛이 어지럽게 반사하는 비 오는 거리. 끊임없이 이어지는 우산의 행렬. 아는 사람이 유리벽 밖의 거리를 지나쳐도 알 수 없을 것이다.

"저어, 김일담 선생님, 실례되는 질문일 수도 있습니다만, 혹시 저를 의심하고 계십니까?"

"뭐, 의심한다고, 뭘?"

김일담은 턱을 쑥 끌어당기며 되물었다.

"……저도 잘 모르겠습니다만, 그러니까 제가 무사히 강제송환된 거 말입니다."

"고 동무가 일본에 송환된 뭘 의심합니까."

"잘 모르겠습니다만, 왜 서울로 보내지 않고 일본에 송환했는가 하는 점, 즉 이상함과 같은 내용입니다만, 서울로 보내지 않은 것은 그러니까, 그들과 말이죠, 뭔가 그럴 만한 비밀 약속이라도 있었던 게 아닐까, 그렇게 생각하시는 거 아닙니까?"

"흐음, 비밀 약속? 뭔가 그건. 고 동무는 꽤나 솔직히 말하는 성격이로군. 의심이고 뭐고 난 몰라. 이건 이상해. 고 동무가 제주 경찰과 있었던 일, 아까 마구 당했다고 했는데, 난 그 주변 사정이나 과정을 전혀 모르고 있는데, 그렇다고 그걸 이야기해달라는 건 아니야. 그런데 고 동무 자신의 일이기 때문이지만, 내가 전혀 사정을 모르는데 서울에 보내지 않은 것은 어떠어떠한 이유로 그렇다든가 하는 말을 어떻게 할 수 있겠나. 이런 상황에서는 의심이 생길 여지가 없겠지. 난 그 의심의 근거가 될 만한 일을 알지 못하니까. 애당초 고 동무를 서울에 보낼 필요가 있었는지 어떤지. 그러나 아까부터 그랬지만 기구처럼, 유령처럼 이상함이 나오기 시작했어. 그 이상함이 곧 의심이라면 그건 그런 거겠지. 하지만 또 그렇지도 않아."

고재수는 실제로 비밀 약속을 해놓고 일부러 그렇게 말하는 것일까, 아니면 그 말처럼 스스로 이상함을 의심하고 있는 것일까.

"예……."

고재수는 고개를 두세 번 옆으로, 그리고 아래위로 흔들었다.

"고 동무, 신경 쓰지 말고 담배를 피우시오." 김일담은 재떨이의 담배꽁초에 시선을 보내며 말했다. "난 고 동무가 말한 것처럼 고 동무 자신을 의심하는 게 아니야."

"지금, 하지만 그렇지 않다고 말씀하셨는데, 그건 어떤 의미입니까?"

"그건 의심이 생길 여지가 없다, 의심할 수 없다는 뜻이지. 핫하하, 기구가 서울 남산까지 바람에 날려 간다면 이상함은 사라질 거야."

"그게 서울 남산까지 날아간다면 사라진다는 말씀입니까?"

"남산이 날려 보낸 거니까."

"저의 이상함은 애드벌룬처럼 떠 있는 느낌입니다만, 특별히 남산에 보낸다든가 하는 말을 들은 것은 아닙니다. 그래서 이상합니다."

"고 동무 자신이 왜 서울로 보내지지 않았는지 자문하고 있겠지요. 그래서 서울로 기구가 날아간다면이라는 말을 했던 것인데, 비유일 뿐 다른 뜻은 없어요."

"예-." 왜 서울로 보내지 않은 걸까요? 왜 이런 당돌한 질문을 한 것일까. 이상한 일이었다. "저어, 『논계』에 나오는 일대 간첩 사건 날조 실패의 이상함에는 의문이 있으시겠지요?"

"으음, 좀 전에 분명히 날조 실패는 이상하다고 말했지만, 그 두 사건은 전혀 달라요. 같은 일로 생각해서는 안 돼. 그건 안 되는 일이야." 김일담은 목소리에 힘을 주며 책망하듯 말했다.

"그건 일단 일어난 사건인데, 요컨대 한국 정부가 김M 등을 국가보안법 위반, 이거야말로 백주의 사기극 같은 날조된 '범죄사실'로 기소, 3년 구형, 실형 1년 반, 이번 9월에 감형 석방되었지. 간첩 사건으로 만들지 못한 대가였어. 뭔가를 하지 않으면 안 되니까 일단 김M을 투옥해서 일단락을 지은 것이지 날조가 끝난 것은 아니야. 어쨌든 놈들은 뭔가를 만들어내는 게 대단해. 어두운 국가권력의 공포지요. 재판소 같은 건 권력의 장식물이지. 『논계』의 글 속에 도표가 나와 있겠지만, 그 정도 규모의 사건, 그러니까 인간관계를 단체, 조직까지 확산시켜 일대 간첩 사건을 조작해낸다면 몇 명인가는 사형선고도 가능할 거야. 놈들은 그걸 아무렇지도 않게 해낸다니까. 좀 전의 이상함은 비유적으로 말한 것이라서 이상함이라는 단어를 두 개 늘어놓고 함께 취급해서는 안 돼요."

"예-, 함께 취급하는 것은 아닙니다. 함께 취급할 수 있는 것이라도……. 전혀 다른 차원의 일인데, 이상함이라는 단어에 이끌려 두 개를 같이 늘어놓고 말았습니다……."

고재수는 정신이 퍼뜩 들며 지금 자신의 목구멍에서 나오려는 말에 식은땀이 맺히는 것을 느꼈다. 자신을 의심하고 있느냐는 질문을 포함해서 무의식중에 분위기에 휩쓸린 듯한 자신의 말이 부끄러울 뿐이었다. "방금 선생님께서 사건의 날조는 아직 끝나지 않았다고 말씀하셨습니다만, 뭔가 또 계속되고 있습니까?"

"간첩 조작 사건은 작년의 일이지요. T대학 대학원을 마친 강C는 겨우 최근에서야 한국으로 돌아갔고요. 처자를 먼저 귀국시키고 짐도 전부 한국으로 보내는 등 귀국 준비를 하고 있던 참에 석방된 친구로부터 돌아오지 말라는 연락이 온 겁니다. 김M 등이 체포된 뒤였고, 그 상부의 강C가, 이것도 억지로 가져다 붙인 거짓이지만, 김M은 강C가 존경하는 선배인데요, 그 강C가 비밀리에 북조선에 왕래하면서 김M에게 지시를 하고 있다, 다시 그 위에 김일담이 있다는 건데, 흠, 고 동무는 이걸 어떻게 생각하시오? 정말 말이 안 나온다니까. 그 강C의 귀국을 기다렸다가 체포, 일거에 사건으로 연결시킨다……는 것인데, 후후후, 도대체가……." 김일담은 웃었다. "핫하하, 웃음이 나오는군. 강C가 귀국을 중지한 것은 체포 직전이었던 거지요. 김포공항에서 체포, 남산이나 치안본부 같은 곳에 끌고 가서 그들이 만든 북쪽의 간첩으로서의 시나리오대로 고문을 해서 자백을 시켜. 주모자 격인 나조차 일본에 있다고 해도 어떻게 될지 알 수 없지. 미행을 하다가 어딘가에서 자동차에 밀어넣어 납치, 한국으로 연행한 뒤 고문을 해서 자백시키면 난 그들의 계획대로 되겠지요. 자신이 없어. 정말로 일본을 근거지로 한 일대 간첩 사건은 그들의 손에 제대로 걸렸더라면 현실화될 가능성이 있었던 겁니다. 김대중 납치 사건은, 그렇지 20년이 되는구나, 백주에 도쿄의 호텔을 KCIA가 습격해서 납치했지요. 김일담을 납치, 서울로 연행해 가는 것은 문제도 아냐. 고문으로 심신을 파괴하고 거기에 범죄사실을 덮어씌우면 되는 거니까. 난 고문당한 적이 없지만 자신이 없어. 그렇더라도 현실적으로는 가능한 일이야. 전향이라든가 변절이라고 하겠지. 고문에 의한 경우는 어쨌든 그걸 이겨낼 인간은 없잖소. 좀 전에 전과가 있다고 한 김M, 그는 특별한 경우겠지. 생각해보라고. 난 정치가도 뭐도 아니오. 일개의 소설가로 하루 종일 책상 앞에 앉아 있는 인간이지. 이런 사람을 북의 간첩 사건 두목으로 만들어내려 하다니, 핫하하, 말이 안 돼. 이건 결코 공상적인 사건이 아닙니다. 한국에서는 그러한 날조 간첩 사건이 사실로서 대대적으로 각 신문의 일면 전체에 보도되고 권력이 그걸 조작하지요. 무서운 얘기인 거지. 그걸 그들은 당연한 것처럼 기계적으로 양산해 왔고…….”

김일담은 여기까지 말하며 허무한 생각이 들었다. 물을 마셨다. 이런 있을 수 없는 일이 일어나는 현실을 상상하며 실체가 없는 공포에 몇 번이나 놀라고, 그리하여 눈에 보이지 않는 적에 대한 살의와 분노를 느꼈던 것이다. 지금 이렇게 비가 내리는 신주쿠 한 모퉁이에서 일부러 멀리에서 온 손님, 이상함을 기구처럼 짊어진 남자와 이야기하고 있지만, 그 무서운 암흑의 권력이 직접 몸에 닿을 뻔했던 일을 생각하면, 공포도 그러하거니와 뭔가 한없이 허무하다. 술을 마시고 싶다는 생각이 들었다. 실제로 김M은 서울의 옥중에 있다. 전혀 별개의 날조된 별건체포의 범죄사실로.

“음, 예-.”

고재수는 고개를 끄덕였다. 식은 커피를 한 모금 흘려 넘기고 유리잔의 물을 마셨다. 그리고 상의 호주머니에서 담배를 꺼내고는 김일담을 향해 살짝 고개를 숙이고, 한 개비를 빼내 라이터로 불을 붙인 뒤 얼굴을 조금 옆으로 돌리며 천천히 연기를 들이마셨다가 토해냈다.

김일담은 커피를 마셨다. 머리가 맑아지는 것이 두 잔째의 커피가 효과를 내고 있었다.

“그것이 실패, 불발로 끝난 셈이군요. 어째서 그렇습니까. 이상합니다.”

"모든 일이 그렇겠지만, 그들에게는 이상하고 뭐고 할 게 없을 거야. 이유도 없이 걸려든 우리가 모르고 있을 뿐이지."

"강C는 귀국한 뒤에 별일 없습니까?"

"글쎄, 같은 일로 그에게 손을 댈 수는 없겠지."

"지금 선생님에 관한 이야기가 나와 오싹했습니다만, 선생님은 어떻게 되시는 겁니까. 음, 생각해보면 『논계』에 그 정도까지 쓰셨으니 무슨 수작을 걸어오기는 조금 어려울 거라고 생각합니다만."

"그렇지, 고 동무는 잘 파악하고 있군요. 애당초 말도 안 되는 일인데다, 그게 폭로됐으니 그만 됐겠지요. 놈들은 그런 일에 막대한 국가예산을 써서 일을 꾸민다니까."

"『논계』에 발표한 것이 큰 힘이 되는군요."

"그런 면은 있지. 그들에게는 큰일일 거요. 일본을 대표하는 잡지니까. 귀국하는 강C의 안전을 위해서 쓴 면도 있는데, 결과적으로 선수를 친 셈이 되었어. 그러니까 실은 이상한 게 아니지. 그들은 그 이상 승산이 없어서 그만둔 거니까."

"그렇다면 이 문제에는 더 이상 손을 쓰지 않을 거라는 겁니까?"

"글쎄, 같은 일은 하지 못하겠지."

"앞으로 선생님을 결부시킨 간첩 사건은 만들어낼 수 없다는 것이군요."

"일단은 그럴 거요. 다만 내가 뭔가 새로운 움직임을 보일 때는 그걸 구체적인 재료, 증거로써 새로운 사건을 생각해내겠지. 그렇지만 그런 일은 현실적으로 있을 수 없어. 이렇게 나이를 먹은 늙은 소설가가 그렇지 않아도 바쁜 인간들이 뭘 어쩌겠다고 그런 일을 하겠소. 그러니까 이제 같은 일은 할 수 없다는 거야. 그런 의미에서는 확실히 시대가 변하고 있어. 박정희, 전두환 등의 군사독재 정권에 의한 광기의 시대, 살인 정권의 시대는 끝났으니까. 그러나 잔당이라고나 할까, 보수 세력의 힘, 과거의 역사가 청산되지 않은 채 이전의 친일파 세력이 보수를 대표해서, 보수라고는 해도 보편적이지 못한 반공우익, 극우 말이오. 그들이 한국사회를 지배해 왔단 말입니다. 이건 한국 국민들의 의식 밑바닥에까지 침투해 있다는 거지."

"……" 고재수는 고개를 끄덕였다. "방금 이야기에 나왔던 김M은 전과가 있다고 하셨습니다만, 전에도 투옥된 적이 있습니까?"

"김M만이 아니라 고 동무도 알고 있듯이 그쪽의 민주화운동을 하는 사람들은 모두 전과가 있는 투사예요. 강C도 그렇고. 그는 학생이던 74년의 민청학련 사건 당시 2년간 투옥되어 있었고, 한참 선배인 김M도 지금까지 여러 번 투옥되었지. 그쪽은 나이에 관계없이 투옥 기간이 길수록 존경받는 선배가 된다네. 김M은 가톨릭 신자인데 투옥을 반복하다가 성당으로부터 파문당한 모양이야. 핫하하, 그의 옥중 별명이 '고문대장'이라네. 고문대장이라는 것은 솜씨가 있는 고문관, 반드시 '자백'을 시켜서 범죄사실을 만들어내는 KCIA요원의 별명인데, 그 고문관이 김M에게 두 손 들었다는 얘기가 있어. 어떠한 고문관에게도 굴하지 않은 거지. 그래서 또 한 사람의 고문대장이 되었다는 거예요. 무서운 이야기야. 그런 인간도 있다니까. 나 같은 건 그 자리에 얼어붙어 버리고 말 것 같은 얘기지만, 사실 김M은 눈물이 많고 비둘기처럼 자상한 사람이야."

"예-, 으음. 조금 상상하기 어려운 일이군요." 고재수는 재떨이에서 연기를 피워 올리고 있는 피다만 담배꽁초를 손가락으로 비벼 껐다. "74년의 민청학련 사건으로 시인인 김지하가 체포되었지 않습니까. 그때 한국 정부는 그가 공산주의자라고 사형선고를 내린 적이 있습니다. 본인이 옥중에서 자신은 공산주의자라고 자필진술서를 통해 고백했다는 것인데, 나중에 옥중에서 외부로 비밀리에 내보낸 '양심선언'에서는, 그건 고문 때문에 억지로 쓴 것이라며 부정했습니다."

"그랬었지. 당시에 이미 사형선고가 내려져 있었어. 일본의 주간지 등에서도 자필진술서를 사진과 함께 크게 보도했다네. 난 실물 크기의 두꺼운 자필진술서 복사본을 아는 사람이 보내와 받았는데, 달필이라는 것에 놀랐었지. 충격을 받았지만 난 그걸 믿지 않았어. 반신반의라기보다는 이상하게도 거짓이라 생각했고, 억지로라도 그렇게 생각했지. 그는 반공법 위반으로 사형에 처해질 판이었어. 힘든 시기였지. 고재수 동무는 당시 신보사에 있었나?"

"조선신보사를 그만두고 부모가 있는 고베로 돌아온 직후였는데, 당시의 일은 잘 기억납니다."

"음, 신보사 같은 곳은 남쪽 관련 보도로 힘들었을 거야. 편지에는 사정이 있어 신보사를 그만두었다고 쓰여 있었는데, 무슨 문제라도 있었나?"

"아닙니다. 그냥 부모님이 연로하셔서, 아버지가 경영하던 작은 공장의 선반공을 하며 도왔습니다. 선반을 움직이면서 한국의 정세에 마음이 아팠습니다."

"기름투성이가 되어……."

"제가 들어간 뒤에 자동식으로 바뀠습니다."

"으음, 선반을 자동식으로도 할 수 있나 보군."

"당시에 김지하 구원운동이 일어나 도쿄에서 일본과 재일문화인들이 단식투쟁을 하기도 했는데, 일담 선생님도 운동에 참가하셨지요."

"음, 그때는 필사의 각오로 임했었지. 무엇보다도 특히 일본 문화인들의 힘이 컸어. 머리가 숙여진다니까. 김지하가 사형을 면한 것은 일본인들 덕분이야. 당시에 구원운동이 열리던 회합에서 격렬한 토론이 있었지. 김지하는 공산주의자냐 아니냐.

자필진술서를 믿어야 하는가. 진짜인가. 대부분이 부정하는 가운데 몇 사람 참가한 재일의 한 사람이 단호하게, 그는 훌륭한 공산주의자이고 진술서는 진실이라고 강조하는 바람에 분규가 일어 매우 마음이 아팠지만, 나중에 그것이 자신의 의사가 아닌 권력의 시나리오대로 쓰였다는 것이 방금 이야기에 나온 '양심선언'으로 밝혀진 셈이야. 김지하가 공산주의자라고 강변한 배경에는 정치적인 의도가 있었던 것이지."

"공산주의자라는 주장에 말입니까?"

"어쨌든 그것은 KCIA가 바라는 바였고, '양심선언'을 통해서도 알 수 있듯이 민청학련 사건의 배후 조종자로 그를 사형시키기 위한 시나리오에 반드시 필요했기 때문이야. 당시는 말이지, 날조의 가능성이 큰 인혁당, 인민혁명당 사건의 8명을 사형 집행한 직후였다고 생각해. 그들이 공산주의자로 몰려 살해당한 그 사건과 연결시켜 김지하의 사형을 집행할 거라고 여겨지던, 그런 험난한 시기였지. 설사 김지하가 공산주의자라 하더라도 그렇게 해서는 안 되는 거야. 음, 그때가 민청학련 사건 다음해니까 강C도 김M도 옥중에 있었던 거 아닌가."

"공산주의자라고 주장하던 인간과 KCIA는 무슨 관계였습니까?"

"글쎄, 같은 궤도 위에 있다는 것은 틀림없겠지."

"……. 김M의 옥중 이야기는 본인에게 들으셨습니까?"

160

"아니, 본인으로부터는 아니야……."

"사십 년 만에 이루어진 한국행의 기행문에 시인 김M의 이름이 나옵니다만, 그때는 투옥을 반복한 이후의 일이겠군요."

김일담은 고개를 끄덕였다.

"그렇지, 그 훨씬 이전부터 몇 번이나 투옥을 당했었는데, 고문으로 대장이 파열, 입원치료를 위해 일본에 왔던 모양이야. 유학을 겸해서 말이지. 그러니까 고문대장이 된 것은 그 이전일 거야."

"대장이 파열되었다는 말씀인가요?"

고재수는 진지한 얼굴로 어딘가 가까운 곳에 김M이 있기라도 한 것처럼 되물었다. "내가 본 건 아니야." 김일담은 웃으며 말했다. "후배인 강C의 얘기야. 고문대장 얘기도 그렇고, 본인은 옥중 이야기를 할 사람이 아니야."

"선생님과 김M의 인연은 오래되었습니까?"

김일담은 뭔가 집요하다는 생각을 했지만, 이야기가 조금 충격적이라서 그럴 것이다. 이 이야기가 충격적이지 않은 사람이라면 충격 받는 부분에 뭔가 필름이 끼어 있다고 의심해도 좋다.

"음, 얼마나 됐나, 알게 된 건 물론 일본인데, 벌써 6, 7년이 되는군, 이쪽에 유학을 와 있을 때였지. 강C와 함께였는데, 당시에 재일은 지문날인 반대투쟁을 격렬하게 벌이던 때였고, 김M도 이에 참가했다가 체포, 일본 정부로부터 해외추방 조치로

161

돌려보내졌지. 핫하하, 강제송환이로군."

　김일담은 두개골 안 스크린에 김M과 강C의 6, 7년 전 처음 만났을 때의 젊은 모습이 잠시 우뚝 서 있는 것을 보았는데, 장소는 도쿄 · 와세다(早稻田)의 어떤 회관이었다.

　"강제송환이군요. 강제송환……." 고재수는 웃었다. "그는 크리스천인 것 같더군요."

　"그래요. 다만 신에게 기도만 하고 있는 크리스천은 아니야. 서울의 크리스트교계 대학을 나와 유학을 했던 도쿄의 대학원에서도 그랬지만, 그는 대학을 나온 뒤 10년 간 수도원에서 수도승의 생활을 한 사람이지."

　"수도원 말입니까. 10년 간……."

　"가톨릭인데, 그리고 수도원에서 나오자 수도승의 신분으로 민주화투쟁에 참가, 데모를 하고 체포, 투옥. 한 번이라면 몰라도 교도소, 저쪽에서는 형무소가 되겠지만, 교도소 들어가기를 반복하다가 결국은 파문, 뭐랄까 파계승이 된 거지. 그렇게 그로서도 이제 수도승을 그만두겠다고 나온 거 아닐까? 핫하하, 재미있는 이야기야."

　"김M이 수도승, 수도원 생활 10년의 수도승이었군요. 그것이 민주화투쟁, 음, 십년공부 나무아미타불, 십 년의 고생이 허사가 되었네요. 눈물겹다고 하기보다, 뭐랄까요, 조금 놀랐습니다. 그런 사람이 옥중에서는 고문대장이군요. 고문대장. 또 다른 고문대장⋯⋯."

"으음⋯⋯."

어떠한 고문에도 굴하지 않는 김M에 대해 심신파열, 처참한 폭력의 희열로 소리를 지르며 몸을 떨었을 고문자가 되레 무너져 피고문자에게 선생님 하며 무릎을 꿇는 것은 어떤 상황일까. 마침내 고문의 무기를 버린 고문관, 고문대장은 M선생님, 선생님은 어떻게 그렇게 강하십니까? 라며 탈모(脫帽). 몇 번이나 그 이유, '비밀'을 캐물었다 한다. 난처해진, 그리고 이미 신과 결별했던 김M은 난 그저 신의 계시에 따랐을 뿐이라고, 버렸을 터인 신을 끌어다 대며 한마디 대답했다. 대답이 아닌 대답이면서, 알 것 같으면서도 알 수 없는 이것이 제대로 된 대답이 된 것인지 고문관은 머리를 숙이며 예-, 예-, 그렇습니까, 알겠습니다⋯⋯ 하고 고개를 끄덕였다 한다. 그러나 지금 김일담은 유리잔의 물을 한입 마른 목에 흘려 넣으며 무슨 연유에선지 이 이야기는 생략했다. 이 이야기를 기억 밖의 공기에 접촉시키는 것이 매우 피곤할 것 같은 기분이 들었다. 그는 자신이 너무 많은 말을 한 것은 아닌지 생각해보았지만, 그렇다고 특별히 비밀에 부칠 만한 일도 아니었다. 마시고 싶다. 맥주를 마시고 싶다고 생각했다.

"정치투쟁이랄까, 옥중에서의 김M의 존재는 그야말로 권력과 그 폭력에 정면으로 맞서는 정치투쟁이었어. 그것이 어떻게

163

비정치적인, 예를 들면 종교적인 깊은 내면의 사색과 일체를 이루는 건지. 우리들의 정치적 실천과는 다른데, 김M은 그런 존재예요. 고 동무가 제주도에서 있었던 이상함에 대한 답을 구하려 했다는 『논계』의 글을 포함해서 내가 기행문 등을 쓰는 것도 그들의 정신적인 뒷받침이 있기 때문이지. 지금에 와서 새삼 그런 생각이 들어." 김일담은 손목시계를 보았다. 6시 반이 가깝다. "슬슬 가야지 않나. 장소는 어딥니까?"

"신바시(新橋)입니다만, 아직 괜찮습니다."

"신바시? 6시 반에는 자리에서 일어나야겠군. 그런데 고 동무, 좀 전에 나에게 자신을 의심하고 있냐고 물었지요."

"옛, 예-."

"난 고 동무를 의심하고 있지 않아요. 분명히 고 동무 말처럼 이상하긴 하지. 고 동무는 계속 그 기구를 짊어지고 온 거로군. 도쿄까지. 이상한 것과 의심하는 것은 달라. 의심. 그걸 이곳에서 이야기하면서 계속 생각하고 있었지. 이제 곧 자리를 떠야 하는 이 순간까지."

"예-, 정말이십니까. 그런 질문을 한 제가 큰 실례를 한 모양입니다. 감사합니다."

"그렇다고 실례라고는 생각하지 않아요. 난 옥중의 김M 이야기를 했지만, 고 동무는 왜 불법입국을 하겠다는 생각을 한 건가? 난 말이지, 고 동무가 훌륭하다고 생각하고 있어요."

"⋯⋯?" 뭐라? 고재수는 놀라서 멍했다. "뭐라고 하셨나요?"

"여권도 없이 당당하게 한국에 입국했잖소. 난 실은 감탄하고 있어요. 훌륭해."

"⋯⋯선생님, 전 뭐랄까 집에서도 바보 취급당하고 있습니다." 고재수는 주름이 없는 이마를 빛내며 웃었다. "주위에서도 웃음거리가 돼서⋯⋯"

"고 동무는 상당히 원칙주의자야."

"원칙적이라는 겁니까?"

"그래요, 조선적으로 체포가 기다리고 있는 적지로 뛰어든 거나 마찬가지니까. 의심과 이상함은 서로 얽혀 있었던 거지. 오늘 처음으로 고 동무를 만나 서로 이야기를 하면서 의심을 끌고 다니는 이상함에 대해 생각해봤어요. 무사히 송환된 일에 대해 고 동무는 당했다고 했는데, 그쪽 당국자는 감탄하지 않았을까. 아마 제주도 대공 분실 같은 곳에서도 조사가 있었을 텐데, 그들도 감탄하고 있었던 게 아닐까. 동시에 쉽게 손을 댈 수 없다고 생각했겠지." 김일담은 말을 멈추고 고재수를 바라보았다. 고재수는 대공 분실이라는 한마디에 가슴이 덜컥하면서 고개를 끄덕였다. "전대미문, 전무후무한 일이니까, 그들은 고재수를 바보라고 생각할 수도 있었겠지만, 그렇게 하지 않았어. 핫하하, 그래서 감탄한 거지."

"그 원칙적이라는 것은 무엇입니까?"

165

"조선적인 채로 체포를 예측, 각오하면서 갔다는 것 말이요. 조선적이 좋다거나 나쁘다는 문제가 아냐. 당연히 취조 중에는 경력이 문제되었겠지요. 조선대학교 출신에다 조총련 활동가라면 당연한 일이니까. 게다가 조선신보 이야기도 나왔을 테고."

"예—, 여러 가지 나왔습니다."

"으음, 그 조선신보라는 존재가 그들에게 효과가 있었을지도. 그럴지도 모르지."

"무슨 효과 말씀인가요?"

고재수는 머릿속 공간 어딘가에서 효과……? 앗, 그럴지도, 하며 반응하는 음파를 들었다.

"음, 그건, 내가 지금 김M 등에 대해 이야기하는 도중에 고 동무가 『논계』에 그 정도로 쓰게 되면 상대는 손을 쓰기 어려울 거라고 말했는데, 바로 그거야. 그러고 보니 이상함이 풀릴 것 같군. 한국 당국은 일본에서 문제가 커져 소란스러워지는 걸 무엇보다 경계하고 두려워해요. 그렇기 때문에 한국 안에서의 날조는 적발의 성공, 재판까지는 절대 비밀이고 재일유학생 등, 구속되거나 고문당한 인간은 일체 입 밖에 내지 못하도록 되어 있지만, 그게 세상에 알려지는 일도 있어. 그리고 일본에서 소란을 피우면 전 세계로 퍼지는 거지. 고 동무는 성묘를 하기 위해 부모 형제와 함께였잖나. 불법입국으로 체포, 그건 당연한 일이지만, 설령 어딘가로 연행, 행방불명이라도 된다면,

그건 극비의 납치가 아니라 금방 알려지게 돼. 이걸 일본의 조선총련, 그리고 조선신보에서 이전의 신문기자 고재수의 간첩 날조를 위한 정치적 납치라고 한국을 비판하기 시작하면, 이건 본전도 못 찾는 감당하기 어려운 마이너스가 될 거라고 생각하지 않았을까. 작년에 김일담을 포함한 엉터리 날조로 실패한 일도 있고. 그리고 시대의 변화도 있겠지. 재작년 일인데, 남쪽의 문익환 목사가 방북해서 김일성을 만났잖아. 또 임수경 학생이 평양의 세계청년학생제전에 남쪽 대표로 허가 없이 출국, 참가해서 센세이션을 일으키기도 했고, 일전에는 국제연합에 남북이 동시에 가입하는 등, 설사 고 동무를 남산 주변으로 연행했다 하더라도 성묘를 위한 불법입국일 뿐이고 아무것도 없는 상태에서 날조하기는 어렵겠지. 이게 이상함을 푸는 열쇠가 아닐까…….

"예……으음, 선생님, 그렇습니까."

고재수는 고개를 깊게 끄덕였다. 마음속의 지하 3층 심문실에서 조선신보라는 말이 나왔을 때 갑자기 그곳의 분위기가 민감하게 긴장되면서 '조총련' '조선신보'라는 호칭에 가시 돋치던 분위기가 되살아났다. 지하 유치장의 옆방에서도 잡담 도중에 같은 현상이 일어났는데, 조선신보에 의한 한국 비판이라는 후환을 두려워한 것인지 화약을 다루는 듯한 분위기였다.

"그들은 조선신보 같은 언론기관을 두려워하고 있는 거야.

총련이 증오스럽고 무서운 존재인 거지요. 그래서 그 조직을
파괴하기 위해 전력을 기울이고 있어. 몇 년 전부터 시작된 고
향방문단도 그렇고, 그런데 이건 꽤나 영향력이 커."

"예-."

어째서 조선신보의 일을 까맣게 잊고 있었을까. 그저 지하 3
층 어두운 공간의 중압감에 압도되어, 그리고 서울에서 온 손
님이 감탄하던 쟁쟁한 인사로서의 친구, 벗들을 배출한 조선대
학교 1×기생들 중에서도, 시골병원의 사무장인 고재수는 별
로 이용가치가 없다고 판단하여 무사 송환했을지도 모른다고
생각하던 콤플렉스 때문인가. 그리고 그 1×기생 친구들이 납
치를 알고 소란을 피우기 시작하면 큰일이라고 생각한 것은 아
닐까. 고재수는 뭔가 이상함의 내막이 벗겨지는 기분이 들면서
자신도 모르게 김일담 선생님, 감사합니다, 라고 토해내는 듯
한 어조로 말했다.

6시 반이 지나 있었다. 고재수가 화장실에 가기 위해 일어
났다.

조용한 블루스풍의 멜로디가 흐르고, 밖은 완전히 어두워져
있었다. 빗발이 빛나고, 반짝이는 빗방울을 새긴 통행인의 우
산 물결은 멈추지 않는다.

돌아온 고재수의 손에는 이미 전표가 들려 있었다. 함께 자
리에서 일어났다. 두 사람은 우산을 쓰고 비 내리는 길 위의 통

행인이 되었다. 역 쪽을 향해 잠시 걷다가, 고재수는 왼쪽의 동쪽출입구로 김일담은 똑바로 서쪽출입구를 향해, 굳은 악수를 한 뒤 헤어졌다.

공복이었다. 목이 말랐다. 투명한 비닐우산이 차가운 밤공기를 막았다. 고재수가 도쿄까지 짊어지고 온 이상함은 풀린 것인가.

김일담이 일대 간첩 사건 주모자로 형을 사는 일이 현실로, 김일담은 여기 있는 나다, 이 몸에, 지금 비오는 길 위를 걷고 있는 내 자신에게 있을 수 있는가.

그는 역의 서쪽 방면으로 나가기 위해 우산을 쓴 채 JR의 철교 아래로 들어갔다. 왕래하는 자동차로 시끄럽다. 그는 자신도 모르게 발을 멈추고 통행인이 드문 긴 보도의 차도 쪽에 섰다. 택시가 옆에 급정차했다. 그는 깜짝 놀라 몸을 뒤로 빼며 고개와 손을 흔들어 택시를 보냈다.

자동차가 접근하여 정차, 창문으로 얼굴을 반쯤 내밀고 어딘가 길을 묻는 남자에 이끌려 다가간 순간, 갑자기 열린 문에서 두세 명의 남자가 튀어나와 억지로 김일담을 차 안으로 밀어 넣음과 동시에 발차. 이런 일이 현실적으로 일어날 수 있을까. 적어도 『논계』에서 폭로되기 이전에, 날조가 발각되기 이전에는 일어날 수 있었다. 만일 지금 갑자기 행방불명이 되는 경우, 그걸 추측할 수 있는 것은 방금 전에 막 헤어진 고재수뿐일 것이다. 김일담은 철교를 아래를 지나 비오는 길 위로 나오면서 몸서리를 쳤다.

　김일담은 넓은 교차로를 건너 음식점 거리 한 모퉁이의 잡거빌딩 3층에 있는 한식당으로 향했다. 빗줄기가 거세져 지면에서 빗방울이 신발 위로 튀어 올랐다. 영화 속 동베를린도 비였다. 격한 반체제 데모의 소용돌이 속에서 당원인 늙은 여교사는 자동차 사고로 길 위에 쓰러졌다. 그리고 의식을 잃었다. 그리고 세계는 변했다.


# 7


　큰길에 들어서서 사람들의 왕래가 끊이지 않는 빗속을 잠시 걷다가, 왼쪽에 있는 잡거빌딩 앞에서 뒤로 몸을 돌려 비닐우산을 접으며 자신이 걸어온 쪽의 인적을 살폈다. 이쪽 건물로 두세 명이 다가온다. 건물 엘리베이터에 몇 사람이 함께 탔다가 각각 2층 그리고 3층에서 내리고, 음식점이 늘어서 있는 통로를 똑바로 걸어서 오른쪽의 한식당 고려원으로 들어간 것은 김일담뿐이었다. 자동문으로 들어가 오른쪽 계산대에 붙은 칸막이 쳐진 2인용 자리에 벽을 등지고 앉는다. 옆에 있는 2인용 테이블은 공석. 그 너머 테이블에는 젊은 커플. 안쪽으로 이어진 통로 좌우에 각각 늘어선 일고여덟 테이블의 크고 작은 자리는 반쯤 찬 손님들로 붐비고 있었다.

신참인 듯한 아르바이트 여종업원에게 먼저 맥주를 주문했다. 오징어회를 주문하고, 그리고 보쌈이 되는지 물은 뒤 된다면 그걸로 달라고 했다. 껍질이 붙은 돼지고기 수육을 적당히 자른 것으로, 우에노(上野) 주변의 조선 요릿집에서는 주문하면 나오기도 하지만, 손이 많이 가기 때문에 대부분의 가게에서는 하지 않는다. 일본인 손님 대부분은 수육을 별로 좋아하지 않는다. 이 가게는 생선회, 생선구이 외에는 모두 냄비요리이고 불고기는 하지 않는다. 여자 종업원이 돌아와, 시간이 좀 걸리겠지만 가능하다고 대답한 뒤, 가져온 채소와 김치 등 밑반찬을 테이블 위에 내려놓고 갔다.

맥주를 유리잔에 따른 뒤 천천히 목구멍 너머 식도로 흘러떨어지는 상쾌한 맥주의 흐름을 느끼며 고개를 뒤로 젖히고 거의 단숨에 비웠다.

다시 유리잔에 따라 크게 한 모금 목구멍으로 흘려 넣었다. 한바탕 내리는 비처럼 뭔가 뒤얽힌 잡념을 통째로 위속에 흘려 넣듯이, 무심코 젓가락을 들고 있는 한쪽 손과 함께 양팔과 가슴을 펼치고 심호흡을 했다.

이상한 애드벌룬을 타고 온 남자. 고재수를 만난 자리에서 김M과 KCIA의 이야기를 하며 한없이 허무한 기분에 빠져든 이유는 무엇일까. 맥주는 그 공허한 곳으로 흘려 넣고 있는 걸까. 김M이 옥중에서 또 다른 고문대장이 된 이야기를 하면서, 고문기를 버린 고문관이 김M 앞에 무릎을 꿇고, 선생님은 어떻게 그렇게 강하십니까, 라며 몇 번이나 그 이유를 물은 결과로서의 대답이, 그저 신의 계시였다……고 했다는 이야기를, 밖의 공기에 접촉시키는 것이 매우 피곤할 것 같은 기분이 들어 생략했던 이유는 무엇인가. 그 탓으로 목이 마른 건가.

그렇다 하더라도 조선적으로 대담무쌍하게 불법입국, 체포, 다음날 강제송환이라는 것은 본인도 꽤나 이상하게 생각하고 있는 모양이지만, 마지막으로 헤어질 때쯤 그가 찾아낸 수수께끼를 풀 실마리는 아마 잘못 짚은 게 아닐 것이다. 그가 말한 두 가지의 이상한 것 중 하나인 '일대 간첩 사건' 날조 실패에 의한 영향도 크겠지만, 그것을 세상에 폭로한 『논계』의 글이 보다 큰 힘이 된 듯한 느낌이 든다. 아마도 같은 날조는 불가능할 것이다. 그와 만나 재확인을 한 셈이다.

작년 후반부터 서울 중앙지 중 하나에 '군정 30년'으로서 「남산이라 불린 남자들」—KCIA의 성역을 파헤친 다큐멘터리가 주 1회 게재되기 시작하여 현재도 연재중이지만, 박정희 군사 쿠데타 이후의 무시무시한 KCIA에 의한 한국 통치의 실태가 한국 사회에 충격을 주면서 폭발적인 인기를 불러일으키는 바람에 신문 부수가 늘고 있는 모양이다. 이러한 사회현상도 작용했을 것이다.

선생님은 자신을 의심하고 있느냐고 물어온 남자. 넌지시 상대방의 속마음을 떠보기 위한 것이 아니라면, 꽤나 강한 자기 결백의 주장이라는 생각이 든다. 체포로부터 다음날 송환에 이르기까지의 경위는 알 수 없지만, 헤어질 때까지 그의 이상한 의문을 풀기 위한 서로 간의 주장은 옳다. 그렇지 않으면 이상한 애드벌룬을 타고 도쿄까지 오지 않았을 것이다. 김일담을 공작 대상으로 한 접촉의 시도도 아니다.

목의 갈증이 풀리고 가벼운 취기가 돌면서 기분이 차분해졌다.

김M과 만난 것이 언제였던가. 제주 4·3사건 40주년을 맞이하기 몇 년 전이었으니까, 벌써 6, 7년은 될 것이다. 여름인 8월, 김일담은 도쿄 와세다의 어느 회관에서 있었던 하기강좌 시리즈 중 하루를 나갔다. 참가자는 40명 정도였는데, 그의 이야기가 끝나고 참가자가 거의 돌아갔을 무렵, 얼핏 한국에서 온 것으로 보이는 두 젊은이가 다가와 정중한 조선어로 인사한 뒤, 선생님과 같은 제주도에서 온 유학생이라 했다. 으음, 뭐 하는 사람들인지 알 수 없다. 김일담은 한국에서 온 사람에게는 충분한 경계심을 지니고 있었는데, 상대방은 김일담 이상으로 그랬을 터였고, 재일의 '빨갱이'인 위험인물에게 접근하는 것은 무서운 후환을 초래하기 쉬웠다. 그러나 김일담은 반대로 자신과 만남으로써 상대방이 뭔가 피해를 입지 않을까 두려워하고 있었다.

잠시 선 채 이야기를 하다가 김M이 명함이 있으면 달라고 했다. 내 명함? 명함으로 뭘 하시려고요? 명함이 있으면 주십시오. 한걸음도 물러나지 않고 미동조차 않는 느낌이었다. 김일담이 바로 응하지 않자 재차 명함을 달라고 반복했다. 한국 유학생이 내 명함을 가지고 있으면 좋지 않습니다. 난 괜찮지만 위험합니다. 김일담은 생각해서 하는 말이었지만 상대는 물러나지 않고, 그런 건 문제 없습니다. 우리들은 오늘 선생님의 강연을 들은 사람입니다. '빨갱이'이자 위험인물, 반한분자의 강연을 백주대낮에 당당히 들은 유학생이 이제 와서 뭘 두려워하겠습니까. 대담한 남자다. 김일담은 초면인 상대에게 신뢰와 조용한 감동을 느끼며 명함을 건네고 재회를 기약했다.

김일담은 당시를 떠올리는 지금도 상대를 생각해서 명함을 건네지 않으려 했던 자신이 부끄러웠다. 민주화투쟁의 과정에서 몇 번이나 투옥된 경력을 지닌 투사였다. 이미 고문대장이었던 김M 등에게는 참으로 풋내기 같은 정치적 배려였던 것이다.

밝은 얼굴의 안주인이 오징어회를 가지고 와 조선어로 오랜만입니다, 잘 오셨습니다……라고 인사를 한 뒤 일본어로 바꿨다. 그리고 8시까지는 성삼(成三) 씨가 이쪽으로 올 거라고 말했다.

"음, 한(韓) 군과 약속을 한 건 아닌데."

"예-, 좀 전에 성삼 씨가 가게로 전화했길래 김일담 선생님이 와 계신다고 했더니, 굉장히 기뻐하면서 나중에 이쪽으로 오겠다고 했습니다. 꼭 뵙고 싶으니 기다려주셨으면 좋겠다고 합니다. 바쁘지 않으시면 기다려주시겠습니까?"

"날 꼭 만나고 싶다고……."

"예-."

"무슨 용무라도 있는 건가?"

"예-, 그런 모양입니다."

안주인은 양손으로 맥주를 따른 뒤 테이블을 떠났다. 타원형의 흰 바탕에 파란 당초문양이 새겨진 도자기 접시에 담긴 오징어회 고추장에서 풍기는 자극에 군침이 돌았다. 돋아 올라고였다. 삼킨다. 잘게 썬 무, 쑥갓, 미나리, 쪽파, 마늘, 생강, 푸른 고추 등을 재료로 한 고추장 양념으로 버무린 오징어회를 한 젓가락 크게 집어 입에 넣었다. 그리고 입안에 퍼지는 조금 달콤하면서도 절묘하게 매콤새콤한, 채소와 오징어를 섞은 농후한 맛은 씹을수록 입안 전체에 스며든다. 천천히 위장으로 내려 보낸 뒤 맥주를 마신다.

한성삼은 이른바 정치범으로 옥중에 있었던 것은 아니지만, 7, 8년 전쯤 방한했을 때 KCIA의 후신인 안기부에 연행되어 열흘 정도 억류된 그 '후유증'이 남아 있는 남자였다. 남산에서는 상당히 당했습니다……라며 이전에 없던 심하게 죄어든 왼쪽 볼의 상처 때문에 오른쪽 아래로 일그러진 입술에 웃음을 띠며 한마디 흘렸을 뿐 자세히 말한 적은 없지만, 대한민국에 대한 충성 '서약서'를 억지로 쓰고 '전향'하여 석방된 이후 한성삼에게 주어진 공작 임무의 하나로, 부친과도 친한 김일담을 한번 한국에 불러들이는 일이었던 모양이다. 남산에서는 '빨갱이'인 김일담과 얼굴을 아는 정도의 교제만으로 상당히 당했음에 틀림없었다. 그리고 꽤 세월이 흘렀지만, 그 남산에서의 체험을 소설로 쓰겠다고 결심, 김일담은 그 상담을 요청받은 적이 있어서 관심을 가지고 있었다.

이삼 년 전에 일본에서 발표된 김홍진(金洪鎭)의 『육군보안사』. 재일유학생의 간첩 날조를 위한 납치 체포, 고문에 의한 충성 '전향', 그리고 2년간의 충실한 보안사령부 내의 재일교포 담당으로 근무한 뒤 일본으로 탈출, 한국의 독재국가 폭력 장치의 내부 사정을 폭로한 다큐멘터리로, 한성삼은 이에 상당한 용기와 자극을 받은 듯했다. 소설을 완성하여 발표하게 되면 두 번 다시 한국에 갈 수 없겠지만, 그는 그걸 각오하고 있었다.

세 병째 맥주를 주문했을 때, 맥주와 함께 여전히 따뜻한 돼지고기 수육이 담긴 접시와 보쌈용 김치, 두부, 그리고 양념인 새우젓, 소금 접시가 나왔다.

"한 군이 아직 안 왔는데, 조금 이른 거 아닌가."

김일담은 약간 취기를 띤 목소리로 웃으며 말했다.

"성삼 씨는 손님이 아닙니다. 따뜻할 때 어서 드세요."

미인 여장부로서 10년 전쯤 결혼 당시만 해도 베레모를 비스듬히 눌러쓴 문학소녀였다.

한 군도 함께였더라면 좋았을 텐데라는 생각을 하면서 젓가락으로 두툼한 돼지고기 살점을 한 개 집어 입안에 넣고 천천히 씹는다. 아래위 치아가 깊숙이 살점에 파고들면서 육즙이 배어나오는 감촉은 비할 바 없이 감미롭다. 껍질을 씹는 식감은 뭐라 표현하기 어렵다. 보통의 정육점에 껍질 붙은 돼지고기가 없는 것이 아쉽다. 다시 한 번 김치를 펼쳐서 수육을 싼 뒤 한껏 벌린 입으로 김치 양념을 입술에 묻히며 밀어 넣는다.

칸막이 바로 왼쪽 문이 열리는 소리가 나더니 한성삼이 얼굴을 내밀었다. 그는 자연스럽게 가게 안쪽까지 휙 둘러보더니, 김일담은 오늘 고재수와 약속한 Z에 들어가 그와 얼굴을 마주하기 전에 넓은 가게 내부를 휙 둘러봤을 때와 비슷한 분위기를 느꼈지만, 한성삼은 바로 옆자리의 김일담을 발견하자 인사를 하고 자리에 앉으며 비옷을 벗었다. 여자 종업원이 내민 물수건으로 넥타이를 매지 않은 목덜미를 한번 닦고 나서 손을 닦았다. 새로운 유리잔에 김일담이 맥주를 따랐다. 한성삼이 김일담의 빈 잔을 채우고 잔을 부딪쳤다.

"술은 마시지 않은 것 같군. 후래자 삼배, 한잔 더 해야지."
김일담이 막 기울인 한성삼의 잔에 술을 채웠다. "아버지는 건
강하신가?"

"예-."

"조만간 도쿄에 오실 일은 없으신가?"

"잘 모르겠습니다. 도쿄에 오시면 선생님께 전화를 드리겠
지요."

미남이지만 왼쪽 볼의 상처 탓에 입술이 조금 일그러져 있어
늘 불만스러워 보이고, 웃으면 입술이 당겨지듯이 움직여 부자
연스런 웃음이 된다. 꿰맨 상처 자국은 꽤 사라졌다. 남산에서
변한 얼굴이니 거울을 볼 때마다 그 속에 남산의 그림자가 어
른거릴 것이다. 경위는 알지 못한다. 과거의 한국행 전후에 그
의 얼굴 형태가 변했으니 그는 말하지 않지만 그 사이에 서울
남산으로 연행되었을 것이다.

"소설은 잘 돼가고 있나?"

"예-, 조금씩 쓰고 있습니다."

"얼마나 썼는데."

"매수로는 50매 정도입니다."

"음, 꽤 썼구먼. 대체적인 길이는 예상하고 있나?"

"잘 모르겠습니다만, 이야기는 아직 시작이라서 조금 길게
쓸 생각입니다."

"점점 구체화되고 있군. 조금 더 진척이 되거든 좀 보여주게. 지금까지 유학생만이 아니라, 한국에 출입하는 많은 사람들이 심한 꼴을 당했네. 그 구체적인 실태는 나도 잘 모르지만 그걸 공공연히 문장으로 쓴 것은 없지. 김 아무개의 『육군보안사』가 처음일 거야. 그건 결사적으로 사명감에 이끌려 쓴 거야. 소설은 아니지만 문장이 좋고 충격적인 테러 국가의 어두운 면을 폭로하고 있어. 한 군의 경우도 일체 입 밖에 내서는 안 된다고 서약한 일을 글로 써서 세상 밖으로 공공연히 알리는 것이니까, 근데, 벌써 몇 년이나 된 일인데, 그게 몇 년경이었지?"

"1984년 3월입니다."

"84년……. 그런가, 7, 8년 되는구먼. 옛날이야. 어쨌든 자네는 태도를 바꾸었으니 할 수 밖에 없겠지. 성삼이는 할 수 있어."

김일담은 눈이 촉촉해지는 것이 취기를 느꼈지만, 이대로라면 점점 술이 깨는 취기다.

한성삼은 도쿄의 대학을 나와 1970년대 전반에 서울에 유학, Y대 한국어연수원 2년 수료 후, 같은 대학 역사학과에 한일 근대 관계사 전공으로 진학했으나, 부친의 위암 수술로 오사카의 본가로 돌아와 아버지가 경영하는 파친코 가게 일에 부사장인 모친과 함께 종사. 그 무렵부터 재일의 문예동인지에 참가하여 몇 편인가의 단편을 쓰기도 하였고, 당시의 동인지 모임에 김일담이 강사로 출석 4·3사건에 대해 이야기한 일도 있었다. 부친이 퇴원, 요양을 거쳐 일에 복귀하고 난 뒤 오사카의 재일 중립계 중학교에서 역사를 가르치다가, Y대학 입학수속을 위해 두 번째 한국행인 1984년 봄에 체포되었던 것이다. 한성삼은 남산에서의 일을 이야기한 적이 없었고, 김일담도 그 이야기를 꺼낸 적은 없다.

"꼭 만나고 싶으니 기다려달라고 전화로 말한 모양인데, 무슨 용무라도 있나. 오랜만에 술을 마시기 위한 구실인가?"

"예-, 선생님, 이야기가 있습니다."

그는 가게 안쪽으로 시선을 던졌다가 거두었다.

"이야기……? 무슨 할 이야기가 있나?"

"예, 장소를 옮기고 나서 이야기하고 싶습니다."

"장소를 옮긴다고?" 김일담은 한성삼의 얼굴을 마주보았다. "음, 지금 바로 말인가?"

"잠시 더 있다가 나가시겠습니까?"

"그래, 그렇게 하지."

"선생님은 돼지고기를 좋아하시네요."

"수육이 아니면 주문하지 않았어."

김일담은 맥주병을 손에 들었지만, 거의 빈병에 가까워 얼마 남지 않은 술을 자신의 잔에 따랐다. 한성삼이 점원을 불러 맥주를 시키고, 이내 가져온 맥주를 김일담이 들고 한성삼의 잔에 따랐다.

"이걸 마시고 나가지."

"예-."

한성삼은 맥주를 마시고 돼지고기 한 점을 두부와 함께 입에 넣은 뒤, 전화를 하고 오겠다며 일어나 계산대 쪽으로 갔다.

돌아온 한성삼과 함께 자리에서 일어난 김일담이 계산대로 가자 안주인이 나와서, 선생님, 성삼 씨의 사인으로 계산을 끝냈습니다 하며 두 사람을 가게 밖의 엘리베이터 앞까지 배웅했다.

"어디로 가는 거지?"

엘리베이터에서 내린 김일담이 우산을 펼치며 말했다.

"가부키초(歌舞伎町)입니다. 알고 계시겠지만 M빌딩의 은하입니다."

"은하, 으음, 왜 또 거기까지 가는 건가."

"사장은 없습니다만, 그곳 별실에서 가볍게 한잔하시지요."

비는 계속 내리고 있었다. 우산을 받쳐 들고 큰길로 나와 잠시 빈 차를 기다렸다. 목덜미에 닿는 밤공기가 차갑다. 네온사인과 자동차의 라이트가 교차하는 노상에 서 있던 김일담은 또다시 동독 영화 「잘 가라, 혁명」의 반체제 데모로 흔들리고 폭발하는 빗속의 베를린 광경이 머릿속에서 빗소리를 밀어내고 되살아나는 바람에 라이트를 비추며 눈앞에 멈춰선 택시에 놀라 순간적으로 움츠러들었다. 신주쿠 서쪽 출입구에서 기본요

181

금 정도의 거리인데, 전찻길을 따라가다가 쇼쿠안도오리(職安通り)의 철교 아래를 지나 가부키초의 음식점 건물이 늘어선 곳으로 들어간 뒤 몇 번째인가의 십자로 모퉁이 건물 앞에서 내렸다. 빗속에서 호객을 하는 남녀가 우산을 들고 길가에 서 있다.

엘리베이터로 5층에 올라간다. 김일담은 이 빌딩의 오너 손 아무개를 한성삼의 아버지와 함께 몇 번인가 만난 적이 있는데, 한성삼의 대학 선배로 상당히 훌륭한 신사이자 정치적으로는 엄정 중립을 표명하고 있는 인간이다. 나이는 오십에 가깝다. 가부키초 근방에만 두세 개의 빌딩을 소유하고 있는 모양이다.

5층에서 내려 은하로 들어가자 매니저로 보이는 나비넥타이를 맨 남자가 나와 손님들이 있는 장밋빛 두꺼운 커튼이 쳐진 창가 쪽 소파가 아니라, 가게 한편의 문이 달린 별실로 안내했다.

테이블을 사이에 두고 커다란 소파가 한 쌍 놓여 있는 서너 평쯤 되는 방으로, 홀의 음악이나 웅성거리는 소리가 거의 들리지 않는 것이 사적인 간담을 위한 장소 같았다. 손님을 위한 방이 아니다. 한쪽 벽에 조선의 고전가구, 흑갈색의 옻칠을 한 크고 작은 두 개의 조선장롱, 그 위에 차분한 광택이 나는 백자 항아리가 제각각 놓여 있다. 불야성인 거리의 한가운데라고는 생각되지 않는, 지상에서 멀리 격리된 공간이었다.

둥근 얼굴에 차이나드레스를 입은 날씬한 자태의 호스티스가 맥주 세 병과 치즈, 가지째 삶은 콩, 과일을 가지고 와 정중하게 인사를 하고 나갔다. 고상한 향수 냄새가 감돌았다. 한성삼은 잘 아는 사장에게 잠시 방을 빌린 거나 마찬가지라서 고급술인 위스키나 브랜디 등을 주문하지 않는 한 선술집 정도의 비용으로 사용할 수 있다고 죄어든 입술 끝을 웃음으로 일그러뜨리며 말했다.

"선생님, 실은 3일 전의 일입니다만, 한국에서 왔다고 하는 인물로부터 전화가 있었습니다."

한성삼은 담배를 물고 고개를 옆으로 돌려 라이터로 불을 붙인 뒤 한 모금 빨았다.

"……"

김일담은 말없이 고개를 끄덕였다.

"제가 없을 때 혜순이가 전화를 받았습니다만, 처음에는 분명히 일본인이 아니라는 것을 알 수 있는 일본어로 이야기를 하다가 우리말로 바꿔서 장동호라고 이름을 밝혔다고 합니다. 혜순도 저도 전혀 짐작이 가지 않습니다. 그런 이름은 처음 들었고 목소리로 볼 때 중년 남자라고 합니다만, 사십 대인지 오십 대인지 물었더니 오십 대에 가깝다고 합니다. 그래서 저는 한동안 집에 없는 척했습니다만, 어제는 오후에 전화가 왔었습니다. 같은 목소리로 한국대사관에 있는 사람이라고 말은 했지만, 이름이 다릅니다. 장이 김으로 바뀌어서 아내가 일본어로 어제 전화한 사람이 아니냐고 묻자, 실은 그렇다, 왜 같은 사람의 이름이, 성이 다르냐고 하자, 아아, 그랬습니까, 이거 실례했습니다. 부인께서는 기억력이 좋으시군요, 전 이번에 한국에서 부임해온 영사입니다만, 인사를 겸해서 전화를 했습니다. 한성삼 씨가 그쪽을 알고 있습니까? 알고 있겠지요……. 그리고는 또 전화를 하겠다는 말도 없이 끊었습니다. 저도 옆에 있었습니다. 전화를 끊고 나서 다시 녹음테이프를 듣다가 소름이 돋고 전신에 차가운 오한이 일어나 전 그 자리에 얼어붙었습니다. 성삼 씨, 당신 왜 그래요, 라며 혜순이 놀라고 있었습니다. 전 그녀에게 말을 하지 않았습니다만, 과거에 남산에서 만났던 남자입니다. 분명히 그렇습니다. 반복해서 확인해보았습니다. 위압적이고 정중한 말투는 의식적인 것이고, 그 목소리의 주인은 틀림없이 남산의 수사관이었습니다. 전 아내 앞에서는 태연한 척했습니다만, 그자가 한국대사관의 영사로 온 겁니다. 그자입니다."

김일담은 말없이 맥주를 마셨다. 맥주가 고체처럼 뭉쳐서 식도로 떨어졌다. 콩 껍질을 벗긴 뒤 그대로 입으로 가져간다.

"음, 그래서, 그 김 영사라는 자는 남산에서 '만났다'는 그 남자의 목소리가 틀림없나?"

"예-, 직감입니다. 골수 밑에, 아이고, 핫핫하, 정말, 뼈로 들었던 그 목소리의 실체가 틀림없습니다."

한성삼은 재가 떨어지려는 담배를 재떨이에 눌러 끄고 맥주를 꿀꺽 마셨다.

"뼈로 들었던 목소리……? 후후, 목소리가 틀림없다는 거겠지. 본인이라는 것도……."

"선생님, 남산의 피로 물든 손발을 가진 자가 평화로운 외교관의 모습으로 나타나는 게 꺼림칙하고 충격입니다." 한성삼은 앞으로 몸을 굽히고 양쪽 무릎 위에 팔꿈치를 세워 양손 손가락을 끼웠다. "대사관, 영사관에 안기부의 인간이 배치되어 있는 것은 한국 외교부의 권한 밖의 일이라는 것은 알고 있습니다만, 실제로 남산에서 고문을 하고 사람을 살해한 자가 외교관을 가장해 일본 땅에, 눈앞에 나타나니, 그들의 남산에서의 얼굴이 떠오르는 만큼, 선생님, 무서워서 전율을 느꼈습니다. 그들은 침착하고 정중하게 그리고 자상하게 웃습니다. 그렇게 재일동포에게 접근합니다. 선생님, 공포입니다. 혜순이에게 이 이야기는 하지 않았습니다. 부모나 다른 누구에게도 하지 않았습니다."

한성삼은 무릎에서 양쪽 팔꿈치를 들어 올리고 자세를 가다듬었다.

"음, 알고 있어. 남산의 일은 남산에서 있었던 일은 이야기하

185

지 않았겠지, 일체 입 밖에 내지 말라는 '함구령'보다도 가족에게 충격을 주지 않기 위해서겠지. 언젠가 소설이 완성되어 발표되면 알게 될 일인데, 괴롭더라도 언젠가는 알아 둘 필요가 있는 일이야. 하지만 모르는 게 좋아. 실제로 있었던 일은 몰라도 대략적인 상상은 하고 있을 테고, 그럼에도 뚜껑을 덮어 잊고 있는, 잊은 척을 하는 거겠지. 설령 본인이 이야기를 하려해도 들으려 하지 않을지도 몰라. 아마도 견뎌내지 못할 거야. 그러니까 가족 간에도 터부인 셈이지. 예를 들면 4·3사건 관계자가 무서운 기억을 말살하고 침묵을 지켜온 것처럼 말이야. 자신들이, 가족들이 심한 꼴을 당했으면서도, 그런 일은 없었다, 모른다, 잊었다며 부정하지. 현지 제주도가 아니라 일본으로 도망쳐온 사람들이 말이야. 4·3사건과는 전혀 다른 일이지만, 인간에게는 어떤, 그러니까 무서운 기억이라든가 하는 걸 견뎌내기 힘든 게 아닐까. 나 역시 한 군의 남산에서의 일은 알지 못해. 그걸 한 군은 다큐멘터리를 쓴 김홍진에게 자극을 받은 건지 어떤지 모르겠지만, 문장으로 소설을 쓰기 위해 노력하고 있잖아. 자네는 해낼 것이고, 할 수 있을 거야. 음, 그 김영사라는 건 뭐하는 자인지 모르겠지만, 그리고 나서 다른 연락은 없었나……. 연락이 없어, 음. 그들이 하는 일이니 서쪽 출구의 가게 같은 건 알고 있겠지. 전화 같은 건 금방 알 수 있어……. 그 사람은 바로 이삼일 전에 한국에서 온 건가, 그 이전에 이미 대사관에 와 있는 건가. 어쨌든 그 김인지 뭔지 하는 영사는 실존인물이겠지. 그 목소리라는 건, 한 군의 잠재적인 기억이나 비슷한 목소리의 기억이 순간적으로 출구를 잘못 알고 나오거나 하는, 그러한 착각은 아닌가?"

"아니, 다릅니다. 뱀 같은 그자와 열흘간이나 함께 있었으니까요. 그자가 영사로서 일본에 온 겁니다. 정보영사입니다. 재일동포 담당의……."

뿜어져 나온 기억의 중압 때문인지 한성삼은 큭, 큭 하며 갑자기 숨쉬기가 힘들어지고 목 언저리에서 말이 막히는 것 같았다.

"전화의 목적은 뭘까?"

"그건 자신이 현재 일본에 와 있다는 일종의 과시입니다. 그때의 이름은 또 다릅니다. 그들의 본명은 알 수 없습니다. 최고위 직책이 아닌 한 가명이 많습니다. 남산의 김동호에 대해 처음에는 그들의 대화를 통해 알았습니다만, 조서작성을 위한 취조, 수사관의 서명으로 아는 정도입니다. 추성준. 한자는 모릅니다. 가면이라도 벗지 않는 한 이름만으로 본인을 판단할 수는 없습니다. KCIA 5국, 대공수사국 수사관입니다."

"으음, 좀 마시게. 요즘은 많이 안 마시나?"

김일담은 맥주를 한성삼의 잔에 따랐다. 그리고 자신의 잔을 손에 들고 상대를 재촉하듯 팔을 뻗어 쨍 하고 마주쳤다. 두 사람은 동시에 잔을 비웠다. 서로 맥주를 잔에 따른다.

"한 군, 언제까지나 없는 척을 할 수도 없는 일이고, 고려원이든 집이든 찾아가려고 생각하면 갈 수 있어. 지금 수사권을 가지고 뭔가 출장 수사를 나온 건 아닐 테지. 전화를 걸어온 이유를 모르겠군. 좀 전에 상대방이 한국에서 부임해온 인사를 할 겸 전화를 해왔다고 한 거 같은데, 흐흠, 예전의 '잘 알던 사람'의 인사인가, 인사라기보다도 '통보' 같은 것인가. 그렇지, 과시. 한 군이 말한 과시인가. 이전 관계는 이미 시효가 지나 끝난 거 아닌가. 7, 8년 전 일인데."

"선생님, 다음에 전화가 오면 어떻게 해야 할까요?"

"오사카의 아버지는 모르실 테고. 혜순 씨는 뭐라고 하던가?"

"오늘 선생님을 뵙게 되어 다행입니다만, 전화 드릴 생각이었습니다. 혜순도 제가 남산에 연행되었을 당시의 KCIA 요원, 저와 직접 관계가 있는 인간이라는 것까지는 모릅니다만, 안기부 관계자라고 눈치 채고 있고, 저도 아마 남산에 있는 인간일 거라고는 말했습니다. 그래서 걱정하고 있습니다. 목소리도 침착한데다 힘이 들어가 있는 것이 한국대사관의 영사이겠지만 혜순으로서도 뭐하는 자인지 정체를 모르고 있습니다. 오늘, 우연입니다만, 선생님이 가게에 오셔서 아내는 전화로 굉장히 기뻐했습니다."

"으음, 어떻게 할까. 상대의 정체, 그쪽이 일찍이 한 군을 상대한 수사관이라는 것은, 목소리로 볼 때 틀림없는 그 인간의 마음이, 왜 전화를 해 왔는지 알 수 없기 때문에 생각할 방도가 없어. 그냥 말이지, 자신은 현재 일본에 와 있다는 그거뿐일까. 그들 나름의 '법'적인 근거가 있어 수사를 한다든가 그런 게 아닌 것은 확실한데 말이야. 남산에서의 일은 옛날 일인데, 영구 전범의 추적도 아닐 테고 이제 와서 그게 어떻다는 거냐고. 한 잔 마시면서 생각하자고. 걱정할 일은 아닌 것 같은데."

"전화가 걸려 와서, 혹은 제가 직접 전화를 받으면 어떤 이야기가 나올지 알 수 없습니다만, 가령 한번 만나자고 나올 경우는 어떻게 하면 좋겠습니까? 아이에게는, 중학생인 아들에게는 절대 전화를 받지 말라고 말해두었습니다."

"상대가 만나자고 한다……? 예를 드는 말이겠지. 만일 그런 때는 내게 연락을 했으면 좋겠는데, 어디서 어떤 식으로 만날 것인지 하는 문제가 있어. 상대가 한 사람인지, 복수인지. 복수라도 한 사람이라고 할지 몰라. 상대는 영사라 해도 그 정체는 안기부라는 거야. 절대로 혼자 만나서는 안 돼." 김일담은 유리잔의 맥주를 기울였다. 트림 소리가 위장 밑바닥에서부터 거품을 일으키며 올라왔다.

"한 군, 내게도 담배 한 대 주겠나."

"담배 말씀입니까? 담배를 피우시나요?"

"이따금, 일 년에 몇 번 정도야. 취했을 때 한 대 피우면 맛있어. 알코올에 니코틴이 녹는 것인지, 술의 취기와 함께 어울려 맛있지."

김일담이 상대가 내민 담배 한 개비를 입에 물자 라이터 불이 다가왔다. 한 모금, 눈을 감고 깊이 들이마신다. 연기가 콧구멍을 통과하는 또렷한 감촉이 머릿속으로 올라와 술의 취기와는 전혀 다른 현기증을 동반한 취기가 크게 한 바퀴 휙 돌았다. 눈을 뜨자 연기가 꽃을 피우듯이 서서히 흔들리다 무너져내렸다.

한성삼이 잔을 비웠다.

"선생님은 맥주로 하시겠습니까? 저는 위스키를 조금 마시고 싶습니다만, 어떠십니까?"

"핫하하, 마시면 되지 뭘 그러나."

한성삼은 전화를 들고 프런트에 술을 주문했다.

얼마 지나지 않아 문이 열리고 홀의 음악 소리가 바람처럼 흘러들었다. 좀 전의 차이나드레스를 입은 호스티스와 또 한 사람이 둥근 위스키병과 맥주 두 병, 칵테일용 유리잔, 얼음을 담은 통을 들고 들어왔다. 그리고 김일담의 잔에 맥주를, 다시 적당한 양의 위스키를 유리잔에, 물, 얼음을 넣고 나서 한성삼의 앞에 놓은 뒤 방을 나갔다.

"그쪽에서, 영사라는 인간으로부터 전화가 와 만나고 싶다고 하면, 만나는 게 어떤가. 내 생각이 좀 낙관적인가. 혼자서는 안 되겠지만, 그렇다고 내가 함께하는 것 역시 좋지 않아. 하지만 상대는 내심 환영하겠지. 그쪽 사람들은 가능하면 개인적으로 나와 직접 접촉하는 것을 바라고 있으니까. 88년에 한국에 갈 때도 어느 지인을 통해 참사관, 물론 KCIA지만 그 남자와 만났을 때 인텔리에다 신사적인 사람이었는데, 이전부터 한번 선생님을 뵙고 싶었지만 선생님이 무서워서 접근할 수 없었다……고 하더라고. 어쨌든 나와 함께하지 않는 편이 좋을 거야. 자네도 알고 있듯이 『논계』에 좋지 않은 한국기행을 쓰기도 하고, 그들의 김일담을 주모자로 하는 '일대 간첩 사건' 날조를 폭로하는 글을 쓰기도 했기 때문에, 그렇더라도 내가 한국 정부의 의향을 받아들인다는 전제가 있다면 꼭 만나고 싶다고 기뻐할 테지만. 일본을 근거지로 한 일대 간첩 사건, 그 과장된 가공의 사건 날조는 실패했지만, 그건 말이지, 그들의 김일담에 대한 복수일지도 몰라. 물론 그밖에 커다란 정치적 목적이 있겠지만, 잘 진행되었다면 김일담은 지금쯤 사형선고를 받았을 거야."

"복수란 말씀인가요?"

"김일담이 미워서 견딜 수 없는 거지. 핫하하, 그 나라에서는 이런 일이 현실적으로 일어난다니까."

"복수……. 설마 재일작가 김일담을 사형……. 그렇습니다. 생각할 수 없는 일이 일어납니다. 저는 『논계』를 읽고 비로소 알았습니다만, 보안사나 안기부라는 곳은, 남산의 실태가 그렇습니다만, 정말로 아무것도 없는 곳에서 사건을 날조하려고 하는, 믿을 수 없지만 사실이 그렇다는 것이 다른 형태로 폭로되고 있습니다. 더 이상 체면이고 뭐고 없다는 것인데, 그런 일을 해내면서 사건을 창조, 창작하고 있습니다……."

째깍, 째깍, 시계가 시간을 새기는 소리에 섞여 복수, 복수…….

"한 군이 남산으로 연행된 것은 1984년이었나?"

"그렇습니다."

"대학에 다시 들어가기 위해 한국에 갔던 거지."

"예……."

한성삼은 고개를 끄덕이면서 눈앞의 잔에 위스키를 다시 따른 뒤 얼굴을 찡그리며 한입 꿀꺽 삼켰다. 그리고는 술맛을 확인이라도 하듯이 계속해서 잔을 기울였다.

"……그해 여름이군. 자네 아버지와 만난 것은. 도쿄에 와 있다는 연락이 와서 밤에 신주쿠에서 만났지. 여기에서 그렇게 멀지 않은 가부키초 변두리의 내가 자주 가는 조용한 선술집이었어. 그때 알았지. 설마 했는데 남산에 연행되어 갔었다는 걸 말이야. 아버지는 내가 제주 4·3사건을 주제로 한 작품을 계속 써오면서 현지에 한 번도 발을 들여놓지 못하고 있는 것을 이전부터 신경 쓰고 계셨는데, 제주도를 포함한 한국의 취재를 무조건 인정해주고 모든 편의를 제공한다는 한국 정부의 초청

192

이야기를 듣고 오셨더군. 자네도 대강은 알고 있을 터이니 자세한 이야기는 하지 않겠지만, 당시의 아버지는 오사카 총영사관에 영향력이 있는 사람이었고, 나에게도 고마운 이야기였지. 무엇보다도 존경하는 고향 선배이기도 한 자네 아버지가 꺼낸 이야기야. 물론 거기에는 한국 정부의 꿍꿍이가 있어. 난 한국 정부하고도 대립하고 있었지만, 당시의 조총련과 나의 대립은 내가 역적, 매국노 수준으로 치부되고 있었지. 하지만, 그건 그거고 이건 이거라는 생각으로 난 그 이야기를 거절했어. 과연 아버지는 쓸쓸하고 조금 화가 난 어조였지. 자네는 남산에서의 심문 결과, 자네 자신과 아버지를 매개로 김일담에게 한국 방문을 주선하는 역할을 짊어지고 있었던 거야. 따라서 KCIA, 안기부 고위층의 의향이 전제되고 있다는 것은 당연한 일이라서 난 단장의 심정으로 거절했었지. 형의 친구이자 나 자신도 여러 가지로 신세를 진 자네 아버지의 이야기를, 물론 한국 정부의 의향이 결부되어 있어서 그런 거지만, 그 후의를 거절했다네……."

"예–. 그렇습니다. 정말 죄송했습니다……."

"아니, 이봐, 그렇게 말하면 내가 말을 할 수 없잖나. 미안하다든가 하는 문제가 아니잖아. 한 군이나 나나 우리는 함께 그런 시대를 살고 있어. 그들에게 당하고 있는 거지, 같은 지배 권력인 상대. 적인 거야." 김일담은 맥주를 마셨다. "그리고 말이지, 그로부터 한참 지난 일이야. 자네도 아버지와 같이 동석해서 만났는데, 한 군은 그저 고개를 숙인 채 아무 말도 하지 않았어. 그때 오랜만에 만나는 자네 얼굴의 변화를 알게 되었지. 볼이 함몰된 것처럼 움푹 들어가 있고, 입술 끝에 꿰맨 자국과 함께 깊이 파인 상처가 남아 있었어. 자네는 마치 실어증에 걸린 것처럼 가만히 어딘가 한군데를 응시할 뿐, 다른 사람 얘기에는 조금 일그러진 웃는 얼굴로 온순하게 반응했지만 거의 이야기를 듣지도 않았고 하지도 않았던 기억이 나. 과거를 생각나게 만드는 이런 이야기는 하고 싶지 않지만 자네가 소설로 쓰려 하고 있고, 그 영사라는 남자가 뭔가 한 군과의 과거의 일에 대해서, 가령 트집이라도 잡으려 한다면 그런 정도의 일이 아닐까. 그 일이 있고 난 4년 뒤의 88년에 난 처음으로 한국에 갔다 왔으니까……. 거절한 건 아버지의 부탁만이 아니야. 그밖에도 한국 초빙의 움직임은 여러 번 있었어. 상대방은 그런 것까지 전부 계산해서 나오니까 아버지와의 이야기는 벌써 끝난 일이야. 핫하하, 할 거라면 사라져버린 과거의 이야기를 끌어낼 게 아니라, 다시 새롭게 날 공작해야겠지. 아버지가 아니야. 한국 정부가 그렇다는 거지."

김일담은 맥주를 마셨다. 취기가 전신을 돌고 있는 모양이다. 술이 취기를 부르고 있었다. 술로 촉촉해진 목소리에 뭔가 가시라도 돋쳐 있는 듯하다.

한성삼도 손을 움직여 잔을 들어 올리고 있었다. 입술에 바짝 유리잔의 끝을 대고 천천히 알코올의 액체 덩어리를 한 입 머금은 뒤 삼킨다. 위스키의 독한 맛이 콧구멍을 찔렀다. 김일담의 이야기가 머릿속의 뇌수를 취기의 우산처럼 조이는 느낌이다. 이봐, 성삼이, 괜찮나? 옛, 예……. 두 사람의 두 개의 목소리가 볼을 스치고 사라진다. 갑자기 취기가 부풀어 올랐다. 머리가 뜨겁다. 복수, 복수……. 취기의 뒤편에서 발소리가 들린다. 어두운 과거의 발소리가 머리 뒤쪽으로 다가온다. 발소리 뒤편에 복수, 복수……라는 중얼거림. 취기로 잠시 눈을 감고 있던 그는 소리를 물리치듯이 머리를 흔들었다. 이 자식, 이 개새끼! 그는 왼쪽 볼에 불이 일도록 뺨을 맞는다, 아니 구두가 볼을 후려치는 바람에 소파에서 일어났다. 취기가 급격히 진행된다. 구두 밑바닥이 볼을 후려친 것이다. 남산의 남자가 벗겨진 구두로 얼굴을 후려갈기는 바람에 볼의 살점이 떨어져 나갔다. 순간적으로 오른손을 볼에 댄 한성삼은 망연히 상반신을 떨면서 벌떡 일어났다. 네가 개새끼면, 너를 만든 아비, 어미도 개새끼다, 제주 빨갱이 새끼야!

"이봐, 왜 그래."

"예, 예-, 괜찮습니다."

부풀어 오른 취기로 뜨거워진 머리가 어지러워서, 상반신을 흔들며 양 눈을 크게 뜬 채 흐려진 김일담의 얼굴을 멍하니 바라보았다.

"선생님은 제주도 빨갱이 새끼입니까."

"뭐? 제주도 빨갱이 새끼? 성삼이는 무슨 말을 하는 건가. 음, 너무 마셨군. 거기에 잠시 앉아 있게."

뭔가에 쫓기는 듯이 갑자기 취기가 도는 모양이다. 김일담이 자리에서 일어나 한성삼의 소파 쪽으로 다가가자, 그는 똑바로 자세를 세우려다 비틀거리며 옛, 선생님, 화장실에 다녀오겠습니다라며 혀가 잘 돌아가지 않는 조선어로, 선생님, 괜찮습니다……. 그리고는 상관하지 말라는 듯이 팔을 세차게 젓더니 자리에서 일어나 문을 열고 밖으로 나갔다. 출입구에서 가까운 계산대 옆에 있던 매니저가 그 안쪽에 있는 화장실 앞까지 안내했다.

세면대 거울에 상반신이 보였지만 거울이 흐릿해서, 아니 눈에 막이 씌운 듯해서 얼굴이 또렷이 비치지 않는다. 자신, 자신이 아닌 타인의 그림자가 배경이 없는 공간의 거울 속에 서 있었다.

세면대에 양손을 짚었지만 토할 것 같지는 않았다. 취한 눈을 깜박이자 눈앞에 번개 모양으로 빛나는 삼각형 파도가 옆으로 나란히 오른쪽에서 왼쪽으로 계속 달리는가 싶더니 현기증이 일어나 그대로 세면대에 엎드리고 말았다. 감은 눈꺼풀 뒤로 다시 삼각형 파도가 달린다……이 자식아! 개자식아! 발길질로 고문을 하다가 벗겨진 한쪽 구두로 볼을 후려갈기는 검은 그림자. 목이 막힐 것처럼 눈물이 넘쳐흐르더니 오열이 복받쳐 올라왔다. 욱, 욱……. 그가 이를 악물고 세면대에서 상반신을 일으키며 양손을 떼자, 눈 속에서 삼각형으로 빛나는 파도가 달린다.

그는 바닥에 주저앉을 것 같은 상반신을 하반신으로 지탱하며 변기가 있는 화장실의 문을 열고 변기의 뚜껑 위에 웅크리고 앉았다. 눈물이 기름처럼 밀려나와 흘러넘쳤다. 숨을 틀어막고 목소리를 죽였다. 그대로 양 눈을 감는 순간, 빛이 사라지고 주위는 새까맣게 어두운 공간이었다.

취기가 흐르는, 물이 흐르는 소리에 멍하니 앉아 있자, 앗 갑자기 변기 뚜껑이, 변기의 밑이 빠져서, 교수형 집행의 순간처럼 지하실 바닥이 빠지고 나락으로 떨어져 갔다. 철제의 전기 장치가 달린 의자에 양손이 묶인 채 깊은 땅속 공간에 매달려 있었다. 발밑에 물 흐르는 소리가 난다.

그곳은 서울의 남산—KCIA의 지하실, 그보다 더 아래의 어두운 공간이었다.

텅 빈 공간 위에서 검은 돌덩어리 같은 목소리가 떨어져 내려온다. 그곳은 저승, 죽음이다. 저승, 죽음이다! 반복해서 메아리친다. 저저, 승승, 죽음, 죽음, 죽음이다, 죽음이다!

# 8

1970년대 전반, 한성삼이 서울로 유학했을 당시에도 이미 재일유학생 간첩 날조 사건이 일어나고 있었고, 그리고 약 10년 뒤인 84년에 Y대학에 재입학하기 위해 한국에 건너왔을 때도, 광주항쟁으로부터 4년이 지난 전두환 정권 전성시대였고 간첩 날조 사건은 빈발하고 있었다.

처음에는 재일의 북한 간첩 사건을 어느 정도 사실로 믿기도 했지만, 점차 그것이 날조공작이라는 걸 일반인도 알게 되었다. 그렇다 해도 공포정치의 정보국가에서 사람들의 입에 오르내리는 일은 없다. 실제로 거물급 간첩을 적발하면 좋겠지만, 아무리 세월이 가도 쉽게 실현될 일은 아니다. 심약한 존재인 재일유학생은 그들이 간첩 제조를 하는 데 있어 가장 적합한 존재, 간첩을 만들기 위한 재료 같은 것이었다. 우리가 간첩이라고 하면 넌 간첩이다. KCIA 당국자의 말처럼 재일은 어떻게든 요리할 수 있다. 안기부, 육군보안사령부, 경찰치안본부 삼자가 경합하는 간첩 제조에 성공하면 1계급 특진이라든가 포상금, 훈장 등이 주어진다.

따라서 특별한 경우가 아니면, 재일민단이나 간접적으로라도 정권 당국과 가까운 연줄의 자녀, 부잣집의 자녀로 그냥 한국 유학을 하고 있는 경우가 아닌 한(그럼에도 때로는 먹잇감이 될 수 있다.), 일반적인 재일유학생은 'KCIA'의 눈에 보이지 않는 존재를 의식하고 경계심을 가지지 않을 수 없다.

한성삼은 Y대학 부속 한국어연수원을 2년 수료한 뒤 문과대학 역사학과에 진학했지만, 얼마 안 있어 아버지의 위암 수술로 일시 귀국했으나 장기요양을 시작하자 가업을 돕기 위해 유학을 중단했다가, 10년 뒤인 84년 봄, 재입학을 위해 다시 한국으로 건너왔던 것이다.

70년대 전반이던 당시도 그랬지만, 서울의 거리 중에서도 Y대학 등 몇 개의 대학이 모여 있는 신촌로터리 일대의 새로 들어간 하숙집에도 최루탄 가스 냄새가 흘러들어와 눈과 목이 찌르듯이 아프고, 눈물과 콧물이 끊임없이 흘러나온다. 목이 막히고 기침이 나온다. 김포공항에 내려섰을 때부터 신촌에 이르는 도중에도 여러 곳에서 전날과 낮에 있었던 데모 진압용 최루탄 가스의 눈과 코를 찌르는 냄새는 사라지지 않고 계속 남아 있었는지 택시로 불어드는 바람에도 배어있었다.

옥외에서 갑자기 눈이나 코를 찌르는 눈에 보이지 않는 가스의 흐름에 맞닥뜨렸을 때는 아무 곳이나 눈에 띄는 가까운 다방에라도 뛰어 들어가 눈을 씻거나 입안을 헹궈보지만, 그래도 새빨개진 눈에서 눈물이 흘러내린다. 현지 학생들은 최루탄이 작열하는 가운데 데모를 하고 돌아다니는데, 벌써 그것만으로도 재일유학생인 자신과 현지에서 싸우고 있는 학생들과의 차이를 확실히 느낄 수밖에 없었다.

10년 전의 한국어연수원 당시에도 그랬지만, 아직도 대학 정문 앞 양쪽에 불심검문을 위해 젊은 경찰이 보초를 서고 있었다.

거리 곳곳에 반공 포스터가 붙어있다. "혼란 속에 간첩 오고 안정 속에 번영 온다". "신고하여 혼란 막고 안정 속에 국가 발전". 로터리 한 모퉁이의 게시판에는 신문 일면 크기의 고시 "신고상금—최고액 1억 5천만 원까지. 간첩 최고 1억 원. 간첩선 최고 1억 5천만 원. 좌익사범 3천만 원. 신고자나 자수자의 비밀과 안전은 완벽하게 보호합니다……. 국가안전기획부 대공상담소".

한성삼은 3월 중순, Y대학 주변의 간이 호텔에 며칠간 묵으면서 재입학 수속을 하고 신촌지하철역에서 Y대학으로 가는 길 언덕 위에 있는 하숙집으로 결정한 뒤 일단 오사카로 돌아갔다가, 하순에 서울로 돌아와 4월부터의 대학생활에 대비했다. 가재도구는 이불과 책상 이외에는 특별히 없었지만 소지품에도 주의했고, 서적 등도 한국에 대해 비판적인 것이나, 좌익계의 책 또는 일본의 종합지 『논계』는 수입금지 서적이었기 때문에, 일체 그러한 것은 수중에 두지 않는 등 현지 학생 이상으로 신경을 쓰고 있었다.

단층집인 하숙집은 초로의 주인 부부가 사는 안채 좌우에

'ㄷ' 자형으로 늘어선 안뜰을 둘러싼 다섯 개의 방이 마주하고 있었고, 넓은 방은 두 사람이, 그 외에는 한 사람씩 여섯 명의 학생이 하숙을 하고 있는 모양이었다. 옆방에 일본인 한국어연수생이 있었다. 그들 모두와는 아직 얼굴을 마주한 적이 없다. 조식과 석식을 포함하여 삼십만 원.

왜 언덕 위로 정했던가. 역 앞 로터리로부터 Y대학으로 이어지는 C길에서 바로 우회전한 뒤 커브를 그리면서 하숙집 앞에까지 백 수십 미터의 포장이 벗겨져 울퉁불퉁한 이 언덕길을 올라가는 것은 힘들다. 하숙비가 평균 삼, 사십만 원 하는 곳이 역이나 대학에서 가깝고, 언덕 위에는 작은 공원이 있어 산책하기에 나쁘지 않을 것 같다는 생각도 작용했다. 높이가 이삼십 미터 정도 되겠지만, 그래도 전망이 뚫려 있어 제2의 모교가될 Y대학의 삼면 숲에 둘러싸인 광대한 캠퍼스도 멀리 보인다. 학사 입학이었지만 한국어연수원을 나와 십 년 만에 한국에서 새로운 학업생활을 시작하는 것이었다. 한일 근대 관계사에 몰두할 것이다.

언덕 아래로 내려가 역 앞 로터리의 대형 슈퍼에서 일용품을 사거나 대강의 생활을 위한 준비 등을 하면서 하숙집에 정착한 지 사흘 뒤인 27일 오후, 하숙집을 나와 언덕길을 C길 쪽으로 향하다가 언덕 아래 약국 앞에 있는 공중전화에서 Y대학 기숙사로 전화를 걸었다. 관리인실에 윤상길을 바꿔달라고 했다.

일이 분 뒤에 2층 방에서 나와 전화를 받았을 윤상기가 한성삼 선배, 안녕하십니까…… 하고 우리말로 인사를 했다. 삼 일 전에 도쿄에서 돌아왔다고 한다. 도쿄와 오사카는 비행편이 다르지만 같은 날에 이곳에 왔다는 말이 된다. O대학의 한참 후배인데, 작년에 한국어연수원에 입학, 내년에는 Y대학에 진학을 희망하는 청년이다. 한성삼과 마찬가지로 학사, 일본에서 한국의 대학에 재입학하는 것이다.

한성삼은 서울에 온 뒤로 아직 대학의 캠퍼스에 간 적이 없어 연수원 앞에서 만나기로 했다.

1시 반이었다. 언덕을 내려가 C길을 우회전, 똑바로 전철 레일 건너편 측의 S로를 향해 건널목을 건넌 뒤, 다시 S병원과 Y대학 사이의 대학로로 들어갔다. 잠시 걸어가자 병원 구내의 벽이 끝나는 곳 우측에 클래식 음악다방인 아벤트가 있다. 하숙집에서 대학 정문을 지나 연수원까지 가려면 30분 가까이 걸린다. 일전의 대학로에는 검문을 하는 복수의 경찰이 서 있었는데, 수위만 서 있는 정문 앞을 지나 바로 좌회전하여 연수원으로 가는 넓은 길로 들어섰다. 완만한 경사의 포장도로를 올라가자 오른쪽에 연수원 건물이 보였다.

공기는 차가웠지만 봄다운 오후의 햇살이 따뜻하다.

연수원 앞에서 몇 명의 외국인 남녀가 서서 이야기를 하고 있었는데, 넓은 현관 계단 옆으로 윤상기가 내려오자 두 사람은 악수를 했다. 외국인이라고는 해도 같은 나라 사람은 한 클래스에 10명 내외, 전 클래스를 통틀어 두세 명 정도로 한성삼이 다닐 무렵에는 일본인, 조선계 중국인, 재미교포, 러시아인, 대만인 등이 있었다. 전방의 유학생 기숙사인 국제학생센터 앞에도 학생들이 모여 있었는데, 작년에는 만원이었던 관계로 윤상기는 일반 기숙사에 들어간 모양이었다. 연수원 지하에 작은 라운지가 딸린 식당이 있지만, 한성삼은 지하로 내려갈 마음이 나지 않아 그대로 두 사람은 그냥 걸었다. 국제학생센터 앞을 지나 양쪽이 잡목림인 넓은 도로와, 도중에 숲을 이룬 공원 모퉁이를 좌회전, 대학본부 쪽으로 향했다. 곧 넓게 트인 연도에는 햇살에 빛나는 노란색의 세계가 펼쳐져 있었고 개나리꽃이 만개, 한편에는 진달래의 흰색, 빨강, 호화로운 흰색과 핑크의 모란꽃, 백목련, 마치 봄의 화원 같았는데, 몇 명인가, 그 중에는 여학생들이 치마를 미풍에 살랑이며 꽃밭의 작은 길을 산책하고 있었다. 전방에 있는 본부의 뒷산에는 커다란 가지를 뻗어 무성한 신록이 하얗게 개화를 시작하고 있었다. 주위의 숲에서 녹음의 향기를 품은 시원한 바람이 불어와 볼을 스친다. 풀과 꽃향기가 공기를 물들인 길을 걷다가 대학의 중앙로 미루나무 가로수 길로 나왔다. 정문을 향하는 길에 있는 도서관 맞은편의 학생회관 식당도 아마 휴무일 게 뻔해서 그대로 정문을 나와 S로로 이어지는 길 도중에 있는 다방 아벤트로 들어갔다.

암갈색이 주조를 이루는 차분하고 세련된 분위기에 바이올린과 피아노의 클래식 음악이 흐르고 있었다. 대학로 쪽 창가의 작은 테이블에 마주보고 앉았다. 가운데 통로를 끼고 좌우로 서너 개 있는 테이블의 절반은 남녀의 손님이 앉아 있었다. Y대학생으로 보이는 차분한 언동의 여자 종업원에게 커피를 주문한다. 테이블로 다가온 그녀가 풍기는 분위기도, 일반적으로 한국 여성에게는 위압감을 느끼지만, 조심스러웠고 목소리도 얌전했다.

"한 선배님은 드디어 대학생활을 하시겠네요. 반갑습니다."

윤상기는 자리에 앉기를 고대하고 있었던 것처럼 조금 자세를 바로잡으며 말했다.

"윤 군도 내년에는 대학생 아닌가. 우리 둘 다 학사 입학이지만 말이야. 열심히 해야겠지. 도와줄 일이 있다면 힘이 되어 줄게."

"예-. 감사합니다."

서로 간에 우리말로, 한성삼도 결코 잘하지는 못하지만, 윤상기는 아직 서툴면서도 의식적으로 우리말을 사용해 이야기했다. 아버지는 식품회사를 경영하는 사업가로 민단 조직의 간부를 지내고 있다.

"지금 한 클래스에 학생은 몇 명 정도 있나?"

"열 명 남짓입니다."

"이전과 마찬가지로군. 윤 군은 현재 몇 급이지?⋯⋯뭐, 5급⋯⋯아니, 5급, 성적이 좋군. 상급 클래스잖아."

한국어연수원에서는 2, 3개월에 한글·문자 쓰기부터 일상회화의 레벨까지 1, 2급반, 3, 4개월에 신문을 읽을 수 있게 되는 중급반, 윤상기는 이미 6급까지 있는 상급반의 5급으로, 남은 일은 내년에 6급을 마치고 1년 반 만의 졸업인데, 거기다 반년은 전문부급으로 문학서 같은 전문서적 강독 등의 연수가 계속된다. 윤상기는 식민지시대부터 시작되는 조선 근대 문학사를 공부하기 위해 문과대로 간다는데, O대학 사회학부를 나와 조선문학으로 전신하는 것이니 괴짜가 틀림없다.

한성삼은 담배를 피웠지만 윤상기는 피우지 않았다. 선배 앞이라서가 아니라 원래 담배를 피우지 않는다.

"성적주의인데 1년이 지나도 2, 3급의 신문도 읽지 못하는 학생이 있잖아. 그게 모두 재일교포야. 일본인을 포함한 외국인은 없어."

"예-." 윤상기는 고개를 끄덕였다. 지금도 그런 학생이 있을 것이다.

"그들은 게으른 자들의 자녀들이지. 돈 많은 민단 간부라든가, 정부 쪽에 연줄이 있는 사람의 자식이 많아. 일본에서 일류 대학에 못 들어가 몇 번이나 실패, 이쪽에서 유명 대학에 들어가 보려고 하는 자들 아닌가. 어딘지 한국을 우습게 여기는 자들이라고. 윤 군의 아버지는 아직도 민단의 간부시겠지. 윤 군은 그렇지 않아. 연수원은 열심히 하지 않으면 따라갈 수 없어. 성적으로 급수가 올라가는 거니까. 그들은 놀러 다니기만 하더라고. 다른 대학의 재일유학생 중에도 그런 자들이 있지만 말이야. 원래가 그렇겠지만 사상적으로 타락해 있어. 유학에 의식적이지 못해. 한국에 와서 제대로 공부하겠다는 근성이 없다니까."

"그들은 고등학교 졸업이거든요. 그것도 일본의 고등학교를 나와 한국까지 왔으니까요. 우리말을 공부하는 데 대졸이고 고졸이고 관계없겠지만, 그런 면에서는 역시 다릅니다. 도중에 일본으로 돌아가는 학생들도 있습니다."

"음, 한국에서 일본으로 유학 온 학생들은 그런 경우가 없어. 모두 필사적으로 하고 있지. 하긴 조총련도 마찬가지야……."
조총련……. 한성삼은 깜짝 놀라 입안에서 조총련 조총련……
하고 반복했다. 한국에서는 혹시라도 '조총련'을 입에 담아서는 안 된다. 비판이라 하더라도 이 명사는 금구, '공산주의'와 마찬가지로 뭔가의 화근이 된다. "조총련의 간부 등이" 한성삼은 일본어로 바꿔 말했다. "조선고교에 입학시켜준 자제를 북한에 보내 그곳에서 사상적인 교육을 받고 새로 태어나길 기대하면서 여러 가지 그쪽에는 없는 가재도구 등에다 바이크까지 사서 보낸다니까. 그쪽은 평양이라도 일본이나 서울처럼 교통

206

규제가 없으니까 거의 사람이 없는 평양의 대로를 백 킬로 이상 달리는 폭주를 해서 문제를 일으키는 녀석들도 있는 모양이야. 그 밖에도 여러 가지 일들이 있지만."

"기분이 좋겠군요. 순찰차라든가 쫓아오지 않나요?"

"그건 잘 모르겠어. 따라잡지 못하는 게 아닐까. 처음에는 거리를 다니는 사람들이 깜짝 놀랐을 거야. 무슨 사건이라도 일어난 건 아닐까 싶었겠지. 그쪽은 학생이 바이크를 가지고 있는 경우는 없을 걸. 그렇다고 언제까지 계속할 수는 없겠지만, 일부 귀국 동포가 특권화된 일례가 되겠지. 재일동포가 폭주족을 유행시켰다고 하니 말이야."

"지금은 그렇지 않겠지요."

"그렇겠지. 처음에 그랬다는 것이고, 지금은 우스갯소리로 하는 거지……." 문득 여점원이 서 있는 계산대 안쪽 둥근 벽시계의 큰 초침이 눈에 들어왔다. "김포는 몇 시지?"

"4시 도착이니까 아직 시간이 있습니다."

시각은 3시 전, 윤상기는 한국어연수원에 들어오는 일본인 신입생을 마중하러 공항에 가기로 되어 있었다.

안쪽 벽에 설치된 텔레비전의 영상이 빛나고 있었다. 텔레비전 쪽으로 얼굴을 향하고 있던 남녀가 웃었다.

"한성삼 선배는 유학 중에는 혼자 계십니까?"

"응? 핫하하……. 이상한 질문이군. 그럴 생각이야. 멀리 미국에 있는 것도 아니고, 아내는 오사카에서 일이 있으니까. 왜 묻는 거지?"

"예-, 예-."

윤상기는 웃으며 거듭 고개를 끄덕였다.

"왜 그래, 집사람이 와서 밥이라도 하면 밥상을 둘러싸고 함께 먹고 싶다는 건가?"

"예-, 꼭 그렇게 하고 싶습니다. 하지만 그때는 모처럼 정착한 지금의 하숙집을 떠나 어딘가 새로운 아파트로 이사 가셔야겠지요."

"그렇다네. 그것도 귀찮은 일이야."

두 사람은 조금 더 있다가 자리에서 일어났다. 일어나면서 윤상기가 말했다.

"선배님, 조만간 한잔 사주세요."

"그래, 한잔하자. 지금 마중 가는 일본인 유학생도 함께 한잔하자."

아벤트 앞에서 일단 기숙사로 돌아가는 윤상기와 헤어져 S로쪽을 향해 걸어갔다. 노트 사는 것을 잊었지만, 로터리 근처의 백화점이나 슈퍼에 가면 살 수 있다.

3시가 안 되었는데, 파랗게 갠 하늘에 흰 구름이 높이 떠 있는 것이 마치 가을하늘 같았다. 맑고 투명한 공기의 반짝임 때문일 것이다.

한성삼은 대학의 울타리를 따라 걸어가면서 별 생각 없이 뒤를 돌아보았다. 한 사람의 남자, 넓은 노상에는 통행인의 그림자가 있었지만, 그 중에서도 한 명의 남자, 얼핏 눈에 들어온 점퍼 차림의 남자가 십여 미터의 거리에서 걸어오고 있었다. 한성삼은 아벤트를 나올 때 문득 자신이 앉아 있던 의자 뒤쪽 자리에 거의가 젊은이들뿐인 다방의 분위기에 어울리지 않게 점퍼를 입은, 등을 돌리고 있어 얼굴이 보이지 않는 남자가 눈에 들어왔었는데, 바로 그 남자였다. 이쪽의 발소리에 보조를 맞추듯이 같은 보조로 걷고 있었다. 좀 전에 다방에 있던 남자인가. 같은 방향으로 돌아가는 모양이다. 그렇다 하더라도 수상한 남자다. 한성삼은 다시 한번 뒤돌아보는 것이 망설여졌다. 한 손에 뭔가를 들고 있는 것 같았다. 분명히 점퍼의 등만 보이던 바로 그 남자다. 한성삼은 발을 멈추지 않고 계속 걸었다. 천천히 걸을까, 멈춰 선 채 담배에 불을 붙이며 상대를 먼저 보낼까. 설마 날 미행? 어떻게 이곳에 있는 것을……? 언덕 위에서부터 따라오고 있는 걸까. 머지않아 S로의 자동차가 통행하는 광장의 공간이 보인다. KCIA? 한성삼은 후두부 쪽으로 비스듬히 시선을 집중하면서 무의식중에 걸음을 재촉하고 있었다. 뒤쪽에서도 서두르는 기색이 등 뒤로 전해져온다. KCIA? 음, 무슨 용무일까. 설마. 뭐하는 자인가. 아무 일도 아니다. 전혀 관계가 없는 게 아닐까. 그러나 미행이 아닌가? 한성삼은 뒤를 돌아보면서 고개를 똑바로 들고 걸었다.

　죽는 날까지 하늘을 우러러 한 점 부끄럼이 없기를, 잎새에
이는 바람에도 나는 괴로워했다……. 바람이 한성삼의 땀이 밴
이마를 스치고……. 윤동주의 시가 머리에 떠올랐다. 죽는 날
까지 하늘을 우러러……. 왜 윤동주의 시가 떠오른 것인지 알
수 없다. 누군가가 뒤를 따라오고 있다. 둘이 다방에 들어가기
전에 대학 중앙로에 있는 윤동주의 시비 옆을 지나쳤었다. 한
국어연수원에서 암기한 시였다. 일제 강점 말기, 일본의 후쿠
오카형무소에서 살해된 Y대학 전신학교 출신의 시인. 너는 지
금 누구에게 이 시를 보내고 있는 것인가. 윤동주가 자신의 민
족적 양심에, 하늘에, 잃어버린 조국 조선을 향한 마음의 제물
이다. 한 점 부끄럼이 없는 마음. 같은 성을 지닌 윤상기를 만
났기 때문에 윤동주의 시가 머릿속에 나비처럼 내려앉은 것일
까. 어째서 지금 부끄럼 없기를일까. KCIA 앞에 무슨 결백을
주장하고, 지금부터 무슨 변명을 한다는 것인가. 몇 십초인가
의 찰나에 이러한 상념이 맴돌았다. 마치 KCIA에 연행이라도
되는 것처럼. 한성삼은 입술 끝을 일그러뜨리며 피식 웃었다.
이건 정체가 보이지 않는 미래로부터 오는 공포인가. 그는 혼
란스런 가운데 입술을 깨물고 종종걸음으로 서둘렀다. 뒤쪽에
서도 추적의 기색이 급해지고 있었다. S로가 가까워졌을 때 한
대의 검은 자동차가 엔진 소리를 그대로 마치 급하게 접근하듯

이 한성삼의 곁을 아슬아슬하게 스쳐 달리다가, S로에서 자신의 앞쪽으로 대학 옆 모퉁이에 정차했다.

어라, 한성삼은 걸음을 멈췄다. 차 안에서 한 남자가 내렸다. 남자는 이쪽을 향해 걷기 시작했다. 누군가에게 신호를 하듯이 크게 턱을 치켜 올렸다. 뒤돌아본 한성삼의 몇 미터 앞으로 점퍼의 남자가 다가와 있었다.

한성삼은 순간적으로 주위를 둘러보고, 도로 한가운데로, 분명히 자신을 쫓고 있는 남자들로부터 도망가려 했지만, 왜 도망가려 하는가? 전방에서 다가온 남자가 소리쳤다.

"거기 서 있어!"

"한성삼 씨죠."

먹잇감을 노리듯이 핏줄이 선 눈을 하고 뒤쪽에서 다가온 점퍼 차림의 마른 남자가, 둘이서 포위하듯 선 채 말했다.

"예."

한성삼은 그 자리에 멈춰 섰다.

"서대문경찰서에서 나왔습니다만, 잠시 묻고 싶은 것이 있으니 동행하셔야겠습니다."

"서대문경찰? 무슨 이유로. 경찰이 저에게 무슨 용건이 있습니까?"

상대는 사진이 붙어 있는 경찰수첩을 내밀었다. 이런, 제대로 수첩을 보여주는군.

"잠자코 따라와."

자동차에 타고 있던 노타이 양복을 입은 남자가 언성을 높였다.

한성삼은 좌우에 경찰이 붙는 바람에 조금 부자연스럽게 셋이서 걸었는데, 양팔을 잡힌 것은 아니라서 뭔가의 연행처럼 보이지는 않는다.

대학로에 정차한 자동차로 다가가자 조수석에서 또 한 사람이 내리더니 뒤쪽 좌석의 문을 열었다. 한성삼은 순간 다리에 힘을 주어 버텼으나, 타! 한 사람이 먼저 타면서 고함쳤다. 억지로 자동차에 밀려들어가듯이 한가운데 좌석에 앉고, 밖으로부터 세차게 문이 닫힌 뒤 조수석에 한 사람이 올라타자 자동차는 급발진으로 달리기 시작했다. 두 사람이 한성삼의 양팔을 잡았다. 수갑은 채우지 않았다.

"경찰서로 연행하는 겁니까? 체포영장을 보여주세요."

덧없는 저항이었다.

"뭣이, 체포영장? 이 자식이! 빨갱이에게 무슨 영장이야, 국가보안이다!"

빨갱이? 국가보안? 정보관계자들이다. 자동차는 하숙집이 있는 언덕 옆의 C길을, 하숙집으로 가는 언덕길의 약국이 보이는 입구를 왼쪽으로 바라보며 달리다가 신촌로터리를 좌회전, 동쪽으로 내달렸다.

서대문경찰서에서 무슨 사정청취인가. 누군가 나의 지인 중에 체포라도 된 것일까. 빨갱이, 국가보안이다? 국가보안? 나와 무슨 관계가 있나. 윤상기는 지금쯤 지하철로 김포공항을 향해 가고 있지 않은가. 이 신촌로 바로 아래를 달리는 지하철로.

자동차는 20분 남짓 달리다가, 서울 시청 앞에서 을지로에 이르는 십자로의 신호를 우측통행으로 건너 크게 좌회전하는 게 아니라, 아니? 오른쪽으로 커브를 꺾더니 의주로를 남쪽으로 달리기 시작했다. 어딜 가는 거지? 서대문 방면은 신호를 건너 좌회전해야 되고, 경찰서는 서대문 십자로 바로 앞에 있을 터였다.

"어디로 가는 겁니까? 서대문경찰서는 반대편 아닙니까?"

어리석은 질문이다. 두 사람은 잠자코 있었다. 양쪽에서 조용히 하라는 듯이 위쪽 팔을 꽉 움켜쥐었다. 자동차는 조금 정체되는 6차선을 서울역 쪽으로 달렸다. 남산……. 남산이다! 구 KCIA. 예상은 했지만 지금 그대로 남산을 향하다니. 서대문경찰서는 뒤로 멀어지고 정반대 방향인 남산으로.

"지금 어디로 가는 겁니까? 안기부로 데려가는 겁니까?"

목소리가 결정체라도 된 것처럼 응고하여 떨림이 없었다. 한성삼은 경직된 목을 좌우로 움직였지만, 두 사람은, 운적석의 두 사람도 핸들이 조금 움직일 뿐 말이 없다. 그것이 대답이었다. 사냥감을 실은 것처럼 침묵으로 가득한 자동차 내부. 도대체 뭐가 어떻게 된 일인가. 한성삼에게 무슨 볼일이 있단 말인가. 불안이라기보다 감은 눈꺼풀 뒤에 흐릿한 막이 쳐진 영문을 알 수 없는 공간에 휩싸인 순간이 계속되고, 눈을 떴을 때 전방의 밝은 광경은 순식간에 뒤쪽으로 사라지곤 하면서 자동차는 남산 어딘가에 있는 KCIA의 소굴로 향한다. 이윽고 서울역이 보였다.

자동차는 그 앞을 왼쪽으로 크게 커브를 틀어 혼잡한 남대문 도로를 천천히 달리다가, 다시 남대문 앞에서 남산으로 향하는 언덕길을 엔진 속도를 높이며 올라갔다. 어디에서부터 미행을 당한 것일까. 언덕 위의 하숙집을 나오기 전부터 계속 어딘가에서, 자동차 안에서라도 망을 보고 있었던 것일까, 그렇다 하더라도 서울에 온 지 삼일 째인데 너무 빠르다. 아니, 김포공항에서 출구를 나서는 순간부터 미행을 당하는 경우가 많다. KCIA의 연행. 그건 다른 사람의 일이 아니면서도 역시 다른 사람 일이었지만, 지금 이렇게 자신이 당하면서 본인의 일이 되고 마는 모양이다. '날조'. 그러나 뭔가가 있을 때 날조를 하는 것이지 아무 것도 없이 날조는 불가능할 것이다. 아니, 날조고 뭐고 없다. 지금 이렇게 남산 방면으로 연행되고 있는 것 자체가 현실인 것이다. 경계심이나 위기감이 있었다면 그것은 안전지대에서 이렇다 할 근거가 없는 막연한 위기감이었는데, 지금은 언덕 위의 하숙집으로 돌아가야 할 사람을 태운 자동차 바퀴의 회전과 함께 점차 현실이 되고 있었다. 있을 수 없는 일이 현실이 된다. 사고의 중심이 흔들리고 비현실적인 감각의 막이 뇌수를 감싼다. 두개골 전체를 감싸는 이 느낌으로부터 벗어나고 싶다. 이 현실의 피막을 겉옷과 함께 전부 벗어버리고 싶다. 자동차에서 내리고 싶다. 뛰어내리고 싶다. 이봐! 고함 소리가 귓전에 울리고 양쪽에서 팔을 잡아 눌렀다. 저항하지 않았다. 저항할 생각도 없다.

자동차는 산자락의 구불구불한 길로 들어섰다. 전방으로 크게 구불거리며 뻗어 있는 뒤로 돌아갈 수 없는 길. 눈에 보이지 않는 철의 장벽이 배후의 도로를 가로막으며 자동차의 속도에 맞춰 쫓아온다. 있을 수 없는 일이 현실이 되고 있지만, 그것은 거울에 비친 것처럼 비현실이라서 한성삼은 현실과 비현실이 교차하는 가운데 엔진 소리와 진동에 몸을 맡기고 있었다. 전방의 단순한 녹음과 포장도로의 풍경이 각도를 바꿀 때마다 거울 속의 숲과 도로가 바뀌는 바람에 비현실과 현실의 교차를 반복하면서 두 개의 접점을 사이에 두고 이어지는 구불구불한 도로. 앞 유리창 밑으로 미끄러져 들어오는 도로 전방에 거울의 문이 몇 겹이나 계속해서 열렸다가 닫히고, 차체가 거울 속으로 빨려 들어가 사라졌다가 다시 나타난다. 이 자동차는 도대체 어디로 가는 걸까. 같은 곳을 뱅글뱅글 시간을 들여가며 돌고 있는 듯이 보인다. 그 검은 자동차의 그림자가 크게 구불거리는 같은 길 건너편 도로에 환영처럼 보인다. 한성삼을 태운 자동차가 건너편 도로를 달린다. 자동차는 U자, 역U자형으로 구불거리는 아스팔트 도로를 중턱 부근까지 꽤나 달렸으면서도, 정신을 차리고 보니 본래의 산록, 분명히 좀 전에 달리던 도로에 돌아와 있었다. 남산의 서쪽 기슭에서 크게 우회전한 자동차는 구불거리며 북쪽 기슭 한편의 숲이 우거진 도로를, 왼쪽으로 서울 시내가 내려다보이는 호화주택이 늘어선 조용한 주택가를 달리다가 서행하는 것이 겨우 목적지에 가까워진 모양이다. 죽는 날까지 하늘을 우러러, 한 점 부끄럼이 없기를……. 아벤트에서 마주앉아 있던 윤상기의 둥근 얼굴이 떠올랐다 사라졌다. ……선배님, 조만간 한잔 사주세요……. 윤상기는 자동차 저편의 멀리 보이는 숲으로 사라졌다. 한잔 사주세요.

잠시 완만한 커브를 달리는가 싶더니 담 너머에 한 그루의 큰 나무가 길 위에 그림자를 드리우고 있다. 끝이 뾰족한 검은색 철책 울타리가 설치된 돌담에 둘러싸인 벽돌 저택이 보였다. 그 앞에 골목처럼 들어간 입구로 보이는 곳에서 자동차는 멈췄다. 주위에 사람 그림자는 보이지 않는다. 그곳은 골목 입구가 아니었다.

"이봐, 도망갈 생각은 마!"

차 안에서 처음 듣는 목소리였다. 점퍼 차림의 남자다. 다시 수갑을 채우거나 하지는 않았지만, 두 사람이 하차한 한성삼의 팔을 잡으며 양옆에 바짝 붙었다. 여기까지 연행되고서 도망가려는 자가 있을까. 어디로 도망친다. 남산 숲 속으로! 등 뒤에서의 권총 한 발로 끝이다.

머리 바로 위로 그늘을 드리운 거목의 가지마다 지저귀는 새소리가 한 덩어리가 되어 떨어져 내렸다. 눈앞에 다가온, 도로에서 골목 입구로 보였던 그곳에는 작은 임시 가설사무소 같은 막사가 있었다.

보통의 경찰서와 같은 건물인가, 아니면 처음 눈에 들어온 나무들이 우거진 커다란 정원이 있는 높은 돌담의 호화로운 저택 내부에 뭔가 비밀기관 같은 분실이라도 있는 건지 나름 상상해 보았지만, 가건물 같은 막사라니 의외였다. 이건 뭔가의 속임수인가. 여기에서 일시 구류라도 당하는 것일까.

자동차는 조수석의 한 사람을 태운 뒤 사라지고 한성삼은 두 사람에게 팔을 잡힌 채 가건물 안으로 들어갔다. 오후 4시, 윤상기는 김포공항에서 일본인 유학생을 맞이하고 있을 것이다. 그에게도 미행이 붙어서 마중하기 직전에 어딘가로 연행, 아니, 그건 아닐 것이다. 아무 것도 없으니까. 아무 것도 없지만 뭔가가 있을 수 있다. 그래도 없을 것이다. 서너 평의 방 한쪽에 책상과 접이식 의자가 서너 개 있었는데, 그 중 하나에 털썩 눌러 앉혔다. 두 사람의 삼십 대 남자 중에 로봇처럼 무표정하고 굳은 얼굴의 카키색 노타이셔츠를 입은 남자가 한성삼의 도착이 신호라도 되는 것처럼 방을 나갔다.

여기는 구KCIA, 안기부의 뒷문인 모양이다. 여기 말고 또 뒷문이 있을까. 건물의 현관은 어떻게 생겼을까. 보통의 건물이라 해도 당연히 안기부 간판은 없을 것이다. 한성삼은 잠시 의자에 앉아 있자니 어느새 목에 걸려 있던 것이 사라진 것처럼 기분이 매우 차분해지는 느낌이 들었다.

꽤나 시간이 지난, 5, 6분인가 되어 돌아온 노타이셔츠의 남자를 따라 가건물의 뒤쪽 문으로 나가자 넓은 초록색 잔디가 펼쳐져 있었다. 좌우는 콘크리트 벽이었고 통로의 전방에 두 개의 건물, 홀쭉한 석회 건물과 옆으로 긴 2층 건물이 보인다. 문득 오른쪽 벽 너머 저편으로부터 볼을 비추고 한순간 눈을 찌른 석양의 반사에 시선을 돌리자, 산록의 경사에 죽 늘어선 저택 지붕 너머로 벽면처럼 커다란 유리창에서 석양이 빛나고 있었다. 덮어씌우는 듯한 압도적인 느낌으로 펼쳐진 하늘 아래, 지붕 가장자리가 굽어진 파도 모양을 한 조금 색다른 건물이었는데, 주변의 저택들보다 상층 부분이 잘 보이는 것은 학교인가. 여기보다 높은 경사면에 있는 그 건물에서는 KCIA의 건물이 내려다보이지 않을까. 문득 그 건물 쪽에서의 시선을 느꼈다. 순간적으로 멈춰 선 한성삼은 두 사람이 다그치는 바람에 잔디를 지나 2층 건물의 현관을 향해 걸었다. 바로 그 앞까지만 잔디가 깔려 있는 현관 입구에는 튀어나온 지붕이 있었는데, 이곳은 출입하는 자동차가 대기 위한 곳으로 바깥세상과 단절될 만한 현관이라고는 생각되지 않았다. 자동차는 삼면을 막고 있는 벽과 막사에 둘러싸인 공간의 어디에서……? 좌우로 잎이 무성한 나무 몇 그루가 서 있었고, 콘크리트 벽의 일부분이 개폐되는 철문으로 되어 있는데, 이곳이 KCIA의 정식 현관인가. 그렇다면 외부에서 볼 때는 현관도 없는 벽으로 된 건물로 생각할 것이다. 아니면 또 다른 곳에 외부의 도로와 연결된 지붕이 없는 뒤쪽 현관이 있을지도 모른다.

기묘한 느낌으로 현관에 들어간 뒤 왼쪽으로 이어진 홀쭉한 건물의 홀 정면에 있는 엘리베이터에 이리 와! 하는 소리와 함께 밀려들어갔다. 4층에서 문밖의 복도로 나오자 바로 그 옆에 있는 작은 사무실 같은 곳에서 두 사람은 곧 돌아오겠다며 기다리라고 했다.

의자에서 일어난 체구가 작은 청년이 한성삼에게 앞에 있는 의자에 앉으라고 말했다. 그리고는 책상 위의 서류철에서 한 장을 빼내더니 기입하라고 한다. 이건 뭐지? '입소자 인적 사항'.

"이건 뭡니까? 난 입소자가 아니오. 잠시 묻고 싶은 것이 있다며 노상에서 끌고 온 겁니다."

왜 노상에서라고 말한 걸까.

"지금은 어쨌든 여기에 온 겁니다. 규칙이니까요."

청년은 무표정하게 사무적으로 말했다. 본적지, 주소, 생년월일, 가족관계, 전화번호, 최근의 해외도항 유무, 출입국연월일…… 한성삼은 입소자란 무엇일까, 이 정도의 기입이라면 어쩌면 뭔가의 사정청취만으로 돌려보내는 것은 아닐까 하고 순간 낙관적인 생각이 머리를 스쳤지만, 움찔하며 이내 그 생각을 지웠다.

다 쓰고 나서 뭔가 있을 질문에 대답하려 대기하고 있는 한성삼을 앞에 두고 청년은 동공을 상하로 움직이며 훑어봤을 뿐 확인하려고도 하지 않고 서류철에 끼운 뒤 소지품을 꺼내달라고 말했다. 말투는 반말이 아니고 공손했으나 녹음테이프 같았다. 서류를 확인하지 않는 것이 이상하다.

"전 빈손인 채로 이야기가 있다고 해서 끌려왔습니다. 소지품 같은 건 없습니다."

만약 슈퍼에 들러 노트를 샀더라면 그것도 소지품이 되는 건가. 혹은 이런 일이 나중에 일어나, 대학의 첫 강의 내용을 메모한 노트도 소지품이 되는 건가.

"호주머니 안에 있는 것을 꺼내주세요."

블레이저코트, 바지 주머니에서 수첩, 볼펜, 지갑, 납작해진 담배, 라이터 등을 책상 위에 꺼내 놓자, 손목시계도 풀어 놓으라 한다. 청년은 지갑의 내용물을 조사해 메모를 했다. 그리고 마지막으로 한성삼의 허리께에 시선을 던지며 바지 벨트를 풀어서 책상 위에 놓으라고 지시했다. 벨트를 풀라는 건 무엇 때문일까. 자주 있는 피수감자의 자살 방지 등에 대한 조치가 아닌가. 인적사항을 쓰다가 혹시라도 뭔가의 사정청취만으로 돌려보내주는 것은 아닌지 잠시나마 기대했던 자신의 어리석음에 쓴 침이 입안에 고이는 것을 느꼈다. 그걸 삼켰다. 돌아가지 못한다.

두 사람의 사복이 돌아왔다. 점퍼 차림의 남자가 턱을 내밀며 일어나라고 명령했다. 두 사람은 밖으로 나온 한성삼의 양쪽에 붙고, 한성삼은 흘러내릴 것 같은 바지를 한쪽 손으로 끌어올리며 복도를 똑바로 가다가 왼쪽으로 두 번째 돌아 들어간 복도의 한참 안쪽 통로 좌우에 제각각 몇 갠가 튀어나온 문의 손잡이가 빛나고 있는 방이 늘어서 있었는데, 왼쪽으로 돌아선 순간 지금까지와는 다른 뭔가 썩은 냄새에 가까운 땀 냄새가 감돌고 있는 것을 느꼈다.

막다른 곳의 왼쪽 세 번째 방에 들어갈 때까지 통로 양측의 심문실로 보이는 방에서 어지럽게 교차하는 고함소리와 억제된 신음 소리가 들렸다. 한성삼은 한기가 들면서 오싹하고 소름이 끼쳤다. 가장 구석의 왼쪽 방문이 열리고 안으로 들어갈 때까지 신경이 얼어붙어 몸이 움직이고 있다는 느낌이 들지 않았다.

서너 평 정도의 창문이 없는 방 정면에 책상이 한 개, 책상 앞에 등받이가 없는 의자에 앉혀졌다. 책상 좌우에 제각각 의자가 있다. 방의 한쪽 구석에 작은 책상과 의자가 있었다. 책상 너머 등받이가 달린 빈 의자를 초점이 없는 시선이 빨려 들어가듯 응시하고 있자니, 배후의 문이 열리는 소리가 나고 몇 명인가 인기척과 함께 발소리가 들렸다. 두 사람이었다. 말쑥한 양복 차림의 두 사람이 들어오자 경찰들이 방을 나갔다. 10초 정도 숨을 죽이고 있던 한성삼은 천천히 숨을 내쉬고 호흡을 하면서 몸이 떨리고 있는 것을 느꼈다. 가건물 막사에 앉아 있을 때는 기분이 매우 차분해져 있었는데, 지금은 몸의 중심이 흐트러지며 흔들렸다.

사, 오십 대의 인텔리풍인, 조금 의외라는 생각이 들 정도로 부드러운 느낌의 남자가 정면의 의자에 앉아 뒤로 등을 기대고 한성삼을 가만히 응시하다가, 또 한 사람의 사십 대 전후의 뻣뻣한 머릿결을 한 젊은 남자가 내민 서류를 두세 장 넘기는 시늉을 하였으나 거의 읽지 않는다. 그리고 이름은 한성삼이로군, 주소는? 하고 물었다. 수사관은 계속해서 일본의 주소, 가족 관계, 한국의 친척 관계 등, 아마도 손에 들고 있는 서류에 쓰여 있는 것을 대충 묻더니(좀 전에 사무실에서 기입한 인적사항이 아니다. KCIA에는 모든 재일유학생의 인적사항이 다 기록되어 있다.), 왜 여기에 불려왔는지 그 이유를 아느냐고, 전혀 의미가 없는 질문을 했다.

"모릅니다. 전혀 모릅니다. 불려온 것이 아닙니다. 노상에서 좀 묻고 싶은 게 있으니 서대문경찰서까지 가자며 자동차에 태웠습니다. 왜 여기까지 끌려왔는지 모릅니다. 제가 그 이유를 묻고 싶을 정도입니다."

"흐음, 이유를 묻고 싶다. 왜 여기로 불려왔는지 모른다는 거로군."

"예-."

"아무 일도 없는데 이곳에 불려왔다는 거지."

목소리가 나오지 않는다. 예-, 라고 말을 해서는 안 된다.

"이 세상에 원인과 결과의 관계가 없는 인과관계가 있나?"

"……예-."

한성삼은 세상이라는 말에 깜짝 놀라 자신을 응시하고 있는 수사관의 얼굴을 바라본 뒤 이내 시선을 피했다. 그리고 고개를 끄덕였다.

수사관은 잠자코 자리에서 일어나더니 젊은 남자를 남겨놓고 방을 나갔다. 허망하고 이상한 연극 같은 분위기였다.

잠시 후에 구둣발 소리를 울리며 들어온 권투선수같이 다부진 체격에다 질이 좋은 가죽점퍼 차림의, 그 눈초리하며 부풀어 오른 납작코가 잔인해 보이는 남자가 책상 앞에 털썩 앉더니 한성삼을 흘낏 쳐다보았다.

"네가 한성삼인가."

"예, 한성삼입니다."

냉기가 흐르는 분위기로 좀 전의 양복차림 때와는 전혀 달랐다. 수사관은 책상 위의 서류철을 펼친 채 주소와 가족관계 등, 마치 이것이 최초의 심문이라도 되는 양 앞 사람과 똑같은 것을 물었고, 한성삼은 끈적거리는 침을 삼키며 똑같은 것을 바싹 마른입으로 대답했다.

"넌 방금 전에 자신이 여기로 불려온 이유를 모른다고 했지. 정말인가? 되레 이유를 묻고 싶을 정도라고 말했지." 바로 옆에서 엿듣기라도 한 것 같은 수사관의 입술 끝에 하얀 거품이 묻어 있었다. 한성삼은 불려온 게 아니라고 말하려 했지만, 상대의 침으로 빛나는 두터운 입술이 움직이자 기가 죽어 말이 나오지 않았다. "이 자식아! 불려온 이유를 모른다. 아무 일도 없는데 불려왔다고, 세상에 이유 없이 발생하는 일은 없어! 이 자식이 아주 뻔뻔스럽게, 여기가 어딘 줄 알고! 엉, 이유를 알게끔 여기서 가르쳐주마."

옆에 있던 젊은 남자의 움직이는 기척에 움찔하며 반사적으로 손을 올리려는 순간, 어느새 손에 들었는지 곤봉이 등을 내리쳤다. 등뼈 한가운데를 두 쪽으로 가르는 듯한 둔탁한 소리가 몸속에서 울리자, 한성삼은 양손으로 머리를 감싸 안은 채 비명을 지르며 등받이가 없는 의자에서 굴러 떨어졌다.

# 9

어떻게 단 일격에 이렇게 된단 말인가. 마치 번개에 맞은 것처럼 한순간에, 그러나 한성삼은 머릿속 어두운 공간에 느린 슬로모션처럼 원을 그리듯 한 바퀴 돌면서 바닥에 털썩 떨어진 뒤 그대로 움직이지 않았다. 어떻게 된 일인지, 어떻게 돼가고 있는 건지 알 수 없다. 어째서 이렇게 된 걸까. 쓰러진 몸이 생각했다. 통증보다도 불의의 충격이었다. 한심스런 마음에 몸이 움직이지 않는다.

일어나라! 고막의 먼 울림처럼 목소리가 들린다. 일어나!

젊은 남자가 등을 내리친 긴 곤봉 끝으로 한성삼의 늑골이 있는 옆구리를 후비듯이 찔러댔다. 격통으로 한성삼이 상반신을 벌떡 일으켜 윽, 윽 하는 신음 소리와 함께 양손으로 바닥을 짚고 일어서자, 엉덩이에 곤봉의 일격이 가해졌다. 완벽하게 골반까지 파고드는 곤봉에 허리가 터질 것처럼 앞으로 튀어나갔다. 뇌를 직격하는 전류가 흐르고 무릎이 무너져 내리려는 찰나에 다시 일격이 가해지자 한성삼은 비명을 지르며 그 자리에 꼬꾸라졌다. 또 다른 일격이 바람을 가르며 으르렁거린다. 으윽! 으윽!

"이 자식이! 난 인정 따원 없다, 봐주지 않겠어." 책상 너머에서 들려오는 갈라진 듯한 목소리, 한성삼은 양손으로 머리를 감싼 채 의자를 차면서 바닥 위를 굴러다녔다. 으윽, 윽! 다시 곤봉이 날라 오는 걸 막아내려는 듯이 자력으로 일어나더니, 앉으라는 말을 들은 것도 아닌데 의자 다리를 끌어당겨 간신히 자신의 엉덩이를 올려놓았다. 희미하게 비치는 책상 너머 심문자의 얼굴을 보았다. 더러운 쇳덩이 같은 얼굴이다.

"이래도 또 이유를 묻고 싶나."

"……" 목소리가 나오지 않는다. 마른 침을 삼켰다. 녹슨 쇠 같은 맛이다. "전 이유를 모릅니다."

"넌 끈질긴 놈이구나. 아직도 모른다고."

"알 수 있는 것이, 전 아무 것도 없습니다. 이해할 수 있도록 알려주십시오."

뭘 모르는 것인지 알 수가 없다. 흔들린다, 흔들려.

심문자가 턱으로 신호를 보냈다.

젊은 남자가 곤봉을 휘둘렀다. 일격에 한성삼은 의자에서 굴러 떨어졌다. 움직일 수가 없다. 의자를 치워버리고 옆구리를 발로 걷어차더니 다시 일격, 난타가 시작되었다. 오른쪽, 왼쪽으로 굴러다니는 엉덩이를 한쪽씩 바로 위에서 일격을 가한다. 팡, 팡! 곤봉과 살이 격돌, 불꽃이 튀는 소리가 날아다닌다. 난타가 계속되자 한성삼의 몸은 빈사의 짐승처럼 비명을 지르고 발버둥 치며 거칠게 굴러다녔다. 죽는다, 죽어, 몸이 갈기갈기 찢겨서 살점이 사방으로 흩어진다. 이 자식! 이 자식이! 악, 구듯발에 차인다. 몇 번이고 계속해서 차인다. 죽는다, 살려 줘.
모른다, 몰라. 이 자식아! 아악, 안다, 알아. 답을 알려줘, 그대
로 대답할 테니. 안다고, 알아, 모른다고, 몰라, 안다고. 머릿속
에서 곤봉이 자꾸만, 맹수가 계속해서 머리를 물어뜯듯이 덤벼
든다. 그 다음에 계속될 공포 앞에, 바닥에 엎어진 채로 더 이
상 몸은 움직이지 않는다. 어찌되든 상관없다, 움직이지 않는
다, 죽어도 좋다, 마치 기도를 하듯 손을 모으고 아이고, 아이
고 신음 소리를 내고 있었다. 곤봉이 멈추었다. 고문자는 곤봉
을 한쪽 손에 꽉 움켜쥔 채, 그리고 심문자는 책상 앞에서 담배
를 피웠다.

　젊은 남자가 질질 끌듯이 일으켜 세우더니 단단한 의자 위에
물건처럼 엉덩이를 털썩 올려놓았다. 유리알이 되어 버린 안구
가 튀어나올 것 같은 눈에, 책상 앞 심문자의 얼굴이 담배연기
로 뿌옇게 흔들려 보였다. 저절로 몸이 쓰러진다. 곤봉의 일격.
순간적으로 호흡이 멎으며 몸이 똑바로 선다. 시야가 흐리다.
눈을 크게 떠! 똑바로 앉아!

　심문자가 일어나 방을 나간 모양이다.

　한성삼은 그대로 의자에 앉아 있었다. 곤봉을 손에 든 양복
차림의 남자가 옆에 계속 서 있다. 뒤로 쓰러지려는 상반신을
일으켜 세우고 마른 침을 삼키자, 녹슨 쇠 맛이 아니라 피 맛이
났다. 풀어헤쳐진 셔츠와 팔에 혈흔이 흩어져 있었다. 큰 출혈

이 있는 곳은 없는 모양이다. 전신이 화염에 휩싸인 것처럼 뜨거운 통증의 바닷속에서 점차 무감각해지고 의식도 몽롱해져 간다. 여기가 어디인지 온통 안개가 낀 것처럼 알 수 없게 되었다. 이상하게도 안개가 졸음 덩어리로 변하면서 상반신과 머리가 천천히 흔들리다가 단단한 눈꺼풀이 닫히자 아악, 등에서 곤봉을 내리치는 소리가 울렸다. 잡아 찢듯이 열린 눈에 심문자의 책상이 들어오자 여기가 심문실이라는 것을 깨달았다. 돌처럼 굳어진 상반신을 움직여 자세를 고쳤다. 눈이 감겨진 채로 있다면, 죽은 거다.

깜박이지 않는 눈을 뜬 채 잠시 시간이 지났는데, 안개가 낀 시야 속에서 거의 졸고 있었다. 염천이나 혹한의 사막에 내던져진 것처럼 끝없이 용해되면서 용암처럼 굳어 있었다.

"이 자식아! 똑바로 앉아 있어!"

어디선가, 어둠 속에서 일격. 격류처럼 몸 안에서 격통이 솟구쳐 올라 어딘가로 몸이, 의식이 공중으로 날았다. 한성삼은 의자에서 굴러 떨어졌다.

의식이 돌아왔을 때는 의자에 앉혀져 있었다. 등받이가 없는 딱딱한 의자에 엉덩이가 들러붙은 것 같은데, 엉덩이 살점이 떨어져 나가 골반에 직접 닿는 듯한 강한 압박감이 있었지만 통증은 느끼지 못했다. 벗겨진 바지를 끌어올리려는 상체가 흔들리는 의자와 함께 쓰러지려 할 때마다 고함소리와 곤봉이 허

공을 가른다. 이봐, 상황 좀 봐가면서 해! 들어본 목소리다. 옛,
알고 있습니다. 이제 시작이구나. 심문자가 돌아와 있었다. 옛,
잘 알겠습니다. 엉덩이를 두세 번 차이며 일어난 몸이 공중에
끌어올려졌다가 내려질 때까지, 거의 반은 죽은 상태로 바닷속
을 해초처럼 흔들렸다.

　한동안 시간이 멈춘 것처럼 조용했다. 그것은 순간이었지만,
긴 폭력의 시간으로부터 해방된 깊은 순간이었다. 눈을 뜬 채
흔들리는 물속에서처럼 아무것도 보지 않고 있으면서도 정신
을 차렸을 때는 책상의 주인이 바뀌어 있었는데, 신사풍의 첫
번째 심문자가 두터운 서류를 책상 위에 털썩 내려놓았다. 서
른 미만의 머리를 빡빡 깎은 뚱뚱한 남자가 책상 정면에서 왼
쪽에, 한성삼의 의자로부터 비스듬히 오른쪽에 있는 의자에 앉
아 서류를 펼쳤다. 서기인 모양이다.

　한성삼은 등을 펴고 자세를 바로 했다. 모든 것이 흔들리며
흘러가는 이야기처럼, 자신 안에 있는 스크린 벽에 비친 타인
인 자신이 움직이고 있는 듯해서, 자신이면서 자신이 아닌, 그
리고 자신 같았다.

　심문자, 수사관은 책상 위에 쌓아 놓은 책자 등의 자료 중에
하나를 자신의 눈앞에 가져다놓고 페이지를 펼쳐 한동안 내려
다보았다.

　"한성삼, 너의 일본 이름은 뭐지?"

첫 대면보다 분위기가 험악했지만 몰인정한 남자와는 달리 폭력적이지는 않다. 양복을 입은 빳빳한 머리털의 젊은 남자는 곤봉을 들고 한성삼의 옆에 우뚝 서 있었다. 양복과 곤봉. 지금 곤봉이 날아다니지 않는 순간은 깊이 가라앉아 있다. 깊이 가라앉아라.

"일본 이름이라기보다 통명(通名)으로 니시하라(西原)××입니다."

한성삼은 민족적 자각을 묻고 있는 건가라는 생각을 하면서 대답했다. 그리고 대학에 들어가고 나서 본명을 사용해왔다고 덧붙였다.

"한국인으로서의 자각 때문인가?"

"예-, 한국이라든가 북한이 아니라, 재일의 존재인 자신이 일본인이 아니라는 민족적 자각에 의해 본명을 사용해왔습니다."

"재일이라는 것은 알고 있다. 한국 국민으로서의 자각은 없나?"

"아닙니다. 예-, 있습니다. 저는 한국 국적 소유자입니다."

"물을 가져다 줘. 목소리가 잠겨 있어." 수사관은 서기를 향해 말했다. "한성삼, 넌 재일 한학동(韓學同)과 관계가 있지."

"……한학동? 예-, 한참 전의 일입니다."

서기는 벽 구석의 책상에 있던 노란 플라스틱 컵을 철제 책상 위에 가져다 놓고 주전자의 물을 따랐다. 수사관은 한성삼을 향해 마시라고 턱을 움직였다.

한성삼은 양손으로 감촉이 꺼칠꺼칠한 싸구려 플라스틱 컵을 들고 물을 천천히 입에 머금은 뒤 좀처럼 열리려 하지 않는 목구멍으로 흘려보냈다. 칼날을 세운 것처럼 목구멍을 통과한 물이 확실한 형태를 그리며 위에 떨어지는 흐름을 보는 듯했다.

"네가 1972년에 한국 유학을 올 때까지 한학동이 반국가활동을 하고 있는 단체라는 것은 알고 있었겠지."

"그게 아닙니다." 최초의 심문에는 없었던 질문이고, '인적사항'의 경력 난에도 기입되어 있지 않다. "대학 입학 당시 한학동은 민단 산하 단체였고, 민단에 소속된 학생은 자동적으로 한학동의 멤버가 되었습니다. 그래서 당시 민단의 문교부장으로부터 가입을 기정사실로서 통보받고 한학동에 들어갔습니다."

"민단 문교부장? 그 인간은 의식적으로 학생들을 한학동에 가입시켰다. 1972년 이후에는 민단 산하 단체가 아니야. 넌 그 이전부터 대학을 졸업할 때까지 반한 활동 단체로서의 한학동 멤버였어. 한성삼, 넌 O대학 한학동의 위원장이었지?"

"……아니요, 다릅니다." 이건 무슨 일인가, 십 년도 넘은 일이다. 한학동은 원래 반공조직이면서 4·19학생혁명 정신을 계승하는 노선에 입각하고 있었던 만큼, 한국의 반민주 독재체제를 지지하는 민단의 활동방침과 맞지 않아 추방된 일을 말한다. 박정희 대통령 3선 반대를 봉쇄하기 위해 비상사태 선포,

집회데모 금지, 국회 폐쇄, 대학 폐쇄 등의 조치를 취하는 본국 정부에 동조하는 어용단체로서의 민단과 대립, 결렬. 민단 측은 민단 조직을 내부로부터 붕괴시키는 '적'의 스파이 단체로서 민단 조직으로부터 추방조치를 취했다. "예……. 지부 책임자이긴 했습니다만, 위원장이라는 것은 없습니다."

"한학동 조직에 위원장이 없다는 건가?"

"대학에는 없습니다. 중앙에 부위원장이 없는 위원장이 한 사람 있었습니다만, 그렇게 큰 조직은 아니었습니다."

"O대학의 책임자로는 몇 년 있었지?"

"옛날 일입니다만, 졸업할 때까지 1년이었다고 생각합니다."

한학동(재일한국학생동맹)이라고는 해도 당시의 도쿄에는 재일조선인 학생이 많은 주요 사립대, 그것도 대여섯 개 대학에 생긴 한국문화연구회 형태의 10명에서 20명 정도의 학생모임이었다. 비교적 학생 수가 많은 오사카, 효고(兵庫), 교토 등의 지방조직을 결집한 중앙본부가 도쿄 나카노(中野) 역 근처에 두세 평 되는 2층의 작은 방을 빌려 전화 한 대를 놓고, 그곳에서 수시로 각 대학의 한학동 지부책임자, 한학동이 조직되지 않은 각 대학의 지부 결성 준비연합회 책임자 등이 참가하여 회의를 열고 있었다. 주 1회의 우리말 강습회, 그리고 조선근현대사연구회, 여기에서는 한국의 시사 문제, 정치적 과제 등이 토의 대상으로 되어 있었다. 재일유학생 간첩용의 체포자의 구

원운동도 토의되었지만, 조선총련계의 유학동(재일조선유학생
동맹)에 비해 멤버도 적고 미약한 편이었다.

"한학동이 반한, 반국가단체라는 인식하에 활동을 하고 있
었던 거로군."

"그렇지 않습니다."

"그렇지 않다……?"

"4·19학생혁명의 정신에 입각하여 재일의 입장으로서 민족
주체성과 민족적 양심에 따라 활동했습니다. 각 대학에서 우리
말, 한국문화 연구의 서클 활동을 하였던 것이지 반한국, 반국
가활동을 한 적은 없습니다."

"흐음, 반한국, 반국가활동이 아니라는 것은 무슨 말인가?
너희들의 활동은 반체제, 반정부였는데, 정부와 국가는 다르
다는 것인가. 핫하하, 그렇잖나, 유토피아론 아닌가. 우리 대한
민국에서는 그렇지 않다. 한학동은 모국 유학을 지향하고 있는
교포 자제들을 위해 조국의 풍습과 한국어를 가르친다는 명목
으로 강습회, 서클 등을 조직, 그곳을 거점으로 한국에 침투시
킬 공작원을 만드는 역할을 수행하고 있다."

"아니, 다릅니다. 아닙니다." 한성삼은 아픈 목을 좌우로 세
차게 흔들며 말했다. "절대 아닙니다."

"후후후, 너희들이 반대하는 정부는 어느 나라의 정부냐. 정
부는 대한민국의 정부다. 일본에서 너희들은 공공연히 반한,

반정부활동을 해놓고서 여기서 무슨 시치미를 떼는 거냐. 이 방 거기에 앉아 있는 한성삼의 존재가 반한, 반정부활동의 사실 그 자체를 증명한다."

간담이 서늘해질 정도로 차가운 표정의 수사관은 가는 눈의 날카로운 시선을 한성삼에게 들이댔다. 수사관은 포개져 놓인 서류 다발 속에서 한 권, 그리고 다시 두 권, 노트 크기인 두 권의 책자 표지는 갈색과 푸른색이었는데, 그걸 집어 책상 위에 나란히 놓았다.

한성삼은 얼굴에서 핏기가 싹 가시는 걸 느낄 정도로 놀라며 수사관이 손을 올려놓은 책자를 이삼 미터의 거리에서 확실히 보았다. 분명히 「고려(高麗)」라는 커다란 문자 디자인의 갈색 표지는 이전의 O대학 한국문화연구회의 회원이 투고한 작품도 실었던 부정기 기관지였다. '에밀레'라는 한글 표기 문자를 초서체로 모양화한 다른 한 권도 이전 한학동 지부의 서클 잡지였다. 두 권 모두 군데군데 부전지가 붙어 있다. 두꺼운 다른 한 권은 「재일반한단체 활동일지」 중앙정보부의 이름이 들어가 있다.

"이건 1973년 거다. 기억이 나나?"

"예-."

아니라고는 할 수 없다.

"음……." 수사관은 부전지가 붙어 있는 곳을 펼쳤다. "당시 한학동의 활동방침 같은 것이 쓰여 있다. 아직 민단으로부터 추방되기 전이로군. '재일민주민족운동의 현실과 문제'……" 수사관은 원문의 일본어를, 발음은 한국인 특유의 억양은 있었지만, 막힘없이 정확하게 읽었다. 일본 유학파, 엘리트 급이다. 언제쯤일까……. "당시 박정희 대통령의 비상사태 선포를 〈……이러한 국민적 자유와 그것을 보장하는 민주주의를 일체 부정하는 것으로서……반대하고……〉" 수사관은 페이지를 넘겼다. "〈특히 한학동에 대한 '산하단체 취소'는 영광스런 재일 민족운동사가 수행해온 역할과 실적을 정면으로 부정하는 반민족적 도전이라고 하지 않을 수 없다……〉. 으흠, 대단히 전투적이군. 이건 어떻게 된 건가? 〈……라는 공갈의 양면 공세 속에서 본국 권력의 민단 사회에 대한 직접적인 개입을 가능케 하고…… 바야흐로 민단은 본국 행정기구의 말단조직으로 개편되려 하고 있다……. 본국 정부의 민단 어용화 책동……〉. 이런 서적들은 반한, 반정부 행동을 어필하는 내용으로 메워져 있다. 너희들은 조총련의 별동대냐?"

"아닙니다……."

"아니라고? 음. 대한민국 정부는 우리 대한민국과 일체이고, 우리 국가를 대표한다. 대한민국 이외의 어디에 대한민국 정부가 있느냐. 망명정부라도 있다는 말인가. 예를 들면 대한민국과 정부가 일체이기 때문에 정부가 집행하는 대한민국 국가보안법이 있다. 국가보안법은 국가의 안전을 보장하고 반국가활동을 규제함으로써 국가의 안전과 국민 생존의 자유를 확보하는 데 그 목적이 있다."

국가보안법? 수사관은 조문을 암송하고 있는 듯한 의식적인 어투로 말했다. 왜 지금 여기에서 국가보안법이란 말인가. 당돌한 느낌이었다. 뭣이, 체포영장? Y대학 거리의 노상에서 있었던 문답. 이 자식이, 빨갱이에게 무슨 체포영장이야, 국가보안이다! 서대문경찰서 형사의 성난 목소리. 언제 이러한 자료를 입수하여 조사한 것일까. 아니, 훨씬 이전부터 안기부 이전부터 자료로서 KCIA에 있었다.

"한성삼, 넌 1974년 Y대학 한국어연수원을 졸업, Y대학 역사학과에 입학했었지. 당시에는 국가비상사태하에서 반정부집회, 데모가 한창이었는데, 너도 그러한 집회에 참가했겠군."

"……? 데모에 참가한 적은 없습니다. 어떤 데모 말입니까?"

"어떤 데모? 데모는 데모다. 신촌로터리에서 데모가 '유신독재는 물러가라', '중앙정보부는 즉각 해체하라', KCIA, 당시에는 여기가, 네가 앉아 있는 바로 이곳이 그 중앙정보부, 너희들은 현재의 국가안전기획부, 당시의 중앙정보부 해체를 외치며 데모를 하고 있었다. 그런 슬로건을 내건 각 대학의 데모 말이다. 4월 3일 밤, 정부는 대통령 긴급조치법 제4호를 발령하여 집회데모를 일체 금지했는데, 그건 4월 3일 당일 낮에 있었던 데모 때문이다."

"전 데모 같은 거 일절 참가한 적이 없습니다."

한성삼은 단호하게 말했다.

"없어? 음, 그래, 음……."

머리 위를 스치는 기척에 퍼뜩 정신이 들기가 무섭게 곤봉이 한성삼의 등을 내리쳤다. 아앗, 그대로 의자에서 앞으로 고꾸라지려는 것을 두 발로 버티며 간신히 자세를 바로 잡았다. 수사관이 의자에서 일어나는 바람에 한성삼은 가슴이 철렁했지만, 잠자코 서류 뭉치를 집어 들더니 책상을 떠나 방을 나갔다.

뻣뻣한 머리털의 남자가 곤봉을 서기 역할의 남자에게 넘겨주고는 심문자의 뒤를 따라 방을 나갔다.

서기는 건네받은 곤봉을 신경 쓰는 기색도 없이 한성삼의 옆에 잠자코 서 있었다. 조용하다. 밖의 복도에 늘어선 방은 텅 빈 것일까. 서기가 헛기침을 하자 높은 천장에 닿으며 방 안에 울렸다. 문손잡이가 삐걱거리더니 바닥이 두꺼운 구두의 둔탁한 소리와 함께 한 사람이 들어왔다. 서기는 그 삼십이 안 된 회색 제복 차림의 젊은 남자에게 곤봉을 넘기고 방을 나갔다. 출입이 빈번하다.

권총이 훤히 보이는 권총대를 찬 청년은 곤봉을 벽에 세워 놓고 책상 옆에 멈춰 선 뒤 한성삼을 흘깃 곁눈질했다. 수사관이 아닌 그는 감시원인가. 만일 충동적으로라도 잠겨 있지 않은 문으로 절망적인 도망을 치려 한다면, 곤봉 같은 건 필요 없다. 허리춤에서 권총을 뽑으면 그걸로 끝난다. 시각은 몇 시경일까. 별 도움도 안 되는 것을 생각한다. 한동안 진공 같은 시간의 공백이 계속되었다.

머지않아 또 뒤쪽의 문이 열렸다 탁 닫히고 정면의 책상 앞에 앉는 인간이 올 것이다. 공백의 시간이 무겁다.

긴 시간은 아니었다. 무거운 공기를 깨고 찰칵, 문손잡이가 크게 삐걱거리며 열렸다. 구두소리가 나고 한성삼의 곁을 지나간 것은 뻣뻣한 머리의 곤봉을 든 남자였는데, 이번에는 정면에 있는 수사관의 의자에 떡 하니 앉았다. 이 양복 차림의 곤봉을 든 남자도 수사관이다.

그는 두터운 서류철을 책상 위에 올려놓았는데, 아마도 이전 수사관들과 같은 서류일 것이다. 다만 갱지 다발을 서류와 나란히 놓은 것이 이전과 달랐다.

정면으로 마주한 새로운 심문자는 포마드로 빗어 넘긴 짙은 머리숱이 옆으로 깊게 파인 두 개의 주름이 잡힌 이마를 보다 좁아보이게 했는데, 사십은 넘겼겠지만 실제 나이보다 늙어보였다. 송충이처럼 두껍고 짧은 눈썹 아래 주의 깊게 빛나는 눈으로 한성삼을 관찰하듯이 보다가 서류를 펼쳤다. 그리고는 이름이 한성삼이지…… 하며, 자신이 마치 최초의 심문자인 듯한 어투로 물었다. 주소는? 서울특별시 서대문구 C동……. 일본의 주소, 오사카시 이쿠노구(生野區)……. 가족 관계, 한국의 친척 관계……. 이전의 두 수사관과 똑같은 것을, 이번에는 심문자로 책상 정면에서 심문을 시작했다. 그리고 이전과 마찬가지로 왜 여기에 불려왔는지 이유를 알고 있나? 하고 물을 것이다. 한성삼은 무심코 등 쪽에 허공을 가르는 곤봉을 느끼고 상반신이 굳어졌다. 아무 일도 없다. 가라앉은 통증이 되살아난다.

이렇게 반복되는 심문만으로 어느 정도의 시간이 흘렀을까. 알 수 없다. 다만 마디마디가 부드럽게 빠져나와 녹아내리는 듯한 무거운 피로를 느꼈다. 언제부터 어떤 시간이 흘렀을까. 빛이 달리는 것처럼 멀고 긴 시간이다. 한 시간이나 두 시간도 아니다. 몇 십 시간도 아니다, 몇 시간. 시간을 느낄 수 없는, 시간 감각이 작용하지 않는 것 같은데, 갑자기 혀의 뿌리, 목 안쪽이 심하게 말라 있는 것을 느꼈다.

부탁을 한 것도 아닌데, 심문자가 벽 구석의 책상에 흘낏 시선을 던지더니 감시원에게 물을 가져오라고 명령했다. 허리에 권총을 찬 젊은 감시원이 구석 책상에서 노란 플라스틱 컵과 주전자를 가져오더니 이전과 마찬가지로 책상 위에 올려놓고 컵에 물을 따랐다.

"한성삼."

"……예."

"마셔."

한성삼은 컵을 양손에 들고 천천히 물을 씹듯이 삼켰다. 그리고 수사관의 책상에 신중하게 올려놓았다.

수사관은 왜 이곳에 불려왔는지 이유를 알고 있나? 라고는 묻지 않았지만, 갱지의 반절쯤 되는 몇 장을 한성삼의 앞 쪽으로 내던지며 여기에 자서전을 쓰라고 말했다.

"……자서전?"

"지금까지의 네 경력을 작문해."

"예-, 자서전."

한성삼은 고개를 끄덕였다. 자서전.

지금까지 심문해온 주소, 본적 같은 것 말고도 어릴 적의 성장과정, 학력, 경력, 단체 가입활동, 한학동 가맹 동기, 그 밖의 교우관계 등에 대해서, 이미 심문당한 일을 포함해 반복이 의식이라도 되는 것처럼 반복하면서 다른 질문을 덧붙여 심문을 계속했다.

한성삼은 진술항목을 암기, 메모한 뒤에 방구석의 책상 앞으로 자리를 옮겨, 머리 위로 비스듬히 자리한 백열전구의 빛을 가리는 자신의 상반신 그림자를 피해 볼펜을 계속 쥐고 있었다. 한글로 써야만 한다. 시간을 들여 가로 20센티 남짓한 8절판 용지 네 장을 한글 문자로 메웠다. 머리가 멍해지는 한편으로 머릿속이 콕콕 찌르는 것처럼 저렸는데, 그것이 편두통으로 바뀌면서 전신의 욱신거림이 그곳으로 수렴된다.

벽을 마주보고 1시간이 지났는지 2시간이 지났는지 알 수 없다. 그걸 재일 관계자료 같은 것을 읽고 있던 수사관에게 가져가자, 의자에 앉으라고 하더니 읽기 시작했다. 그리고 여기저기에 빨간 펜으로 체크하면서 좀 더 알기 쉽고 구체적으로 쓰라든가, 대학시절부터 재일 문예동인지 서클(그런 말투를 썼다)을 했었잖아. 그 서클에 관계한 멤버의 이름을 쓰라고 명하고, 한학동의 활동 성격을 반정부, 반권력만이 아니라 국가보안을 어지럽히는 반국가단체로 명기하도록 지시했다. 맨 처음 신사풍의 수사관이 지적한 국가보안법의 존재의의가 추가된 항목이었다. 4·19정신의 입각이라든가, 헌법의 집회, 표현의 자유 등을 언급해보았자 정보보안체제 아래에서 그것은 문자의 나열에 지나지 않게 된다. 그러나 반국가활동을 스스로가 인정하면 어떻게 되는가. 첫 번째 수사관이 조문 그 자체를 암송하여 국가보안법의 목적을 이야기했는데, 국가보안법의 어떤 조항인가의 적용을 스스로 초래하는 결과가 될 것이다. 부정하면 어떻게 되는 걸까. 수사관의 지적을 거절하면 어떻게 될까.

어쨌든 애매모호하게라도 써야 한다. 한성삼은 다시 볼펜을 쥐고 벽 구석의 자리에 앉았다. 마치 초등학생의 작문을 첨삭한 것처럼 마구 칠해놓았기 때문에 거의 다시 쓰다시피 해야 한다. 생각해보면 이것이 조서의 토대가 될지도 모른다. 지금

241

앉아 있는 의자에는 등받이가 있어서 그것만으로 기분이 차분해졌는데, 잠시 상반신을 뒤로 기댄 채 가슴을 펴고 조용히 심호흡을 할 수 있었다.

문이 열리고 사람이 들어오는 기척에 가슴이 덜컥했지만, 뒤쪽의 사람 그림자가 자신의 배후로 다가오는 것을 느끼고 천천히 돌아보자, 음식 냄새와 함께 젊은 남자가 식사가 담긴 쟁반을 한성삼이 앉아 있는 책상의 한쪽에 놓았다. 보리와 쌀이 섞인 밥, 아마도 통조림이겠지만 콩소메 스프, 김치, 그리고 구운 정어리 두 마리, 제각각 그릇에 담겨 있었다.

식사를 하라는 말은 하지 않았지만, 당연히 먹으라고 가져온 것이었다. 모든 것이 따뜻하고 뭔가 정겨운 느낌이 들었지만 먹을 기분은 나지 않았다. 눈을 자극하는 빨간 김치 냄새, 마른 목구멍 아래에서 침이 조금 솟아오르는 것을 느꼈다. 침을 삼키자 걸리는 거 없이 목구멍을 넘어갔다. 아아, 난 살아 있다. 한성삼은 평평한 접시가 아닌 사발에 들어 있는 스프를 입에 대고 한 입 머금은 뒤 삼켰다. 냄새만큼 맛있지는 않았다. 두세 번 마신 뒤 그릇을 쟁반에 놓았다.

몇 시경일까. 시간을 모르면 지금 있는 장소의 감각도 없어진다. 한밤중의 식사일까. 처형에 앞선 한밤중의 식사는 아니다. 언제의 한밤중인가. 영원한 한밤중. 난 언제 이곳에 온 것인가. 여기는 어딜까. 그래, 이곳은 한국중앙정보부, KCIA, 안기부다, 안기부. 입안에서 중얼거린다. 깊은 숲 안쪽의 깊은 동굴 내부처럼 시간의 감각을 종잡을 수 없어 잊어버린 모양이다. 아니, 시간의 분절이 없는, 이것이 망막한 본래의 시간인가.

남산 숲 속 KCIA 건물 뒷문에서 하차한 것이, 그리고 KCIA의 건물 안에서 손목시계를 풀 때의 시각이 오후 5시경이었다는 것만은, 죽은 자의 생전의 얼굴 형태처럼 또렷이 기억에 새겨져 있었다. 그건 언제의 오후 5시였던가. 오늘인가 어제인가, 오늘과 어제의 경계, 시각의 경계, 시간 그 자체의 경계가 무너져 있었다.

현실이 아니지만, 지금이 현실이다. 스프를 입에 넣어 삼킨 것은, 그것은 꿈이 아니다. 현실일 것이다. 볼펜을 움켜쥐고 있는 것은 결코 꿈은 아니다. 한성삼은 식어서 쓴 맛이 나는 스프를 한 입 넣은 뒤 삼켰다. 결코 꿈이 아니다. 아아, 왜 이게 현실이란 말인가. 시공에서 벗어난 우주의 한 점에 떠있는 것인가.

지금을, 언제의 지금인지 알 수 없는 지금의 지금을 삼켜버린 밤인지 낮인지 알 수 없는 망막한 심문실의 네모난 공간의 윤곽. 기하학적인 도형의 선처럼 공중에 떠오르는 이 도형적인 공간은 벽 너머로 차례차례 열리는 거울 공간의 문처럼 무한히 펼쳐지며 뻗어나간다.

잠들어 있었던 것은 아니지만 깜짝 놀라 눈을 뜬 뒤 볼펜을 다시 잡고 교우관계를 떠올리며 용지에 써 넣었다. 시시포스신

화처럼 영원히 계속되는 같은 일의 반복. KCIA는 산 정상에 있는 신인가. 십여 명의 이름이 나열된, 간단한 주석을 단 이름이 살아 있는 듯한 느낌에 볼펜을 쥔 손가락 끝이 욱신거렸다. 재일의 고교, 대학시절의 일본인을 포함해서, 진실 되게 보이기 위해 이름만이 아니라 가능하면 구체적인 부모의 직업 등도 썼지만, 정보부의 손이 닿기 쉬운 한국의 몇 명 안 되는 교유관계는 가급적 생략하고, 십년 전의 단기 유학 당시의 학우들 몇 명의 이름을 써 넣었다. 현재 어떻게 지내고 있는지는 모른다. 그들에게 뭔가의 재난이 미치는 일은 없을 거라고 생각하면서.

쟁반의 식사는 식어 있었지만, 수프를 먹고 젓가락을 들어 김치를 입에 넣은 뒤 마비되었을 터인 입안에 고추의 빨간색 매운맛이 촉촉이 배어드는 것을 느끼며 밥을 먹었다. 멀리 잊혔던 밥맛이 되살아나 보리와 쌀이 섞인 맛을 의식하면서 고막에 직접 울리는 씹는 소리와 함께 천천히 밥을 먹었다. 꿈이 아니다. 구운 작은 정어리 꼬리를 손가락으로 집어 아래위 치아 사이에 넣고 천천히 씹었다. 졸음이 머릿속을 무거운 기체처럼 흐르다가 몸 전체에 가벼운 마비를 일으키며 몰려왔다. 이것은 꿈이 아니다. 또렷한 사진을 보는 것 같은 현실감이 없다. 꿈과 현실의 틈새기, 틈새기라는 것이 이건가.

눈앞의 이마가 닿을 것 같은 더러워진 회반죽벽에 검은 인간의 머리 모양 같은 묘한 형태의 흔적을 보았다. 얼굴을 떼고 손을 대어 보았지만 벽이 조금 울퉁불퉁하게 들어가 있을 뿐 형체는 아니다. 얼굴을 떼고 보니 조금 패여 있는 게 형체처럼 보이지만 형체는 아니다. 뭘까. 반투명한 벽에 인간의 머리가 묻혀 있을 리는 없다. 비스듬히 위쪽 천장에 매달린 백열전구의 빛이 자신의 머리에 가려진 그림자도 아니었다. 벽의 구석까지 쫓긴 학생인지 누군지가 무서운 기세로 몸과 함께 머리를 부딪친 흔적인가. 머리가 깨질 것이다. 오래된 혈흔 같은 것은 없다. 그러한 일이 몸이 터져나가는 비명과 함께 이 벽의 구석에서 있었던 것일까. 그런 형태가 아닐까. 벽의 아래쪽은 책상에 가려져 알 수 없었지만, 그 그림자에 눈이라든가 코의 모습을 그려 넣으면 정말로 얼굴이 떠오를 듯한 묘한 형태의 흔적이었다.

한성삼은 볼펜을 움직여 성이나 이름의 한자 표기가 뭐였는지 바로 생각나지 않는 기억을 더듬으며 용지에 문자를 메워갔다.

갑자기 등 뒤 반대쪽 벽 문이 열리고 어험, 하는 헛기침 소리와 함께 여럿은 아닌 것으로 생각되는 사람이 들어오자, 방 안의 공기가 급변, 책상 정면의 수사관이 일어서고 감시원 청년도 그 자리에 멈춰 섰다.

책상으로 다가오는 울리는 구둣발 소리와 함께 공기 위를 뭔가의 향수 냄새가 흐르는 바람에 거의 돌아볼 뻔했다. 기침 소리가 없었다면 여자로 착각했을지도 모른다. 이런, 술 냄새가 난다.

"음, 드디어 백(白)……이라는 자는 자백했어. 아파트 방에서 난수표가 발견됐지. 남파간첩, 아함, 놈은 진짜야."

왼쪽 수사관 앞에서 향수 냄새를 풍기고 있는 직책이 높은 수사관을 눈꼬리로 슬쩍 보니 핑크빛 넥타이를 제대로 맨 양복 차림이었다. 최초의 인텔리풍 수사관보다 훨씬 젊은 30대 후반, 곤봉을 들고 서 있는 수사관과 거의 비슷하다.

"예-, 예-, 자백했습니까. 공이 크십니다. 감사합니다."

"헌데, 여긴 재일간첩인가. 음, 똑바로 해!"

"예엣."

한성삼은 젊은 상사가 나가고 난 뒤 책상 앞의 수사관을 따라 의자에 앉았다. 가슴의 고동이 크게 울리고 있었다.

재일간첩, 무슨 말인가. 재일간첩, 몸서리가 쳐졌다. 내가, 한성삼이 간첩?

젊은 상사는 뭘 하러 온 것인가. 북에서 온 진짜 간첩을 어떻게 자백시켰을까. 북에서 온 진짜 간첩이라고? 피비린내 나는 고문의 냄새를 향수로 얼버무린다? 고문의 현장에 향수 냄새. 피를 품어내는 장미 냄새를 코에 들이대 맡고, 술을 들이키면서, 채찍을 내리쳐라! 회사에 근무하는 중역 사원처럼 정장을 하고 고문에 임하는 것이다.

젊은 상사는 새된 소리로 두세 마디 내뱉고 나갔는데, 무슨 연유로 향수 냄새를 풍기는 모습을 보였다 사라진 것일까. 심문, 고문의 결과가 좋아 회심작이 나온 것일까. 그리고 용기를 북돋아주기 위해 심야, 심야인지 새벽인지 알 수 없는 지금 격려를 위해 이곳에 얼굴을 내민 것일까. '진짜', 백 아무개가 '진짜', 그렇다면 난 가짜, 가짜가 분명한 재일간첩. 난 아무것도 없다. 그걸 '진짜' 간첩으로 만들 수 있나?

향수의 기묘한 충격이 사라지고 나서 한성삼은 남은 향기가 감도는 꺼림칙한 방의 공기를 가로질러 수사관의 책상 앞으로 작문을 가지고 갔다.

담배 냄새가 책상에 배어 있는 모양이다. 니코틴과 향수 냄새의 혼합. 구토가 올라왔다.

수사관은 서류를 펼친 채 눈을 치켜 올려 한성삼을 흘깃 보더니 한글 문자가 빼곡히 들어찬 갱지 4장을 받아들고는 앉으라고 명령했다. 그리고 빨간 줄을 칠 곳이 이미 정해져 있는 것처럼 볼펜을 들고 '자서전'을 읽기 시작했다.

용지 위에서 빨간 펜이 아직 발견되지 않은 착지점을 찾기라도 하듯이 공중을 떠돌고 있었다. 착지점을 여백에 마크하고 체크 시작. 그리고 아무렇게나 밑줄이 그어진다. 어디쯤일까, 한성삼의 머릿속에서 용지의 문장이 되살아난다. 마지막 4장까지 쭉 훑어보더니 좁은 이마에 새겨진 두 개의 주름을 일그러뜨리며 험상궂은 표정으로 말했다.

"한성삼!"

"예."

"넌 김일담을 알고 있겠지."

"김…일……?" 한성삼은 움찔하며 숨을 한 번 내쉬고 나서 대답했다. "예-."

"김일담과의 관계가 빠져 있는데, 왜 안 쓰는 건가?"

"교우 관계에 쓸 친구 레벨도 아니고 특히 관계라고 할 만한 것이 없습니다."

"뭣이! 네 아버지 한봉수와 동향으로 친한 관계이고, 너희들이 만든 문학동인 서클잡지에도 김일담은 관계가 있을 텐데."

"그런 관계는 아닙니다."

"이 자료에는 재일단체의 활동상황이 상세히 기록되어 있다. 한성삼을 포함한 문학동인 잡지 『해협(海峽)』의 이름도 멤버의 성명도 잘 나와 있어."

"김일담 선생님은 관계가 없고 멤버도 아닙니다."

"이 자식아! 김일담 선생님? 그 자식이, 그 빨갱이가 네 선생이로구나. 핫하하, 거 봐라, 이렇게 너의 본성이 탄로 나는 법이다. 김일담은 무서운 김일성주의자, 공산주의자다. 재일문화인이라는 자들 중에서 가장 악질적인 의식분자, 빨갱이, 반한분자다. 너희들 한학동 놈들은 수박이지만, 김일담은 진짜 빨갱이다. 솔직하게 다시 써!"

한성삼은 그렇지 않다, 김일담은 조총련과 관계가 없고 적대
시하고 있다고 말하려다 그만두었다. 통하지 않는다. 이번 연
행을 김일담과 연결시키려 하는지도 모른다. 설마. 한성삼은
오싹해졌다. 가능한 일이 아니다. 있을 수 없는 일이다.

수사관은 용지 4장을 움켜쥐더니 기세 좋게 반으로 찢고, 다
시 그걸 겹쳐서 보기도 싫다는 듯이 작게 찢었다. 그리고 소리
나게 뭉치더니 책상 위에 던졌다. 종이 공은 이내 무너지듯 펼
쳐지며 책상 모서리에 맞은 뒤 소리 없이 바닥에 떨어졌다.

한성삼은 숨을 죽이고 있다가 심호흡을 했다. 그 수 초간 그
는 의자에서 일어나 바닥에 떨어진 용지의 잔해를 주워야 하는
지, 무시해야 하는지 심각하게 고민했다. 종이를 주워! 고함이
날아올지도. 주워서 책상 위에 올려놓으면 찢긴 분풀이로 반항
한다고 생각할지도. 무서운 결단의 순간을 견뎌내고 그는 일어
섰다. 그리고 책상 위에 내던져진 몇 장인가의 새로운 용지를
손에 들고 벽 구석의 책상으로 돌아와 등받이에 몸을 기대는
것도 잊은 채 한동안 멍하니 벽을 응시했다. 호통 소리는 들리
지 않았다. 벽에 새겨진 거무튀튀한 형태가 흐릿해져 보인다.
그냥 오래된 벽에 생긴 커다란 얼룩으로 더러워졌을 뿐이다.

고쳐 쓰지 않아도 되는 곳까지 전부 다시 써야만 한다. 이미
머리에 전부 새겨져 있기 때문에 같은 내용을 반복하면서 손을

봐야 되겠지만, 김일담을 빨갱이이자 공산주의자라고 쓰는 일은, 한성삼도 그 영향을 받아서 수박, 겉은 파랗지만 속은 빨갱이, 빨갛다는 것이 되므로, 한성삼을 북한과 연결시킬 근거가 만들어지게 된다.

심술궂은 초등학교 작문 선생님도 이처럼 반복되는 첨삭은 하지 않을 것이다. 동석한 다른 수사관이 같은 심문을 반복한다. 다시 새로운 수사관이 오면 네 이름은, 본적은…… 하고 시작될 것이다.

용지를 찢어버린 눈앞의 수사관에게는 반복하는 작업이 타자를 자신의 지배하에 조금씩 끌어당기기 위한 괴롭힘의 음울한 쾌감이 아닐까. '자서전'의 작문으로 경력, 개인사를 더듬어가면서 수사관이 원하는 대로 반한분자로서의 활동을 자인하고 '자백'시키는 것이 목적이지만, 빨갱이―간첩으로 날조할 때까지 이렇게 긴 시간 같은 일을 반복시키는 것이 고문의 소프트판, 피를 동반하지 않는 사디즘이다. 같은 일의 영원한 반복. 고쳐 쓴 작문을 잡아 찢고는 다시 써! 하얀 종이를 앞에 놓고 볼펜을 잡은 한성삼은 피로로 두개골이 조여드는 머릿속에서, 몸이, 몇 겹이나 되는 콘크리트 벽이 벽 구석으로 압박해오는 가운데, 몸이, 아아, 여기에서 빠져 나가고 싶다. 밖으로 나가고 싶다. 한없이 두껍게 겹쳐져 있는 콘크리트 벽들을 종이보다 얇은 그림자가 되어 밖으로 빠져나가고 싶다. 몸부림쳐

보지만, 몸이 가위에 눌린 것처럼 굳어졌다.


# 10


벽 구석의 책상 앞에 앉아 졸고 있는 건지 깨어 있는 건지 알 수 없는 수면 상태 속에서 심장의 고동을 일으키는 톱니바퀴 하나가 덜컹 빠지며 호흡이 멎더니 가위에 눌렸다. 경직된 몸이 종이처럼 얇은 그림자가 되어 벽의 틈새, 벽과 문의 틈새를 빠져나간다. 그림자 뒤를 쫓으며 의식은 또렷했는데, 굳은 것처럼 뜨고 있는 눈을 다시 억지로 열기라도 하듯이 벽 구석에서 인간의 머리 모양을 한 형체가 크게 밀고 들어왔다. 쇠로 된 벽에 몸이 철판처럼 압축되면서 가슴을 조이는 질식의 순간이 다가와, 얼굴을 덮은 벽의 형체를 밀어내는 힘찬 비명을 지르는 순간, 뒤쪽에서 딱딱한 구둣발 소리와 함께 쿵! 하고 문이 닫히는 소리에 한성삼은 가위눌림으로부터 해방되었다. 몸에서 커다란 호흡이 다시 시작되고 주위 분위기가 바뀌었다.

그곳은 백주의 암흑은 아니었다. 백열전구의 조명이 있는 방이었다. KCIA의 방이다. 몇 겹이나 되는 벽 속의 KCIA 방에서, 이변, 가위에 눌리는 질식을 걷어 차내며 솟구쳐 나오는 비명이라는 기묘한 이변이 일어나지 않고 끝났다.

조각상의 일부처럼 경직된 손가락으로 볼펜을 쥐고 있던 한성삼은 몸을 움직여 볼펜을 책상 위에 놓았다. 심장이 깊은 고동을 시작했다. 다리미에 눌린 것처럼 한동안 몸을 움직이지 않았지만 호흡은 평온해져 있었다.

밤 전체가 무거운 덩어리처럼 머리 위에 펼쳐져 있었다.

재차, 두 번째로 문이 열리고 닫히는 소리에 깜짝 놀란 한성삼은 다시 한번 정신을 차리고 눈을 두세 번 깜빡였다. 아니, 잠들어 있지 않았다. 문을 여닫는 같은 소리가 귓속에서 메아리처럼 반복되었던 것이다. 방의 기척과 구둣발 소리는 수사관의 입실은 아닌 모양이다.

책상 옆 의자에 앉아 있던 감시원 곁으로 인사말을 건네며 걸어간 것은 새로운 감시원인 것 같았지만, 교대는 아니다. 감시원은 두 사람으로 늘었다.

한성삼은 볼펜을 쥐고 작문을 보충, 다시 쓰기 시작했다. 수사관의 맘에 들지 않으면 안 된다. 몇 겹이나 되는 벽과 마찬가지로 빠져나가는 것은 어렵다, 몇 번이고 찢어버릴 것이다. 아니, 찢는 대신 곤봉의 난타다.

지금 이렇게 KCIA의 방구석에 앉아 있는 것은 이상한 현실이다. 현실이라면 이상하다. 꿈은 아니다. 볼펜이 지면을 긁는 소리가 나고, 펜을 쥔 자신의 숨소리가 들린다. 왜 여기에서 이러고 있는가. 이상한 현실, 운명? 어떠한 말도 지금 여기에 있다는 것, 현실에는 들어맞지 않는다.

한성삼은 숨쉬기가 힘들어져서 두세 번 반복해 크게 호흡을 했다. 이것이 지금 존재하는, 어딘가에 존재하지 않으면 안 되는, 그렇게 지금 존재하는, 지금 달리 있을 수 없는 자신, 꿈이라면 꿈일 수밖에 없는 지금 존재하는 자신, 틀림없이 다른 존재를 생각할 수 없는 지금의 현실이다. 이상한 현실.

감시원이 방을 돌아다니다 등 뒤로 다가와 한성삼의 어깨 너머로 책상 위에 한글로 메워진 작문을 들여다본 뒤 나갔다.

지금까지의 심문에 의해 요점이 두 가지로 좁혀져 있음을 알았다. 하나는 10년 전의 한학동 활동이고, 그리고 마지막 수사관으로 나타나 '자서전'을 쓰라고 명령한 곤봉 남자가 언급한 김일담과의 관계였다.

한학동 활동은 어디까지나 재일 2세로서의 민족적 정체성 확립과, 조국 한국의 헌법 서문에도 명기되어 있는 4·19학생혁명 정신에 입각해 한국의 민주화를 요구한 활동이고, 대학의 한국문화연구회의 활동도 일본 고교 출신의 신입생을 대상으로 우리말을 중심으로 한 조국문화 계몽활동이었지 반한, 반국가활동은 아니다. 볼펜을 움직이면서 수사관이 명기하라고 지시한 것처럼 한학동에 대해 국가보안을 어지럽힌 반국가단체라고는 쓸 수 없었다. 명기하게 되면 국가보안을 어지럽히는 반국가활동을 규제하는 국가보안법 조항에 뭔가 적용된다는 것을 자인하는 결과가 되기 쉽다. 그러나 그것이 그들의 요구다.

그래서 수사관이 지적한 반정부 반권력 활동을 인정한 후에, 그것이 결과적으로 반국가적 활동이 된 것을 깊이 반성하며……라고 쓰고, 그러나 결코 한학동은 반국가단체도, 그 활동 자체가 반국가적 사상에 의한 것도 아니라고, 결국 수사관의 국가―대한민국과 정부―대한민국 정부는 같다는 일체론에 반하는 것을, 문제가 될 것 같다고 생각하면서 썼다. 국가와 정부는 같다고 하는 일체론, 정부와 국가는 같지 않다는 분리론, 어느 쪽을 써도 결과는 마찬가지가 될 것이다. 이거냐 저거냐. 더욱이 그 다음에 기다리고 있는 김일담 문제와 한학동 활동이야말로 이거냐 저거냐 양자택일이었다.

의외로 놀란 것은 수사관이 김일담을 문제로 삼아 그걸 한성삼과 연결시키려 한다는 점이었다. 생각할 수 없는 일이 일어난다. 고향 선배에 해당하는 아버지와 친한 것은 사실이지만, 자신과는 세대 차이도 있고 특별히 교류가 있는 것도 아니었다. 곤봉을 든 수사관은 찢어버린 작문의 교유관계 항목에 김일담이 들어가 있지 않다고 호통을 쳤지만, 한성삼은 그럴 필요를 느끼지 못했다. 문학자로서 경외하는 대상이지만, 일 년이나 이 년에 한 번 만날까 말까 하는 정도의 교류였고, 수년 전에 동인지 『해협』의 작은 강연회에 갔다가 나중에 그 강연 테이프를 재생한 내용을 동인지에 발표한 적은 있으나 그것도 옛날 일이었다. 도쿄에서 대학을 다니던 시절에 김일담의 집회 강연회에 참석한 적이 있다. 집회 뒤의 회식 등에 합류한 일이 있지만, 그것이 관계된단 말인가. 교유관계 항목에 김일담을……. 김일담이 친구인가. 친구와는 레벨이 다른 주제 넘는 일이다.

10년 전의 한학동 활동과는 별도로 김일담과의 관계를 강조하고 나온 것은 아무래도 한성삼의 10년 전 한학동 활동과 현재의 김일담을 연결시키려는 모양이라고 느꼈지만, 그렇다고 어떻게 하겠다는 것인지는 알 수 없다. 어쨌든 한성삼과 김일담의 관계에 초점을 맞추고 있다는 것만은 알았다. 국가와 정부의 분리, 혹은 일체의 '이거냐 저거냐'가 아니다. 김일담과의 관계 유무가 '이거냐 저거냐'가 된 듯하다. 두 개를 뭔가의 관계로 연결시킬 수 있을까. 아무 것도 없는데……? 김일담에게 한성삼이 모르는 뭔가가 있는 걸까. 국가 안의 국가. 뭐든할 수 있다. '국민'으로서의 인간은 KCIA의 손이 움직이는 대로 사용되는 도구, 장기의 말. "여자를 남자로, 남자를 여자로 바꿔 만드는 일 말고 KCIA에게 불가능한 일은 없다." 1960년 KCIA 설립 당초부터 한국 사회, 아니 재일 사회에까지 남산 지하실의 공포와 함께 농담처럼 유행하던 말인데, 그걸 국민에 대한 억압 장치의 선전효과로서 한국 정부 당국은 긍정적으로 평가했다. 무에서 유를 창조하는 것이 KCIA의 본질이라 해도 현실적으로 김일담과 한성삼의 관계를 뭔가의 목적을 위해 간첩? 설마 그렇게 날조할 수가 있을까. 어떻게? 뭔가 그런 작업을 위한 재료를 제공하는 위치에 지금의 자신이 서 있는 모양이다.

이 자식아! 김일담은 무서운 김일성주의자, 공산주의자다. 재일문화인이라는 자들 중에서 가장 악질적인 의식분자, 빨갱이, 반한분자다. 일관되게 한국 정부가 하는 일을 반대해 온 자다. 그 자식은 진짜, 너희들 한학동 놈들은 수박이지만, 김일담은 진짜 빨갱이다. 솔직하게 다시 써!

KCIA가 견원지간처럼 싫어하는 무서운 김일성주의자, 진짜 빨갱이와 한성삼을 연결시키려는 것은……. 이 작문이 어떤 작용을 일으키는 것일까? '기피인물' 김일담과의 관계를 왜 안 쓰는 거야, 솔직히 다시 써! 한성삼은 전율을 느끼며 볼펜을 책상 위에 놓고 손깍지를 꼈다. 눈을 감는다.

책상 위의 한글로 채워진 갱지가 수사관의 책상 위로 날아가 수사관의 손에 닿자마자 갱지는 순식간에 치켜든 곤봉으로 변하고, 한성삼은 자신도 모르게 양손으로 머리를 감싸며 눈을 떴다. 심장의 고동이 커져 있었지만, 숨을 죽이고 심호흡을 하면서 기분을 안정시켰다.

수사관의 책상 쪽을 바라보자 옆 의자에 앉아 있던 감시원 한 사람과 눈이 맞았다. 불침번이다. 여기 있는 자들은 영원한 불침번이다.

한성삼은 갑자기 양쪽 눈꺼풀이 무거워지면서 졸음이 밀려왔다. 볼펜을 고쳐 쥐고 눈을 깜빡인 침침한 눈에 벽 구석의 커다란 얼룩의 형체, 인간의 머리 모양이 들어왔다. 진짜 인간의 머리가 부딪친 흔적의 그림자, 반투명한 벽 속에 묻혀 있는 머리의 그림자인가. 45도 각도로 왼쪽을 바라보는 얼굴일까. 머리가 충돌해서 들어간 흔적이라면 깨지거나 해서 혈흔으로 거무칙칙한 자국이 남아 있을 것이다. 손가락으로 쓰다듬으면 꺼칠꺼칠하고 불투명한 감촉뿐이었다. 고문 방에 갇힌 인간의 망상이다.

제주도 정뜨르 비행장의 무수한 학살 사체가 매장된 거대한 지하 무덤. 지하에서 삐걱거리는 해골과 뼈들. 제트기가 이착륙할 때마다 삐걱거리고 부서지는 땅속 뼈들의 신음 소리. 밤의 사형장인 비행장을 오가는 남녀노소, 갓난아기, 아이들의 망령의 그림자. 무슨 이유로 몇십 년 동안이나, 정뜨르 비행장에서 스스로 구덩이를 파고 그곳에 아무렇게나 내던져져 생매장된 사람도 포함된 망자들이 지상으로 소생하지 못하는 것일까. 제주도 전체에 학살된 사체가 흩어져 있는데, 정뜨르 비행장만 해도 사망자 수를 정확히는 알 수 없지만 수백에서 수천 명에 달하는 망자들의 뼈가 묻힌 채로 있다고 한다. 일체의 기억이 망자와 함께 살아 있는 자까지 동반하여 지하 깊숙이 얼어붙은 죽음의 망각과 침묵으로 변한 학살의 섬, 제주도. 죽음의 섬.

도쿄 거주 동인 중심의 총 열 명. 1년에 2회 부정기적으로 발행하는 100쪽 미만의 동인지였는데, 도쿄 동인회가 주최하는 작은 모임에서 김일담이 그의 작품의 주제이기도 한 제주도 4·3사건에 대해 강연한 기록이 동인지에 발표되었다. 그것은 당시의 미국 점령군과 현재에 이르는 한국 군사독재 통치를 강하게 비판하는 내용으로, 철저하게 한국 정부를 반대한 것은 사실이었다.

김일담과 만난 것이 언제쯤인지도 금방 생각나지 않는다. 김일담은 친구 사이도 아니고, 아는 사이기는 하지만 일상적으로 만나는 사람은 아니어서, 그와의 관계를 수사관이 원하는 대로 쓰라고 해도 쓸 게 없었다. 그나마 확실한 것이 동인회에서 요청한 강연회 정도일 터였다. 그건 1980년 가을로 광주학살 사건이 있던 해라서 기억에 새롭다. 현재에 이르기까지 그래왔지만, 당시는 전두환 체제가 자리를 잡아가면서 영구 집권할 것처럼 보였기 때문인지 재일조선총련계 문화인이라고 하는 인사들이 대거 한국으로 기울어갔다. 김일담은 그렇지 않았기 때문에 한국 정부의 '기피인물'이 되었을 것이다.

남산으로 연행해온 목적은 무엇인가. 한성삼이 '빨갱이'라니, 서대문경찰서 사복형사가 빨갱이에게 무슨 체포영장이 필요하냐고 말한 것처럼, 뭐든지 빨갱이로 만들어낸다는 것일 게다. 제주도민은 모두 '빨갱이'라는 전제가 있다. 섬 주민들은 그 '빨갱이'라는 오명을 벗기 위해 필사적으로 살아왔다. 갑자기 문이 열리고 향수 냄새를 풍기면서 들어온 젊은 수사관이 여기는 재일간첩인가, 똑바로 해! 정말 엉뚱한 말을 새된 소리로 하고 나갔는데, 이미 한성삼은 재일간첩이었다. 있을 수 없는 일이, 지금 자신의 현실이 되고 보니, 왜 연행되었는지 점점 연행의 의미를 알 수 없게 되었다. 빨갱이가 아닌데 빨갱이로서 연행되어 빨갱이로 만들어진 뒤, 즉 기성사실로서의 빨갱이로 만든 뒤 재일간첩의 작성에 돌입한다. 재일간첩이라는 것을 증명할, 날조를 위한 연행이겠지만, 날조를 날조가 아니라는 증명, 조작을 위한 연행의 의미가 뒤섞여 알 수가 없다. 이건 의미가 아니다. 그러한 현실이다.

재일유학생 중에 연행된 사람은 모두 간첩용의자인 빨갱이다. 그리고 여기 있는 내가 재일간첩? 정말 이상한 일이다. 무엇 하나 현실성이 없다. 아직 간첩이 된 것은 아니지만 앞으로 그렇게 간첩으로 조작될 거니까, 날조된 간첩이라고 납득하려 해도 거짓이다, 거짓이라고 납득하려는 자신에게 현실성이 없다. 알 수가 없다. 알 수 없는 채로 쓴다. 쓰지 않으면 안 된다. 그리고 이것이 앞으로 뭔가의 물적 증거가 될 것이다.

뭘 어떻게 쓸 것인가. 무엇을, 수사관이 요구하고 있는 것을, 거짓으로 날조된 관계라도 쓸 것인가. 무엇을 쓰든, A라고 쓰든 B라고 쓰든 어차피 자신에게 돌아오기는 마찬가지다. 의식이다. 빨갱이, 간첩으로 가는 길, 내가 간첩? 말로만이 아니라, 밖의 한국 사회에서 법을 적용받는 실제 간첩? 한성삼은 몰려오던 졸음이 싹 가시면서 등줄기에 차가운 기운이 스치고 전신에 까칠까칠한 닭살이 돋는 것을 느꼈다. 전신을 뒤덮은 닭살이 사라지자 술에 취한 것처럼 졸음이 몰려왔다.

머리를 들고 눈을 뜬 뒤, 쥐고 있는 볼펜 끝의 움직임을 따라 흐려진 문자에 초점을 맞춘다. 문자의 획이 겹쳐지고, 흔들리는 모양이다. 특별한 것은 없다. 결국 친구 관계가 아닌 지인으로서의 재일작가 김일담과의 관계와 동인지에서 강연한 일 등을 포함해 용지 한 장 반이 조금 못 되는 분량으로 써넣는다.

같은 일을 반복해서 생각하고 제자리에서 맴도는 것은 졸음 탓이다. 전신이 좌우로, 졸음을 실은 무거운 머리를 올려놓고 흔들린다. 졸음이 소용돌이를 일으키면서 머리가 앞으로 푹 꺾이고, 강한 취기가 감긴 눈꺼풀 사이를 지나 머리 안쪽으로 흘러들었다. 소용돌이치던 졸음이 폭포처럼 물보라를 일으키며 깊은 웅덩이에 떨어졌다. 급격한 졸음의 습격이었다. 손가락에서 펜이 떨어지고 머리가 푹하고 앞으로 내리박혔다.

"이봐! 이봐! 자식아!"

……? 다가온 구둣발 소리에 찰나적인 졸음에서 깨어난 한성삼이 얼굴을 들어 올리는 순간, 뺨에 손바닥이 날아들었다. 한

성삼은 머리를 두세 번 흔들고 상대를 노려보면서 일어나려다 다시 앉았다.

두 사람의 감시원이 허리에 양손을 대고 장승처럼 우뚝 서 있다. 뺨을 때린 상대의 왼팔이 움직이더니 한성삼의 오른쪽 뺨에서 찰싹하는 소리가 났다. 한성삼은 왼쪽으로 쓰러지면서 엉덩이가 의자에서 떨어지려는 것을 양다리로 버틴 반동으로 자리에서 일어난 기세로 상대에게 덤벼들어 에이, 시발! 멱살을 잡고 마구 조였다. 앗, 불의의 습격을 받고 한순간 겁을 먹은 상대는 멱살 잡은 손을 움켜쥐고 상반신을 비틀면서 오른손을 허리에 찬 권총으로 가져갔다. 다른 한 사람이 고함을 지르며 한성삼을 다리후리기로 쓰러뜨리고 계속해서 구둣발로 걷어찼다. 이 자식이! 여기가 어디라고 까부는 거야! 이 새끼야! 맞아 죽어라! 핫하, 이 자식아! 두 사람이 바닥에 구르는 한성삼을 고함을 치며 좌우에서 마구 걷어차고, 짓밟고, 계속해서 걷어찼다.

두 사람이 한성삼의 옆구리를 걷어찬 뒤, 양쪽 겨드랑이에 팔을 넣어 들어 올리더니 반쯤 벗겨진 바지를 질질 끌다시피 수사관의 책상 앞 등받이가 없는 의자에 앉혔다.

"똑바로 눈 떠!"

손바닥이 일발, 날아들었다.

"다시 한번 해봐! 이 자식아!"

다시 반대쪽 뺨을 갈긴다.

한 사람이 책상 옆의 의자를 가지고 와 한성삼과 정면으로 마주보고 앉더니, 이 자식아, 여기는 조는 곳이 아니다, 졸음을 깨워줄 테니 똑바로 앉아 있어!

갑자기 감시원이 한성삼의 양 볼을 찰싹, 찰싹 때렸다. 그러더니 계속해서 번갈아 때리기 시작했다. 전력을 다해 때리는 것은 아니지만, 굵은 손가락이 볼에 파고든다.

"눈을 크게 뜨라고!"

눈을 뜨고 있자니 현기증이 날 정도로 얻어맞느라 목이 끊임없이 좌우로 방향이 바뀌는 바람에 목뼈가 비틀릴 것 같았다. 한 사람은 방을 순회하듯이 발소리를 내며 계속 걸었고, 한성삼과 마주앉아 맨 처음 뺨을 때리기 시작한 나중에 온 키 작은 남자는, 한성삼의 볼을 무슨 노리개라도 되는 것처럼 양손으로 계속 때렸다.

고통으로 일그러진 얼굴을 가만히 노려보면서 계속 때리는 것은 곤봉에 의한 구타보다도 굴욕적이다. 자신보다 젊은 놈이 빙긋이 웃으며 찰싹, 찰싹……. 박자를 맞추듯이 뺨을 계속 때린다. 다듬이질을 하듯 밤을 샐 것처럼 계속 때린다…….

얼마만큼의 시간이 흘러 벽 구석의 책상으로 되돌아왔을까. 시간도 동서남북도 없는 무중력의 부유 상태로 벽 구석에 앉아 있다.

손을 볼에 대자 열이 나는 것이 부어 있는 듯했지만 상처는 나지 않았다. 코피도 없다. 때리는 방법에도 기술이 있어 조절을 하는 모양이다. 통증을 느끼는 세포가 고장 나 버렸는지 아프지도 않았다. 뺨보다도 발길질을 당한 허리와 등이 아팠다. 뺨을 맞는데 상당한 시간이 흐른 건 아닐까. 몇 번이나 맞았을까. 한 번에 1초, 60번이면 1분, 100분이면 6천 번*. 한 시간이 지났을까 두 시간이 지났을까. 아픔도 더 이상의 굴욕도 없다. 얼굴의 양 볼을 오가는 뺨따귀의 영원한 반복, 아니 단지 길게 늘인 한 번의 영원한 뺨따귀뿐. 그 뺨을 때리는 소리도 소리가 아닌, 함석지붕을 계속 때리는 장맛비처럼 영원한 연속의, 단지 한 개의 연속된……. 무감각, 마비가 살아있는 상태. 한 시간인지 두 시간인지 시간을 묻지 마라. 어떻게 시간을 알 수 있나? 시간이 없는 시간에. 무슨 한 시간 두 시간이란 말인가. 24시간은 아닐 것이다. 24시간이 어떤 시간일까. 지금은 시간이 용해되어 없다. 기억 속 시간의 분절로부터 한 시간이 나왔을 뿐이다.

벽 구석에 몸을 붙이고 시간이 없는, 무중력의 부유 상태에서 감시원의 눈을 의식하며 갱지를 문자로 메워나갔다. 비밀로할 필요도 없는 기억에 있는 일들을 쓰면 된다. 그 이상의 일은

* 원본에는 6백 번으로 되어 있으나 1분에 60번이기 때문에 6천 번으로 번역했음.

뭔가 창작이라도 하지 않는 한 쓸 수가 없다. 구타를 당한 양 볼의 열은 사라지고, 익은 감처럼 부어올랐던 붓기도 빠진 듯 통증이 가셨다.

볼펜을 잡은 지 한 시간인가. 그 정도 시간이라고 하고, 겨우 작문을 완성했다. 볼펜을 책상 위에 놓는 순간, 기다리고 있던 격한 수마(睡魔)의 심연에 전신이 거의 빨려들 것만 같았다. 흔들린다. 어두운 머릿속이 심하게 흔들린다. 한성삼은 눈을 크게 뜨고 수마를 떨쳐내기 위해 의자에서 일어났다. 수사관의 책상 주위에 있는 두 감시원을 바라보며 가까이 있는 처음에 뺨을 때린 남자에게 화장실에 가야겠다고 말했다.

"화장실?"

화장실을 가고 싶다는 게 이상한가? 두 사람은 얼굴을 마주 보았다.

한성삼에게 눈짓을 한 뒤 단신의 남자가 앞서고 그 뒤에 한 성삼, 그리고 또 한 사람이 뒤따랐다. 문을 연 순간, 같은 복도 의 비스듬히 마주보는 방 근처에서 신음 소리가 단속적으로 들 리고 있었다. 으윽, 으윽, 으억, 어억……. 뭔가 구토라도 하고 있는 것일까. 바닥을 울리는 구둣발 소리가 난다. 곤봉 소리는 들리지 않는다. 복도를 빠져나가 왼쪽으로 돌았다. 감시원 사 이에 낀 한성삼은 바지의 허리 부분을 들어 올리며 걸었다. 허 리 한쪽이 욱신거렸으나 걷는 데는 지장이 없었다. 오랜만에

264

밖을 걸어 오른쪽으로 엘리베이터가 보이는 복도 막다른 곳의 우측 화장실로 들어갔다. 문을 열어 놓은 채 감시원은 복도에 섰다. 화장실은 대소변 겸용의 서양식으로 넓지는 않았다. 쇠 창살의 창문이 있었다. 한성삼은 빨려들 듯이 창문의 네모난 구멍을 올려다보았다. 쇠창살 너머는 어둠이었다. 별의 반짝임은 없었다. 밖의 빛을 가로막은 벽, 인접한 건물의 벽은 아니다. 바람이 들어온다. 밤이다. 아직 낮에 이은 밤인 것이다. 새벽이 다 되었나. 설마 두 번째 밤은 아니겠지. 같은 밤. 최초의 밤. 하룻밤이 지난 낮에 이어지는 두 번째 밤은 아니다. 불침번인 감시원이 교대할 아침을 아직 맞이하지 않고 있었다. 창문의 바람과 함께 시간이 들어왔다. 낮에는 가을 하늘처럼 높고 맑았던 것을 떠올렸다. Y대학에서 윤상기를 만난 것은 캠퍼스의 포플러 가로수길을 걸어 아벤트에 갔던 이 밤이 오기 전의 낮이었다는 것이 생각났다. 화장실의 쇠창살 창문으로 시간이 돌아왔다. 심호흡을 한 뒤, 그래, 여기는 남산의 숲이다. 남산의 흘러드는 맛있는 공기를 들이마셨다. 벽에 손을 대고 밀어 보았다. 이 벽 하나 건너편은 밖의 세계다, 서울의 거리.

바다 저쪽, 현해탄 너머 일본에 있는 아내와 아들, 부모의 얼굴이 창밖의 어둠 저편에 있었다.

언제, 여기에서 밖의 공기 속으로 나갈 수 있나? 여기에서 나간다? 아직 괜찮겠지만, 구속이 길어지면 아내가 새로 들어간 하숙집에 전화를 해올 것이다. 행방불명⋯⋯.

"빨리 나와!"

한성삼은 심호흡을 반복한 뒤 바지를 들어 올리며 화장실 밖으로 나왔다.

복도 막다른 곳의 엘리베이터 쪽으로 심문실이 늘어선 두 번째 복도에 접어들었을 때 끄으, 끄끄으⋯⋯. 윽, 윽, 억, 으윽, 윽⋯⋯. 여자 목소리가, 성대가 파열된 듯한 절규가 면도날처럼 귀에 파고들며 가슴을 도려냈다. 자신도 모르게 한성삼은 숨을 죽이고 멈춰 섰다. 발이 움직이지 않는다. 숨이 막혔다. 으, 으, 윽, 입을 틀어막은 것인가. 아악, 아아악⋯⋯. 거꾸로 매달린 갓난아기의 목소리다.

"이봐, 가!"

구둣발로 발을 채였다. 복도로 들어가 안쪽의 심문실로 향한다. 으음, 으흠, 고문자의 으르렁거리는 소리가 들린다.

심문실의 문이 열리고 벽 구석의 의자가 아니라, 조금 전과 마찬가지로 수사관의 책상 앞 의자에 앉혀졌다. 고문실의 목소리는 작아졌지만 여전히 들리고 있었다. 작아진 만큼 오히려 잘 들렸다. 감시원은 화장실에 가기 전과 마찬가지로 등받이가 있는 의자에 앉아 한성삼과 마주했다. 그냥 마주보고 앉아 있다. 작문의 작업이 끝났기 때문에 앉아 있는 일이 작문을 대신했다. 아직 밤인 것이다. 아직 날이 새지 않았다. 하루 정도 자지 않아도 어떻게 되지는 않는다. 그러나 수마가 찾아온다. 이상하게도 불가항력적으로 습격해온다. 단애 절벽에서 심연을 들여다볼 때의 빨려 들어가는 추락감, 조금이라도 발이 어긋나 헛디디는 순간 떨어져 내려간다……. 뺨따귀가 시작될지도 모른다. 잠들지 못하게, 아니 굴욕감에 빠지도록, 반항할 수 없는 일방적이고 지속적인 폭력으로 굴욕감을 마비시켜 정신을 말살하기 위해. 돌이 되자. 다듬잇돌이 되자. 눈을 감으면, 손이 날아온다. 눈을 떠! 아직 날이 새지 않았는데 졸음이 눈꺼풀 뒤로 다시 밀려온다.

문이 열리고 갑자기 수사관이 올지도 모른다. 한성삼은 그걸 원했다. 졸음이 날아갈 것이다. 눈꺼풀을 덮는 졸음이 사라질 것이다. 수사관은 언제 오는 것일까.

밤바람이 들어오는 화장실의 어두운 창문을 올려다본 것만으로도 시간이 없는 부유 상태에서 시간의 감각이 돌아온 것 같고, 어둠 속에 마라톤을 달리다가 어딘가의 중계점 표식을 만진 듯한 지금의 현실감에 잠시나마 숨통이 트인 느낌이다.

시야가 흐려지는가 싶더니, 순간적인 수마의 습격으로 눈꺼풀 뒤에 있는 화장실의 어두운 창문으로 빨려 들어가는 듯한 추락감에 흔들리며 떨어지는 머리를 일으켜 세웠다. 바로 앞에 감시원의 그림자가 앉아 있었다.

불침번인 감시원은 한성삼의 앞에 앉아 졸려던 한성삼을 상체가 반대편으로 넘어갈 정도로 세차게 뺨을 때렸다.

깊은 안개 너머의 일처럼 복도 반대편 쪽에서 벽을 투과해 들려오는 격한 외침, 비명이 몇 겹이나 되는 공기의 벽을 빠져나오듯이 끊일락 말락 꿈속일까, 함께 잠으로 이끌려 들어가는 것처럼 들리고 있었다.

돌이 되어, 다듬잇돌이 되어, 인간의 혼이 빠져나간 껍데기가 되어 얼마나 지났을까. 이미 시간의 감각은 용해되었다. 긴 시간이다.

갑자기 문이 열리고, 마주 앉아 졸고 있던 감시원이 튀어오를 듯이 기립, 다른 한 사람과 함께 문으로 들어온 남자를 맞이했다. 묵직한 구둣발 소리가 다가오고, 뭔가 색다른 냄새, 향수는 아니고 체취 같은 비릿한 냄새가 나는 걸 느낀 한성삼은 비틀거리며 일어났다.

주변의 공기를 흔들 듯이 거구의 수사관, 레슬러 같은 체격에 가죽점퍼를 입은 남자가 정면의 책상 너머에 털썩 앉았다. 같은 가죽점퍼인데 어제는 냄새가 나지 않았다. 어험, 음…….

"앉아!"

수사관은 고함을 쳤다.

한성삼은 머릿속 졸음의 막이 걷히고 잠이 깼다. 작문을 다 쓰고 졸음을 쫓아내기 위해 수사관이 왔으면 좋겠다고 내심 바랐지만, 인정사정없는 가죽점퍼의 남자까지는 생각하지 못했다. 양복 차림의 곤봉을 든 남자가 뒤따라올 것이다.

의자에 앉은 한성삼은 상반신을 똑바로 세우고 자신을 노려보고 있는, 콧구멍이 옆으로 불룩한 납작코에다 험악하고 충혈된 눈초리의 수사관 쪽을 보았다. 책상 위에 서류 같은 건 없다. 빈손이었다. 어느새 담배 케이스가 나와 있었다. 라이터가 있다. 벽 구석의 '자서전' 작문을 가져올까 생각했지만, 수사관은 아무런 말도 하지 않았다.

"네 이름은?"

최초의 심문 같은, 의식의 시작이었다.

"한성삼입니다."

"주소는?"

"서울특별시 서대문구 C동……."

"일본의 주소는?"

한성삼은 수사관들의 같은 내용으로 반복되는 모든 심문에 답했다.

심문자의 앞에 서류가 있어 그것과 대조하는 게 아니라, 같은 일을 지금 처음 묻는 것처럼, 더구나 피심문자에게 긴장감을 불러일으키는 어투로 반복했다. 날짜가 바뀌면 같은 일이 새롭게 느껴지는 것일까. 질리는 기색도 없이, 아마도 방에 들어올 때까지와는 다른 격식 차린 표정과 말투로 수사관은, 이번의 한국 입국의 목적은? 하고 물었다.

한성삼은 순간적으로 놀라 자세를 고치고 새로운 심문에, 모국 유학을 위해서라고 대답했다. 목적? 한국 유학의 목적은? 그들이 목표로 삼고 있는 지점으로 서서히 압박해 들어오는 모양이다. 10년 전인 1974년에 Y대에 입학했지만, 가정 사정으로 자퇴를 한 뒤, 이번에는 재입학을 위해 왔다고, 지금까지 진술한 대로의 사실을 말했다.

"음, Y대학에 재입학하기 위해 10년이 지나 한국에 들어왔다는 거로군."

"예-, 그렇습니다."

10년이 지나……. 새롭게 들렸다. 입학 목적과 10년 지난 것이 관계있는 일인가.

문손잡이를 돌리는 견고한 소리가 들린 뒤 방으로 들어온 것은 양복 차림의 곤봉 남자였다. 두꺼운 서류 뭉치를 안고 있던 그는 상사인 수사관의 책상 위에 정중하게 내려놓고 옆에 있는 의자에 앉았다. 부하가 나중에 들어오는 것은 순서가 잘못된 거 아닌가. 아니, 짐을 들고 나중에 따라온 것이다. 두 사람의 감시원이 경례를 하고 방에서 나갔다.

상황이 이전과, 최초와 마찬가지로 된 모양이다. 아마도 이미 날이 밝았을 터이니, 폭력의 폭풍은 어제의 일이다. 어제의 상황이 다시 찾아온 듯하다. 언제 날아들지 모를 곤봉을 각오해야만 한다. 각오를 상상하는 것만으로도 온몸에 전율이 스쳤다.

"한성삼, 넌 한성삼이지."

수사관은 침이 반짝거리는 두꺼운 입술을 움직여 탁한 목소리로 말했다.

"예."

어제와 마찬가지다.

"넌 왜 여기로 불려왔는지 그 이유는 알았나?"

"예."

한국 입국의 목적은 더 이상 묻지 않는다.

"어떤 이유지?"

"예, 이유가 있으니까 연행돼왔습니다······."

"뭐라고?" 순간 가슴이 철렁했으나 그대로 수사관은 말을 계속했다. "어떤 이유 말인가?"

양복 차림의 곤봉 남자는 책상 옆에 그대로 앉아 있었다.

"10년 전 일본·도쿄의 대학시절에 한학동에 참가했던 때의 활동이 반정부활동이었고, 그리고 그것이 결과적으로 반국가 활동이 되었다는 점, 그게 이유라는 걸 알았습니다."

'자서전'의 작문에 쓴 대로 말했다. 언제 어느 때 서기 대신 앉아 있는 곤봉 남자가 일어나 벽에 세워둔 곤봉을 들고 휘두를지 알 수 없었다. 등의 신경이 곤봉의 구타에 대응하기 위해 수런거리는 것을 의식하면서, 그때는 그때라고 새삼 각오하고 있었지만, 자신의 어조가 수사관 쪽을 향해 흐르고 있음을 알

왔다. 너무 흐른다.

이 자식아! 하는 호통이 날아오지 않을까 반사적인 자세를 취하고 있었지만, 수사관은 부하 쪽을 보고 두세 마디 말을 나누더니, 한성삼, 너 자서전을 썼나? 하고 맥 빠지는 말을 했다.

한성삼은 등받이가 없는 의자에서 일어나 방구석의 작은 책상으로 갔다가 갱지를 들고 돌아와서는 수사관의 차가운 철제 책상 위에 놓았다.

수사관은 작문을 손에 들고 한 장씩 넘겨 대충 훑어보았는데, 내용은 읽고 있지 않았다. 찢어진 종이 뭉치가 날아오지는 않는다.

"흐음, 여기에 불려온 이유는 알았다고? 네가 과거 일본에서 반국가활동을 한 게 이유라는 걸 알았다는 거지."

"예."

순간적으로 반국가가 아니다, 반정부활동이지만 결과적으로 그렇게 되었다고 대답하려 했지만, 상대를 자극하는 것이 두려워 그만두었다. 깊이 반성하고 있다고 덧붙일 여지도 없었다. 어제와 태도가 바뀌어 있었지만 언제 폭력적으로 변할지 알 수 없다. 작문에 쓴 것을 입으로 말했을 뿐이다.

"대한민국 국민은 설령 일본에 살고 있다 하더라도 김일성과 그 지지자들에 대해 철저하게 싸워야만 한다. 그것이 조국에 대한 애국심이라는 것이다. 너희들은 김일성주의자 놈들에

동조하여 반국가활동을 해왔다. 그 증거가 이거다!" 수사관이
언성을 높이며 눈앞의 서류를 탕! 하고 쳤다. "음, 그리고 네가
10년이 지난 지금, 한국에 입국한 목적은 대학 재입학을 위해
서라고 했나?"

"예."

"그것뿐인가? 솔직히 말해."

"……?" 한성삼은 움찔하며 무심코 수사관의 얼굴을 보았다.
소리 없는 희미한 웃음에 가까운 잔인한 표정이 얼굴 아래쪽에
감돌았다. 그것뿐인가? 라는 건 무슨 뜻이냐고 되묻지는 않았
다. 이 자식이! 즉시 곤봉이 날아올 것이다. 솔직히 말해. 위협
적인 말투였다. "예-, 그렇습니다."

"흐음, 흥……."

그것만이 아니라는 뜻이다. 그러나 그것밖에 없었다.

아무 일도 없었다. 수사관은 서기 대신에 앉아 있던 부하를
향해 가볍게 뭔가 고개를 끄덕이며 담배를 물고 라이터 불을
붙였다.

부하 수사관이 자리에서 일어나 상사 앞에 있는 작문을 공
손하게 들어 올렸다. 그리고 자신 앞에 놓았다. 그 남자에 의해
작문은 다시 찢겨버려질 것이다.

신사풍의 수사관이 주장한 반정부, 반국가와 관련된 국가와
정부의 일체론은 나오지 않았다.

문이 조용히 열리는가 싶더니 카트가 들어오면서 식사 냄새
가 나고, 오른쪽 눈 끝에 어제와 같은 감시원이 아닌 젊은 남자
가 식사를 담은 쟁반을 벽 구석의 작은 책상에 놓는 것이 보였
다. 식사가 나온다. 개, 인간 개에게 먹이를 주기 위해 식사가
나온다. 두 번째의 식사. 조식인지 중식인지, 저녁은 아니겠지
만 식사가 나왔다. 젊은 남자는 뭔가 접어서 갠 의복 같은 것을
들고 수사관의 책상 쪽으로 오더니 양복 차림의 수사관 앞에
놓았다.

　"이봐, 한성삼, 이걸로 갈아입어."

　"……?"

　곤봉 남자가 상하로 보이는 갠 옷을 한성삼 쪽으로 던졌다.
정확히 한성삼의 가지런히 모은 무릎 위에 떨어지는 것을 양손
으로 받았다. 탈의실이 있을 리 없다. 한성삼은 수사관이 있는
책상에 등을 돌리고 벽, 곤봉, 손잡이 부분을 접착테이프로 감
아 검게 빛나는 곤봉을 세워둔 벽을 향해 재킷과 벨트가 없는
바지를 벗고, 그 대신 상하의 하늘색 수인복을 입었다. 한성삼
은 수인. 무슨 수인. 바지허리에는 고무줄이 들어가 있어서 허
리를 조이는 것이 좋았다. 알맹이가 빠져나간 상하의 양복은
젊은이가 집어 들어 카트에 싣고 방을 나갔다.

　"이런, 제법 잘 어울리는군."

　부하 수사관은 뻣뻣한 머리로 덮인 좁은 이마의 두꺼운 두

줄의 주름을 위아래로 움직이며 웃었다. 수인복. 나와 무슨 관계가 있단 말인가. 한순간, 장기수……, 신문에서 자주 보던 한국판 정치범 장기수, 절망적인 단어가 떠오른다. 관계없는 일. 여기는 어딘가? 형무소는 아니지만 똑같은 곳. 장기 체재. 몇 겹이나 겹쳐진 벽 밖에 다시 커다란 벽이 둘러쳐진 듯하다. 숨이 막혔다.

레슬러 같은 수사관의 큰 몸이 움직이며 일어섰다. 부하도 상사를 따라 일어서는 것을 한성삼은 멍하니 바라보았다.

"이 자식이! 뭘 보고 있어! 일어나!"

뻣뻣한 머리털의 수사관이 한성삼의 앞을 가로질러 큰 걸음으로 벽 쪽에 다가가더니 곤봉을 손에 들고 막 일어서는 한성삼의 엉덩이를 겨냥해 후려갈겼다. 엉덩이에서 벗어나 아래쪽 허벅지를 직격했다. 아, 앗! 오금에 경련이 일어나고 무릎 관절이 빠진 것 같은 충격으로 그 자리에서 다리가 꺾이며 한성삼은 무릎을 꿇었다.

눈 아래에 지면이 아닌, 더럽고 닳아빠진 다갈색 마룻바닥의 광경이 펼쳐지듯 눈에 가득 들어왔다. 또 다른 일격 전에 한 손을 대고 일어나면서 뭔가 맹렬하게 분노가 끓어올랐는데, 그것을 억제하느라 더러운 바닥을 노려본 채 금방 일어나지 못했다. 옆의 의자 다리를 잡아당겨 휘두르려고 뻗었던 한쪽 손을 되돌리고 또 다른 일격이 날아오기 전에, 수사관들의 바늘 같은 시선을 등에 느끼며 양 손을 짚고 일어났다. 저린 발을 움직여 의자 위에 엉덩이를 올려놓았다.

책상을 벗어난 수사관이 방을 나갔다.

곤봉 남자 수사관이 책상의 주인이 되어 정면의 의자에 일단 앉았다 일어서더니, 상반신을 내밀어 책상의 대각선 방향에 놓인 한성삼의 겹쳐진 네 장의 작문을 두세 번 끌어당겨 손에 들었다. 그리고는 한동안 읽는 듯하다가, 갑자기 한성삼, 하고 책상 너머로 노려보며 큰소리로 말했다. 배고프겠지, 밥 먹어, 든든히 뱃속에 넣어 둬.

한성삼은 일어나, 습관이 된 손으로 바지 허리춤을 끌어올릴 필요도 없이, 곤봉의 일격이 가해진 엉덩이 아래가 당기는 것을 움직여 개집이 있어도 좋을 만한 벽 구석의 작은 책상 앞으로 갔다. 등받이가 있는 의자에 앉아 책상 위 쟁반에 놓인 물컵을 들고 등받이에 기대면서 천천히 마셨다. 물, 물, 물…… 물이 소리를 내고 있었다.

식사는 쌀과 보리가 섞인 밥, 국, 변색된 것처럼 윤기가 없는 어묵 세 조각, 김치, 전에는 있던 정어리는 없었다. 어묵, 정어리는 원래 한국인은 먹지 않는다. 날조된 간첩용의로 연행된 재일유학생을 위한 것, 다수의 재일 관련 인간이 남산 건물에 수용되어 있는지도 모른다.

배고프겠지. 든든히 뱃속에 넣어 둬. 말 그대로 배가 고팠다.

몇 시인가. 조식인가, 중식인가. 천천히 씹어서, 식사로 시간을 벌기라도 하려는 것처럼, 어제의 정어리를 먹고 싶다고 생각하면서 다 먹었다.

앞으로, 어떻게 되나? 뭘 어떻게 한단 말인가. 묘한 생각이었다. 마치 철학적 사색의 한순간처럼 묘한 느낌의, 앞으로 어떻게 하나? 다른, 또 다른 한성삼의 머리를 스치며 지나간 뇌의 움직임이었다. 여기는 KCIA, 심문실을 겸한 고문실이다.

어떻게 되고 말고 할 것도 없다……. 등받이에 상반신을 기분 좋게 기대고 있자니, 현기증 같은 취기, 센 술이 돌기라도 하듯이 양 눈으로 침입한 졸음이 눈꺼풀 뒤쪽을 미끄덩 빠져나가 머릿속으로, 현기증을 일으키며 밀려들었다. 순간, 발을 헛디뎌 떨어지듯이 잠의 깊은 구멍으로 몸 전체가 빨려들어 간다. 가라앉았다. 깊이 가라앉았다.

……한. 성. 삼. 한성삼…….

한성삼은 놀라 일어났다. 어딘가로 쓰러질 것만 같았다. 마치 폭력 같은 잠, 잠의 구멍 깊이, 쿵하고 떨어지는 듯한 잠, 한순간의 쾌락 같은 잠. 한성삼은 왼쪽 수사관을 보았다. 그리고 연무가 낀 눈을 껌뻑이며 고개를 똑바로 세운 뒤 수사관의 책상을 향했다.

# 11

열린 눈 안쪽에서 졸음이 순간의 잠을 획득하기 위해 바깥공기를 쐰 양쪽 눈꺼풀을 끌어내리려 안간힘을 썼다. 수사관의 얼굴 윤곽은 또렷이 눈에 들어와 있었다.

"한성삼." 수사관은 한성삼이 의자 위에 위태롭게 엉덩이를 올려놓는 순간, 호통을 쳤다. "넌 Y대학로에 있는 아벤트를 알고 있나?"

"⋯⋯예."

Y대학로에 있는 아벤트가, 한성삼의 혈류가 정지된 상태의 머릿속으로 올 때까지는 시간이 걸렸다. 아벤트, 이건 화장실의 어두운 창밖으로 밤이 오기 전의 쾌청했던 어제 일이 아닌가. 서대문경찰서 사복형사의 미행이다.

"거기에서 있었던 일을 말해봐."

거기에서 있었던 일? 무슨 일이 있었나? 김포공항⋯⋯. 윤상기와 만났을 뿐이었다.

"Y대학 한국어연수원에 다니는 윤상기라는 재일유학생과 만나 커피를 마셨습니다."

"커피를 마시면서 뭘 했지?"

"아무것도 하지 않았습니다."

커피를 마시면서 뭘 했냐고?

"넌 학생들이 있는 다방에서 당당하게 반한, 친북적인 발언을 후배 학생에게 했잖아."

"......?"

반한, 친북? 갑자기 창문을 깨고 날아 들어온 돌멩이 같은 이야기다. 한성삼은 그런 일은 없다고 부정했다. 그리고 커피를 마시면서 둘이 이야기를 나눈 것은, 윤상기 학생의 앞으로 1년간의 연수원생활과 내년의 Y대학 입학에 관한 잡담을 나눈 정도이고, 그러한 반한, 친북적 발언은 생각지도 못한 일이라고 대답했다.

"넌 시치미를 떼고 있어."

"아니요, 그렇지 않습니다."

뭐라고 대답을 해야 좋단 말인가. 거짓이고 진실이고 간에 더 이상 할 말이 없다.

"아니라고? 넌 후배 학생에게 무슨 교육을 하고 있었지?"

"......?" 알 수가 없다. 설마...... "윤상기가 체포되었습니까?"

"윤상기...... 핫핫, 이 자식이, 그게 걱정이냐. 뭔가 자백이라도 했을 거라고 생각하나. 우리는 송사리는 건들지 않아. 한국어연수원의 외국인유학생을 상대로 공작하는 바보가 있을까. 넌 후배 학생에게 무슨 세뇌공작을 하려 했나?"

"......?" 안심했다. 윤상기의 체포는 없었던 것이다. "무슨 일인지 모르겠습니다. 이해할 수 없습니다."

역시 서대문경찰서의 사복형사가 아벤트까지 들어와 미행을 했던 것이다. 그자가 날조된 보고서를 제출했다. Y대학로를 줄곧 따라오다가 검은 자동차에 밀어 넣은 점퍼 차림의 남자다. 분명히 대화 중에 '의식적'이라든가 '사상적'이라는 단어는 갑자기 나왔지만 의미가 전혀 다르다.

"오호, 이해가 안 된다. 이 자식, 여기에 불려온 이유는 잘 이해했겠지. 음, 곤봉 맛을 봐야 이해한단 말이지!"

수사관은 상반신을 꼿꼿이 세우고 천천히 일어나 뒤쪽 벽에 걸어둔 곤봉의 손잡이 부분을 잡더니, 그냥 멍하니 앉아 있는 한성삼 쪽으로 다가와 양손을 머리 위에 올리고 있는 한성삼의 등을 향해 갑자기 곤봉을 내리쳤다. 곤봉 소리가 작렬하며 등 전체로 퍼졌다. 한성삼은 구부린 등을 튀어 오르듯이 되돌리며 의자에서 엉덩이가 떨어지지 않도록 안간힘을 썼다. 순간적으로 호흡이 멎으며 비명이 터져 나왔다.

"자식아, 똑바로 앉아!" 수사관은 곤봉을 한 손에 쥔 채 소리를 질렀다. 한성삼은 또 다른 일격에 대비해 상반신을 경직시키며 등받이가 없는 의자 한가운데에 고쳐 앉았다. "넌 재일 민단의 유학생이 사상적으로 타락하여 유학이 의식화되어 있지 않다, 반한, 반정부 인식, 사상이 의식화되어 있지 않기 때문에 타락했다고 말했지. 모두 부자들의 방탕한 자식들이라 한국에서 열심히 공부할 마음이 없다, 놀고만 다닌다든가, 한국 유학을 북괴의 사상으로 의식화하지 않았기 때문에 그렇게 된다고, 조총련과 북한공산 패거리의 사상을 찬양 고무시키는 짓을 후배 학생에게 세뇌를 위해 빨갱이 교육을 시켰잖아. 이 자식아, 국외공산주의 활동을 찬양 고무한 죄로 그 자리에서 체포, 연행된 거야."

"……?" 빨갱이 교육? 이곳이 KCIA의 날조 공장이라는 것을 알면서도, 한순간 무슨 말인지 영문을 알지 못했다. 몇 초 후, 겨우 '사상' '의식적'이라는 말의 의미가 비틀린 회로를 지나면서 날조의 근거가 되었다는 것을 알았다. 서대문경찰서 사복형사가 도청한 내용을 반한, 반정부사상과 연결시킨 것이다. 한국에서는 정부가 만들어낸 '의식화'='반한, 반정부'라는 등식이 있고, 의식화나 사상적이라는 단어는 주의가 필요하며, 의식분자는 사상—공산주의사상의 의식분자를 의미한다. 곤봉은 여전히 수사관의 한 손에 쥐어져 있는 상태다. 아니라고 하면 곤봉의 끝이 바닥을 치고 나올 것이다. "아닙니다. 아니라기보다 없었던 일입니다. 무슨 일인지 모르겠습니다."

"뭐라, 몰라, 이해가 안가?"

"이야기가 너무 달라서 잘 모르겠습니다. 빨갱이 교육을 했다든가, 반한, 반정부사상의 의식화 이야기를 한 적이 없어서, 말의 의미를 모르겠습니다."

"내 말이 틀렸다는 건가!"

"그런 게 아니라, 사실과 다릅니다."

"그렇지 않다, 다르다……?"

"그 전의 정보제공자의 잘못입니다."

말이 없는 세계. 날조된 내용을 합리화시키기 위한 말의 세계다.

"정보제공자? 누가 정보제공자란 말이냐. 이 자식아, 정보를 팔고 다니는 깡패와는 달라. 정보경찰이야. 이 자식은 여전히 변명만 늘어놓는군. 한 번 더 당하고 싶나. 이 자식이!"

수사관은 칵 하고 침을 바닥에 뱉고는 구둣발로 비볐다. 수사관은 곤봉을 손에 든 채 책상 너머로 돌아가 등 뒤 벽에 곤봉을 걸고 나서 의자에 앉았다. 그리고 작문을 손에 들더니 한성삼과 비교라도 하듯이 흘낏 그에게 시선을 던졌다.

"김일담과의 관계는 이것뿐인가?"

"……예."

최초의 작문은 김일담과의 관계가 쓰여 있지 않아 찢어버려졌다.

"넌 솔직하게 쓰라는 말이 귀에 들어오지 않는 거냐?"

"알고 있습니다. 원래 깊은 교제가 없는 김일담과의 관계는 그 범위를 넘어가지 않습니다."

"뭐야? 그 범위를 넘어가지 않는다. 그 범위가 이것뿐인가? 많이 있을 텐데. 이번 10년 만의 한국 입국과 관련해서 김일담

282

과 상의하지 않았다고, 응, 자식아……."

침이 엉켜 목에 걸린 것인지 목소리가 끊어졌지만, 곤봉에 손을 대지는 않았다.

"……? 없습니다. 그런 일은 없습니다."

"어험, 누구나 처음에는 그렇게 말하지. 그러다가 정직해진 다. 다 털어놔. 좀 더 상세하고 알기 쉽게 써. 1980년 가을에 너희 동인지가 주최한 김일담 강연회가 있었다고 썼는데, 1980년 가을의 몇 월이라는 건가? 9월인지, 10월인지, 11월인지를 쓰라고. 회장에서의 토론내용, 해산 후에 당연히 회식이 있었겠지. 회식에서의 김일담의 발언 등, 네가 과거 한학동의 반국가적 활동에 대한 깊은 반성의 입장에서 그걸 쓰란 말이야. 김일담의 영향, 그 자식의 사상, 언동으로부터의 영향, 네가 영향을 받은 사상, 마르크스라든가 모택동의 책을 읽었을 거 아냐, 그 밖의 좌익서적의 책 이름을 구체적으로 써. 그것이 반국가적 사상을 지니고 반국가적 활동에 참가한 원천이었으며, 북한 괴뢰 집단의 빨갱이 선전에 현혹되어 반국가적 반역의 죄를 범했다는 걸 깊이 반성하고 있다고 쓰는 거야." 수사관은 또 다른한 장을 손에 들었다. "넌 한학동의 활동이 반정부 반권력 활동이지만, 한학동은 결코 반국가단체는 아니다, 그 활동은 반국가사상에 의한 것이 아니라는 헛소리를 뻔뻔하게 쓰고 있어……. 엉!" 수사관은 갑자기 어투를 바꾸며 주먹으로 책상을 쳤다. "한성삼! 백 번, 반복해서 써!"

"……"

내심 각오하고 있던 곤봉은 날아오지 않았다.

"듣고 있나!"

"예."

수사관은 김일담과의 관계에 해당하는 부분 한 장을 양손으로 뭉쳐서 책상 위에 내던지고는 의자에서 일어났다.

동시에 문이 열리고 검은 양복의 남자가 들어오더니 책상 옆에 멈춰 서서 교대라도 하듯이 수사관과 인사를 나눴다. 수사관은 책상에서 벗어나 방을 나갔다. 검은 양복의 남자는 바지 주머니에 양손을 찔러 넣고 좁은 공간을 발소리를 울리며 걸었다. 책상과 문 쪽을 몇 번인가 왕복하다가 도중에 한성삼 쪽으로 다가오더니 바지의 손을 빼 갑자기 한성삼의 뺨을 때리고 나서 아무 일도 없었다는 듯이 떠났다. 한성삼은 무슨 일이 일어난 것인지 영문을 알 수 없었다. 졸고 있었던 것도 아니다. 남자가 좁은 방 안을 걸어 다니는 것이 보였고, 그 검은 그림자가 자신에게 다가오는 것도 눈에 들어왔던 것이다. 남자는 산책하던 도중에 돌멩이라도 걷어차듯이 사람의 얼굴을 그야말로 조롱하듯이 때렸다. 맹렬하게 화가 솟구쳐 올라 의자에서 일어나는 바람에 공중에 뜬 무거운 엉덩이를 다시 의자로 되돌렸다.

헛허, 헛, 쓴 침과 웃음이 나왔다.

남자는 잠시 뒤에 정면의 책상으로 가더니 의자에 털썩 앉았다. 새로운 수사관으로 교대되었다. 남자는 잠자코 서류 한 권을 손에 들고 들여다보기도 했지만 이내 본래 있던 자리에 다시 놓고, 정면 책상 너머에 번호표가 붙어 있지 않은 수인복을 입고 등받이가 없는 의자에 앉아 있는 한성삼을 노려보듯 잠자코 보았다.

시선을 거둔 남자는 책상 위에 구르고 있던 작문 종이 뭉치를 손에 들더니, 천천히 소리를 내며 주름을 펼쳐 열어본 뒤 다시 뭉쳐서 원래의 장소에 놓았다. 그리고는 무료한 듯 남은 작문을 넘기고 있었는데, 심문을 위한 건 아닌 듯싶었다. 수사관이 아니다. 수사관의 동료일 것이다. 마치 지루함이라도 달래려 훌쩍 들른 것 같다. 좀 전에 뺨을 때린 것은 뭔가. 마치 개구쟁이, 동네 불량배다. 잠시 자리를 지키려고 온 모양이다.

불시에 뺨을 맞은 볼은 무지근하게 열을 띠고 있었지만 아프지는 않았다. 수사관들의 구타와는 달리 뭐라 형용하기 어려운, 잊기 어려운 굴욕적인 기분이 가슴을 찌르는 뺨따귀였다.

검은 양복의 남자는 책상 위에서 뭔가 서류를 펼쳐 보고 있었다. 5부로 깎은 머리에 사십이 가까운 거무스름한 얼굴의 스포츠형 남자로 곤봉 남자와 동년배일 것이다.

갑자기 주위 공기가 무거워지면서 만조처럼 밀려왔다. 졸음이다. 만조의 파도에 흔들리며 머리가 앞으로 떨어졌다. 정신이 번쩍 들어 눈을 떴을 때, 책상 너머 검은 양복을 입은 남자의 시선과 마주쳤으나, 남자는 눈을 서류로 돌렸다.

의식화……. 반한, 반정부사상이 의식화되어 있지 않은 탓에 타락하여 한국유학을 와서도 놀기만 하고 공부를 하지 않는다. 한국과 일본의 '의식'이라는 말 사용법의 차이, 뉘앙스의 차이를 알게 되었지만, 이건 한국 정부의 말의 조작, 그들이 '의식'의 내용을 그와 같은 정치적 의미로 조작해서 만들어 버렸다. '의식' '사상'은 위험인물이 사용하는 단어. '의식'은 모두 '공산주의'적 의식으로 연결된다. '의식적인 연극 활동'이라고 하면 반정부 반체제 연극 활동으로 전용된다는 말인데, 그것이 설마 아벤트에서 유학생의 신분을 의식하지 않는다든가 사상적으로 타락했다든가 하는 윤상기와의 대화의 단편이 북한에 대한 '찬양고무'가 되고, 모든 것이 반한, 반국가적 사상, 의식으로 연결되어 간첩 성립의 재료가 된다…….

한성삼은 상반신이 기울어져 의자에서 엉덩이가 떨어질 뻔했다. 검은 옷을 입은 남자는 심술궂은 것인지 온정적인 것인지, 감시원이었다면 즉시 뺨따귀를 때릴 판인데 의자에 앉은 채 서류를 보며 담배를 피우고 있었다.

문이 열리고 수사관이 들어왔다. 검은 옷의 남자는 정면의 의자를 수사관에게 내주고 책상 옆에 있는 의자로 옮겼다.

수사관이 한성삼을 불러 갱지 다발을 건넸다. 한성삼은 책상 앞에서 개집이 있을 만한 벽 구석의 책상으로 갔다. 자리에서 일어나 바로 걸으려 하자 중심이 잡히지 않는다. 개처럼 엎드려 네 발로 기어가고 싶다. 그는 벽 구석의 의자에 앉아 등을 천천히 기대면서 심호흡을 했다. 잠시 눈을 감는다. 이미 눈꺼풀 주위의 속눈썹 끝에까지 졸음이 매달려 있다. 백 번 반복해서 써! 흠, 그는 눈을 떴다. 웃음소리가 들렸다. 두 사람의 동료가 책상 위에 담배연기를 퍼뜨리면서 물고기처럼 입을 움직이고 있었다.

이번이, 이것이 마지막, 백 회째로 결정적인 국면을 맞을 것이다. 담당관이 된 듯한 곤봉 남자가 의도하는바 역시 이전의 두 수사관의 의향과 다르지 않기 때문에 분명해졌는데, 이것을 토대로 조서, 진술서가 작성될 것이다.

KCIA가 의도하는 대로 쓰는 진술서. 그 의향에서 벗어나면 구두에 맞춰 발을 깎아내기 위한 제재가 시작된다.

작문은 전체를 처음부터 다시 쓴다. 김일담과의 관계 등 지적받은 사항 외에는 같은 내용을 써도 되지만, 힘이 빠진 팔과 손가락으로 졸음 탓에 충혈 된 눈이 명령하는 대로 반복해서 볼펜을 움직이는 일은 쇳덩어리를 움직이는 일만큼이나 힘들었다. 문자가 흐트러지는 바람에 같은 획을 덧쓰면서 지저분해지는 모양이 마치 술꾼이 운전대를 잡고 행간에 문자를 메워가

는 것 같았다. 잘못 써서 종이를 버리는 일도 있겠지만 몇 장이
나 그래서는 안 된다.

김일담과의 관계는 가능한 한 자세히 써 넣어야 되는데, 수
사관이 바라는 바를 자신의 자발적인 의사로서, 강요가 아닌
스스로 원하는 바가 수사관의 의도에 부합된 것처럼 써야만 한
다. 그것이 재일 간첩 날조를 위한 뭔가의 재료가 된다면 뭘 어
떻게 쓰든 마찬가지겠지만, 자신이 알고 있는 범위 내에서 쓸
수밖에 없다. 무슨 창작이라면 몰라도 쓸 방법이 없다.

작문을 언제 다 끝낼지 알 수 없다. 두 시간 후일까 세 시간
후일까. 네 시간 후일까. 그 두 시간, 세 시간, 네 시간의 분량
을 알 수 없지만, 작문이 수사관의 책상 위에 제출되고 나서 새
로운 뭔가의 결말을 향해 움직임이 시작된다.

머리가 멍하니 움직이지 않는다. 혈액의 흐름이 정체되어 있
는 느낌이다. 목덜미가 경직되고, 머릿속 공간에 안개의 입자
들이 몽롱하게 채워져 있었다. 구타당한 몸이 욱신거리는 것인
지, 수많은 벌레들의 수런거림이 고통의 음악처럼 소란을 피운
다. 환청, 귀 밖이 아니다. 몸 안이다. 지금, 자기 자신의 책상
앞에서 자신을 꿈꾸고 있는 것은 아닐까. 보고 있는 것은 현실
속의 나다. 보이고 있는 것은 꿈을 꾸고 있는 나 자신을 포함해
꿈이 아닐까. 지금은 졸리다. 잠을 못 자 꿈을 꿀 자유가 없다.
잠을 재우지 않기 때문에 꿈에게 장소를 제공할 수가 없다. 눈

을 뜬 채 꿈을 꾼다, 백일몽. 환영의 현실. 작문에 발이 돋아나 움직이기 시작한다. 새로운 뭔가의 결말을 향해 움직임이 시작된다.

움직임의 저편은 지옥의 문. 보일 듯 보이지 않는다. 거대한 톱날 모양을 한 단두대의 그림자가 몇 겹이나 되는 콘크리트 벽을 투과해 보인다. 수많은 민주화투사를 거대한 톱날로 물고 들어간 서대문, 마포, 인천…… 교도소의 사형장. 그림자 너머는 벽이 없는 어두운 공간이다.

눈앞의 벽에 있는 인간의 머리 그림자 같은 형체가 맹렬한 기세로 부딪친 실제 인간의 머리 흔적 같아 보인다. 흐릿하게 펼쳐진 시야 속에 머리 모양의 흔적이 부조처럼 보였지만, 손가락으로 누르자 원래대로 꺼져 들어간 형태가 된다. 실제로 이 현장에서 인간의 머리가 부딪쳐 파열되기 직전의 흔적이 아닐까. 책상 아래에 감춰진 벽 구석 부분에는 등신대의 인간 그림자가 배어 있을 것이다. 히로시마 원폭의 섬광을 가로막은, 건물의 콘크리트 현관 위에 남아 있는 망자의 형체.

무수한 학생, 청년들이 연행되어 무방비 상태로 고문에 노출되어 있는 곳. 곤봉에 의한 구타는 시작일 뿐이고, 고문이라면 전기고문, 다른 건 고문의 축에도 끼지 못한다는 말을 10년 전인 74년 Y대학 입학 당시 학생들로부터 들은 적이 있다. 복도를 사이에 둔 세 갈래 통로로 가는, 출구와 가까운 대각선 방

근처에서 경련을 일으키듯 들리던 여자의 무서운 비명은 전기
고문일 것이다. 고문의 등급은 어떻게 결정되는 걸까. 물고문,
거꾸로 매달아 놓고 콧구멍으로 고춧가루 물을 주입, 남성 성
기를 로프로 묶어 잡아당기는 고문, 알몸 상태의 구타는 수치
심을 드러내 인격을 파괴, 살해한다…….

74년은 7월의 민청학련 사건으로 김지하 등이 사형선고를
받을 무렵이다. 어제 왔던 인텔리풍의 수사관이 74년 4월 3일
의 데모에 참가했지 않았느냐고 유도심문을 했었는데, 이 가공
의 데모 참가도 백 번을 반복해 쓰는 이 작문의 제출과 함께 사
건화될 것이다.

옆방에서 절규, 데굴데굴 구르는 듯한 비명, 고문관인 듯한
고함이 들려온다. 바로 벽 하나 사이의 옆이다. 새로운 상품이,
요리하기 쉬운 재일 관계자가 연행되어온 것일까. 한성삼은 침
을, 목에 걸려 떨어지지 않는 침을 삼켰다.

손을, 손가락을 움직인다. 작문을 다시 쓴다. 끝도 없이 백
번을 고쳐 쓴다. 철사처럼 굽은 팔과 손가락으로 지팡이 대신
볼펜을 잡고 어디를 가려 하는가. 짙은 안개 속을 가야 하는데
길이 없다. 머릿속에도 짙은 안개가 펼쳐져 있다. 하나의 불빛
아래 문자 같은 것이 나열된 종이가 떠오르고 있다. 작문이 끝
난 뒤의, 뭔가의 결말, 종말도 그 지옥의 문도 보이지 않는다.

앞으로 어떻게 한다? 어떻게 하는 게 아니다. 주위가 보이지

않는 안개 속에서 어떻게 할 수 있는 게 아니다. 어떻게 되나? 될 대로 된다…….

벽도 책상도 벽 구석의 그림자도, 인간의 그림자까지 모든 것이 깊은 안개 밑바닥으로 빨려 들어갔다.

털썩, 깊은 잠에 빠졌다. 다시 잠에 빠졌다.

잠을 깬 것은 퀴퀴하게 쉰 냄새가 배어 있고 곳곳이 찢어져 스프링이 튀어나온 침대 위였다. 등받이 없는 의자가 아니라 침대 위에서 자고 있었던 것이다. 아무도 없다. 심문실은, 침대가 아닌 책상 앞 의자에서 잠에 빠져들곤 하던 심문실은 어디로 간 것일까. 심문실에서 이쪽으로 잠이 깨기 전에 옮겨져 있었다. 복도 건너 별실로 두 사람에게 질질 끌리다시피, 등받이가 없는 의자로부터 옮겨진 것이다.

침대 위에서 일어나려 했지만, 등짝에 철판이 붙은 것처럼 움직이지 않는다. 칙칙한 회색 방음장치 쿠션으로 불룩해진 비닐을 붙인 서너 평 되는 심문실과 같은 크기의 방이었는데, 문 출입구로부터 정면의 벽을 등지고 책상과 여러 개의 의자가 있었다.

어느 정도 시간이 흘렀을까. 식사를 한 기억이 난다. 그리고 심문과 곤봉으로 구타당한 기억이 수인복 아래에서 되살아났다. 두 개의 방에서 계속 얻어맞다가 결국은 침대에 내던져진 것이다.

깊은 죽음과 같은 잠에서 눈을 떴다, 아니 한순간의 잠이었다. 한성삼, 한성삼……! 하는 강철 같은 목소리에 진흙탕에서 기어 나오듯이 눈을 뜬 순간 빛의 별세계는 사라지고, 심문실에서 한성삼, 이 자식, 한성삼! 하는 고함 소리.

"한성삼, 백 번 고쳐 쓴 작문이 이 모양인가. 넌 한학동 활동을 여전히 반국가적 활동이 아니라고 뻔뻔스럽게 반정부적 언사를 늘어놓고 있어. 반한, 반정부활동은 인정하지만, 반국가 활동은 아니라고 말도 안 되는 소리를 지껄이고 있는데, 이 자식아, 넌 어디 사는 인간이냐. 음, 한학동은 말이다, 음, 대학에 조직된 한국문화연구회는 우리말, 우리문화 연구를 구실로 모국 유학 교포 자제를 한국에 침투시키는 공작원 양성의 거점이란 말이다."

"아닙니다."

"아닙니다? 이 자식."

수사관이 언성을 높이자 검은 양복의 남자가 곤봉을 치켜들어 한성삼의 등을 내리쳤다. 한성삼은 앞으로 꼬꾸라졌던 반동에 의해 뒤로 크게 젖혀졌지만, 이를 악물고 있었던지 입안에서 피가 나는 듯했다.

"넌 1974년 Y대학에 입학한 뒤 10년이나 지나 한국에 입국한 목적이 Y대학의 재입학이라고 하는데, 솔직히 불어! 넌 이번 한국입국에 앞서 김일담과 만났겠지?"

"……?" 한성삼은 얼굴을 들고 기름이 고인 것처럼 번들거리는 눈초리의 수사관 쪽을 보았다. "그런 일 없습니다. 없는 일이 어떻게 있을 수 있겠습니까?"

"아니, 요 자식이!"

검은 양복의 남자가 으르렁거리며 다시 한번 곤봉을 휘둘렀다. 앗, 욱욱…… 수사관보다는 힘을 빼고 있었다.

"넌 Y대학 입학을 구실로, Y대학을 거점으로 하는 학원침투 공작을 위해 한국에 입국했다."

"아닙니다." 한성삼은 자리에서 일어나 되는 대로 지껄이는 수사관의 입을 보며 말했다. "그런 일은 저와는 관계없는 일입니다."

"뭐, 관계가 없어? 이 자식, 어디까지 시치미 뗄 작정이야!"

곤봉이 한성삼의 하반신, 장딴지를 가격했다. 강렬하게 저리는 전류가 하반신에서 머리로 올라와 한성삼은 그 자리에 무릎을 꿇고 엎어졌다.

책상을 벗어나는 발소리가 나고 수사관이 한성삼에게 다가오더니 곤봉을 동료에게 뺏어들고는 엎드려 있는 한성삼의 엉덩이에 일격을 가했다. 한성삼이 비명을 지르며 그대로 바닥에 개구리처럼 사지를 뻗자, 다시 계속해서 곤봉을 내리쳤다. 그리고 분명히 사정을 봐가면서 몇 차례 엉덩이를 때리더니 곤봉을 동료에게 건넨 뒤 자신의 자리로 돌아갔다.

심문은 일방적으로 이루어졌다. 뭔가의 용의 사실을 부정해도 아랑곳하지 않고 수사관의 의도대로 대답을 못 하는 경우에는 곤봉이 날아왔다. 그리고 북괴공작원과 관계를 가진 조총련 계통 북괴공산분자, 재일문화인 중에서도 가장 악랄한 의식분자, 빨갱이 분자인 김일담과는 평소의 접촉을 통해서 문학적으로도 사상적으로도 깊이 영향을 받고 있었지만, 그 김일담과 올해 2월 도쿄 모처에서 2회에 걸쳐 접선. 김일담의 지시로 남한 학원침투 공작을 위해 Y대학 입학이라는 구실로 한국 입국을 달성했다…… 등등. 줄거리는 우려했던 최악의 방향으로 흘렀다. 게다가 대한민국 국민은 설령 일본에 있다 하더라도 김일성 도배의 흑색사상 지지자에 대해 철두철미 적대의식을 지니고 싸워야만 한다. 그것이 대한민국에 대한 충성심이자 국민으로서의 애국심, 의무이다……. 이걸 토대로 해서 고쳐 써, 그걸 진술서로 삼는다…….

열리지 않는 튼튼한 철문을 맨주먹으로 두드리는 것처럼, 이치에 맞고 안 맞고의 문제가 아니다, 있을 수 없는 현실이, 지금 눈앞에 있는 현실. 움직이지 않는다. 어떻게 될까가 아니다, 어떻게 되나? 이렇게 된다. 호흡곤란으로 숨이 막힐 것 같았다. 서서히 공간을 좁혀오는 압축된 쇠 벽에 둘러싸여 숨이 갑갑하다. 한성삼은 벽 구석의 책상 위에 고쳐 써야 할 작문과 새

로운 갱지 다발을 겹쳐 놓고, 납덩이처럼 무거운 상체를 의자
에 앉힌 뒤 등받이에 기댔다. 쓸 수가 없다. 몸도 마음도 움직
이지 않는다.

얼마나 시간이 흘렀을까. 아침인지 밤인지도 알 수가 없다.
침대 위에 겨우 상체를 일으켰을 때, 문밖에서 인기척이 나고
열린 문으로 수사관과 감시원이 들어왔다.

"일어나! 잘 잤겠지. 지금부터 재미있는 곳으로 데리고 가
주겠다."

침대에서 일어난 한성삼은 두 사람 사이에 끼어 방을 나와,
엘리베이터로 4층에서 1층 홀로 내려갔다. 아아, 언젠가 왔던
길이다. 홀에서 옆 건물로 가로지르는 현관 밖은 밝은 낮이었
다. 유리문 너머로 하늘이, 파란 하늘이 보였다. 2층 건물의 홀
로 들어가자, 엘리베이터 앞에서 감시원에게 오른쪽 팔을 꽉
잡힌 채 멈춰 섰다.

엘리베이터는 2층이 아니라, 지하 1층에서 내렸다. KCIA의
지하실. 죽음의 지하실. 설마 여기까지 올 줄은, 이제 이곳에서
나가지 못하는 게 아닐까. 순간적인 현기증이 끝나기도 전에
엘리베이터를 나와 지하의 어느 방으로 끌려들어갔다. 두 평
남짓한 좁은 방의 양쪽 벽에 책상과 작은 간이침대, 방 가운데
에 철제 의자가 있었는데, 한성삼은 갑자기 그곳에 앉혀져 양

쪽 손목을 팔걸이에, 양쪽 발을 의자 앞다리에 묶였다.

"이 자식아! 지하실 지하 저승에서 잘 생각해봐."

갑자기 의자가 덜커덩 움직이더니 발밑으로 구멍이 뚫린 것
처럼 네모난 지하의 공간을 하강하기 시작했다. 형태가 없는
어두운 공간을 떨어져 내린다. 저승, 저승……, 좁은 공간에 울
려 퍼지는 목소리와 함께 전기장치의 시끄러운 소음을 타고 죽
음의 냄새가 나는 어둠 속으로 떨어져 내린다. 발밑을 격하게
흐르는 물소리가 들린다. 공간의 위쪽에서 검은 돌덩이 같은
목소리가 돌팔매질을 하듯 떨어진다. 거기는 저승이다, 이 자
식아, 거기는 한강으로 흘러드는 하수도다. 거기로 떨어지면
그대로 한강으로 흘러가 물고기 밥이 되어 사라진다. 저승으로
떨어지는 거다. 북괴 공산주의자 김일담의 지령으로 입국한 남
한침투 공작을 전부 실토해라……. 저승, 저승……. 검은 돌덩
어리 같은 목소리 돌멩이가 머리 위로 떨어져 내려온다. 세차
게 흐르는 물소리가 공간을 기어 올라온다. 전기장치의 으르렁
거리는 소리가 사라지고 귀머거리가 된 것처럼 아무런 소리도
들리지 않는다. 어둠의 돌이다. 세차게 흐르는 물줄기. 전기장
치의 의자는 공중에 매달린 채로 있다. 지하 하수도로부터 어
두운 공간의 벽을 기어오르는 뱀 무리의 환각에 시달리면서 어
느 정도의 시간이 흘렀을까. 철제 의자가 지하실로 끌어올려졌
을 때, 한성삼은 냉동고에서 나온 것처럼 완전히 얼어버려 입

에서 목소리가 나오지 않았다. 오줌을 지렸는지 사타구니가 젖어 있었다.

백열전구의 빛을 받으며, 두 개의 눈이 눈두덩이 안쪽으로 깊이 들어가 있는 것이, 떨어져 있는 또 다른 자신에게 보였다.

지하실에서 지상으로 나와 바깥 공기를 쐬고, 다시 엘리베이터로 4층으로 올라가는 사이에 제정신으로 돌아온 한성삼은 침대가 있는 방의 수사관이 앉은 책상 앞 의자에 앉혀졌다. 감시원은 일단 방에 들어왔다가 나갔다.

수사관 옆에 접착테이프를 감은 곤봉이 세워져 있었는데, 좀 전의 심문실에서 가져온 것이다. 이 방에서도 구타를 당했다. 양쪽 손목이 아픈 것은 지하실의 어두운 공간에서 철제 의자의 팔걸이에 묶인 손목을 움직이기 위해 무의식적으로 발버둥을 친 모양이다. 만일 손목의 줄과 다리의 속박을 풀었다면 의자에서 더 깊은 나락으로 낙하, 지하의 하수도를 통해 한강으로 바다로 향하고 있을 것이 틀림없다. 하수도의 물이 흐르는 수런거림 속에서 보이지 않는 공간의 벽을 타고 뱀의 무리가 기어 올라오는 환상에 사로잡힌 한성삼은 머리 위에서 웃음소리가 들릴 정도로 무슨 말인지 절규하고 있었다. 저승, 저승, 죽음, 죽음, 죽음이다. 수십 마리의 뱀을 풀어놓은 좁은 콘크리트 방에 여학생을 가둔 뒤 항문이나 음부에 뱀을 삽입하거나……(직무수행을 위한 강간은 문제 삼지 않는다.), 여학생에 대한 성고문 이야기가 떼를 지은 뱀의 환각으로 변해 공간의 벽을 기어 올라온다. 한성삼은 몸부림을 치면서 얽혀 붙는 뱀들을 잡아떼고 있었다……

"한성삼, 네가 여기 남산에 온 것은 사악한 북괴 흑색사상을 씻어내고, 어엿한 대한민국 국민이 되어 유일무이한 조국에 충성을 다하는 인간으로 거듭나기 위해서다. 그것이 본관의 임무이자 책임이다." 수사관 앞에 서류 다발이 옮겨져 있었다. "너의 사상 형성은 어떻게 이루어졌는가. 한학동에서 반한 반정부, 절대독재 반대의 슬로건을 내걸고, 대한민국 국민이면서 일본이라는 외국에서 얼마나 집회와 데모를 반복해왔는지, 얼마나 북괴 독재체제에 경도되고 그 사상을 지지하며, 그리고 재일공작원에게 포섭되었나 하는 것이다. 김일담은 그 공작망에 소속된 공산분자다. 넌 김일담의 지시 아래 이번 한국 입국을 달성했다……"

수사관은 강제가 아닌, 본인 스스로의 진술로서 인정하라고 요구했다.

한성삼은 입술이 떨리며 예…… 하고 입을 열려 했지만, 떨림이 멈추고 머리가 옆으로 세게 흔들렸다. 입이 열리지 않았다.

수사관이 탕 하고 책상을 치며 일어났다. 그리고는 곤봉을 들고 큰 걸음으로 다가오더니 발로 의자다리를 걷어차 쓰러뜨리고 굴러 떨어진 한성삼의 등을 곤봉으로 후려쳤다. 의자 등받이가 거치적거린 모양이다. 얻어맞고 일어나 도망치려는 한성삼의 엉덩이를 계속해서 내리쳤다. 흐흥, 이 자식! 흐흥, 이 자식! 입을 안 열어, 입을 열어주겠다! 입을 찢어주겠어!

수사관은 곤봉으로 내려치고 구둣발로 차다가 필사적으로 상반신을 일으키는 한성삼의 얼굴을 조롱하듯 손바닥으로 때리며 구타를 계속했다. 죽지 않도록 적당히 조절을 하고 있었지만, 상대가 구타에 반응하지 않고 한동안 움직임을 멈추면 순식간에 안색을 바꾸며 곤봉으로 옆구리를 찔러 내장을 도려내듯 휘젓게 되는데, 죽지 않은 한 삼십 센티 정도는 튀어 오른다. 거기에 또 폭력을 가한다. 이 자식아! 개새끼야! 입을 열어! 입을 열기는커녕 숨을 쉬지도 못하는 한성삼을 향해 고함치듯 소리를 지르며 에잇, 어험, 입에 거품을 물고 땀을 반짝이며 이 자식!

이미 어린애처럼 저항도 못 하고 손으로 머리를 감싼 채 몸부림치는 한성삼을 계속해서 구타했다. 애원하고 목숨을 구걸하는 어린애를 단지 그 때문에 매를 들어 계속 때리는 것처럼, 비명을 지르면 지를수록 불타오르는 불에 기름을 붓듯이 흥분, 격앙, 눈을 반짝이며 희열의 포효를 하고, 발을 구르며 계속 매질을 한다. 더 이상 심문이 아니다. 구타의 궁극적인 기학과 파괴의 쾌감. 저항할 수 없는 상대의 육체 깊숙이 파괴의 촉수가 밀려들어가 접촉하는 무상의 쾌감. 때리는 자와 맞는 자가 일체가 되어, 파괴하는 자와 파괴당하는 자가 파괴되어 해체되고 파괴하는 자와 일체가 되어 그곳에서 발하는 강렬한 장기(瘴氣)에 파괴자는 도취된다.

이 자식아, 여기가 어딘 줄 알고! 여기는 남산이다, 요 자식, 내가 누군 줄 알고! 대한민국에 절대충성을 다하는 대공수사국의 추. 성준, 추·성준!

구둣발로 번갈아 엉덩이를 차고 머리를 짓밟으며 절대충성! 잠시 멈춰 서서 심호흡을 하더니 다시 곤봉을 휘둘러 장딴지를 때리고, 허벅지를 때리고, 단말마의 가련한 모습에 희열의 탄성을 지른다. 충성! 충성! 절대충성!

인간의 육체와 정신을 파괴하는 기쁨, 때려 부수는 쾌감, 구타당하는 자는 육체의 호흡이 멎는다. 통증의 감각이 멎는다. 통증을 통증으로서 감각할 수 없다. 통증의 연속, 구타에 반응하는 통증에 틈을 주지 않는다. 다음에 반응할 통증에 틈을 주지 않는다. 구타의 연속, 통증의 감각에 틈을 주지 않는 수평의 영원한 구타. 몸이 경직되고 호흡곤란의 질식 상태로부터 폭발……

아함! 에잇, 이놈은 고집이 세군. 그런 놈의 고기가 맛있어! 때려! 살을 깊숙이 도려내! 아이고, 고문관 나리, 때려, 세게 쳐! 곤봉에 들러붙은 핏덩이를 떼어내 핥아라! 쾌락의 지옥으로 떨어져라! 좀 더 때려라! 피가 뿜어져 나올 때까지 때려, 얼굴에 튄 피를 핥을 때까지 구타해! 장미 향기를 흩뿌리고 때려라! 왓핫하, 이것이 지옥이라면 지상에 지옥은 없다. 쾌락의 지옥은 영원하다. 멍, 멍! 으윽, 으윽, 멍! 멍멍! 한성삼은 네 발로 기며 개가 짖는 소리를 내고 돌아다녔다. 이 자식! 수사관은 잡은 돼지의 다리를 잡아끌 듯이 한성삼의 한쪽 다리를 잡아끌고 다녔다.

떨어진다, 앗, 떨어진다. 또 떨어진다. 죽음이 뭔지 알 수 없다. 지금이, 순간이 떨어진다, 죽음에 떨어진다. 아앗, 죽여라, 죽여줘. 부서진다, 부서져. 이런, 너의 종말은 내 기쁨의 종말. 너는 죽고, 그리고 죽지 않는다, 나의 쾌감이 계속되는 한. 너의 죽음은 내 쾌감의 종말, 지상의 지옥, 나의 죽음이다. 이런, 나와 넌 일체, 에잇, 죽어라! 죽지 마! 죽음, 일어나, 도망쳐라! 에잇, 에잇, 짐승의 포효, 골수에 파고드는 고문관의 외침.

한성삼은 방에서 끌려나와, 복도로, 어딘지 복도를 나와, 몇 개나 복도를 돌며 올라갔다가 내려와 나온 곳은 주위의 벽도 기둥도 사라진 넓은 공간. 불그스름한 갈색으로 변색된 가운데 노란 반점이 있는 낙엽이 눈처럼 쌓인 숲 속의 벌판.

고문관은 벌판의 낙엽을 말아 올리고 차내면서 곤봉을 휘둘렀다. 한성삼은 네 발로 기며 짖었다. 아이고, 고문관 나리, 넌 왜 이런 짓을 하는 거냐. 왜 날 이렇게 괴롭히는 거냐. 어떻게 이런 짓을 할 수 있나, 왜 이런 짓을 하느냐고? 한성삼, 네가 있기 때문이다. 내가 있기 때문이다. 너와 난 일체다, 아니고 이런, 난 미칠 것 같아! 내가 하는 게 아니야. 내 뒤에 있는 신이 그렇게 시키는 거다. 운명이다. 너와 나의 팔자, 네가 없으면 이 벌판의 나는 없다. 이것이 현실, 이 순간, 달리 바꿀 수 없는 현실, 꿈이 아니다! 살을 깊이 도려내라! 곤봉의 핏덩이를 먹어라! 네 등 뒤에 있는 신은 권력이다. 무서운 권력의 성, KCIA의 성이다. 조만간 성이 와르르 무너지고 산산조각으로 흩어져, 애당초 혼이 없는 너의 육체와 뼈도 내 육체와 뼈처럼 산산조각으로 흩어져, 절대·충성! 이 새끼! 개새끼, 빨갱이, 제주 빨갱이 새끼, 너를 만든 아비, 어미도 개새끼, 제주 빨갱이 새끼야! 한성삼이 일어나더니 이빨을 드러낸 채 맹렬한 기세로 고문관에게 덤벼들었다. 목을 물어뜯어 죽여버리겠다……. 고문관은 깊숙한 낙엽 속 뭔가에 발이 걸려 넘어지면서 벗겨진 한쪽 구두로 한성삼의 왼쪽 볼을 후려갈겼다. 한성삼이, 그리고 고문관도 낙엽이 쌓인 그 자리에 쓰러졌다.

한성삼은 밝은 방의 이동식 침대 위에 눕혀져 있었다. 약품의, 소독용 알코올의 냄새가 나는 것이 병원의 병실이라고 생각했다. 전신이 욱신거리고 경직된 몸이 침대에 용해되어 들러붙은 것처럼 움직이지 않는다. 정신을 차리고 보니 가슴 부분이 가죽 벨트로 침대에 묶여 있었다.

얼굴의 왼쪽 반절이 두꺼운 가제로 덮여 있었고 왼쪽 볼에서

턱에 걸쳐 격통이 일었다. 입안이 부어오르고 선지피가 생겼는지 혀가 제대로 움직이지 않아 목소리가 나올 것 같지도 않다. 벽의 둥근 시계가 10시를 가리키고 있었다. 밖이 밝은 것으로 보아 오전 10시다. 언제의 아침일까. 어느 병원일까 생각해보았지만, 창밖의 햇볕에 그늘진 하얀 2층 건물을 보니 지하실이 있는 KCIA인 모양이다. 4층에 심문실이 있는 홀쭉한 건물의 1층, 여기는 고문당한 인간의 긴급치료실.

창가의 사무용 책상에 앉아 있던 간호사로 보이는 여성이 침대 옆으로 오더니 혼자 고개를 끄덕이며 정신이 드셨네요, 라며 핑크빛 입술을 연 뒤 한성삼의 오른 손목의 맥을 짚었다. 이어서 체온계를 건네고 환자의 팔 움직임을 확인하더니 체온을 재라고 지시한 뒤 떠났다. 희미한 화장품 냄새가 코끝에 떨어져 내렸다. 한성삼은 자신보다 연상일 터인 사십 대 전후의 기품 있는 여자, 피 냄새와 색이 밴 KCIA에 근무하면서 그러한 기품을 어떻게 유지하고 있는지 문득 생각해보았다.

한성삼은 왼쪽 볼의 찢어진 상처를 다섯 바늘 꿰매고, 이틀간을 치료실에서, 보행이 가능해진 뒤로는 3층의 한 평반 정도 되는 독방으로 옮겨져 며칠을 보냈다. 그 사이에 고문은 없었고 진술서를 쓰는 데 시간을 할애했다. 금번, 조국 대한민국에 용서받기 어려운 반역행위를 한 자신이 당국의 관대한 조치로 갱생의 길이 열린 것에 충심으로 감사, 앞으로는 사악한 북괴

303

의 흑색사상으로부터 조국 대한민국을 지키고 공산주의 침략에 대항해 싸울 것이며, 조국 대한민국의 충성 국민이 되기 위해 최선을 다하겠습니다……. 그리고 여기에서 있었던 일을 일체 입 밖에 내지 않는다는 함구령이 내려졌다. 진술서에 서명, 손도장. 다른 용지에 열 개 모든 손가락의 지문을 찍었다. 비문서화, 구두로 당국의 관대한 조치에 감사, 대한민국 국민으로서 해외 협조원이 된다는 점, 한국의 입장에서 김일담의 한국 입국공작에 노력할 것을 서약한다. 진술서 말미에 써넣을 날짜를 알려줬는데, 4월 6일, Y대학거리에서 체포된 지 열흘이 지나 있었다. 담당자의 서명은 추성준.

붕대를 풀고 거울 앞에서 수염을 깎았는데, 왼쪽 볼의 상처는 물론이거니와 심하게 함몰되어 있어서 면도기를 댈 수가 없었다. 치아는 상하 모두 온전했는데, 왼쪽 입술 끝에서 볼에 걸쳐 깊이 파여 있었고, 실을 뽑은 자리에 돋아난 살도 생소한 이물질로 느껴지는 것이, 오랜만에 보는 자신의 얼굴이지만 몹시 마른 다른 사람의 얼굴이라 슬픔보다도 웃음이 나왔다.

옷을 갈아입고 시계, 수첩, 지갑 등의 소지품을 돌려받은 뒤, 밤 11시 전에 KCIA 뒷문에 있는 작은 가건물 밖으로 나왔다. 대기하고 있던 검은색 자동차는 한성삼을 태우더니 심야의 구불구불한 남산 도로를 이리저리 커브를 꺾으며 하산, 시내를 질주하여 신촌로터리 일대의 언덕 위에 있는 한성삼의 하숙집으로 향했다.

자동차는 하숙집으로 가는 울퉁불퉁한 언덕길 주변의 어둠을 강렬한 라이트 불빛으로 열어가며 오르다 정차. 만신창이가 된 한성삼을 하숙집 문 앞에 짐짝처럼 내던지고는 가속페달을 밟으며 후진, 언덕길을 내려갔다.


12


납을 흘려 넣은 것처럼 움직이지 않는 몸이 허공이 아닌 어딘가에 수평으로 달라붙어 있었다. 눈에 보이지 않는 쇠고랑을 차고 무수히 못질을 당하는 듯한 통증 속에서, 희미하게 열린 무거운 눈꺼풀 사이로 빛이 머릿속에 비쳐 들어와 눈꺼풀 뒤의 넓은 스크린 공간을 펼쳐 올렸다.

숲으로 둘러싸인 가을 벌판의, 눈처럼 쌓인 노란 낙엽 위에서 한 마리의 개가 숲의 남자에게 쫓기며 곤봉으로 얻어맞고 있다. 숲 속으로 도망치지도 못한 채 멍, 멍 짖을 뿐이고, 피 같은 땀을 흘리며 그저 계속 얻어맞고 있다. 먼 시공에서 지금 본 광경이지만, 깊은 늪에서 머리를 들어 올리고 몸부림치며 기어오르다가 눈을 뜬 몸이 경직되어 움직이지 않는 것은 어제의, 그 이전의 옛적 고문의 후유증이었다. 깜짝 놀라 무거운 눈을 떴지만, 여기는 콘크리트 벽 속의 차가운 독방도 언덕 위 공원 옆의 하숙집도 아니다. 등받이가 없는 의자에서 잠든 것도 아니었다.

누운 채로 팔을 뻗어 양 손바닥으로 만져본 감촉은 침대, 현해탄 이쪽 일본·도쿄에 있는 자신의 집 침대였다. 가슴이 아플 정도의 깊은 한숨과 함께 등에 흠뻑 젖은 차가운 땀을 느꼈다. 무서운 꿈이다. 7년 전의 무서운 꿈, 꿈이 아닌 그 꿈.

심한 숙취다. 잠에서 깨고 나니 의식이 돌아온다. 두 개의 눈이 겨우 열리고 눈꺼풀의 움직임에 따라 몸이 팔이 조금씩 꿈틀거리는 것을 느꼈다. 둔통이 후두부의 척추로부터 뇌수를 찔러온다. 숙취다. 가사 상태의 숙취. 의식이 살아 있어서 양쪽 다리가, 목이 조금 움직였다. 지독한 숙취다. 전에 없던 일이다. 몇 년이나, 십 년 가까이 없었던, 옛적의 숙취다. 멀리에서 찾아온 숙취. 고개를 움직여 주위를 살폈지만, 처음 보는 듯한 방의 커튼 틈 사이로 햇살이 비쳐들고 있을 뿐 아무도 없다. 경직된 몸을 조금 움직여보다가 양손을 짚어 상체를 받치며 베갯머리 탁자 위에 놓인 물을 마신다. 손잡이가 달린 도자기 잔에 물병의 물을 떨리는 손으로 따른 뒤 두 잔째를 마신다.

메모로 보이는 하얀 종이가 있다. 뭐지? 코를 쥐어보았더니 살아 있기에 다행이에요. 가게에 나가요. PM. 12:30 혜순. 후후, 현재시각 오후 1시 30분. 1시간 경과. 코를 잡혔어도 숨이 막히지 않았고, 알지도 못했다. 용케도 깊은 잠의 늪에 빠져있었나 보다. 머릿속을 몇 천의 바늘이 찔러대는 것도 모른 채.

천천히 일어나 한순간 휘청거리는 발걸음으로 베란다 쪽 창문의 커튼을 젖히고 나서 햇빛이 비쳐드는 유리문을 연 뒤 무심코 그 자리에 멈춰 섰다. 멀리 눈 아래 펼쳐진 금색으로 빛나는 낙엽이 눈처럼 쌓인 벌판, 주위의 나무들에서 낙엽이 춤추듯 떨어지고 있다. 개가 낙엽을 헤치며 달리고, 목에 맨 줄에 이끌려가는 사람과 함께 달리고, 게다가 곤봉 같은 채찍을 휘두르고 있는 것은 숲 속에서 나온 남자다. 아앗, 저것은 서울 Y대학 뒷산 숲 속의 낙엽으로 뒤덮인 풀밭이다. 기묘한 광경이다. 이쪽은 현해탄 건너 우리 집 베란다, 저쪽은 서울의 Y대학 뒷산…… 한성삼은 열린 유리문으로 베란다에 나가 난간을 양손으로 잡고 숲 속의 낙엽이 쌓인 벌판을 바라보자, 먼 시야의 전방으로부터 안개가 걷히듯이 사라지고, 그곳은 공원이었다. 공원 주위는 녹음과 낙엽 전의 누레진 나무들이 둘러싸고 있었다. 키 큰 은행의 낙엽도 햇빛을 반사하면서 무거운 듯이 춤추며 떨어지고 있었다. 머리를 흔들어 침침한 눈을 떨쳐냈다. 몽롱한 숙취로 인한 눈의 착각인가. 아니, 바로 지금 있었던 현실이다. 환각. 꺼림칙한 환각. 가을 오후의 햇살 아래 각성과 졸음의 조금 흐릿한 환각. 백일몽. 남산.

맨션 5층 베란다여서 다행이다. 한성삼은 양손으로 잡은 회

307

색 페인트가 칠해진 철제 난간을 흔들어보았지만, 손목이 아플 뿐 끄덕도 하지 않는다. 눈앞에 펼쳐진 것은 낙엽 지는 나무들에 둘러싸인 도쿄 시내의 공원이다. 어젯밤의 숙취가 배어 있는 볼에 가을 햇살을 투과한 차가운 바람을 맞으니 아프다. 쇳덩이처럼 응축되어 있던 심한 숙취가 풀리기 시작한 모양이다.

방으로 돌아온 한성삼은 다시 커튼을 치고 침대로 들어갔다. 취기가 머리에서 빠져나갈 때는 마찰열을 질질 끌고 다니는 것처럼 두통이 계속된다. 그리고 천천히 몸에서 취기의 잔재가 사라져가는 것이 느껴졌다. 취기가 사라져감에 따라 얼어붙어 있던 몸이 온기를 되찾듯이, 자기혐오와는 별개로 생기를 빨아들였던 취기로부터 깨어나, 그걸 되찾기 위한 생명의 움직임이 느껴지는 게 고맙다.

조용히 사지를 뻗고 어둑한 천장을 바라보고 있자니, 멀리에서 이동하는 스피커 소리. 폐품을 무료로 수집한다는 우수 어린 여자의 자상한 목소리가 창문과 커튼 틈새로 들려온다. 테이프 레코더의 음성은 아내이거나 친척의 목소리일 것이다. 그런 테이프를 팔기라도 하는 걸까.

과거와 현재를 함께 술로 뒤집어 섞어버린 탓에 진흙 같은 숙취에 잠기고, 그리고 어이없이 현재의 침대에서 눈을 떠 찌꺼기처럼 남은 취기로부터 몸을 풀어가는 일은 근래에 없었다. 이틀이건 사흘이건 도취한 잠자리, 용케도 다시 찾아온 그리운 취기여. 잘 가라. 평온하다. 남산의 올빼미 우는 숲이 겹쳐져 폭풍 같던 밤이 지나고 지금은 평온하다. 남산의 고문 같은 취기. 고문의 그림자를 떨쳐버리는 취기. 망각의 가죽 부대에 다 담지 못하는 남산의 그림자, 숲에 가득 찬 악몽보다도 무거운 숙취여, 도취의 남은 찌꺼기 같은 잠이여, 잘 가라.

최근에 이렇게 마신 적은 없다. 어젯밤 오랜만에 김일담을 만났다. 김일담이다. 무섭고 무거운 질량의 악몽을 몰고 온 남산의 남자로부터 두 번째의 전화가 있었던 다음날, 꼭 만나고 싶다고 생각했던 어젯밤 바로 그때에, 고맙게도 신주쿠의 가게에 와 있다는 것이었다. 그리고 이내 자리를 바꿔, 클럽 은하로. 은하(銀河). 먼 하늘의 은하가 아니다. 어젯밤, 멀리 떨어진 어젯밤의 일이다. 김일담이 있었다. 함께였던 것이다. 지금까지 나온 일이 없던 남산의 이야기가 나왔다. 84년 봄의 한국 입국 이야기가 나왔다. 남산의 이야기는 그저 남산이라는 이름만 나왔다. 전에 없이 술을 마시고, 복수, 복수⋯⋯라는 목소리가 머리의 어두운 공간에서 메아리치던 것을 기억하고 있다. KCIA의 김일담에 대한 복수? 무슨 일일까. 김일담이 그렇게 한마디 했다. 그건 내 마음속의 목소리다. 또 하나의 복수. 남산에서 심야의 도로를 질주하여 신촌의 언덕 위에 있는 하숙집 앞에 자동차로부터 내던져진 내 목소리. 복수⋯⋯. 복수! 잠이 깬다. 술이 깬다. 이 자식, 개새끼, 제주 빨갱이 새끼⋯⋯. 너를 만든 아비, 어미도 개새끼. 낙엽이 쌓인 벌판. 벗겨진 구두로 세차게 얻어맞은 볼이 은하의 소파 위에서 작렬하고, 깊숙이 진행된 술이 과거로, 깊은 과거로. 화장실에서의 오열, 모습이 비치지 않는 세면대 거울 앞에서 몽롱하게 취한 눈에 눈물이 기름처럼 밀려올라와 흘러넘치고, 소리를 죽여 울다가 변기의 뚜껑 위에 주저앉아 통곡했다. 변기의 뚜껑이 빠지고, 변기의 밑바닥이 아래로 빠져지면서 땅속 깊이 떨어져, 주위가 캄캄한 나락으로 낙하, 그곳에서 남산의 지하로 떨어진 것이다. 한강으로 흐르는 지하수도의 세찬 물소리가 허공에, 한성삼이 매달린 지하실 깊은 허공의 벽에 메아리치면서 기어 올라온다. 저승, 저승······. 저승.

심야의 집 앞에서 들리는 요란한 자동차 엔진 소리에 이변을 느낀 하숙집 나(羅) 씨 부부는 마당 너머 문을 간헐적으로 계속 두드리는 노크 소리에 바로 안채를 뛰쳐나왔다. 누구냐는 물음에 대답하는 한성삼의 목소리를 듣고는 집 안으로 맞아들여 학생의 방으로 데리고 가더니, 안주인이 얼른 주방에서 내일을 위해 준비해둔 두부 한 모를 들고 와 학생에게 천천히 먹인 뒤 이부자리를 펴 주었다. 밝은 전등 아래 드러난 하숙생의 무서울 정도로 변형된 얼굴에 놀라며, 안주인은 울고 있었다. 형무소에서 나오면 집으로 돌아오기 전에 반드시 생두부를 먹이는 관습이 있다. 출소 예정일이 확실한 경우에는 형무소 문 앞에서 출소자를 기다렸다가 준비해간 두부를 먹이고, 아니면 자택 문 앞에서 가족 혹은 지인들이 두부를 먹인다. 하숙집 주인 부부는 한성삼이 어딘가 정보기관으로 연행되어 갔다는 것은 가택수색으로 알고 있었지만, 갑작스런 심야의 석방까지는 예상하지 못했다.

재일유학생을 포함한 일반 학생을 대상으로 하는 하숙집 주인은 정보기관의, 하숙집만이 아니라 대학의 직원들이 포섭되어 있는 '협조망'의 일원인 협조원이 되도록 강요당한다. 학생들의 모든 정치적인 행동을 체크하고, 이른바 풀뿌리 간첩 감시망으로서 당국에 보고, 뒤로는 일정한 보수를 받는다.

한성삼의 하숙집에는 연행된 이삼일 뒤에 가택수색이 있었다. 나 씨 부부에게는 한성삼이 간첩 용의로 구속 중이고, 일본의 가족으로부터 전화가 왔을 때는 대학의 '특훈', 임시 비밀군사훈련으로 강원도 산간부에 파견, 부재중임을 알리도록 명령이 내려져 있었다.

다행히 아직 일본으로부터 전화는 없었지만, 무소식이 지속되면 가족으로부터 안부를 묻는 전화가 올 가능성이 있기 때문에 그에 대한 당국의 예방 조치였다. 혹시 정보기관으로의 연행이 일본에 알려져 큰 소동이 일어나는 것을 극도로 두려워하고 있었다.

하숙집 주인 부부는 한성삼이 석방되어 돌아왔을 때, 무서운 간첩 용의에도 불구하고 친절하게 대해주었다. 이튿날은 바로 건강회복을 위한 한약을 사다 다려주었고(나중에 상응하는 돈을 건넸지만), 한동안 식사를 방까지 가져다주는 등, 석방되고 나서 일주일 뒤에 한국을 떠날 때까지 따듯하게 대해주었다.

석방된 다음날 마침 혜순으로부터 국제전화가 왔을 때 한성삼은 얼굴이 보이지 않는 전화의 고마움에 다소 밝은 얼굴로, 볼의 상처가 조금 땅기면서 목소리에 금이 가는 것을 간신히 감추며, 그럭저럭 바쁜 대학생활이 시작되었다는 무난한 대답으로 대응을 하면서도 얼마 안 있어 일본으로 돌아갈 것이라는 말은 하지 않았다.

결심한 이상 앞으로의 일은 빨리 사무적으로 처리해야만 한다. 대학을 그만둔다. 몸이 회복되고 자유로워지기를 기다렸다가 일본에 돌아가기로 한다. 이미 남산의 독방에서 결정하였다. 절망에서 비롯된 결심이지만, '중대한 범죄인에 대한 관대한 조치'에 의해 출소하더라도 달리 마음을 의탁할 길이 없었다. 한국에, 서울에, 남산이 솟아있다. 남산의 숲이 보이는 서울에 살고 싶지 않았다. 무력감과 증오. 그리고 싸움에서 진 개가 멀리에서 짖는 듯한 복수심. 절망이 소용돌이치는 혼돈을 내포한 서울에, 남산이 보이는 언덕 위 공원 옆 하숙집에 있고 싶지 않았다.

대한민국 충성국민. 이 나라는 묘한 말을 만들어 낸다. 충성

국민. '충성국민'이라는 명찰을 달고 서울에 살고 싶지 않았다. Y대학이 다른 지역에, 일본 땅에 분교라도 있다면 그 학생으로 남았을 것이다.

심신, 만신창이, 건강이 회복되더라도 몸에 남은 상흔은 둘째 치고 정신이 남산 지하실 바닥의 구멍처럼 폐잔, 타락할 대로 타락해 있었다. 벽이 보이지 않는 어두운 공간 속에서 공중에 매달린다. 요동칠 힘도 고갈된 매달림의 동결.

나 씨 부인이 다려준 인삼을 주성분으로 하는 한약을 마셨는데, 마실 수 있다니 웬일인가. 그리고 식사를 한다. 그 의지에 따라 음식물이 위 속으로 내려가 소화, 소장에서 대장으로 연동해 흘러가도록 내버려 둔다.

왜 식사에 거부반응이 일어나지 않는 것일까. 이상한 기분이 들었다. 전혀 움직일 기력이 없는데 입이, 부끄럽게도 입이 움직이는 것은, 그 음식을 받아들이는 의지는 무엇일까.

타락할 대로 타락한 자신. 모든 것이 파괴된 자신, 파괴되면서도 연명하고 있는 자신이, 음식물이 입으로 들어가는 것이 신기하고, 치사한 생각이 들면서도 입이 움직인다. 치명상은 아닌 등의 상처도 보기 흉한 흔적을 남기며 아물고, 울퉁불퉁한 볼도 점차 누그러지며 굳어가고 있었다.

지금 서울의 땅에 있는 자신의 폐잔한 모습. 전향. 이걸, 이 끔찍하고 한심스런 존재를 뭐라 표현해야 할까. 전향이 아니면 배신, 도망. 무엇으로부터, 누구로부터 말인가. 자신으로부터다. 패배, 권력에 대한 패배. 개가 되어 납작 엎드렸다. 곤봉 아래에서.

일단 그들의 요구를 받아들인 다음에 진술서를 쓰는 일은 끝없는 자기 붕괴. 어떻게든 된다, 될 대로 된다. 타락해 간다. 무너진다. 부서져 간다. 타락할 대로 타락해서 더 이상 타락할 곳이 없다. 그리고 붕괴가 거듭된다. 붕괴 자체인 것을 어떻게 한단 말인가. 절망이 움직인다. 절망에 더럽혀진 생명이 움직인다.

난 한심하고 끔찍한 자신에게 충격을 받아 갈기갈기 찢겨진 채, 의자에서의 수면, 아니 불면으로부터 해방되어 독방의 침상에 누운 자신에게 절망하고, 그리고 죽지 못해 누워있었다. 긴 시간을, 구분할 수 없는 긴 시간을 낮이건 밤이건 창문이 없는 밀실 독방의 침상에 누워있었다. 무참한 오욕의 절망이 움직이고, 그 절망에 대한 저항으로 절망의 절벽에 서면서도, 아슬아슬한 순간에 겨우 어쩔 수 없는 자신을 거부하며 절망이 절망에 저항하고 있었다.

식사를 할 수 있는 게 천하고 참담한 일은 아니다. 하지 못하는 것이 참담하다. 비천해져라. 자신에게 변명하며 식사를 할 수 있는 것 또한 살아가는 의지다. 절망하는 것은 완전히 남산의 폭력에 굴복하는 일이다.

난 남산의 폭력에 굴복한 인간이지만, 벼랑 끝에서 떨어지지 않는다. 절망을 절망으로 견뎌낸다. 말도 안 되는 간첩 날조라는 폭력에 의한 절망은 타산이 맞지 않는다. 이대로 절망하는 건 그들의 개가 되는 일이다. 싫다, 싫어. 그것이 도망이라 할지라도 난 일본으로 달아난다.

타락할 대로 타락하여 이제는 사라질 것인가, 사라지려는 자신을 붙잡고 어떻게든 지상에 남겨둘 것인가. 정신의 참패. 타락, 타락이 아니다. 참패와 타락은 어떻게 다른가. 타락이 아니다. 이건 변명인가. 전향, 그 자체가 타락 아닌가. 전향과 타락은 별개인가. 그래, 전향했다. 이삼일 사이에 어이없게도 항복했다. 놈들에게 굴복하여 개가 되고 충성국민을 맹세했다. 타락할 대로 타락한 덕분에 남산으로부터 나올 수 있었던 것이다.

지금은 그걸 생각하지 않겠다. 사실이 그러하니까. 바로 내가 그러하니까. 그렇게 내버려두자. 지금은 하루라도 빨리 신변을 정리하고 이 땅을 떠나야 한다. 생각할 필요도 없이 그 자체가 전향이니까, 지금이 아니더라도, 싫지만 그것이 언제나 따라다닐 테니까. 그보다 빨리 이 땅을 떠나자. 어딘가로 떠나자. 빨리 이 땅을 떠나자.

한성삼은 일단 서울을 떠나기로 결심하자, 빨리 돌아가고 싶은 마음이 간절해져서 한국을 벗어나기 위한 준비에 착수했다.

준비라고는 해도 구체적인 것은 거의 없었다. 도망가는 무거운 마음의 준비를 하는 것. 하숙집에 정착한 지 삼 일 만에 연행되었으므로 필요한 서적과 의복 이외에 이불, 책상, 잡다한 일상용품은 그대로 하숙집 주인 부부에게 처리를 부탁하고, 골판지 상자 한 개에 담은 짐은 주인이 보내주기로 했다. 남은 것은 여행용 즈크 가방에 넣어 손에 들면 된다.

재일 '간첩용의'로 체포된 유학생을, 나 씨 부부는 일체 언급한 적은 없었지만, 날조에 의한 희생자라는 것을 알고 있다는 듯이 기피하는 기색 없이 대해주었는데, 한성삼은 내심 감사하는 한편으로 따뜻한 격려에 큰 위안을 얻었다. 이러한 감사의 마음이 같은 민족으로서의 조국 사람들이라는 감개를 불러일으키는 바람에 한 달 남짓한 언덕 위 공원 옆의 하숙집을 떠나는 것이 괴로웠다. 교도소까지 가지 않고 석방되었다고는 해도 남모르는 남산 연행이라는 전력이 있는 만큼 일본까지는 아니더라도 하숙집을 나가달라고 하게 마련이다.

남산 연행을 알릴 수 없는 윤상기에게는 엽서를 썼다. ……가정 사정으로 급히 일본으로 돌아가게 되었는데, 다시 연락하겠음, 갑작스럽긴 하지만 불상사는 아니니 걱정할 거 없음……, 대학은 사유서를 내지 않고 방치한다. 대학의 사무 당국에는 어떤 형태로든 알려질 것이다.

하숙집으로 돌아온 지 일주일 뒤인 4월 13일 오후 4시, 한성삼은 하숙집을 나와 김포공항으로 향했다. 가방을 들고 포장이 벗겨져 울퉁불퉁한데다 크게 커브를 도는 언덕길을 내려와 Y대학으로 통하는 길을 Y대학과는 반대 방향의 가까운 로터리로 나왔다.

하교 중인 대학생과 고등학생들로 거리는 붐볐다. 거리 모퉁이 게시판 앞에서 잠시 걸음을 멈추고 흘낏 쳐다본다. 신문 한 면 크기의 안기부가 공시한 뻔한 내용이다.

"신고상금—최고액 1억 5천만 원까지. 간첩 최고 1억 원. 간첩선(라인) 최고 1억 5천만 원. 좌익사범 3천만 원. 신고자나 자수자의 비밀은 완벽히 보장합니다……. 국가안전기획부 대공상담소."

간첩 적발신고 공시다. 하숙집 주인이 유학생에게 뭔가의 올가미를 씌워서 좌익사범, 안기부와 짜고 북괴 간첩과 관계가 있다고 날조된 거짓 신고를 하면 상금을 손에 넣을 가능성도 있다.

일본에서 서울에 도착했을 때부터 눈에 띄었던 고시판. '간첩'이라든가 '간첩선' 관계자라는 건 뭔가. 나의 경우도 재판까지는 가지 않았지만 간첩으로 만들어졌다. 참으로 천연덕스런 고시, 간판. 이것이 한국이다. 지하철 출입구 계단 벽에는 "혼란 속에 간첩 오고 안정 속에 번영 있다" "신고해서 혼란 막고 안정 속에 국가발전". 풀로 찰딱 붙여놓았지만 그래도 찢어지거나 페인트로 지운 흔적이 있다.

김포공항에 도착한 것은 5시 전이었다. 서울의 서쪽 하늘은
대낮처럼 밝다. 2층 탑승코너에서 수속을 밟고 출국심사 게이
트 앞에서 열 명 전후의 줄 뒤에 섰을 때, 게이트 안쪽 심사담
당 부스 뒤에서 담배연기를 뿜어내며 이쪽을 보고 있는 시선에
이끌려 흘낏 눈을 마주친 순간, 아니, 어디선가 본 듯한 기분이
들었다. 피했던 시선을 다시 한번 그 점퍼 차림의 남자에게 되
돌리는 순간, 한성삼은 덜커덩 하고 심장이 떨어지는 소리를
들었다. 몸에 전율이 일면서 식은땀이 이마에 배어나왔다. 점
퍼 차림의 남자는 담배를 손가락에 낀 채 히죽 미소를 지어보
였다.

그 남자였다. 안기부의 검은 양복에다 머리를 5푼으로 깎은
남자. 곤봉 남자 대신에 심문실로 들어온 남자는 무료한 듯이
구둣발 소리를 내며 방 안을 돌아다니다가 느닷없이 한성삼의
뺨을 두세 번 갈겼던 것이다. 그 영문을 알 수 없는 장난치듯
뺨을 때린 KCIA의 남자. 뭘 하려고 거기에 서 있는 걸까? 한동
안 가슴의 고동이 멎지 않았는데, 놀라서 일그러진 얼굴 근육
의 움직임에 볼의 상처 자국이 땅기며 아팠다.

차례가 되자, 게이트에서 여권을 손에 든 심사관이 이 또한
기묘한 표정으로 한성삼의 얼굴을 다시 쳐다보았다. 여권의 사
진과 비교해 보고 있는 것이다.

여권과 소지자의 얼굴이 다르다는 것일 게다. 같은 인물이라도 사진에는 얼굴의 상처가 전혀 없다. 무효라나 뭐라나. 그때 점퍼 차림의 남자가 다가와 심사관의 뒤에서 한마디 말을 걸자 심사관은 잠자코 여권을 내밀더니 진행 방향을 향해 고개를 돌리며 통과하라는 신호를 했다.

한성삼은 말없이 게이트를 통과, 국제선 탑승구로 향했다. 안기부의 남자는 미행이 아니다. 항공사로부터 예약번호가 당국으로 통지되었던 것이다. 18시 출발 KAL의 시각에 맞춰 대기하고 있었던 것이다. 무엇 때문에? 검문 통과의 신호만을 위해서일까. 끝까지 남산의 그림자를 기억시키기 위해서.

한성삼은 탑승구가 늘어선 국제선 로비의 소파에 앉았다가 여권을 꺼내 펴보았다. 이것이 보름 전의 내 얼굴이다. 이 사진과 비슷한 상처가 없는 얼굴이 되려면 몇 년은 걸릴 것이다. 더 이상 되돌리기 어려운 상처 없는 얼굴인가. 이 여권은 앞으로 사진을 바꾸지 않는 한 무효가 되는 것일까. 대한민국 여권. 패스포트. 대한민국 발행이다. 난 대한민국 국민. 대한민국 충성국민. 충성국민. 김일담처럼 대한민국 국민이 아닌 조선적을 가진 자에게는 여권이 아닌 임시여행증명서(입국허가증명서). 대한민국 여권. 한성삼. 다시 언제 입국할지 알 수 없다. 찢어 버려도 상관없다.

이 얼굴은 아벤트를 나와 Y대학로를 미행당하다가 검은 승

용차에 태워질 때까지의 얼굴이다. 죽는 날까지 하늘을 우러러 한 점 부끄럼이 없기를……. 미행당하면서 갑자기 윤동주의 시가 떠오른 것은 무엇 때문일까. 지금 다시 죽는 날까지 하늘을 우러러……라는 시행이 떠오른다. 난 연행당하면서 부끄러울 것 하나 없는 자신을 추궁하고 있었던 것이다. 죽는 날까지 하늘을 우러러 한 점 부끄럼이 없기를, 잎새에 이는 바람에도 나는 괴로워했다……. 아아, 지금의 나는 이 얼굴처럼, 내 몸과 마음은 타락할 대로 타락해서…….

18시 출발 나리타(成田)행 탑승 안내방송이 들렸다. 한성삼은 가방을 들고 일어섰다. 탑승 개찰구에서 여성승무원으로부터 탑승권의 반쪽을 받아들고 뒤를 돌아보았지만 남산에서 온 남자의 모습은 바로 눈에 띄지 않았다. 이미 남산으로 돌아갔을 것이다. 남산.

제트기 안에서는 중간쯤 좌석의 창가 쪽으로 앉았다. 가방은 머리 위의 트렁크가 아니라 좌석 아래로 밀어 넣었다. 이것이 이사하여 떠날 때의 짐이었다. 지난 달 24일 서울에 도착한 이래 20일간, 한 달이 채 못 되는 이 시간은 도대체 무엇이었단 말인가. 알 수가 없다. 지금 여기에 있는, 이 나리타행 제트기의 좌석에 있는 자신이 좋은 선택이었다고 생각한다. 한국을, 서울을 떠난다.

한성삼은 상처 자국이 있는 얼굴을 창문 유리창에 기대듯이 가져다 대고 아직 환한 공항의 활주로를 바라보았다. 문득 이 김포공항 바닥에도 제주 정뜨르 공항처럼 학살된 사체로 메워져 있는 것은 아닐까 하는 생각을 했다. 아닐 것이다. 아직 밝은 하늘도 머지않아 석양빛에 진홍색으로 물들 것이다. 그리고 현해탄 상공을 날고 있을 때는 이미 밤이다.

한성삼은 오른손을 뻗어 왼쪽 볼에 대고 울퉁불퉁한 상처 자국의 파인 골과 굳어진 주름을 손가락으로 더듬어 본다. 조금 꼬집어도 더 이상 아프지 않았다. 이것은 옥중투사 같은 훈장도 되지 않는다. 이 추한 상처 자국을 마주한 아내와 어린 아들은 뭐라고 할까. 설명할 방법이 없다. 그리고 석방된 다음날 걸려온 혜순의 전화에 대한 응대. 막 시작된 대학생활이 바빠서 전화도 일찍 못 했다고 변명을 하더니 얼굴에 상처를 새긴 채 갑작스런 귀환이다. 어쨌든 설명할 방도가 없다. 내일 돌아가 가족들을 깜짝 놀라게 하는 것으로 설명이 된다. 고문을 견디지 못해 죽은 인간도 있다. 살아서 돌아온 것만으로도 다행이지만, 그 설명을 할 수가 없다. 핫하, 여기서 있었던 일은 절대 입 밖에 내지 마라. 입으로 말하지 않아도 얼굴의 상처가 말한다.

나리타에는 밤 8시 반경에 도착 예정이니까, 오늘밤은 도쿄역에서 오사카행 열차를 타지 않는다. 그럴 작정으로 18시에 출발하는 나리타행을 탄 것이고, 오늘밤은 나리타발 게이세이

(京成) 전차 종착역인 우에노에서 하차, 가까운 호텔에서 1박, 내일 오사카로 떠난다. 우에노 근처의 조선식당에라도 들러 식사를 할 것이다. 집에는 내일 오후 출발 직전 혜순에게 전화를 걸 생각이다. 전날인 오늘밤의 전화보다 그 편이 좋을 것이다. 전화도 하지 않고 그대로 가방을 든 채 유령처럼 집 앞에 출현하는 것보다는 나을 터였다. 그렇다 하더라도 서울이 아닌 도쿄로부터의 전화에 할 말을 잊은 혜순이 느끼게 될 상당한 충격파가 내일 예정인 전화 너머로 전해져올 것이다. 충격파는 내일로, 모레로, 그 이후로라도 연기하는 편이 좋다.

곧이어 이륙을 알리는 기내방송이 흘러나왔다. 좌석벨트를 허리에 감고 조인다. 기체를 흔들며 격렬하게 발진하는 엔진의 굉음이 울렸다.


## 13


과거도 현재도 함께 자빠뜨린 술로 취기를 뒤섞고 고주망태가 되어 진흙같이 깊은 잠에 빠진 것은 먼 과거의 일이 아니다. 남산의 검은 숲 그림자를 짊어지고 술에 곯아떨어진 것은 어젯밤, 지금의 자신으로 이어지고 있는 어젯밤, 자신이 거기에 있었던 어젯밤, 그것이 지금 여기에 있는 자신이다. 난 어젯밤의 자신일 터다.

어떻게 집에까지 돌아온 걸까. 어젯밤은 김일담도 함께였다. 나 혼자 아마도 택시를 타고 신주쿠에서 돌아온 것일까. 어떻게 된 걸까⋯⋯. 이런, 한성삼은 이불 속에서 눈을 번쩍 뜨자마자 이불을 걷어차면서 벌떡 일어나 바로 앉더니 무릎을 쳤다. 분명히 김일담이 나를 차에 태워 맨션 5층까지 바래다준 것 같은데? 어렴풋이 기억이 난다. ⋯⋯코를 쥐어보았더니 죽은 건 아니었다⋯⋯. 참으로 냉담한 여자다. 내가 만취해서 돌아온 걸 알고 있을 것이다. 만취해서 김일담 선생님의 배웅을 받다니 도대체 어찌된 일인가. 숙취가 다 깨지 않은 양 볼에 피가 올라 얼굴이 붉어지는 것을 느꼈다. 이 무슨 추태를. 쭉 몇 년이나, 오랫동안 없던 일이다.

한성삼은 또렷이 정신이 맑아지며 술에서 깼다. 그는 침대에서 내려와 거실의 전화로 고려원에 전화를 걸어 혜순에게 어젯밤의 일을 확인해보았다.

그녀가 돌아온 것은 새벽 2시가 다 되었을 때였는데, 이미 술냄새를 진동시키며 잠에 곯아떨어져 있었다고 한다. 아들도 잠들어 있었기 때문에 어떻게 돌아왔는지 알 수 없지만, 스스로 문을 열고 들어온 게 아닐까. 그러니까 성삼 씨의 목소리를 듣는 것은 어젯밤 가게에서 만나고 나서 처음이에요. 당신, 많이 마셨지요. 아직도 목소리에 술기운이 남아 있어요. 감기에 걸린 거 아닌가요. 어젯밤에 비가 와서 추웠는데. 그런데 지금은 괜찮아요? 으음, 괜찮아. 코를 잡혔어도 죽지 않았으니까. 그러고 보니 어젯밤에는 비가 왔었다. 빗속을 바래다줬다는 거로군. 전혀 기억이 나지 않는다.

"당신, 어젯밤에 어떻게 돌아왔는지 몰라요?"

"……그게 분명치 않아."

"어젯밤은 김일담 선생님과 함께였잖아요?"

"그렇지."

"언제 선생님과 헤어졌고, 선생님은 어떻게 돌아가신 거예요?"

"그게, 분명치 않아……."

"……"

혜순은 기가 막힌다는 듯이 숨소리를 멈추고 말이 없다.

"가부키초의 은하에서 함께 있었는데, 아무래도 일담 선생님이 집까지 바래다준 것 같아……."

"어머나, 그게 무슨 소리예요? 술이 취해서 빗속을 선생님이 바래다줬다? 그 반대가 아니고? 무슨 소린지 원. 당신, 그렇게까지 취했어요? 넘어지거나 해서 어디 다친 건 아니죠?"

"그런 걱정은 마, 멀쩡해……."

"당신 설마 7년 전으로 돌아간 건 아니겠죠. 이후로 없던 일인데. 술에 취해서 다른 사람이 바래다주다니. 그것도 김일담 선생님에게. 제발 무서운 일은 일으키지 마세요."

"말도 안 되는 소리 하지 마. 우연히 과음을 했을 뿐이야. 이제는 안 마셔. 과음은 하지 않겠어. 음, 그래, 그 무슨 영사인가 하는 그 자식 전화 때문이야."

"어떻게 그런 일 탓이나 하고! 그것과 술은 별개잖아요. 더이상 옛날 일은 생각나지 않게 해줘요. 오싹한다니까요. 이제는 안돼요."

"옛날 얘기 하지 마. 옛날과는 상관없는 일이야. 아, 생각났다. 그래, 추, 성준……, 으, 음, 추성준."

"추성준? 추성준이라니 무슨 소리에요?"

"그자 말이야, 뭐라던가 하는 영사 이름. 전화를 걸어온 '장'인지, 김, 동호인지 이름을 밝힌 남자 말이야. 옛날, 아니 아직 그럴지도. 뭐가 그들의 본명인지 알 수 없어. 추, 성준, 음, 요 자식이야."

"……선생님은? 그래서 일단 선생님은 어떻게 하신 거예요?"

"돌아가셨겠지. 지금 선생님께 전화를 하려던 참이야."

"전화해서 어떻게 할 건데요?"

"전화로 어젯밤 일을 여쭤봐야지……."

"당신, 창피하지도 않아요? 선생님께 실례 아닌가?"

"일단 전화를 해보지 않으면 알 수 없는 일이잖아."

"……" 혜순은 헛기침을 했다. "남자 세계라는 건, 그런 일이 통하나 보네……."

한성삼은 전화를 끊었지만, 어쨌든 김일담이 바래다준 것이 틀림없다면 실례했다는 사죄를 겸해서 전화를 해야만 했다.

한성삼은 세면장으로 가 세로로 길게 상반신을 비추는 거울 앞에 섰다. 오른손으로 왼쪽 볼의 꿰맨 자국이 남아 있는 상처 주름을 쓰다듬어 보았다. 꿰맨 자국을 따라 볼이 파인 얼굴, 조금 일그러진 입술 끝에서 광대뼈 쪽에 걸쳐 함몰된 것처럼 움푹 들어간 것은 7년 전이나 다름없다. 주름의 골은 펴져서 어느 정도 원래대로 돌아와 있었지만, 그래도 평생 사라지지는 않을 것이다. 남산의 냄새와 함께.

여기서 있었던 일은 절대 입 밖에 내지 마라. 뭔가 눈에 보이지 않는 보복이 도사리고 있는 엄명. 터부. 서울·남산의 몇 겹이나 되는 콘크리트 벽 속의 커다란 책상 앞에서 여러 수사관이 명령한 터부. 남산의 깊은 곳, 내부를 언급해서는 안 된다. 바깥 공기를 쐬게 해서는 안 된다. 불가침의 성역. 피로 얼룩진 곤봉의 매질 아래 온순한 개가 된 한성삼은 깊이 고개를 떨군 채, 예- 하고 받아들였던 것이다. "예-" 뒤에 뭐가 붙었었나. 알겠습니다. "알았나!"에 대한 대답이다. 멍, 멍, 개짓는 소리. 그리고 절대 입 밖에 내는 일은 없었다. 멍, 멍, 눈처럼 쌓인 낙엽을 걸어차면서 짖어대는 개소리. 멍, 멍······.

이 얼굴에 새겨진 영원한 상처, 등에 지렁이가 기어가듯이 종횡으로 달리는 고문의 흔적. 이런데도 절대로 입 밖에 내서는 안 된다, 이렇게 밖으로 보이는 상처를 마술이라도 써서 다른 뭔가로 바꾸라는 말인가. 스스로가 입 밖에 내고 있는 상흔을 어떻게 함구시킨단 말인가. 상흔의 열린 입을 틀어막아야 한단 말인가. 절대로 입 밖에 내지 마라. 아니, 말하라고 해도 입 밖에 내고 싶지 않다. 이야기하고 싶지 않다. 입이 움직이지 않는다. 언급하고 싶지 않다. 입을 열면, 남산 지하실의 깊은 구멍이 입을 벌리고 다가오는 것이다. 입은 저절로 닫히고 말았다.

서쪽 하늘이 낮처럼 밝았던 김포공항 오후 6시발 나리타행 KAL편. 출국심사 게이트에서 안기부 수사관이 보인 마지막 웃음. 지금은 7년 전의 웃음인가. 담배를 피우며 씩 하고 웃었다. 한성삼의 여권을 손에 든 심사관이 생생하게 남아 있는 폐맨 자국을 따라 볼이 파인 그의 얼굴을 응시하던 기묘한 표정. 한성삼은 남산 남자의 배웅을 받으며 한국을 떠났다. 그리고 다음날, 도쿄에서 걸려온 전화를 받고 귀가를 기다리던 오사카의 가족들이 받은 충격.

양치질을 하고, 손끝에 볼의 울퉁불퉁함이 느껴지는 얼굴을 씻으며 김일담 선생님에게 전화를 해야 한다고 다시금 생각했다. 그리고 오후 2시인 지금이라도, 오늘이라도 걸려올지 모를 주일대사관 영사 추성준의 전화에 대비를 해야 한다. '장'인지 김, 동호인지 이름을 대고 있는 남자는 추성준일 것이다. 내가 전화를 받으면, 그 골수 아래로, 뼈로 들었던 그 목소리의 주인 공을 알아낼 수 있을 것이다.

전화를 하는 것만이 아니라, 김일담을 만나야 한다. 영사로 부터 전화가 오면 내가 받겠다. 그리고 대응을 하겠다. 다른 사 람일 리가 없다. 필요하다면, 상대가 만나고 싶다면 만난다. 당 장은 아니다. 상대가 내일이라도, 빠른 시일을 요구하더라도 시간을 벌자. 그 전에 김일담 선생님을 만나야 한다. 그리고 어 젯밤 남산의 이야기가 나왔다, 그 남산에 대해서 이야기하자. 김일담을 팔아넘긴 일을 고백하는 것이다. ……평소부터 다대 한 사상적 영향을 받아왔으며, 북괴공작원과 관계를 맺고 있는 조총련계 북괴공산분자 김일담의 지시 아래 남한간첩공작─Y 대학을 거점으로 한 학원침투 공작을 위해 1984년 3월 한국 입 국을 달성했다…….

한성삼은 김일담의 전화 다이얼을 돌리고 상대방의 전화벨 이 울리자, 갑자기 가슴이 철렁하며 크게 고동을 쳤다.

"여보세요, 김일담 선생님이신가요."

조선어로 인사.

"예……."

성대에 취기가 배어 있는 한 음절의 목소리. 숙취가 깨지 않 은 목소리다.

"한성삼입니다. 주무시고 계셨습니까?"

"아니, 그렇지 않아. 이미 점심때가 지났지 않나?"

"선생님, 어젯밤에는 대단히 실례했습니다……. 상당히 취했
었는지 잘 기억이 나지 않습니다. 성말로 죄송합니다. 선생님
께서 집까지 바래다주셨지요? 예-, 예-, 그게 나중에 생각났을
정도로……. 웬일인지 최근에 없던 추태를 범한 것 같은데, 일
단 선생님은 저를 바래다주시고 그리고 댁으로 돌아가신 건
가요?"

"신주쿠에서, 거기는 세이부(西武)신주쿠선의 S역에서 가까
운 모양이야. 조금 돌기는 했지만 어차피 사이타마(埼玉)로 가
는 길이라서 오래 걸리지는 않았어."

"선생님은 별로 취하지 않으신 건가요?"

"아니, 꽤 많이 취했지. 그렇지만 성삼이가, 젊은 사람이 꽤
나 고약하게 취한 모양이더군. 덕분에 나는 어지간히 술이 깨
고 말았네. ……그렇다고 신경 쓸 거 없어. 한 군은 취해있었지
만, 택시 운전수에게 제대로 길을 알려줬으니까."

"기억이 안 납니다."

"엘리베이터를 타고 분명 맨션의 5층까지 갔었네. 내가 팔짱
을 낀 채 데리고 갔지……."

"아이고!"

한성삼은 식은땀이 솟아나는 소리를 질렀다.

"문은 열쇠로 스스로 열더군."

"네······."

한성삼은 말이 없다. 전혀 기억나지 않았지만, 맞장구 치지는 않았다.

"술꾼은 그런 구석이 있지. 어쨌든 신경 쓰지 말게. 나도 다음날 어떻게 돌아왔는지 전혀 기억을 못 해도 제대로 집에 돌아오거든. 나 같은 경우는 자주 그렇다네. 나에 비하면 얌전한 편이야. 뭐랄까, 한 군은 옛날 일을 떠올린 모양이더군. 이런 말을 해도 괜찮을까? 음, 한국대사관의 남자로부터 받은 전화 탓이 아닌가."

"예······."

"과거의 남산. 과거의 남산 일이, 뭔가 하는 영사, 정보영사인지 뭔지는 모르겠지만, 그 남자의 전화 목소리를 타고 밀려온 게 아닌가, 옛날 일이. 으음, 제주 빨갱이새끼라고 했던가, 그건 뭔가? 택시 안에서도 복수인지 하면서 아우성을 쳤다네. 핫하하, 제주 빨갱이새끼. 최근에는 들어보지 못한 말이군······."

"엣, 그렇습니까? 택시 안에서도······?"

"무슨 일이 있었던 게지. 끙끙거리며 신음 소리를 냈었어."

분명히 은하에서 제주 빨갱이새끼라고 외치고, 더구나 선생님은 제주빨갱이입니까? 하고 거의 영문을 알 수 없는 말을 했던 것이다.

제주 빨갱이새끼. 한성삼은 머리에 솟구쳐 오르는 피와 함께 그 말이 되살아났다. 그리고 이어지는 말이 문제였다. 그래, 남산 안에서의 일이다. 네가 개새끼라면 너를 만든 아비, 어미도 개새끼다! 상대를 즉석에서 죽여 버려도 될 말이다. 지금 이 말을 한다면 수화기 너머에서 당장 김일담의 고함이 터질 것이다. 뭐라고! 어디서 튀어나온 말이냐? 다시 한번 말해봐.

한성삼은 할 말이 없었다. 말을 돌리듯이, 선생님은 남산의 일을 잘 기억하고 계시네요.

"기억하고 있다? 어젯밤 일이야. 만취했다면 잊었겠지만."

"예예, 그랬군요……."

그렇다. 어젯밤이다. 한성삼에게는 어젯밤 일이 안개처럼 피어오른 취기의 베일에 싸인 어젯밤의 일인 동시에 같은 베일에 싸인 7년 전의 일이었다.

어째서 어젯밤은 김일담과 만난 은하의 소파에서 남산의 검은 숲과 알코올의 취기가 뒤엉켜서 세찬 소용돌이를 일으키며 전신을 녹초로 만들어 버렸는가. ……남산의 일이 아무개 영사의, 그 남자의 목소리를 타고 밀려온 게 아닌가. 그렇다, 장, 김, 추, 성준, 그자의 전화 탓이다.

"어제 이야기하던 한국대사관 남자로부터 전화는 있었나?"

"아직 없습니다만, 틀림없이 걸려올 거라 생각합니다."

"음, 7년 전 인간으로부터의 전화라. 전화가 오면 꼭 연락을 주게."

"예-, 집에 없는 척하고 있었습니다만, 앞으로는 제가 전화를 받겠습니다. 상대가 만나고 싶다고 하면 만날 생각입니다. 그때는 선생님께 의논드리고 싶습니다."

"그래, 그렇게 하자고. 상대에게서 전화가 오거든 바로 연락을 주게나."

"예……."

한성삼은 김일담의 한국대사관 남자에게서 전화가 오거든 연락하라는 말에 예…… 하고 대답하고 나서 전화를 끊지 않고, 선생님…… 하고 말을 계속했다.

"실은 꼭 말씀드리고 싶은 이야기가 있습니다……."

"이야기? 무슨 얘긴가?"

"이야기라든가, 그런 외람된 말씀이 아니라, 그 토정(吐情)……, 고백입니다……."

한성삼은 토정이라고 한 단계 완충장치를 둔 뒤 고백이라는 말을 꺼냈다.

"고백? 뭐야, 핫핫, 무슨 고백 말인가……?"

"지금 선생님께서 말씀하셨듯이 분명히 과거 남산의 일이 대사관 남자의 목소리를 타고 밀려왔습니다. 그 때문에 선생님께 큰 폐를 끼치고 말았습니다만, 제가 근자에 없이 고약하게 취한 원인이라고 생각하고 있습니다. 그래서 그 남산에 관한 일

332

을 말씀드리고 고백할 것이 있습니다."

"……저런." 김일담의 목소리가 무거운 울림으로 바뀌었다.
"남산에서 있었던 일……. 으음, 성삼이, 핫하, 그게 말이지,
숲이 깊은 그곳에서 있었던 일은, 거기에서 무슨 일이 있었는
지 난 모르지만, 뭐랄까, 절대로 입 밖에 내서는 안 되는 일
아닌가?"

"그렇습니다……."

"음……."

전화 너머로 서로 간에 말이 잠시 끊겼다.

"그건 언제 이야기……, 언제 하고 싶은 이야긴가?"

"……?"

"급한 일인가?"

"예, 선생님께서 괜찮으시다면 남산의 남자와 만나기 전에,
아직 언제 만날지 알 수 없습니다만, 가까운 시일 안에 만나게
된다면 그 전에 말씀드리고 싶습니다."

"음, 알았어. 그렇게 하지. 어젯밤에는 그런 사실도 모르고
고려원에 들른 김에 은하까지 함께 갔는데, 지금 그 남자가 일
본에 와 있는 이상 주변을 신경 쓰는 게 좋을 거야. 한 군이 옛
날 일을 이야기하게 되면 사정이 달라져. 경계가 필요해. 도청
은 당하고 있지 않겠지만, 날 만날 때도 주의하는 편이 좋아.
상대방이 만나자고 연락해온 뒤의 일이겠지만, W시에 있는 내

집에는 오지 않는 편이 좋아. 그건 다시 정하기로 하자고. 전화를 받고 난 뒤의 일이니까……."

"예……."

전화를 끊은 한성삼은 옆의 소파에 앉아 한동안 멍하니 있었다. 지금 뭔가를 잊은 듯한 느낌이 들었는데, 테이블 위에 담배가 있다는 것을 알아차리고 한 개비에 불을 붙인 뒤 연기를 뿜어내면서 소파의 부드러운 등받이에 등을 기댔다. 이따금 이유도 없이 깜짝 놀라며 등받이에서 등을 떼어내 똑바로 고쳐 앉는 경우가 있는데, 그 순간에 하나의 면도날이 스치는 듯한 고통의 감정과 함께 떠오르는 것은 좁은 의자에 밤낮없이 며칠이나 계속 앉아 있던 남산의 콘크리트 벽 속이었다.

한성삼은 등을 세우고 일어나 다시 세면장으로 간 뒤, 거울 앞에 선 채 자신의 얼굴을 보았다. 자신이 자신을 본다. 왼쪽 볼의 상흔을 손으로 만지며, 거울에 비친 욕실 문 너머의 하늘처럼 펼쳐진 공간에 시선이 빨려 들어갔다가, 사라졌다. …… 당신, 설마 7년 전으로 돌아간 건 아니겠죠……. 거울 안쪽의 천장에서 떨어져 내리는 혜순의 무겁게 울리는 목소리.

나는 김일담과 마주해서 무슨 고백을 하려는 건가. 지금 손이 가 있는 볼의 상흔에 대해서도 이야기할 것이다. "너를 만든 아비, 어미가 제주 빨갱이, 개새끼!"에 촉발되어 구두로 구타당한 상흔이다. 멍, 멍, 개가 되어 도망 다니고 몸부림치다가 타락할 대로 타락해 김일담을 팔고, 김포공항에서 남산 남자의 배웅을 받으며 출발, 나리타공항에 도착한 폐잔의 남자. 거울 속의 남자는 움푹 파인 볼에다 땅기듯이 끝이 일그러진 입술을 다물고 이를 악물었다.

고백. 성삼이여. 예-. 숲이 깊은 그곳에서 있었던 일은 절대로 입 밖에 내서는 안 되는 일 아닌가…….

그렇다. 절대로 입 밖에 낼 수 없다. 그래서는 안 된다. 보복에 대한 공포인가. 지금까지 7년, 일체 입 밖에 낸 적이 없었다. 왜 말해서는 안 되는 건가? KCIA-안기부(ANSP)와의 서약, 약속 때문인가? 이유에 상관없이 7년간 입을 닫고 살았다. 자신의 입을 봉인해왔다. 입 밖에 내는 것이 고통, 자신에 대한 공포, 생각하고 싶지 않은 것이다. 고문, 굴욕, 심신이 진흙투성이, 똥 범벅이 된 자신. 기억의 소생에 대한 공포. 암흑의 기억을 태양 아래 드러내고 싶지 않다. 일그러진 얼굴. 이로써 절대 입 밖에 내서는 안 된다. 신에 대한 서약과 같은 절대자에 대한 서약. 입 밖에 내라고 해도 입 밖에 낼 수가 없다. 죽음에 이르는 치부를 드러내고, 그리고 피투성이가 되는 일이다. 능욕당한 치부. 강간당한 여자처럼. 강간의 자세한 내용을 고백할까. 고백할 수 있을까.

거울 속의 작지 않은 두 눈. 취기가 남아 있는 눈의 홍채 속 동공 안쪽 공간에 남산 세면장의 거울 앞으로 한성삼이 선다.

초췌하고 온순한, 온화하기까지 한 얼굴의 꿰맨 자국이 생생한 상흔을 피해 면도날을 대면서, 빛을 잃은 두 개의 눈으로 다가온 출소 시간에 임하는 비굴한 남자의 모습. 납작 엎드린 채 놀란 눈으로 꼬리를 흔드는 개. 이것이 석방되던 날 거울 속의 한성삼이다.

거울 속에 펼쳐진 공간의 석양빛을 배경 삼아 즈크 가방을 들고 나타난 것은, 남산의 남자에게 배웅을 받으며 김포공항을 출발해 나리타 경유로 돌아온 볼에 상처가 있는 남자, 한성삼. 그는 집의, 맨션 5층 자택 앞에 서 있었다.

오후 1시, 서울이 아닌 우에노 호텔로부터의 전화에 혜순은 몇 번이나 거기 서울이 아니냐고 되물었다. 사정은 오사카에 돌아가서 말하겠다고 얼버무렸지만, 갑자기 한국이 아닌 일본 국내에서의 전화에 이상을 느낀 상대방의 충격을 떨쳐내며 전화를 끊었다. 걱정할 거 없고, 마중 나올 필요도 없다. 탑승시간 불명, 밤까지는 집에 도착한다. 일부러 도쿄에서 출발하는 열차 시각은 알리지 않았다.

열린 문으로 한 발짝 들여놓았을 때, 좁은 현관에 이어지는 복도에 서 있던 것은, 아내, 양친, 어린 아들 유수(有洙)였다. 이 시간을 불안과 긴장으로 대기하고 있던 가족들 앞에, 등진 석양빛에 그늘진 얼굴이 실내 불빛에 또렷이 드러난 상흔으로 일그러진 모습의 한성삼. 한성삼인가.

남편의, 어린 아들의, 존경하는 아버지의 얼굴 반절이 일그러진 듯한 괴이한 모습에, 가족들은 충격과 얼어붙은 침묵 속으로 빠져들어 그 자리에 우두커니 서 있었다.

충격을 벗어나 제 정신이 돌아온 혜순은 우뚝 멈춰 서 있는 한성삼의 손을 잡고, 꽉 움켜잡고, 무거운 가방을 건네받아 바닥에 내려놓고는 신발을 벗느라 애쓰는 한성삼의 발밑으로 허리를 숙여 한쪽씩 양쪽 구두를 벗겼다. 혜순은 그의 손을 잡고 안쪽 거실로 마치 외국인이라도 맞이하는 것처럼 따라가 소파에 앉혔다. 가족들의 눈으로 보기에 한성삼은 심신 모두 심하게 훼손된 병자였다. 모두가 숨을 죽인 채 말문이 막혀 있었다.

한성삼은 자리에서 일어나더니 작은 테이블 때문에 좁아진 소파 앞을 벗어나 아버지와 어머니가 앉아 있는 소파를 향해 무릎을 꿇고 웅얼거리듯이 돌아왔습니다, 라고 말하면서 두 번 반복해 절을 했다. 두 번째로 얼굴을 양탄자에 대었을 때 갑자기 전신에 경련이 일어나며 멍, 멍, 넙죽 엎드려 목숨을 구걸하고 있는 개 그림자가 자신의 위로 겹쳐지는 바람에 한동안 몸이 경직되어 움직일 수 없었다. 머리 위로 벌판의 바람을 가르는 곤봉의 소리가 고막을 투과해 지나가고 나서야 겨우 머리를 들어 올리며 몸을 일으켰다.

"무슨 일이냐?"

"예……."

지금, 곤봉 아래 납작 엎드려 목숨을 구걸하는 개의 모습이 보인 것일까, 아들의 일그러진 얼굴의 상흔을 말하는 것일까, 두 개의 질문이 겹쳐진 아버지의 말에 한성삼은 예, 라는 대답을 마치고 일어나더니, 옆에 서 있던 혜순과 마주보고 서로 몸을 움직여 포옹했다. 부모의 앞이었지만 힘껏 껴안았다. 포옹에 견딜 수가 없다. 가슴에서 소리가 터져 나오려는 것을 숨죽여 참았다. 혜순이 울퉁불퉁한 얼굴에 부드러운, 살 내음이 나는 볼을 비비면서 격한 숨소리를 내고 있었다. 거의 눈물과 목소리가 흘러넘치려는 순간에 두 사람은 몸을 떼고 소파에 앉으면서 한성삼은 아들을 안아 올렸다. 20일 전에 안아 올렸을 때보다도 훨씬 무거운 느낌이 들었다. 양팔에 걸리는 중력을 느꼈지만, 자신의 어깨로부터 팔에 걸쳐 지난달과는 달리 힘이 들어가지 않았다. 고문으로 체력을 빼앗긴 것이다. 아버지의 상처가 난 일그러진 얼굴로 인해 주위 전체의 이변을 느낀 듯한 아들은 울퉁불퉁한 아버지의 볼에 닿으려는 자신의 볼을 돌렸다. 양팔의 힘이 쭉 빠지는 바람에 계속 안지 못하고 아들을 내려놓으며 혜순과의 사이에 앉혔다.

　바로 자리에서 일어난 혜순은 새로운 찻잔을 가지고 와 한성삼의 앞에 놓더니, 찻잎을 바꿔 넣은 차 주전자에 보온병의 물을 따른 뒤 먼저 부모의 찻잔에, 마지막으로 남편의 찻잔에 주전자를 기울였다.

한성삼은, 괴이한 얼굴을 한 남편의 출현에 당황하여 차 내놓는 일을 잊은 듯한 아내가 따라준 따뜻한 녹차를, 향기를 맡으며 천천히 씹듯이 마셨다. 남산의 심문실에서 메마른 목에 컵 한 잔의 물을 천천히 음식물처럼 씹어서 목구멍으로 넘긴 기억이 겹쳐지는 것을 의식하면서. 목구멍 아래로 내려가는 차의 온기를 접한 한성삼은 굳어 있던 목의 흐름이 풀리며 눈물이 밀려올라오는 걸 차를 삼키며 겨우 참았다.

"음, 어험, 성삼아 용케도 그런 몸으로 돌아왔구나."

"예……."

한성삼은 고개를 떨궜다. 말이 이어지지 않는다.

"성삼아, 넌, 아이고, 이게 도대체 어떻게 된 일이냐?"

"흐음, 이 사람아, 잠자코 있어."

"당신, 잠자코 있으라니요, 아직 아무 말도 하지 않았잖아요."

"그러니까, 지금은 아무 말도 않는 게 좋다는 거야. 성삼이, 넌 우선 쉬어야겠다……. 혜순, 그렇게 해라."

"옛."

"성삼이, 왜 이렇게 급히 일본에 돌아온 거냐. 음, 이제 거기로는 가지 않겠지. 어쨌든 됐다, 이야기는 나중에 듣기로 하지. 우선 여장을 풀고 좀 쉬 거라. 나중에 이쪽으로 다시 오마."

"예-. 죄송합니다. 그렇게 해주세요." 한성삼은 그것이 고마웠다. 한동안 눕고 싶다. 사람 목소리를 듣고 싶지 않다. 좀 전에 안았던 아들을 놓칠 정도로 팔에 힘이 빠져 있었다. "나중에 제가 혜순과 함께 찾아뵙겠습니다."

"아니다. 그럴 필요 없어. 아무데도 나가지 말고 집에 있거라. 음, 도대체가 무슨 일이 있었던 게냐? 이건……. 아니, 이제 됐다. 어쨌든 나중에 내가 이리로 오마. 여기까지 오면서 도중에 아는 사람을 만났느냐?"

"아뇨. 바로 앞까지 택시를 타고 와서 사람들과는 만나지 않았습니다. 맨션 주민들 중에 저를 본 사람은 있겠지만……."

"그건 상관없다. 조만간 알려질 일이다. 음, 그걸 어떻게 설명하면 되나? 으음, 좌우지간 됐다……."

"아이고, 이 사람은……. 이 아이가 무슨 큰 죄라도 짓고 돌아왔다는 거예요? 이 얼굴을 어찌할 건지, 소중한 얼굴을, 죽을 때까지 소중한 얼굴을, 죽은 뒤에도 소중한 얼굴을, 어찌하면 좋을지. 아름다운 구슬 같은 얼굴을, 귀공자 같은 얼굴을, 아이고, 넌 어딜 다녀온 게냐? 아이고……."

모친이 상체를 구부리고 주먹을 치켜들며 당장이라도 신세타령, 조선 여성 특유의 '한탄가'가 시작되려는 것을 어험! 아버지의 기침소리. 에헴…….

"그만 둬!" 아버지가 언성을 높였다. "지금은 아무 말도 하지 마. 나는 간다."

아버지가 일어서자 어머니도 들어 올린 주먹을 내렸다. 방바

닦을 치는 대신에 손으로 코를 풀고, 손수건을 꺼내 콧물을 닦으면서 일어나 현관을 나갔다. 아이고, 아이고—오. 눈이 빨개진 어머니가 눈물 섞인 커다란 한숨을 쉬었다. 휴우—, 후우—. 이게 도대체 무슨 일이냐, 아이고…… 무슨 일이야…….

"푹 쉬어라. 네가 찾아올 필요는 없다."

"예……."

문밖은, 하늘은 머리 위까지 어둠이 밀려와 있었다. 엘리베이터 앞까지 배웅하려고 했지만, 아버지가 만류했다. 두 사람의 모습이 사라지고 나서 한성삼은 잠시 문 앞에 멈춰 서서 거의 해가 저문 하늘을 올려다보았다. 여기는, 일본의, 오사카 자택 앞인 것이다. 자택? 집?

"당신, 몸은 괜찮아? 어디 아파?"

거실로 돌아와 소파에서 마주앉은 혜순이 말했다.

"피곤할 뿐이야. 걱정할 거 없어. 여독이니까."

"아빠, 이거 뭐야?"

아버지의 무릎 위에 앉은 아들이 입술을 내밀며 말했다. 아들이 아버지의 볼에 난 상흔에 작은 손가락을 대고 얼굴을 돌리던 아까와는 달리 두세 번, 이번에는 힘을 빼고 쓰다듬어 본다. 간지러운 게 기분 좋다.

"흐음, 이건 말이지, 저쪽 한국에서 부상을 당한 거야……."

"한국이란 말이지."

"응, 그래. 넌 똘똘하구나. 한국에서 커다란 돌이 떨어졌단다. 그래서 병원에 갔었지."

"응, 한국에서 커다란 돌이 떨어졌다는 거지?"

"그래, 거기서 아빠는 산에 갔었거든."

"응, 산에 갔었는데, 거기 산에서 큰 돌이 떨어졌다는 거지?"

"그래, 그래……."

그는 아들의 머리를 쓰다듬었다.

"성삼 씨, 무슨 일 있었어? 그 상처는?"

겨우 이야기의 실마리를 잡은 혜순이 말했다.

"앞으로 천천히 얘기하겠지만, 지금은 묻지 말아줘. 이건 대학의 임시비상 군사훈련으로 강원도 산간부에 파견되었을 때의 사고야."

"대학, Y대학의 비상군사훈련……. 뭐야 그건?"

"당국, 정부의 지시로 비밀리에 불시로 하는 모양이야. 그일이 닥쳐서……. 신학기가 시작되자마자, 신입생이라서 그런가봐."

"커다란 돌이 떨어져 내렸다는 건?"

"애 앞에서 너무 자세히 묻지 마. 나중에 얘기할게. 피곤하니까. 좀 누워야겠어."

"예, 미안해요. 식사는……? 벌써 7시인데, 나중에 할래?"

"필요 없어, 필요 없다고 했잖아. 필요 없다고, 목욕도 필요 없어." 한성삼은 영문을 알 수 없는 뭔가가 가슴 속에서 울컥 치밀어 오르는 것을 느끼고, 아이를 소파에 내려놓고 자리에서 일어났다. "뭐? 아무 것도 필요 없다니까, 필요 없어! 이불을 좀 펴주지 않겠어. 이불을 좀 펴줘……."

그는 양손 주먹을 움켜쥐고 초점이 맞지 않는 눈으로 전방을 노려보면서 방 안을 돌아다니기 시작했다.

놀라서 일어난 혜순은 그 자리에 못 박힌 듯 서 있었다.

"당신? 성삼이, 성삼 씨!"

"이불을 펴라고!"

한성삼은 거실과 이어져 있는 베란다 쪽의, 이전 그대로 있는 자신의 서재와의 사이를 이유도 없이 머리에 피가 솟아오르는 것을 의식하면서 목을 좌우로 흔들며 돌아다녔다. 다시 한 번 무슨 소리라도 들리면 뭐든 눈앞에 있는 것을 집어 들어 던져버릴 것이다. 절규하고 싶다. 어디를 향한 절규인가. 그는 돌아다녔다.

혜순은 겁에 질려 매달리는 아이와 함께 현관 옆 짧은 복도를 끼고 욕실과 마주보는 방으로 들어가 몸을 떨며 침상을 폈다.

한성삼은 준비된 파자마로 갈아입지 않고 속옷 차림 그대로 심호흡을 한 뒤 이불 속으로 기어들어 갔다. 잠시 숨을 죽이듯이 누워 있었다. 방금 전에 야단친 아내의 냄새가 나는, 아이의 냄새가 나는, 아버지와 어머니의, 모두의 냄새가 나는 부드러운 침상. 이불에서 따뜻한 냄새가 난다. 이유도 없이 격앙된 후의 심장 고동이 가라앉지 않는다. 왜 심장의 고동이, 두근거림이 계속되는 걸까. 잠시 누워 있자니 눈이 녹은 것처럼 눈물이, 마치 몸 안에 얼어붙어 있던 것처럼 따뜻한 눈물이 솟구쳐 올라와 볼에 떨어졌다. 눈물과 함께 몸이 녹아 따뜻한 체액이 되어 흘러내릴 것 같다.

일체 생각하고 싶지 않다. 어제까지의 일을, 김포공항에서 나리타행 제트기에 탑승할 때까지의 일을 일체 아무 것도 생각하고 싶지 않다. 과거의 귀를 닫고, 입을 닫고, 눈을 닫고, 기억을 닫는다. 괴로운 고동이 친다. 숨이 막혀 심호흡을 한다. 잠들자, 기억의 움직임이여, 잠들자, 기억이 잠드는 것을, 영원히 잠드는 것을 지켜보자. 잠들지 않고.

이불에 반듯이 등을 대고 있다가 조금 몸을 움직이면 지렁이가 기어가는 듯한 상흔이 쏠리고, 그리고 전신의 뼈와 살 사이의 피막을 자잘한 저림이 잔물결처럼 내달려, 남산에서 곤봉으로 난타당한 상흔의 욱신거림이 되살아난다.

상흔의 욱신거림과 과거의 기억은 별개다. 상처는 상처. 상흔은 몸의 일부분. 기억과는 별개의 것. 기억을 떼어내자. 멀리 떼어내자. 기억의 덩어리를 나이프로 도려내라.

그는 그저 등에 생긴 상흔의 융기 그 자체를 의식하고, 손가

344

락 끝에 닿는 볼 상흔의 감촉을 얼굴의 부분으로 인식한다. 생각하지 마라, 상처는 상처다. 시간이 지나면 옅어져 갈 것이다.

잠들고 싶지 않았다. 잠들 생각도 없다. 그저 몸을 누이고 있다. 수평으로 누이고 있을 뿐이다. 평온하다. 무거운 피로가 평온의 위에 겹쳐진다. 사람의 목소리도 들리지 않는다. 하지만 사람은 있다. 아내도 아이도 있다. 몸이 손발이 펴지고, 빠져서 떨어질 것처럼 완전히 펴지고, 두근거림이 가라앉고, 편안한 호흡이 반복되었다. 평온했다.

볼의 상처를 어떻게 설명할 것인가. 아버지는 뭔가를 직감하고 있을지도 모른다. 좀 전의 거실에서 잠깐 언급한 것처럼 산간부에서의 비상군사훈련 때 있었던 사고에 의한 것이라고 생각하자. 서울 하숙집 여주인의 말에서 힌트를 얻은 것이다. 이삼일이 지나도 하숙집으로 돌아오지 않아 걱정하던 참에 정보당국의 가택수색이 있었고, 그때 지시를 받았다며 알려준 알리바이의 내용이었다. 그러나 아이에게 거짓말을 한 것처럼 낙석에 의한 단순한 부상 사고로는 일시적인 휴학이라면 몰라도, 대학 추방, 추방 처분 이후의 복학이 불가능한 사건으로는 되지 않는다. 뭔가의 추방에 해당하는 처벌로 한국에서 돌아온 것이다.

자세한 것은 나중에 이야기하겠다고 말을 돌려도 부상의 원인, 일시적인 귀국이 아닌 완전 철수에 이르기까지의 이유를,

급히 한국을 떠날 수밖에 없었던 이유를, 아버지께 그리고 모두의 앞에서 이야기해야만 할 것이다. 내일로 연기해도 마찬가지다.

어째서 아내를 끌어안고 이런저런 그동안의 이야기를 할 수 없는 것인가. 지금 잠이 오지 않는다면 왜 잠시라도 거실에서 처자와 함께 앉아 있지 못하는 것인가. 여기는 남산이 아니다. 서울이 아니다. 우리 집이다. 혜순의 살갗 냄새가 밴 침상 속의 우리 집이다. 떠난 사람은 나날이 멀어진다는 긴 시간이 흐른 것도 아니다. 이곳을 떠난 것은 20일 전이 아닌가. 그러나 이 20일은 멀다. 그 나라를 사이에 둔 현해탄, 대한해협이 지구가 갈라질 정도로 깊고, 지금 그 나라는 바다 건너편에 있다.

꿈속의 해저에서 튀어나온 것처럼 왜 갑자기 분노가 치밀어올라 격앙되었던 것일까. 이 방에서 모두를 거부하는 건 무슨 이유인가. 아이와 아내를. 이쪽에 떨어져 있다는 것은 거부한다는 것일 게다. 지금 가만히 이 상태로, 여기에 있자. 한동안, 지겨워질 때까지 이 침상에 누워 있자. 지금 편안한 호흡을 반복하고 있듯이, 그대로 누워 있자.

그는 자리에서 일어나 천장에 매달린 형광등의 끈을 잡아당겨 꼬마전구 조명으로 바꿨다. 어둑한 공기 속에서 잠시 눈을 감고 양쪽 눈꺼풀에 비치는 꼬마전구의 빛을 실은 채, 난타하는 곤봉 아래 용케도 파열되지 않은 가슴의 고동을 귀 안쪽 공간에서 듣는다.

여기, 이 방. 지금 여기에 있는 것이, 지금, 여기에 다름 아닌, 여기에 있는 것이 이상한 기분이 든다. 어째서 지금 여기에 이렇게 있는 것일까. 남산의 두꺼운 콘크리트 방의 등받이가 없는 의자 위에서, 달리 있을 수 없는, 지금 여기에 있는 것이 꿈이 아니다. 현실에 있었던 것처럼, 지금 여기에 있는 것은 꿈이 아닌, 달리 있을 수 없는 현실인 것이다. 남산의 현실이 영원불변이 아니었던 현실.

몸이 이불 밑으로 빨려 들어가듯이, 몇 번인가 정신이 가물가물해지기를 반복하다가, 그리고 혼이 빠져 날아오르듯이 잠에 빠졌다.

깨워서 일어났을 때는 자신이 잠들어 있었다고는 생각하지 않았지만, 깊은 잠에서, 깊은 구멍 같은 잠에서 눈을 뜨고 나왔기 때문에, 어느새 잠들어 있었던 것이다. 잠에서 깨기 전에 멀리서 들린 것이 여자의 목소리, 아앗, 가까이 있는 혜순의 목소리였다는 것에 놀랐다.

푹 잤다. 한동안 몸이 용해된 것처럼 움직이지 않았다. 전신이 녹아내린 것 같은 상태로 굳어져 있는 건 어쩌된 일인가. 푹 잔 것이다. 이 순간에 서울에서의 20일간을 잠들어버린 것이다.

한성삼은 세탁도 하지 않은 땀 냄새 나는 속옷 그대로에, 새로 내놓은 바지와 셔츠, 점퍼를 입고 거실로 나가보니 부모님이 와서 소파에 앉아 있었다. 아들 유수는 베란다 쪽 침실에서 자고 있는 모양이다.

"그래, 그렇지, 푹 쉰 모양이구나. 좋은 일이야. 전보다 얼굴에 혈기가 돌아와 있어. 표정도 전보다 좋구나."

표정, 이란 무언가? 아버지의 얼굴을 다시 보았다. 다소 머리가 벗겨지고 백발이 섞여 있지만, 70세치고는 나이에 비해 젊어 보인다. 떡 버티고 앉아 아들을 감시라도 하듯이 계속 지켜보고 있는 5세 연하의 모친도 젊다. 왠지 공격적인 느낌이 든다.

"넌 아직 식사도 하지 않은 모양인데, 먹고 싶지 않은 게냐?"

"예-."

"어디 몸이 좋지 않은 건가?"

"지금은 괜찮습니다. 그냥 지쳐있었습니다."

"아버지, 맥주라도 내올까요?"

혜순의 말에 반응하듯이 아버지의 얼굴이 아들 쪽을 향했다.

"전 됐습니다. 아버지가 괜찮으시다면 저는 상관하지 마시고 어서 드세요."

"흐응, 한국에서 돌아왔는데도, 으음, 술 마시는 게 재미없다는 게냐?"

"아버지는 왜 그런 말씀을⋯⋯."

"왜 안마시겠다는 거냐."

"지금은 마시고 싶지 않습니다. 왜 술 마시는 게 재미없겠습

348

니까, 집에 돌아왔는데요."

"그래, 알았다."

한성삼은 어젯밤 나리타로부터 우에노에 도착하고 나서 근처의 한국 식당에서 식사, 술잔이 오고가는 활기찬 가게 안에서 냉면에 식초와 국물이 벌게질 정도의 고추장을 듬뿍 넣고 천엽도 한 접시 곁들여 먹었다. 좀 더 젊었다면 얼굴에 상처가 난 가난한 학생으로 보였을지도 모른다.

술은 지난달 하순, 10년 만인 한국에서의 대학생활에 긴장된 희망을 품고 일본을 떠나기 전날 밤에 입에 댔을 뿐이다. 마시고 싶지 않았다. 눈앞에 술이 없는데도, 소주의 알코올이 증발하는 듯한 냄새가 코를 찌르고 숨이 막히는 것 같아 싫었다.

커피가 나왔다. 한성삼은 식빵을 토스터에 구워달라고 부탁한 뒤 커피와 함께 식사 대신 먹었다. 그리고 우유를, 냉장고에서 막 꺼낸 차가운 우유를 마셨다.

그리고 예─, 말씀드리겠습니다……라며 아버지의 준비된 질문에 대답하려고 일그러진 입을 열었다. 얼굴에 난 상처의 원인과 갑작스레 귀환하게 된 이유에 대해서 간략하게 이야기했다. 항상 '북'의 침공에 대비하고 있는 한국에서는 당국의 지시에 따라 임시로 대학에서 학년별 비상비밀군사훈련이 이루어진다. 이번에는 강원도 산간부의 '특훈' 현장으로 파견되었다. 국방군 장교, 하사관 몇 명이 배속되어 특훈이 실시되던 와

중에 문제가 발생하였는데, 한마디로 말하자면 제가 난폭한 장교에게 반항한 것입니다. 마침 학생들이 풀밭에서 신발을 벗고 쉬고 있을 때 화가 난 장교가 맨발인 제 구두를 집어 들고 그것으로 제 얼굴을 후려갈겼습니다. 저는 그 자리에 세워져 있던 분대깃봉을 뽑아들고 그것으로 장교를 다시 갈겼습니다만, 그대로 저는 그 자리에 쓰러져버렸습니다……. 아이고, 애야, 성삼이야, 내 아들아, 이게 어떻게 된 일이냐! 아이고……. 어허! 이 사람아, 조용히. 아이고, 아이고……. 그렇게 된 겁니다. 이것이 사건입니다. 대학 의료반 텐트에서 얼굴의 부상을 봉합하여 상처가 남았습니다만, 그 때문에 대학으로부터 퇴학 처분을 받았습니다.

아버지는 담배를 피면서 아들을 바라보다가 깊은 한숨을 쉬었다. 흐음…….

"정말이냐?"

"예-, 그대로입니다."

할 수 있는 거짓말을 다했다. 피곤하다. 알아차리지 못할 거라고 생각했지만, 이마에 식은땀이 배어나왔다.

"음, 무슨 일이 그러냐. 지금은 자세히 묻지 않겠지만, 그렇다고 대학에서 퇴학을 당해? 말이 안 된다, 응, 정말이냐?"

"예-, 죄송합니다."

"……? 뭐가 죄송하다는 거냐."

"예-, 그렇다는 말씀입니다. 오늘은 이걸로 끝내주십시오. 다시 말씀드릴 테니. 피곤합니다."

"아이고-, 당신, 이게 어떻게 된 거예요? 어디 세상에 이런 일이 다 있단 말야? 아무 죄도 없는 젊은 사람을 얼굴 병신으로 만들어 놓고, 모처럼 들어간 대학까지 쫓아내다니 이게 사람이 사는 세상인가요, 아이고…….."

조금 큰 편인 바지의 허리둘레도 야무지게 조여 있고, 고향에서 해녀로 자라난 전형적인 제주 여자인 어머니는 아들을 노려보는 듯한 표정으로 자리에서 일어났다. 그리고 바닥에 털썩 큰 엉덩이를 내려놓으며 양반다리를 하고 앉더니, 누군가를 향해서 담판이라도 지으려는 듯이, 치켜 올린 양손 주먹으로 양탄자를 내리쳤다. 아이고……를 반복하며 내리친다. 이전의, 일단 자리를 뜨기 전의 신세타령을 계속하는 것이었다. 조선의 여인이 자신의 팔자를 한탄하고, 과거를, 자기 인생의 한을, 갖은 원망을 눈물을 보이며 분노를 담아, 격해지면 머리를 풀어헤치고 가락을 붙여가며 호소하는 '한탄가'다. 때로는 몇 시간이나, 하루 종일 길게 계속되기도 한다. 어머니는 그것을 도중에 즉석 일본어 단어를 두세 개 섞어 가면서 제주도 말로 계속 읊조린다.

한성삼은 어릴 적부터 어머니가 부부싸움을 한 뒤에 아수라장이 된 다다미를 치며 통곡하는 모습을 보아왔던 것이다. 일반적으로 남편이 바람을 피면서 적반하장, 도둑놈이 큰소리치 듯이 아내에게 폭력을 휘두른 뒤의, 갈 곳 없는 아내의 슬픔이 신세타령으로 표현된다. 재일 사회에서도 1세대 사이에서는 자주 보이던 광경이다. 학대당해온 조선 여인의 예부터 전해지는 한풀이 형식의 하나였다. 주저앉아 탄식하며 슬퍼하는 아내를 시끄럽다는 듯이 조선 남자는 폭력을 휘두르곤 하였지만, 그래도 여자들은 지지 않는다. 오로지 신세타령을, 비탄을 계속 외쳐댄다. 무저항의, 그야말로 염불을 대신하는 한풀이 저항이다. 본래는 조선 가옥의 온돌방이나 대청에서 신세타령을 하지만, 재일의 경우는 다다미 위나, 소파와 테이블에 둘러싸여 신세타령을 하게 된다.

아이고-오-, 오-오-오, 아이고 아이고-오……. 혜순이 살며시 소파에서 일어나 옆의 베란다 쪽 침실 문을 닫았다. 손자가 잠에서 깨어 이 장면과 마주하게 된다면, 본 적이 없는 할머니의 모습에, 그 형상에 놀라 마침내 울음을 터트리며 두려움에 내달리다가 엄마의 무릎 위에서도 도망쳐 어두운 침실 구석에 숨어버릴지도.

애야, 성삼이야, 너는 뭣 때문에 그 한국·나라에 갔단 말이냐. 소중한 젊은 유학생들을 정치범으로 잡아들이고 있다는데, 그래가지고 무슨 우리나라란 말이냐. 너는 정치범이 되기 전에 대학에서 군대에게 얻어맞고 얼굴 병신이 되어 돌아와서, 아이고-오, 오, 오-, 아이고-옷, 그 얼굴 모양은, 그게 한국의 대학에 들어갔다는 증거란 말이냐. 대학에 얼굴 병신이 되기 위해 들어갔단 말이냐. 얼굴도 깨끗하게 그대로 대학에 다니는 유학생도 많은데, 왜 너만이 그렇게 되었단 말이냐. 내·아들아, 아이고-, 내 팔자야! 쿵! 주먹이 양탄자 위로 떨어져 내렸다. 그 나라의 대통령을 잡아먹어도 분이 풀리지 않아. 아이고……. 어험, 그만해! 무슨 놈의 팔자는, 그 정도면 상팔자지. 아니, 이 양반은 소중한 아들은 얼굴 병신이 돼서 돌아왔는데, 그게 상팔자라니! 아이고-, 아이고, 네 아버지라는 사람은…….

이 한이 서린 타령은 아들, 한성삼의 얼굴이 자신이 낳았던 원래의, 보름 전쯤의 얼굴로 되돌아갈 때까지 영원히 계속될 것이다. 목이 쉬고, 눈물이 마르고, 힘이 다 빠져서 분노의 불꽃이 삭을 때까지 계속된다. 가족들은 어제 갑자기, 청천벽력 같은 한성삼의 귀환을 도쿄로부터 전달받고, 부모도 몇 시간이나 전부터 맨션으로 찾아와, 이미 반나절, 불안, 긴장으로 한성삼의 귀가를 애타게 기다린 결과로서의 현실이, 이렇게 다른 사람이 되어버린 아들의 얼굴이었다.

한성삼은 그 이상 일체 말을 하지 않았다. 불필요한 걱정이나 억측을 하게 만들고 싶지 않았다. 서울의 이야기는 하고 싶지 않다. 부모가 앞에 있는데 자리에서 일어나 현관 옆의 침상이 있는 방으로 사라질 수도 없다. 부상의 원인도 거짓이니까 그럭저럭 설명할 수 있었던 것이지, 그 고문방에서 있었던 일을 지금의 거짓말처럼 이야기할 수는 없다. 입에서 나오지 않는다. 고문관의 맹수 같은 목소리와, 곤봉 아래에서 부서지는 자신의 절규, 개처럼 무참한 목소리가 울리는 잔상을 언급하고 싶지 않다, 이명이 들린다. 그러나 아버지께는 남산에 대해 이야기하지 않으면 안 된다. 김일담의 일을. 남산과의 계약에 의한 김일담 공작에 관한 일을. 김일담을 팔았던 일을. 난 김일담을 판 것인가. 그들이 요구하는 대로 진술서를 쓰고, 그리고 남산에서 나온 것이다.

한성삼에게 이변이, 얼굴이 아닌 그의 몸 전체에 이변이 일어난 것은 집에서 하룻밤이 지난 다음날이었다.

한성삼은 부모가 돌아가고 나서, 밤도 늦었지만, 아내인 혜순과도 이렇다 할 이야기를 나누지 않고 바로 임시로 이불을 깔아놓은 현관 옆의 방으로 들어간 뒤, 얼마 안 있어 잠이 들었고 그리고 계속 잤다. 다음날 아침이 되어도 그냥 계속 잤다. 계속 잠을 자는 것이 수면병인지 뭔지 식물 상태의 증상이 아닌 한 이변은 아니지만, 그것이 비정상적으로 길었다. 그래도 서울에서의 익숙하지 않은 생활의 피로가 쌓인 것이겠지, 비상군사훈련에서 말도 안 되는 얼굴의 부상, 게다가 퇴학 처분 등에 의한 심신의 피로가 원인일 것이라고 혜순은 생각하고 있었다.

한성삼은 잘 수 있는 만큼 잤다. 그래도 더 잘 수 있었다. 한도 끝도 없이 잠든다. 점심 전에 침상을 잠시 나와 미역과 두부를 넣은 소고기국 한 사발을 식사 대신으로 먹었을 뿐, 결코 의도적인 것은 아니지만, 혜순의 말에도 응, 응, 아들에게도 응, 응, 고개를 끄덕이면서 아들의 머리를 쓰다듬기만 하고 거의 말을 주고받지도 않고 다시 방으로 돌아와 이불 속으로 파고들어, 어디에서 졸음이 생겨나는 것인지, 가슴을 열고 기다리고 있는 듯한 수면의 품에 안겨 잠에 빠진다.

꿈을 꾸고 있었다.

도중에 눈을 떠도 계속 꿈을 꾸고 있는 듯한 상태로, 본 적이 있는 듯한 거리를 바라보다가, 피곤한 다리로 서울 변두리로 보이는 숲 속에 들어가 물이 흐르는 지하의 넓고 비교적 밝은 동굴을 걷고 있자니, 꿈속의 파랗고 밝은 바닷속을 떠다니는 것처럼 양쪽 다리가 헤엄을 치고 있었고, 어느새 공중으로 두둥실 떠올라 날고 있는 듯한, 바닷속과 하늘이 하나로 이어지는, 전혀 사람의 그림자가 보이지 않는 망막한 꿈의 공간. 만화경 같은 확산과 수축, 모든 것이 산산이 부서져 있는 듯하면서도 전체가 잘 조화된 꿈의 세계. 어딘가 하늘에서 유영하고 있는 듯한, 잠을 자면서도 거의 깨어 있는 듯한 한동안의 유영 상태에서 다시 깊은 잠에 빠진다. 떨어질 만큼 떨어져, 잠의 밑바닥으로 떨어져 바닷속으로 떨어질 만큼 떨어졌다가 떠오른다.
비몽사몽, 꿈이면서 꿈이 아니고, 꿈이 아니면서 꿈. 반복의 이
어짐.

　바닷속 해초 숲에 피곤한 다리가 얽히고, 설키고, 안겨서 진
득진득한 점막으로 덮인 바닷속에 누워, 발버둥치고, 헤엄치며
흔들리고, 흔들려서, 밖으로 흔들려, 꿈의 거대한 원형의 공간
은 자궁의 요람.

　마치 서울의 20일간이 불면의 20일간이었고 그것이 단번에
왕창 하룻밤의 잠, 하루 밤낮의 잠 속에 흘러들어와 넘치면서
꿈이 되고 비몽과 일체가 되어, 더 이상 재미없고 말라비틀어
진, 꿈이 없는 잠이 되면서 눈을 떴다.

　이불 위에 걸쭉하게 용해되어 이제는 고체로 돌아갈 수 없을
정도의 액체 상태와 같은 잠에서 깨어 밖으로 빠져나와, 겨우
여기가 따뜻한 침상이라는 의식이 움직인 것은 밤이었다. 어젯
밤도 밤이었지만, 도쿄에서 돌아온 어젯밤과는 같지 않은, 마
치 어젯밤이 없었던 것 같은 밤이라고 느꼈다.

　막 일어났을 때는 술에 취한 것처럼 똑바로 설 수 없었지만,
이윽고 길고 긴 잠 이전의 손발이 자유롭게 움직이는 몸의 상
태로 돌아와 있었다.

　그러나 한성삼은 재갈을 물린 것처럼 입의 움직임이 부자연
스럽고 말이 무거웠다. 말이 입보다도 훨씬 아래쪽에서 움직

이지 않는다. 아내와도 응, 응 하며 입술 끝이 도려내져 섬뜩한 느낌을 주는 일그러진 미소를 가볍게 짓고 고개를 끄덕이면서, 그 자체가 지금까지 없었던 일이지만, 거의 이야기를 하지 않았다.

"성삼 씨, 당신, 무슨 일 있어?"

남편을 자극하지 않기 위해 말을 삼가고 있던 혜순이 말했다.

"응? 내가 뭘 어쨌다고? 이상한 말 하지 마."

"어디 몸이라도 안 좋은가 해서."

"피곤한 것뿐이야. 아아, 지금은 너무 자서 피곤한 건가. 몸이 안 좋은 곳은 없어."

"너무 많이 자도 몸에 좋지 않아요."

"응, 그럴지도."

이것이 3주 전에 뜨거운 석별의 포옹을 했던 부부의 대화다. 확실히 한성삼의 이변을 느끼게 된 것은 아이가 잠이 든 밤 9시가 되어서였는데, 옆의 거실에서 그제야 가벼운 식사를 하면서 오랜만에 부부가 반주 잔을 주고받은 뒤부터였다.

잔을 기울인 한성삼은 목구멍 아래에서 거품이 터지는, 먼 세월 너머로 사라져버려 잊고 있을 터인 맥주의 감미로움에 만족하며 연거푸 잔을 비웠다. 원래 말수가 많지 않은 한성삼이지만, 맥주가 들어가 볼이 발개지고 취기가 적당히 돌았을 텐데도 이렇다 할 말이 없다. 치즈와 건포도를 조금씩 집어 먹으며 의식적으로 혜순과의 대화를 피하는 것이 아니라, 그저 잠자코 아내가 따라주는 맥주잔을 기울였다. 그도 아내 혜순의 잔에 맥주를 따랐지만 말을 꺼내지 않는다. 서로 간에 침묵을 의식하고 있는 건 아닌데도 테이블을 사이에 두고 마주한 공기가 답답해진다.

"과일, 딸기가 있는데 내올까요."

"필요 없어."

그는 맥주를 한 모금 마시고 나서 건포도 덩어리를 집어 입에 넣었다. 앗, 혜순이 뭔가 생각난 듯이 일어나 거실과 이어진 주방으로 갔지만, 침묵이 괴로웠던 그녀는 그저 자리를 뜨기 위해 뭔가 생각난 척을 하고 있었다. 눈앞의 개수대에 있는 식기를 닦아보려 했지만, 너무 작위적이라서 주방 도구를 두세 개 다른 곳으로 옮기는 동작을 하고 난 뒤 바로 소파 자리로 돌아와 앉았다.

"위스키."

한성삼은 기다리고 있었다는 듯이 조금 취기가 돈 목소리로 말했다.

# 14

"......"

혜순은 바로 반응할 수가 없었다. 한성삼의 전등에 반사된 눈빛이 겁을 먹은 듯 떨고 있었다. 뭔가 불길한 예감이 들어서 혜순은 천장의 형광등을 올려다보았지만 이상은 없다.

"위스키."

한성삼은 가만히 혜순을 노려보며 반복했다.

"위스키는 없는데."

"없다. 그런가, 위스키가 없다고?"

"예."

"이상하군. 내가 일본을 떠나기 전까지 마셨었는데, 화이트 호스의 병이 있을 텐데."

"......"

혜순은 잠시 사이를 두고, 없다고 대답했다.

"없어? 누가 마신 거야."

"내가 마셨어."

"나라고? 언제 그렇게 위스키를 좋아했나? 위스키 내놔!"

"당신, 왜 그래? 갑자기."

"위스키를 마시고 싶어서 그래. 아버지는 왜 술을 안 마시냐고 불평을 하셨는데, 지금 마시고 싶어졌어."

"맥주를 마시고 있잖아요. 네 병째예요."

"맥주랑 위스키는 달라. 난 지금 일본에, 한국에서 일본에 뭘 하러 온 거지?"

"성삼 씨, 무슨 말을 하는 거야? 당신, 스스로 돌아온 거잖아요. 여기는, 자신의 집으로 돌아온 거예요."

"알고 있어. 여기는 일본이야. 오사카, 대판. 이쿠노잖아. 집, 우리 집, 아아, 어느새 내가 여기에 있는 거지……."

한성삼은 초점이 안으로 들어간 시선으로 주위를 방을 둘러보았다. 밀물이 밀려오듯이 취기가 서서히 몸을 감싸며 뜨겁게 채우고 있었다.

여기는 파란 빛이 투과되는 바닷속이 아니다. 몸이 벽의 경계가 사라진 현관 옆의 방으로 옮겨간다. 그곳은 꿈속에서 바닷속, 떨어지고 떨어질 만큼 떨어져서, 꿈의 밑바닥, 바닷속이었다. 커다란 꿈을, 바다와 하늘이 연결되는 커다랗고 둥그런 형태의 꿈속을 보고 있었던 것이다. 지금, 자신이 여기에 벽 이쪽에 있는 것도 꿈속의 나, 눈앞에서 흔들리고 있는 혜순도 꿈속. 꿈의 작은 부분인가. 바닷속 조류의 흐름에 크게 흔들린 한성삼은 물속에서 일어서는 것처럼 무거운 몸을 일으켜 소파를 벗어나려 했다.

"어디 가려고?"

성삼의 머릿속에서 무슨 일이 일어나고 있는 걸까. 멍하니 지켜보던 혜순이 말했다.

"위스키를 가져오려고."

"당신, 어디 있는지 알아? 기다려, 내가 가져올 테니."

자리에서 일어난 혜순이 성삼의 팔을 잡았다. 그는 입술을 깨물며 소파에 앉았다.

주방으로 간 혜순도 입술을 깨물고 있었다. 그녀는 발돋움으로 찬장 맨 상단 구석에서 남편이 일본을 떠나기 전에 조금 입을 댄 채로 반절 이상 남아 있는 위스키 병을 잡으며, 하다못해 삼분의 일 정도의 분량이라면 몰라도 이걸 그대로 테이블 위에 내놓는 것도 싫고, 그렇다고 반절 정도를 성삼이 바로 옆에 있는 개수대에 소리를 내면서 흘려버릴 수도 없다. 혜순은 묵직한 위스키 병과 얼음통을 주방 싱크대에 올려놓고, 냉동고에서 얼음을 꺼내 얼음통에, 물병에 물을 담아 테이블로 가져갔다. 그리고 다시 치즈와 크래커, 좀 전에는 싫다고 고개를 흔들었던 딸기를 접시에 담아 테이블에 올려놓았다.

얼른 위스키 병을 잡으려는 한성삼을 제지한 혜순은 두 손으로 그의 앞에 있는 잔에 삼분의 일 정도를 천천히 따랐다.

"얼음 넣을까?"

한성삼은 가만히 혜순을 바라보면서 말없이 고개를 끄덕였다. 혜순은 얼음을 서너 개, 잔 가득히 물병의 물을 채우고 천천히 저은 뒤 성삼의 앞에 놓았다.

"나도 한잔 마실게."

자리에서 일어난 혜순은 주방에서 잔을 가져오더니, 스스로 위스키를 사분의 일 정도 따라 물을 섞고 얼음을 하나 띄운 뒤, 일단 입에 머금었다가 가볍게 목구멍으로 흘려보냈다. 그리고 접시의 커다란 딸기 하나를 집어 성삼에게 먹으라며 내밀었다. 한성삼은 아무런 말도 없이 테이블 위의 잔에 가져다 댄 오른손은 떼지 않고 왼손 손가락으로 딸기를 집어 입에 넣고 천천히 씹었다. 천천히 씹는 것은 남산에서 밴 습관이었다. 그는 얇은 치즈를 크래커 위에 올려 먹은 뒤, 물로 희석시킨 위스키 잔을 천천히 기울였다.

아무런 말도 하지 않는다. 혜순도 크래커를 집어 입에 넣고 천천히 부서지는 대로 씹는다.

한성삼은 일그러진 입술 끝이 가볍게 당기는 왼쪽 볼의 패인 상흔에 취기를 느끼고 있었다. 모은 손가락으로 울퉁불퉁한 상흔을 쓰다듬는다. 반복해서 쓰다듬는다. 입가에 희미한 미소가 흘렀다. 작은 고랑에 간지러움을 느끼는 게 기분이 좋다.

"아파?"

"으, 응, 아프지 않아. 걱정하지 마. 걱정할 거 하나 없어."

그는 잔으로 손을 가져가 들어 올린 뒤 천천히 기울였다.

두 사람은 말이 없었다.

서로의 입안에서 씹는 소리, 침을 삼키는 소리도 들릴 것 같은 투명한 침묵이 피부에 느껴지자, 잠시 잔을 잡는 손의 움직임도, 건포도를 씹는 입의 움직임도 정지한 채, 무언의 시간에 침묵이 부풀어 오른다.

좀 전의, 혜순이 자리에서 일어났을 때의 테이블 사이에 있었던 답답함이 되살아났다. 왜일까. 한성삼은 의식적으로 침묵하고 있는 것은 아니었다. 몸 안에서 뜨거워지는 취기에 조용히 자신을 맡기고 있을 뿐이어서 입이 무거워지는 것은 당연했다. 그러나 실어증에 걸린 것도 아니고, 이건 오랜만인데다 갑작스레 한국에서 돌아온 부부가 주고받는 반주의 모습은 아니다.

조용하다. 방 안은 시간이 정지한 것처럼 조용하다. 벌써 심야인가.

한성삼의 입이 움직였다. 그는 맛이 서로 융합되는 치즈와 딸기를 씹어 삼키는 입안 움직임의 울림을 귀 뒤쪽에 직접 들으면서, 순간적으로 자신을 둘러싼 정적 속에서 소나기처럼 격한 중얼거림, 온 하늘의 별이 수런거리는 소리를 머릿속 공간에 느꼈다. 그는 눈을 감고 있었다. 고막의 벽을 지잉지잉 울리며 천천히 취기가 밀고 올라와 머리의 중얼거림 속으로 퍼지고, 수없이 많은 미립자가 중얼거림의 윤곽을 또렷하게 만든다. 콘서트홀처럼 머릿속에 펼쳐진 공간이 양쪽 귀 깊숙한 벽의 공명판에 서로 메아리치는 소리로 부풀어 오르고, 눈앞에서 뭔가가 움직이는 기척의 파장이 위쪽 눈꺼풀에 전달되는 바람에 깜짝 놀라 눈을 뜨자, 밝은 세계의 물체 형상이 나타났다. 자신을 가만히 바라보고 있는 요염하고도 슬픈 표정. 순간, 한성삼은 가슴이 덜컥했다. 어라, 내 감정이 움직인다. 검은 눈동자 속에 반짝하고 빛나는 혜순의 빨아들일 듯한 깊은 눈과 마주쳤다. 반팔 폴로셔츠의 가슴 융기가 그대로 느껴지는 열린 옷깃 언저리의 움푹 파인 그림자가 눈앞에 다가와 있었다. 언제였던가, 단단하게 부풀어 오른 하얀 젖가슴에 드러나듯이 파란 혈관이 달리고 있어서 가만히 바라보고 있었던 적이 있다. 이 집이다. 이 집에서 애무한 혜순의 풍만한 향내의 두 가슴. 이건 내 아내다. 한국이, 한국의 그림자가 젖가슴과의 사이를 가로막는다. 언제였던가가 아닌, 눈앞에 있는 혜순이다.

한성삼은 테이블 위에 시선을 떨어뜨리고 잔에 손을 댔다.

"당신, 성삼 씨." 목소리가 촉촉이 젖어 있었다. "피곤할 거예요. 그리고 아버님께서도 말씀하셨듯이 몸의 상태가 좋지 않아요. 자지 않아도 되니까, 좀 누우면……."

"알았어. 난 여기가 좋아."

"목소리가 많이 취했어."

"알고 있어. 여기가 좋다니까."

한성삼은 얼음이 녹은 잔을 천천히 바닥까지 기울였다. 눈꺼풀을 닫고 가볍게 머리를 흔든다. 머리가 무겁다. 취한 모양이다.

그는 담배를 찾았다. 분명히 테이블 위에 있을 터였다.

"뭘 찾고 있어?"

"담배……."

"담배? 거기 봐봐, 눈앞에 있잖아……."

"응……."

그는 바로 앞에, 테이블 모서리에 있는 담배가 눈에 들어오지 않았다. 취기의 막이 드리워져 있는 모양이다. 한 개비를 손가락 끝으로 집어 들어 입에 물고 담배 옆에 있던 라이터로 불을 붙였다. 라이터도 담배도 원래의 위치에 있었던 것이다. 그는 한 모금 깊이 들이마신 뒤 혀에 남은 니코틴의 쓴 맛에 침을 삼키고 나서, 재떨이에 담배를 비벼 뭉개듯이 껐다. 그리고 위스키 병으로 손을 뻗으려는 것을 혜순이 대신 병을 들고, 잔의 위치는 그대로, 사분의 일 정도의 술을 따른 뒤 물을 타고 나서, 그녀는 위스키 병을 양손에 안기라도 하듯이 하고 자리에서 일어났다.

"이봐……."

성삼이 얼굴을 들어 올리고 말했다.

"왜."

"위스키 병을 가지고 어디로 가는 거지?"

"아무데도 가지 않아. 위스키는 이제 그만 마셔요."

"병은 여기에 놔둬."

"그 정도면 됐잖아요. 이렇게나 줄었어. 벌써 한 홉 반은 마셨다고. 위스키 한 홉 반이에요. 사십 도 이상의 오십 도에 가까워. 맥주를 많이 마셨으니까 그 이상 마시면 좋지 않아. 집에서는 그렇게 많이 마시지 않았잖아요, 지금까지. 옆에서 보면 뭔가 중병에 걸린 것처럼 보여요……. 한국에 다녀오고 나서."

성삼은 손에 든 잔을 테이블에 소리 나게 내려놓았다.

"흐음, 무슨 병인데. 병, 병, 아버지도 그렇게 말했지. 내가 무슨 전염병에라도 걸렸다는 건가!"

"왜 그런 식으로 말을 하지? 아버지와 어머니가 걱정하시면서 나에게 신경 쓰라고 엄중하게 명하셨어요. 오늘은 당신이 점심을 먹고 나서, 점심도 국만 먹었잖아요, 잠시 저녁까지 사무소에 나가 있었어."

"아버지가 뭘 안다고 그래. 당신도 그렇지만 내가 한국에서 갑자기 돌아오는 바람에 기분이 좋지 않은 거야. 갈 곳이 없어서 이곳으로 돌아왔어. 갈 곳이 있었다면 여기가 아니라도 좋았다고."

"성삼 씨, 당신 무슨 말을!"

"그래, 서울이 아니라면, 한국이 아니라면 어디라도 좋았단 말이야."

"아이고, 성삼 씨, 당신, 아아, 어떻게 그런 말을. 당신, 아픈 거야. 무슨 소리예요, 그게. 당신의 마음에서 나오는 말이 아니야. 여기는 다름 아닌 당신의 소중한 가정이에요. 어디 모르는 곳으로 잘못 들어온 게 아니란 말이지. 그렇잖아요. 아버지, 어머니, 아이와 아내가 있는 자신의 집이란 말예요. 집에 돌아온 거라고. 당신에게 있어 어디라도 좋고, 여기가 아니라도 상관없는 곳이 아니란 말야. 자신의 집이잖아요. 사랑하는 아내와 아이가 있는 자신의 집이라고. 알잖아요, 그곳으로 한성삼은 돌아온 거라고." 성삼을 노려보듯 응시하는 혜순의 눈이 솟아오르는 눈물로 흘러넘칠 듯이 반짝였다. "당신, 여기 말고 어디에 갈 곳이 있다는 건가. 한국에 있어봤자 소용이 없으니까 그곳에서 나온 거잖아요. 있잖아요, 성삼 씨가 힘들다는 거 알아. 왠지 알 것 같아. 이렇게 집에 돌아왔으니까 마음을 편하게 먹어요. 여기는 당신의 집이잖아. 병이라고 한 것도 몸이 너무 지쳐있어서 한 말이고. 그런 거야. 몸이 지쳐있으니까 술은 그 정도로 하고 좀 쉬지 않으면……."

그녀는 위스키 병을 손에 든 채 테이블 앞의 소파에 다시 앉았다.

한성삼은 잔을 기울였다. 물로 희석시킨 위스키는 얼마 남지 않았는데, 잔의 바닥이 빛나는 것이 술은 거의 없었다. 으음, 취기가 진행되고 있는 모양이다.

"몸은 충분히 쉬었어." 그는 가볍게 고개를 끄덕이며 말했다. "혼자 있게 해 줘. 나중에 잘 테니까."

"당신, 어디서 잘 건데? 침실에서 안 자?"

"어디서든 잘 거야. 으음, 자기만 하면 되잖아."

"저 방은 이틀 밤씩이나 잘 곳은 아니에요. 여러 가지 물건이 잔뜩 쌓여 있잖아요. 당신, 많이 취했어. 침대에서 편히 쉬어. 밤도 깊었으니. 혼자 있고 싶으면 침대에서 혼자 쉬라고. 내가 다른 방을 쓸 테니까."

"응, 알았어. 하지만 그럴 필요는 없어. 지금 여기에서 혼자 있게 해달라는 거야. 그러니까, 먼저 자."

"당신, 여기에서 계속 혼자 있을 거야?"

"응…… . 그래…… ."

그는 한 번 고개를 끄덕이더니 머리를 푹 숙이고 눈을 감았다. 졸리는 게 아니다. 지-잉, 지-잉, 지-잉…… . 머릿속 공간에서 꿈틀대는 하늘 가득한 별들의 중얼거림이 두개골의 벽에 밀려들어 세찬 빗소리가 되었다가, 멀리에서 울리는 천둥소리처럼 멀어져 간다. 취해 있다. 몸이, 머리 전체가 밤의 망망대해에 떠 있는 것처럼 이리저리 흔들린다. 흔들린다.

잠시 후에 눈을 뜨자, 눈앞에 조각상처럼 혜순이 앉아 있었다. 테이블 위의 잔은 비어 있었다.

"거기에 있는 건 혜순이네. 왜 자지 않는 거야. 당신이 내 불침번인가? 밤새도록 내 옆에서 지키고 있을 건가."

"뭐야, 그 불침번이라는 건……."

"불침번 말이야. 나를 자지 못하게 하려는."

"난 당신이 잤으면 좋겠어요."

"내가 도망치지 못하게 망을 보고 있는 건가?"

"……? 당신, 어디로 도망치려고." 혜순이 웃음을 흘렸다. "나도 함께 도망가. 당신, 취했어. 이봐요, 성삼 씨, 자리에서 일어나요. 방으로 가서 쉬자고요……."

혜순은 자리에서 일어나 테이블 옆으로 한성삼에게 다가 갔다.

"혜순, 됐으니까 내 일은 상관하지 마. 부탁이니 그냥 내버려 둬." 성삼은 얼굴 앞까지 올린 손을 두세 번 젓고, 그의 손을 잡으려는 혜순을 물리쳤다. 그리고 잔을 혜순 쪽에 탕 하고 놓았다.

"위스키를 따라 줘."

그녀는 말없이 잔에 사분의 일 정도의 술을 따르고 물로 희석시킨 다음, 자신의 앞에 있는 잔에 조금 많은 삼분의 일 정도의 위스키, 그리고 녹기 시작한 얼음을 떨어뜨린 뒤 물을 가득 채웠다. 위스키 병의 바닥이 보이는 게 소량의 위스키만 남아 있었다.

"혜순도 마시는 건가."

성삼은 잔을 들고 꿀꺽 단숨에 비웠다. 혜순도 그를 따라 양손으로 잔을 입에 가져다 대었다. 그녀는 성삼을 이대로 혼자 둘 수는 없었다. 이처럼 혼자서 밤늦게까지 상당한 양의 술을 마신 적이 없었고, 게다가 흔히 말하는 술꾼도 아닌데, 한국에 가 있는 사이에 변한 것일까. 그가 납득할 수 있도록 빨리 술병을 비워버려야만 한다. 그가 잔의 술을 비울 때까지 불침번은 아니지만 지켜볼 수밖에 없다.

성삼은 잠이 오는지 눈을 감고 있었지만, 취중의 졸음은 아닌 듯했다. 그가 꾸벅꾸벅 졸기라도 한다면 살며시 잔의 술을, 두 잔 모두 주방에서 흘려버리고 빈 잔을 원래의 위치에 가져다 놓을 것이다.

이윽고 물로 희석시킨 위스키를 시간을 두고 두세 번 기울이던 혜순은 소파의 등받이에 상체를 기댄 채 잠이 든 모양이다. 한성삼은 자지 않는다. 눈을 감는다. 눈을 감고 진행되고 있는 취기에 몸을 맡긴다. 안쪽에서 올라온 취기가 양 눈꺼풀을 안구로 끌어내리며 닫게 만든다. 졸음과 취기가 닫힌 눈의 안쪽에서 하나가 된다. 무한한 어둠의 공간으로 몸 전체가 수영하듯 빨려 들어가더니, 만화경 같은 꿈속 공간의 눈 모양으로 반짝이는 결정 사이를 한 바퀴 돌고 크게 유영하듯이 떨어져 내리다 깜짝 놀라 눈을 뜨자, 밝은 별세계 같은 빛 속의 테이블 위로 초점이 불명확한 시선이 떨어진다. 그는 자신의 잔에 남은 술을 비우고, 테이블 위의 위스키 병을, 취한 눈을 크게 뜨고 자세히 보자, 비어 있다, 그걸 상체를 내밀어 잡으려 했다. 무거운 상반신이 휘청거리더니 병이 손에 닿기 전에 테이블 위로 소리를 내며 쓰러져 버렸다. 테이블 모서리까지 굴러갔지만 밑으로 떨어지지는 않았다. 음, 취했군. 혜순, 혜순은 잠들어 있다. 난 취해 있다. 그는 쓰러진 위스키 병을 꽉 움켜쥐고 소파에 앉더니 병을 거꾸로 들고, 얼마 남지 않은 황금 같은 술 몇 방울은 아니지만, 소량의 술이 쪼르륵 잔에 떨어지다 말았다. 그리고 마시다 만 혜순의 술을 자신의 잔으로 옮긴 뒤, 그걸 마셔버렸다. 취기에 끌려 들어가듯 눈을 감는다. 가라앉는다. 점점 가라앉는다. 취기에 가라앉는다. 자신 내부의 깊이를 알 수 없는 어둠의 공간에 가라앉는다. 취했다. 귀 밖으로부터의 목소리.

눈을 뜨고 화장실을 가기 위해 일어섰을 때는, 바로 일어나기 어려울 정도로 앗핫하, 뭔가 이건, 비틀거렸다. 내 발이 제대로 움직이지 않는 것은 취했기 때문인가. 앗핫핫, 난 술을 마신 게다, 그래, 그래서 취한 거야, 취했어, 취했구나……. 으, 으음, 취했어……. 뭐야 이 사람은, 혜순은 이런 곳에서 잠이 들었군……. 혜순이 잠들어 있다. 미녀가 자고 있다. 그는 소파 팔걸이에 손을 대고 천천히 일어난 뒤, 양쪽 다리에 힘을 주고 똑바로 서서 비틀, 비틀, 발의 방향을 바꿔 앞의 소파에서 자고 있는 혜순의 얼굴을 가만히 들여다보고 나서, 현관 쪽 화장실로 넘어지지 않게 조심하면서 천천히 걸어가, 문을 열고 안으로 들어갔다.

손을 뒤로 돌려 문을 잠근 한성삼은 양변기 커버를 들어 올리지 않고 어떻게든 소변이 주위에 튀지 않도록, 아니, 튀고 있다. 뚜껑이 젖고 있다. 용무를 마치자 그대로 방향을 바꿔 변기에 앉았다. 그리고 물탱크 앞에 일으켜 놓은 뚜껑에 등을 기대고 눈을 감았다. 취기가 돌고 있었다. 눈이 돌고 있는 것인지, 머릿속을 커다란 소용돌이가 겹쳐서 움직인다. 토할 것 같지는 않았지만, 머리 앞쪽으로 온몸의 피가 올라오기라도 하듯이 얼굴이 뜨거워지고 앞으로 쓰러질 것처럼 무겁다.

그는 물탱크에서 등을 떼고 양 무릎에 팔꿈치를 댄 채 양손으로 얼굴을 감싸듯이 받쳤다. 안면의 취기 열기가 좌우의 손바닥에 전해져서 뜨겁다. 열기가 머릿속에서 굳어져 가스처럼 팽창한다. 열이 있는 것은 아니다. 술의 취기다. 귀 속에서 또다시 머릿속의 무수한 미립자의 중얼거림, 빗소리가 되살아나 시끄러운 매미의 울음소리가 고막 안쪽을 때리는 것 같다. 감은 안구의 뒷면을 스치며 번개 모양으로 빛나는 삼각형 파도가 옆으로 이어져 달린다. 남산의 숲 속에서 보았었다. 감은 눈을 재차 감는다. 소리가 난다. 소리가……. 발소리가. 이 자식아! 개새끼야! 이·개새끼야! 멍, 멍……. 제주 빨갱이, 개새끼야! 멍, 멍……. 갑자기 변기 커버가, 변기 밑이 빠져서 쑥 하고 소리도 없이 아래로 떨어진다. 떨어진다, 떨어져. 몸이 공중에 뜨 듯이 떨어진다. 지하실 바닥이 빠져서 똑바로 나락으로 떨어진 다. 지하실의 지하 깊이 떨어진다. 쑥 하고 소리도 없이 떨어진 다. 텅 빈 공간의 밑바닥으로 변기 커버에, 쇠로 된 의자에 앉 은 채 떨어진다.

한성삼은 죽을힘을 다해 지상으로 기어 올라와, 지하실 변기 위로 나왔다. 여기는 어딘가……? 화장실이다. 화장실 안이다. 그는 변기 위에 걸터앉아 있었다. 취기가 머릿속을 급회전하며 불타고 있었다. 눈꺼풀 안쪽이 거칠게 불타는 광기(狂器), 미친 그릇이 되어 있었다. 벽의 금속제 수건걸이를 잡고 간신히 일 어선 한성삼의, 지하실 공간에서 겨우 나온 그의 머리에 곤봉 의 비가 떨어져 내렸다. 그 자리에 주저앉은 그는 양손을 바닥 에 대고 네발로 기면서 도망 다녔다. 아니, 네발로 기는 순간, 좁은 화장실 공간에서 머리가 퉁, 퉁 문에 부딪치고, 뒷다리가, 아니 무릎을 꿇은 두 다리가 벽에 부딪쳐 도망 다닐 수가 없다. 이 자식이, 개새끼야! 불타는 취기가 뜨거워져서 머리가 쪼개 질 것만 같다. 으-, 우우욱, 멍, 멍……. 격한 노크 소리가 몇 차 례 울리더니 문이 열렸다. 밖으로부터 열리는 순간 멍, 멍, 문 에 부딪쳐 있던 그는 네발로 기면서 뛰쳐나오다 앞다리가 문지 방에 걸려 옆으로 굴러 넘어졌다. 여자의 비명이, 혜순의 비명 이 터졌다. 순간적으로 몸을 뒤로 젖힌 혜순은 눈앞에서 네발

로 기는 것이 성삼이라고 확인. 아이곳, 당신, 성삼이! 아이고
옷, 아앗, 혜순은 몸이 얼어붙었다. 화장실에서 복도를 따라 거
실로 굴러들어와 계속, 멍, 멍……. 개가 되어 주위를 기어 다니
며 술 냄새를 풍기다가, 엉덩이를 내리고 꼬리를 흔드는 시늉
을 한다. 당신, 지금 뭐 하는 거야? 멍, 멍, 당신, 성삼, 한성삼!
멍, 멍……. 당신, 정말로 개가 된 거야? 이게 무슨 일인지, 혜
순은 이것은 성삼이도 누구도 아닌, 꿈속에서 튀어나온 기묘한
생물이라도 되는 듯이 한동안 멍하니 바라보고 있었다. 멍, 멍,
멍, 머엉, 머엉, 인간이 개의 흉내를 내고 있다. 웃음이 나왔다.
좀 전까지 테이블 앞에 있던 이 집의 성삼이가 틀림없는데, 취
해서 장난을 치는 건가. 그 사이에 인간의 얼굴을 한 개가 된
것일까. 멍, 멍……. 개가 된 그는 우뚝 선 채 웃음을 흘리고 있
는 혜순의 양 다리를 껴안았다. 크게 놀란 혜순이 양 다리를 발
버둥 쳐서 그 자리를 벗어났다. 멍, 멍, 멍! 인간의 얼굴을 한
개가 쫓아왔다. 그만해! 뭘 하는 거야! 완전 짐승, 이놈의 개!
라는 말이 입에서 나오려는 것을 간신히 침과 함께 삼키고, 그
녀는 뒤를 돌아보면서 도망 다녔다. 아아, 청소기 자루를 가져
다가 미친 들개처럼 두들겨 팰 수도 없다. 아, 이건 개가 아닌,
개가 아닌, 인간, 남편인 성삼, 성삼이.

문이 열린 침실의 문지방 위에 잠을 깬 아들 유수가 양쪽 눈
을 비비며 서 있었는데, 이윽고 그 눈을 크게 뜨고 네발로 기어

374

다니는 것이 아버지라는 것을 알자, 아빠! 하고 소리를 질렀다. 아빠, 아빠, 앗, 작은 입을 벌리고 웃으며 방의 문지방에서 거실로 풀쩍 뛰어 몸을 앞으로 구부리더니, 갓난아기처럼 네발로 엎드려 멍, 멍, 왕, 왕……, 기어가기 시작했다. 멍멍, 왕왕, 아, 아, 앗하, 이힛, 우엣, 멍멍, 왕왕…….

"유수!" 혜순이 외쳤다. "유수! 그만해, 그러면 안 돼, 그만둬!"

혜순은 아버지의 뒤를 쫓는 아들에게 다가가 아버지로부터 떼어내기 위해 안아 올렸다. 개가 된 그는 고개를 돌려 아들을 안은 혜순의 모습을 보더니, 갑자기 이빨을 드러내며 혜순에게 덤벼들었다. 크으, 크엉, 크으, 멍, 멍! 멍!

놀라서 아들을 내려놓은 혜순이 성삼과 뒤엉켜, 내리누르는 상대를 때리면서 필사적으로 몸을 떼어내려 한다. 멍, 멍! 이게 무슨 일인가, 장난이 아니라면 설마 성삼이 인간개가 되다니! 개, 개가 아니다, 인간, 성삼!

양친이 뒤얽히자 깜짝 놀란 유수가 엄마, 엄마…… 하고 울기 시작했다. 그리고 주위를 둘러보면서 소파 사이의 테이블 쪽으로 달려가더니, 빈 위스키 병을 양손으로 안고 와서는, 그 가는 목 부분을 작은 손으로 잡고 아버지의 머리를 내리쳤다. 멍, 멍. 돌아가, 나가, 돌아가, 멍, 멍……. 병은 아버지의 얼굴이 아닌 어깨에 맞은 뒤 그대로 바닥에 굴러 떨어졌다. 유수가 구르는 빈 병을 다시 집어 들려는 것을 혜순으로부터 손을 뗀

성삼이 느물거리는 개의 눈으로 아들을 노려보았다.

다시 일어선 혜순이 아들을 제지하며 위스키 병을 집어 든 뒤, 다른 한 손으로 유수의 팔을 잡아 소파로 끌고 가더니 쓰러지듯이 털썩 주저앉았다.

빈 병을 테이블에 올려놓은 혜순은, 불이 꺼져있는 옆방에 쓰러져 있는 아버지를 겁먹은 듯이 목을 빼고 들여다보는 아들을 자신의 오른쪽에 앉혀 아들의 시야를 가렸다.

서재에 벌러덩 누운 성삼은 초점 없는 눈을 뜨고 있었는데, 넓은 바다에서 풍파를 만난 배 위에서처럼 주위가 크게 흔들리고, 벽이며 천장이며 빙글빙글 가로로, 대각선으로, 세로로 돌기 시작했다. 회전하는 천장으로 두 눈이 이끌려 들어가면 누워 있는 몸이 침상 위에서 빙글빙글 마치 프로펠러처럼 돈다. 밀려드는 큰 파도에 몸이 농락당하고, 뜨거워진 취기의 열기는 다시 안으로부터 솟구쳐 올라오는 큰 파도가 되어 전신을 덮어씌운다. 온 방 안이, 천장과 바닥이 뒤집어지고, 자신도 아래위로 뒤집어져 돈다. 머리가 동체에서 떨어져 천장에 달라붙은 채 빙글빙글 함께 돈다. 옆으로 발버둥 치며 구르다가 우억, 우어억! 우억억! 소리를 지르며 양손으로 양탄자가 깔린 바닥을 치고, 발로 쿵쿵 차다가, 우억, 우억, 멍, 멍, 양손으로 바닥을 짚고 다시 네발이 되어 멍, 멍, 방 안을 기어 다닌다. 인간이 되어 다시 일어서면 그 순간 온 방 안을 거칠게 뛰어다닐 것이다.

갑자기 상체를 세우고 일어나더니, 좌우로 휘청거리면서 두세 번 회전한 뒤 털썩 바닥에 쓰러졌다. 그리고 양쪽 손발을 버둥거리면서 우어억, 우어억, 입에서 거품을 토해내고 야수처럼 소리를 지르며 날뛴다. 몸 안에 뭔가 폭발 직전의 무서운 것을 안고 있어서, 그것으로부터 도망치기 위해 괴롭게 몸부림치며 날뛰는 것일까.

반점 문양의 엷은 갈색 파자마를 입고 개의 표정으로 기어 다니는 모습이, 거실의 불빛이 거의 가려진 방에서 인간의 얼굴을 하고 있으나 누렁개를 닮은, 인간개……. 이런 일이 정말로 있을 수 있는가. 지금 꿈속의 일이 아니다.

혜순은 물론 아들도 겁을 먹고 있어서 둘 다 가까이 다가가 말을 걸 수가 없다. 이거, 정말로 인간개, 그것도 미친개가 되어 버린 것일까. 한국에 다녀온 그 순간에.

시각은 12시가 지나있었다. 혜순은 시아버지에게 전화를 할까 망설였다. 5월에는 시부모와 함께 살기 위해 이곳에서 이사갈 예정이었지만, 지금 바로 옆에 시부모님이 계셨다면…….

이건 술 탓만이 아니다. 뭔가가, 한국의 개가 죽은 귀신인지 뭔지가 들러붙은 것이다. 술이 계기가 되어 어딘지 미쳐버린 게 아닐까. 한국에서 뭔가의 일이, 술이 계기가 되어 지금의 개와 같은 인간이 된 것일까. 정말로 인간의 얼굴을 한 개일까. 인면수신(人面獸身)의 스핑크스는 실제로 존재하는 것이 아니다. 혜순은 소파에서 일어나 현관 옆의 성삼이 자고 있던 방에서 옮겨 놓은 청소기 자루를 주방에서 가지고 와, 만일 개가 된 성삼이 덤벼들 때는 반격하겠다고 생각을 하면서, 지금은 조금 조용해져서 서재에서 엎드린 채로 움직임이 멈춘 모습의 성삼을 보았다.

당신……. 문지방 너머로 말을 걸었다. 개가 당신인가? 성삼 개……. 이상하게도 성삼 개, 성삼, 성삼이…… 하고 이름이 입에서 나오지 않는다. 당신, 개가 된 당신. 당신, 아까처럼 갑자기 덤벼들면 청소기로 한 방 먹일 것이다. 잠이 든 것일까. 옆으로 다가가면 벌떡 일어나 이빨을 드러내고 덤벼들지는 않을까. 이대로 잠들어 버리면 정말 좋겠는데……. 깊이 잠들어 있을 시부모님을 지금 깨워도, 옷을 갈아입고 전화로 택시를 부르고, 아마 두 분이 함께 이쪽으로 오는데 차를 타면 십여 분 정도의 거리지만, 삼사십 분은 걸릴 것이다. 무엇보다 노인 부부를 심야에 전화로 깨우는 것이 싫었다.

갑자기 성삼이 상반신을 일으켜 그를 지켜보고 있던 혜순을 놀라게 했다. 잠든 맹수가 눈을 뜬 것인가. 일어나 네발로 엎드린 성삼은 그늘진 서재 구석에서 밝은 거실 쪽으로 기어 나왔다. 그리고 멍, 멍, 이 아니라, 물, 줘, 물 좀 줘……라고 고통스런 쉰 목소리를 냈다. 아이고, 개가 인간의 말을 했다. 아니, 인간인 성삼의 목소리다. 물 좀 줘……. 당신……. 성삼이……. 혜순은 당황해서 테이블 위 물병에 있는 물을 빈 유리잔에 따른 뒤 성삼에게 다가가 잔을 주저주저, 초점이 없는, 그러나 차갑게 가라앉은 눈동자의, 오싹하고 소름이 끼칠 정도로 취한 눈으로 사람을 바라보고 있는 성삼의 입에 가져다 대었다. 덥석 물지는 않겠지. 성삼은 네발로 기는 자세 그대로 목을 뒤로 젖혀 꿀꺽꿀꺽 목구멍으로 흘려 넣으며 반절 정도 마셨다. 당신, 영원히 이대로 네발로 기어 다니는 것은 아니겠지요, 인간처럼 똑바로 상체를 일으키고 앉을 수 없나요……? 라고는 말하지 않았다.

성삼이는 그대로 다시 엎드린 채 움직이지 않는다. 임종의 물을 마시고 죽은 것은 아니다. 양쪽 어깨가 움직이며 숨을 쉬고 있었다. 무서운 소동은 끝난 것인가. 안도의 숨을 내쉬며, 이대로 잠이 들면 가만히 이불을 덮어줘야겠다고 생각한다. 그리고 아침까지 잠들었다 눈을 뜨면 취기도 사라져서 원래의 한성삼으로 되돌아와 있을 것이다. 소강상태인가, 이대로 잠들어 줬으면.

혜순은 침실에서 아들을 재우고 나서 테이블 위의 술병과 유리잔 등을 주방으로 가져가 설거지를 했는데, 성삼을 그대로 두는 것이 불안했다. 설거지를 하고 나서 잠시 소파에 누워있을 생각으로 손을 닦고 있자니, 등 뒤쪽의 서재에서 목소리가, 성삼의 목소리가 욱, 우욱, 성삼이 다시 신음 소리를 내기 시작했다. 잠들어 있지 않았던 것이다.

혜순이 수건을 내던지고 서재 쪽으로 달려가 보니, 성삼이 가위에 눌린 듯이 발버둥을 치면서 괴로워, 술이 깨지 않아. 당신, 왜 그래요? 술이 깨지 않아. 당신, 왜 그래? 술이 깨지 않아, 머리가 뜨거워, 머리가 아파, 술이 깨지 않아, 머리에서 술을 내쫓아 줘⋯⋯. 무슨 소린지 알 수가 없다, 혜순은 옆으로 누워 있는 성삼의 등을 쓰다듬고 가볍게 두드리면서 뭔가 등에 오돌토돌한 위화감을 느꼈지만, 당신, 성삼 씨⋯⋯ 하고 불렀다. 왜 그래? 술이 깨지 않아. 물 좀 줘⋯⋯. 물이라고? 물⋯⋯. 물, 물. 혜순은 급히 주방으로 가 손잡이가 달린 맥주잔에 물을 반쯤 담아 왔다.

성삼 씨. 그의 팔을 잡고 상반신을 일으켜 세우자, 네발이 아니라 인간답게 앉은 성삼은 스스로 잔의 바닥을 받치며 물을 마셨다. 멍, 멍⋯⋯ 하고 짖지 않는다. 아아, 인간으로 돌아온 모양이다. 개가 아니다. 아침까지 기다리지 않고 인간으로 돌아온 모양이다, 당신⋯⋯. 혜순은 자신도 모르게 눈물을 머금고 그의 손을 잡았다. 미안, 미안, 성삼은 개가 아니야, 누렁개가 아니란 말이야, 마음속으로 외쳤다, 성삼 씨⋯⋯.

"성삼 씨, 당신, 얘기할 수 있어?"

괴롭다, 머릿속이 괴롭다, 머릿속의 취기를 없애고 싶다, 머리가 뜨겁다⋯⋯. 그리고 털썩 상반신을 옆으로 쓰러뜨리고 다시 몸부림을 치면서 머리에서 뭔가를 떨쳐버리려는 듯이 고개를 좌우로 계속 흔들었다.

머리의 움직임이 멈춘 상태에서 혜순은 그의 이마에 손을 대어보았으나 열은 없었다. 다시 확인해 보았지만 열은 없고, 오히려 차가운 느낌이 들었다. 머릿속의 취기가 열을 내고 있는 것일까.

세상에는 이상한 일도 있는 법이다. 술을 마시고 취해서 술이 깨지 않는다고 외친다. 그렇게 편리하고 제멋대로일 수 있단 말인가. 개가 아닌 그는 머리를 양손으로 감싸 안고 술이 깨지 않는다, 술이 깨지 않아, 술에 취해가는 것이 괴롭다, 술의 취기를 쫓아내달라고 호소했다. 혜순은 어찌하면 좋을지 알 수가 없다.

"성삼 씨, 당신 잠을 자야 돼요. 자고 나서 눈 뜨면 술이 사라져 있을 테니……."

친정아버지도 술꾼이었지만, 술에 취해 술을 더 내오라고 명령은 할지언정, 마신 술을 깨게 해달라는 그런 말을 들은 적은 없다. 각성제……. 그건 졸음을 깨우는 약일 게다. 그런 것이 있을 리도 없지만, 졸음과 취기는 별개다. 머리가 아프다, 머리가 뜨겁다.

어떻게 하면 좋을까. 뭔가 취기를 빨아들이는 마법의 기계는 없을까. 구급차를 부르면 어떨까. 이런 일로 와줄 리도, 무엇보다 애당초 상대를 해주지 않을 것이다. 잠들면 되는 것이다. 각

성제가 아니라, 수면제가 좋다. 수면제…… . 좀처럼 잠들지 못
하는 것은 하루 밤낮을 계속 잔 탓일지도. 내일이 되면, 그럭저
럭 이 밤을 보내면, 어떻게든 될 것이다.

"혜수니, 혜수니…… ."

갑자기 인간의 목소리를 토해내며, 제정신이 돌아온 것인지
성삼이 혜순의 이름을 애칭으로 불렀다. 혜수니…… .

"예, 예-, 왜 그래?"

"술을 줘, 술을…… ."

"당신, 무슨 소리를 하는 거야. 술을 깨고 싶다면서, 더 취하
게 된다고요."

"알았으니까, 술을 줘. 위스키 한 잔만 줘."

"위스키 병은 비었어."

"괜찮으니까, 술 줘, 위스키 쭉 들이켜고 잘 거야…… . 졸려…… ."

"졸려……?" 아이고, 겨우 참으로 인간다운 말을 한다. "당
신, 위스키는 없다고. 이제 텅 비었어요. 좀 전에 함께 마시던
테이블에서 이미 빈 병이 되었어요. 맥주를 조금 마실래? 어때
요, 가볍게 마시면 편해질 거예요."

시아버지가 마시던 삼십 도짜리 규슈의 소주가 남아 있었지
만, 맥주라면 한두 잔은 괜찮을 거라는 생각이 들었다. 이때 혜
순은 악마의 속삭임 같은 마음의 움직임을 느끼고 있었다. 어
찌할까, 어떻게 해야 하나?

"맥주를 가져올게요. 나도 한잔 마시고 잠들고 싶어."

"위스키는 없는 건가."

옆으로 누운 채 공허한 술 취한 눈빛의 성삼이 말했다.

"없어요. 맥주 마실래?"

성삼은 고개를 끄덕였다. 혜순은 일어나 주방으로 가더니 냉장고에서 마침 남아 있던 한 병을 꺼내왔다. 뚜껑을 따면서 전화기테이블 서랍에 있는 수면제를 한 알 맥주에 섞으면 맥주한 잔으로 금방 잠들어버릴 거라는 생각을 한다. 좀 전의 악마의 속삭임이 그거였는데, 악마의 속삭임이고 뭐고 할 것도 없다. 다만, 맥주를 한 잔으로 그치게 해야 한다. 세레나민이라는 가벼운 약이다. 반으로 쪼개서 넣으면 어떨까. 혜순은 서둘러 복도와의 사이에 있는 문 쪽 벽에 붙여놓은 전화기테이블로 가, 맨 아래 서랍에서 수면제 등이 들어 있는 종이봉지를 꺼냈다. 그리고 주방에서 맥주를 유리잔에 따른 뒤 세레나민 한 알을 섞으려다가 그만두었다. 세레나민 2밀리 한 알은 매우 가벼운 양이지만, 취했다고는 해도 맥주 맛의 뭔가 미묘한 변화를 눈치 챌지도 모르고, 비밀리에 독약이라도 섞는 듯한 기분이 들어, 그대로 주방으로 돌아가 잔 두 개와 맥주병을 쟁반에 올려 성삼의 곁으로 가져갔다.

혜순은 손을 내밀어 성삼의 무거운 상반신을 일으켜 앉혔다. 좀 전까지 술기운으로 버티고 있었지만, 꽤나 피곤한 모양이다. 그는 맥주를 따른 잔을 양손으로 입에 가져가더니, 한 모금 머금어 천천히 목구멍으로 흘려보낸 뒤 두 모금 째는 꿀꺽 한 번에 마시고는 쟁반에 잔을 놓았다. 삼분의 일 정도 맥주가 남아 있었다. 혜순도 단숨에 반쯤 마셨다. 서로 간에 앞으로 한 잔씩 마시면 중간 크기의 병은 비게 된다. 혜순은 성삼의 잔에 맥주를 다시 채우지는 않았다. 지금의 한 잔으로 끝난다면 그걸로 좋다. 마시고 싶다고 하면 두 잔째를 따를 것이다. 그 이상은 절대로 내놓지 않겠다. 그리고 잠시 시간을 두었다가 세 레나민을 보여주며 먹으라고 권하자.

거의 눈을 감은 성삼은 상체를 휘청하고 흔들더니 잔에 손을 대고 천천히 들어 올려 단숨에 비운 뒤 탕 하고 떨어뜨리듯이 잔을 놓았다. 그리고 상체를 기울여 눕더니 두세 번 눈을 깜빡 이다가 양 눈꺼풀을 내렸다.

주위가 갑자기 조용해져서 돌아보니 성삼이 잠에 툭 떨어진 모양이다. 이윽고 코를 골기 시작했다. 아아, 잠이 든 것이다. 혜순은 가슴을 쓸어내리며 한숨과 함께 커다란 숨을 내쉬었다. 하룻밤이 지나 내일부터는 원래의 성삼으로 돌아온다, 돌아오기를. 그녀는 잠시 멍하니 앉아 얼마 남지 않은 맥주를 다 비웠다. 아이고, 무섭다. 어째서 요괴처럼 개 흉내 같은 걸. 멍, 멍……. 왕, 왕이 아닌, 조선의 개가 짖는 소리다. 갑자기 한국에서 돌아와 네발로 기면서 멍, 멍…….

# 15

맥주 두세 잔의 취기가 돌기 시작했다. 졸리다. 혜순은 성삼을 그대로 양탄자 위에 재우기로 하고 현관 옆 방에서 이불과 베개를 가지고 왔다. 베개를 머리와 양탄자 사이에 살며시 밀어 넣은 뒤 이불을 덮었다. 거실의 형광등 불빛에 비친 성삼의 단정한 얼굴, 한쪽 볼에서 입 언저리에 걸쳐 함몰된 듯 그늘진, 이제는 되돌릴 수 없는 얼굴에 가슴이 에이고 눈물이 나왔다. 도대체 어찌된 일일까. 한국에서 무슨 일이 있었던 것일까. 깊이 잠들어 있었다. 살그머니 어깨에 손을 대고 흔들어 보았지만, 반응이 없다. 다시 한번 천천히 힘을 주어 흔들어 보았다. 마찬가지였다. 더 세게 흔든다. 설마? 그녀는 성삼의 코를 쥐었다. 계속 쥐고 있다. 코를 씰룩거리다가 입을 열고 괴로운 술 냄새를 머금은 숨을 내쉬었다. 그리고 그대로 계속 잔다.

그녀는 살며시 이불 속으로 넣은 오른손을 성삼의 등 쪽으로 돌려 파자마 위로 부드럽게 쓰다듬어 보았다. 그리운 성삼의 몸을 만지자 울컥하고 뜨거운 것이 젖가슴 사이 골짜기 근처 명치께로부터 치밀어 오른다. 성삼의 목덜미 부근에 천천히 얼굴을 가져다 대면서, 남자의 살갗 냄새에 숨이 막힐 것 같아, 아아, 이대로 안고 싶다. 서로 안고 싶다, 지금이라도 눈을 뜨고 술이 깨어……. 아니……? 파자마 위로 쓰다듬는 손의 감촉이 좀 전에도 뭔가 위화감을 느꼈지만, 매끄럽지 않고 뭔가 오돌토돌한 느낌이었다. 손을 멈추고, 성삼의 잠든 숨소리에 신경을 쓰면서 등의 부드럽지만 정상이 아닌 굴곡진 느낌을 파자마를 통해서 손가락 끝으로 확인한다. 역시 이상하다.

그녀는 성삼의 등 뒤로 돌아가 상반신을 구부리고, 이불을 살며시 젖힌 뒤 파자마 안의 반팔 러닝셔츠 자락을 함께 걷어 올렸다. 땀 냄새가 나는 체취, 오랜만에 땀에 젖은 체취가 콧구멍 안으로 물씬 풍긴다. 아아, 움찔하며 가슴의 고동이 크게 울리자, 마른침을 삼킨다. 거실의 불빛에 등은 그늘져 있었지만, 그래도 이상하게 융기된 살갗의 모양이 눈으로 튀어 들어와, 앗, 이건 뭔가, 눈을 크게 떴다. 살그머니 오른손으로 등의 무수한 지렁이가 기어가고 있는 것처럼 당겨진 살갗의 굴곡을 만진 혜순은 비명을 지를 듯이 양손으로 얼굴을 감싼 채 그 자리에서 뒤로 나자빠졌다.

얼굴에서 양손을 뗀 혜순은 호흡을 가다듬고 조심조심 등에 얼굴을 바짝 가져다 대었다. 뭔가 무서운 상처다. 성삼의 얼굴 상흔과 닮은, 그것을 확대한 듯한 괴이한 상흔의 부풀어 오른 살갗을 들여다보았다. 무엇일까. 화상……. 처참한 화상이다. 열탕, 아니다. 그거라면 좀 더 매끈매끈 할 것이다. 혹시 구두 밑창으로 얻어맞은 얼굴의 상흔처럼 뭔가로, 철봉으로! 구타, 고문당한 것일까. 고문? 그럴 리가……. 그녀는 일어설 수가 없었다. 아아, 뭔가가, 큰일이 한국에서 있었던 것이다. 이런 상처가 나다니. 이것이 상처인가? 얼굴 병신이 아닌, 몸 전체를 그렇게 당했다.

지난달 일본을 떠날 때까지만 해도 매끈매끈하던 등이다. 깨끗하던 얼굴도 그랬다. 몸 전체가 그랬다. 한국에서 이렇게 되어 돌아온 것이다. 한국에서!

혜순은 복잡하게 파인 골짜기가 전등의 불빛으로 그림자 진 그로테스크한 상흔을 바라보면서, 성삼이 지닌 비밀에 다가가는 공포를 느꼈다. 어제, 이유도 없이 식사도, 목욕도 싫어! 목욕 이야기가 나오지도 않았는데 화를 내던 이유를 알 것 같았다. 아무것도 필요 없어, 아무것도 필요 없다니까. 이불을 펴! 이제, 나에게도 아이에게도, 누구에게도 절대로 등을 보여주지 않겠다, 설마……. 아들 유수가 빈 위스키 병을 들고 아버지를 내리쳤다. 멍, 멍, 돌아가, 나가, 돌아가……! 난 지금 뭘 하러 일본에 온 것인가. 넌 나의 불침번인가, 나를 망보고 있는 건가! 아아, 성삼, 어쩌면 좋아……. 무슨 말도 안 되는 소리를, 성삼, 나의 당신, 당신을 누렁개, 똥개와 착각을 하다니……. 그래서 당신은, 여기가 아닌, 한국이 아니라면 다른 어디라도 가겠다고 했던 것이다.

그녀는 몸을 옆으로 누이고 얼굴을 등의 상흔으로 가져갔다. 죽은 듯이 잠들어 있었다. 등의 미세한 움직임이 그랬다. 살며시 키스를 닿을까 말까, 아니, 천천히 두 개의 입술을 조금 벌리고 융기하여 울퉁불퉁한 살갗에 부드럽게 대었다가 떼었다. 그녀의 상하 입술에 부풀어 올라 두껍게 주름진 고랑의 흔적이 각인되듯 새겨졌다. 혜순은 조금 짭짤한 맛이 나는 침을 삼키며 입술을 떼고 러닝셔츠와 파자마를 원래대로 내렸다. 그리고 졸리기도 하였으므로 그대로 뒤에서 바짝 붙어 누운 뒤, 이불을 끌어당겨 머리까지 썼다.

이불 틈새로 그림자 진 희미한 빛이 연무처럼 걸려 있었다. 그녀는 숨을 죽이고 성삼이 깨지 않도록 살며시 파자마 위로 등과 허리께를 쓰다듬는다. 손바닥과 손가락이 열기를 띠면서 저렸다. 등 뒤에서 바짝 다가가 몸을 밀착시킨다. 성삼이 바보, 멍청이, 일어나, 술을 깨란 말야. 그리고 등을 보이지 말고 이쪽을 향해 몸과 얼굴을 돌리세요. 이봐요, 성삼이, 어쩜 이렇게 한심한 남자일까, 취해서 자버리다니, 죽은 듯이 잠이 든 바보네. 술 깨는 약을 만들어 주고 싶어……. 혜순은 성삼의 등에 부드럽게 손을 대면서 잠시 누워있었지만, 아, 잠의 구멍에 발이 빠질 것 같은 게, 일어나야지, 일어나야지 하면서도 어느새 머리까지 뒤집어쓴 이불 속에 가득 찬 성삼의 체취에 안겨, 등에 얼굴을 댄 채 잠에 빠져들고 말았다.

청천벽력 같은 한국으로부터의 귀환을 도쿄에서 알려온 지 6, 7시간 뒤의 저녁, 가족들이 맨션 현관에서 맞이한 한성삼에게 충격을 받은 것은 그 변해버린 얼굴과 심신 모두 완전히 상해버린 병자의 인상 때문이었다.

충격으로부터 제정신을 차린 혜순은 다른 사람을 맞이하듯이 남편인 성삼을 따라가며 거실 쪽으로 안내했지만, 가족 모두가 다른 사람이 되어 출현한 한성삼에게 한동안 할 말을 잃었고, 입안으로 침묵이 밀려들었다. 그리고 하룻밤이 지난 그 다음날 밤, 밤낮없이 자다가 방을 나온 한성삼이 술을 마시기 시작하면서 이변, 멍, 멍, 개로 변신한 것처럼 이상한 모습을 한 성삼이 혜순을 공포와 절망으로 밀어 떨어뜨리고, 피곤에 지친 심야에 겨우 잠에 빠져들면서 맨션은 평온을 되찾았다.

성삼의 등 뒤에 붙어 있다가 그대로 잠이 들어 동트기 전에 잠을 깬 혜순은 성삼을 깨울 수는 없어 옆 침실에서 모포를 가져와 거실 소파에 누웠다. 눈을 뜬 것은 여느 때와 마찬가지로 7시 전. 소파에서 일어나 서재를 들여다보자 이불만이 납작하게 펴져 있을 뿐 성삼이 없다. 문의 표시등이 꺼져 있는 사람 없는 화장실을 노크한 뒤 안을 확인하고, 현관문의 열쇠를 살펴보았지만 밖으로 나간 흔적은 없다. 안쪽에서 잠근 채로 있었다. 임시로 성삼의 침실이 된 거의 물건 창고 같은 방의 미닫이를 살그머니 조금 열고 들여다보자, 머리까지 이불을 뒤집어 쓴 성삼이 자고 있었다.

혜순은 조용히 미닫이를 닫고 그 자리를 떠나면서 무어라 표현할 수 없는 충격을 받고 있었다. 어찌된 일일까. 이불을 머리까지 뒤집어 쓴 것은 자고 있는 것일까, 인기척을 느끼고 자는 척을 하고 있던 것일까.

거실 소파에 주저앉은 혜순의 눈에서 눈물이 흘러넘쳤다. 어찌된 일일까. 뭔가가 변했다. 변했다. 이변이 일어난 것이다. 얼굴 형태의 반절이 손상돼서 다른 사람의 얼굴이 된 것만이 아니다. 뭔가 인간이, 오사카를 떠나기 전까지의 한성삼은, 인간이 다른 사람으로 변해버렸다. 그렇지 않은가.

성삼이 눈을 뜨고 일어나는 것이, 다른 인간이 된 그가 방에서 나오는 것이 무서운 생각이 들었다. 성삼과는 다른 인간이 집으로 돌아왔다. 더구나 얼굴만이 아니다. 무수히 꿈틀대는 지렁이의 화석 같은 상혼. 그건 상혼이다. ······여기가 아니라도, 서울이 아니라면 어디든 좋았다, 갈 곳이 없어서 이곳으로 돌아왔다. 갈 곳이 있었다면 여기가 아니더라도 좋았다······. 아이고, 무슨 소리를! '여기'라는 건 뭘 말하는 거지? 내가, 아내인 혜순이 싫어졌나? 가족이 싫어졌다······. 그렇지 않으면 당신은 한성삼이 아닌, 어딘가 다른 타인, 다른 인간이야······. 아니, 병이다, 같은 한성삼이 병에 걸린 것이다.

하룻밤이 지나면 원래의 한성삼으로 돌아오게 해달라고 기도하던 잠으로부터 날이 새고 어젯밤의 무서운 악몽에서 나왔지만, 다시 해가 떠오름에 따라 악몽이 멍, 멍 하는 인간 개의 악몽이 현실이 되어……. 아아, 어찌하면 좋을까. 절대로 술을 내놓아서는 안 된다. 술을 내놓으라고 하면 어떻게 그걸 거절할까……. 어젯밤의 일은 절대로 시부모님께 말해서는 안 된다. 이야기를 해도 곧이듣지 않을뿐더러, 왠지 불길한 기분이 든다. 아들이 개의 흉내를 낸다, 인간 개가 된다, 있을 수 없는 일이다. 본인이, 성삼 자신이 어젯밤, 자신이 개가 되었던 것을 알고 있을까? 어떤 모습으로 방에서 나올까. 모습을 나타냈을 때 어떻게 대하면 좋을까.

숙취로 인한 두통을 안고 침상을 떠나 방을 나온 성삼은 혜순이 두려워했던 지난밤의 악몽 속의 무슨 괴물 같은 게 아니라, 어제와 같은 외관을 하고 있었다. 전혀 말이 없이 응, 응, 하고 어젯밤보다 더 움푹 들어간 볼에 죄어든 입술을 일그러뜨리며 비위를 맞추려는 듯한 가벼운 미소를 지을 뿐, 아들인 유수에게도 말을 걸지 않았지만, 태도는 온화했다. 어젯밤에 있었던 일의 영향은 느껴지지 않았다.

한성삼은 남산에서 출소한 뒤 하숙집에서와 같은 식욕은 없었지만, 가벼운 식사를 말없이 들면서, 숙취나 두통은 없냐는 혜순의 질문에도 잠자코 고개를 끄덕일 뿐 말을 하지 않는다. 의식적으로 상대를 무시하는 것이 아니라, 뭔가로 입을 고정시킨 것처럼 입을 열지 않는다.

소파에 앉더니 담배를 몇 개비나 연거푸 연기를 뿜어내며 계속 피웠는데, 혜순은 갑자기 담배를 많이 피는 것이 신경 쓰였지만 아무런 말도 하지 않았다. 말이 없는 것보다도 성삼의 눈에 띄는 변화는 취해서 광기를 부린 어젯밤의 에너지, 무서운 힘이 사라지고, 조금 부은데다 혈색이 좋지 않은 얼굴이 무기력해 보인다는 점이었다. 취기 탓이었는지는 몰라도 어젯밤에 크게 날뛰던 인간이라고는 도저히 생각되지 않았다.

엊그제 한국에서 돌아온 날 밤의, 갑자기 식사도 목욕도 필요 없다며 화를 내고, 양손의 주먹을 꽉 움켜쥔 채 거칠게 방을 돌아다닐 때 허공을 노려보던 눈빛, 어젯밤의 취한 눈으로 사람을 쳐다보는 차갑고 소름이 돋을 것처럼 움직이지 않던 눈빛이 사라지고, 한 점을 한 발자국 앞을 바라보는 초점이 없는, 어중간하게 초점이 용해되어 가라앉은 듯한 빛을 잃은 눈.

옆에서 보기에도 어제와는 달리 무기력했다. 두세 마디의 응답에도 힘이 없다. 소파에 마주 앉은 혜순이 당신, 안색이 안 좋은 게 몸 상태도 좋지 않지요. 병원에 가보면 어떨까요, 저도 함께 갈 테니까, 라고 조심스럽게 말을 걸어도 대답이 없다. 내가 무슨 병에 걸렸다는 거야! 라고 고함을 치지도 않았다.

한성삼은 말없이 커피를 마시고 소파에서 일어나더니 옆의 서재로 가, 베란다의 유리문을 열고 담배를 피우면서 멍하니 밖을 바라보다가 창가에 있는 책상 의자에 한동안 몸을 맡기고 있었다. 그리고 마치 틀어박히기라도 하듯이 현관 옆 방으로 들어가 문을 잠가버린다. 혜순이 다가갈 여지를 주지 않는다. 고의라거나 의식적이지 않은 침묵 그 자체가 서로 간에 긴장을 불러오고 있었다. 혜순이 말을 걸려고 하다가도, 무기력해 보이지만 뭔가의 일로 일촉즉발, 난 아무렇지도 않아, 이 얼굴로 어떻게 병원에 가라는 거야! 무서워서 말을 걸고 접근할 수가 없다. 정말로 병일지도. 몸도 그러하지만, 마음의 병.

혜순은 성삼을 혼자 두는 것이 불안했다. 두 사람만으로 침묵의 시간을, 아래 위 층도 아닌 평면의 넓지 않은 집 안에서 하루 종일 함께 보내는 것도 질식할 일이지만, 그건 별개의 일. 시아버지에게 어젯밤에 일어난 일을, 성삼의 이상에 대해 이야기할 수는 없다. 그래서 성삼이 서울에서 가져온 뭔가 일의 정리를 돕고 싶다고 전화를 하여 파친코 가게를 쉬기로 하고, 일단 유수를 보육원에 데려다 준 뒤 집으로 돌아왔다. 그 사이 사십 분 정도 시간이 지났는데, 잠가두었던 문을 열고 안으로 들어가 거실을 보니 성삼의 모습은 없었다. 현관 옆방의 미닫이를 노크는 하지 않고 조용히 반쯤 열어보니, 머리를 창문 쪽으로 향한 성삼이 이불을 덮은 채 자고 있었다. 여보, 성삼 씨……. 여보, 부드럽게 말을 걸었지만, 잠이 든 것인지 반응이 없다. 이봐요, 당신……. 잠들어 있지 않을 것이다. 알고 있으면서 일부러 대답을 않는 것이다. 미닫이를 살며시 원래대로 닫으면서 눈물이 주룩 하고 볼을 적셨다. 아아, 이게 어떻게 된 일인가. 무슨 일이 일어난 것일

까. 나에게, 이 혜순에게 무슨 문제가 있는 것일까. 왜 이렇게
돼 가는 건지 원인을 알 수 없었다. 성삼과 대화가 안 되는 걸
어떻게 하면 좋단 말인가. 이대로 계속된다면 조만간 시부모
님께 사정을 이야기해야겠지만, 그 전에 어떻게든 그와 대화
의 끈을 마련해야 한다……. 역시 뭔가의 병이 아닐까, 마음
의……. 단기의 한국 체제가 원인이 된. 한국에 가지 않았다
면 있을 수 없는 일이다.

　알코올 중독이 되면 아침이나 대낮부터 술을 찾는다고 하는
데, 성삼은 음주가도 아니고 이런 일이 과거에는 없었기 때문
에 생각하기 어려운 일이었다. 어젯밤의 술은 성삼에게는 꽤
많은 양이었을지도 모르지만, 혼자서 마신 양이 화이트호스 병
의 반절이 채 되지 않을 것이다. 그렇게 많이 마시지 않았을지
도 모른다. 친정아버지는 새벽까지 마시고도 그렇게까지 난리
친 적이 없다. 어쩌된 일일까. 술이 세지 않아서 그런가? 어젯
밤의 술은 성삼에게는 많은 양이었다. 그런데 어째서 개가 튀
어 나오나? 멍, 멍, 개가 되다니. 익살로 치부할 수는 없다. 개
와, 얼굴, 등의 무서운 상흔은 서로 관계가 있는 걸까? 어두웠
지만, 등의 기묘하게 오돌토돌한 살갗의 융기는 커다란 뭔가의
상흔이다. 음, 혹시 맹견에게 습격당해 물린 건가. 특별한, 인
간 같이 커다란 괴물 개에게.

　오전 10시였다. 혜순은 어둠을 두려워하듯이 밤의 도래를 두

려워했다. 밤이 되면 그대로 방에 있을지, 그때까지 성삼이 어떻게 할지, 설마 외출은 하지 않겠지만, 알 수 없는 일이다. 밤과 함께 아마도 나올 것이다, 술의 요구에 어떻게 대응하면 좋은가.

한 잔으로 끝나지 않고 두 잔, 세 잔 계속되면……. 위스키는 없지만, 맥주는……. 그렇지, 맥주도 다 마셔서 없다. 소주와 청주가 있다. 지금 그걸 처분하는 게 어떨까. 절대로 술은 내놓지 않겠습니다. 밖으로 뛰쳐나가면……. 그 얼굴로는 밖에 나가지 않을 것이다. 어떻게 하면……. 술을 사와!

맨션의 복도 쪽 유리창의 레이스 달린 커튼으로 하얀 빛을 투과시키는 어두컴컴한 방의 침상에 누워 있는 한성삼은 자고 있지 않았다. 눈을 반쯤 뜨고 멍하니 허공을 보고 있었다. 지금 뭔가 하고 싶은 게 있다고 한다면, 이불 속에서 그대로 가만히 있는 것이 제일 좋다. 그것이 고통스럽지 않다. 하늘을 보고 물에 떠 있듯이 가만히 있는 것. 조금이라도 움직이지 마라. 자고 싶으면 계속 잔다. 불면이, 잠들지 못하는 밤이 영원히 계속될 것 같던 서울의 일에 대한 반동인가. 자신은 변한 건가. 그는 변화라기보다도 심신의 상태가 다르다는 것을 느끼고 있었다. 무서운 기억이 아니라, 잊어야 할 무의식화되었지만 생리적으로 의식화된 과거가 되살아나면, 저쪽 지평과 여기, 지금 일본에 있는 자신이 다르다는 것을 느낀다. 몸을 감싼 얇은, 그러나 나일론처럼 강인한 피부가 무너져 육체가 흐슬부슬 밖으로 새어나올 것 같은, 그것을 막을 수 없는 무기력을 느끼고 있었다. 허탈감이었다. 그만큼 타락할 대로 타락하고, 무너질 대로 무너진 서울에서의 무력, 절망적인 허탈감과는 다른 허탈, 무기력 속에, 여기, 일본에 있는 자신이 존재하고 있다는 것을 느끼고 있었다.

어떻게 하면 좋을까, 가 아니다. 어떻게 하면, 이라는 것은 전방으로 나아가려는 의지다. 그게 없다. 가만히 있는 일 말고는 할 게 없다. 자신에게는 인력이 작용하지 않는 듯한 부유감, 이불 아래에 자신의 힘이 미치지 않는 마법의 이불 같은 공간이 있어서 공중에 떠 있는 건 아닐까. 남산에서 출소하여 폐잔의 모습으로 돌아온 서울의 하숙집에서는 그렇지 않았다. 그때의 절망에는 어찌할 수 없기 때문에 생기는 긴장, 독기가 있었지만, 지금은 그게 없다. 그때는 복수까지도 맹세했던 것이다.

타락할 대로 타락한 자신. 더 이상 타락할 곳이 없다. 모든 것이, 존재로서의 인간의 긍지까지도 파괴된 자신. 파괴된 채 연명하고 있는 자신이 음식물을 입에 넣을 수 있다는 것이 이상했던 자신. 그게 지금은 없다. 전향. 전향이 아니라면 배신, 배반, 도망, 패배, 권력에 대한 패배, 곤봉 아래 개가 되어 납작 엎드린 자신……. 붕괴가 붕괴한다. 절망이 움직인다. 절망에 더러워진 생명이 움직인다…….

지금 이불 위에 누워 있듯이, 남산 독방의 바닥에 자신에게 절망하고 죽지 못해 누워 있었다. 서울의 하숙집 방에, 독방에서 죽지 못하고 누워 있던 자신을 누이고 있었다. 무참한 오욕의 절망이 움직이고, 그 절망에 저항하고, 절망을 절망으로 견딘다. ……자신에게 변명하면서 식사를 할 수 있는 것도, 그것이 살기 위한 의지라고 납득하고 비천한 생각을 하면서 하숙집에서 식사를 했다. 절망에 빠지는 건 완전히 남산의 폭력에 굴복하는 것이다. 무력함과 증오와 도망가는 개가 멀리에서 짓는 것 같은 복수심도 지금은 없다. 마치 그것이 외부의 일처럼 마음에 들어올 여지가 없다.

　남산에서 출소한 뒤 하숙집에서의 비천한 생각에 의한 식욕, 식욕이라기보다 먹자고 생각하는, 그 의지에 따라 먹을 수 있었던 것은 무슨 일인가. 전혀 움직일 기력이 없는데도 입이 부끄러운 듯 움직인다. 이상하게도 식사에 대한 거부반응은 왜 일어나지 않은 것일까. 그렇게 굶주려 있었던 걸까. 의욕, 그게 서울에서 있었던 식욕이라면, 지금 그 식욕이 없다. 혜순이 걱정하고 있지만, 여기로 온 지 아직 하루 이틀 밖에 지나지 않았고, 음식에 대한 거부반응은 일으키고 있지 않다.

　미국도 아니고 한국과의 사이에 시차도 아닌, 이 차이, 한국을 떼어놓는 차이는, 갈라진 해협의 깊이인가, 하늘의 높이인가.

어젯밤에 마신 술로 인한 숙취의 두통은 거의 사라져 있었다. 구토가 나오지 않는 게 다행이지만, 술꾼에게는 늘 따라다니기 마련인 숙취의 두통도 오랜만의 일이다. 얼마나 마신 걸까. 술이 몇 병이나 무진장 있었던 것은 아니다. 위스키 병과 맥주병이 몇 갠가 테이블 위에 있었던 것을 기억한다. 그렇다 하더라도 지금까지 그렇게 마시거나 취한 적이 없었다.

분명 잠자기 전의 어젯밤 일이지만, 꿈속의 일처럼 시간의 경계가 보이지 않는다. 남산 숲 속 벌판의 눈처럼 쌓인 낙엽 위에서 곤봉 아래 멍, 멍, 네발로 도망 다니는 개와 함께 멍, 멍, 온 방 안을 괴롭게 뒹굴었다. 무수히 많은 기괴한 바위 모양의 환각, 마그마처럼 뒤섞인 망상이 분출, 그걸 억누르려 해보지만 되레 밀리면서 빨갛게 달궈진 두개골 천정이 파열, 날아가 버릴 것만 같다.

순간적으로 잠에 곯아떨어진 모양이다. 한성삼은 벌떡 일어났다. 그리고 입을 크게 벌리고 멍, 멍, 멍, 이불 위에 네발로 엎드려 좁은 방 안을 기어 다닌다. 멍, 멍, 크게 벌린 입을 닫을 때마다 상하의 치아가 딱딱 부딪치며 침이 늘어지듯 떨어졌다. 이건 환각인가. 환각이 아니다. 실제로 개가 되었던 것이다. 그는 네발로 엎드린 채 오른손을 들어 얼굴을 쓰다듬어 보았다. 멍, 멍. 개의 얼굴인가? 송곳니를 드러내고 멍, 멍……. 송곳니가 아니라, 비뚤어진 코를 들어 올리고 이빨을 드러낸 채 멍,

398

멍, 꿈인가, 꿈의 밖인가. 꿈에서 비어져 나온 꿈의 찌꺼긴가. 꿈속이건 꿈의 밖이건 보고 있는 것은, 거기에 있는 것은 마찬가지. 멍, 멍. 핫핫하, 난 개, 개, 개, 이봐, 성삼 개여! 핫핫하, 머엉, 멍!

현관 옆 방에서 기묘한 소리가 들린다. 주방에 서 있던 혜순이 거실로 나와 복도로 발을 들이밀었다. 멍, 멍……. 멍, 멍……. 앗핫핫, 꿈인가, 꿈의 밖인가……. 멍, 멍…….

혜순은 얼굴에서 핏기가 싹 가시는 소리를 들으며 노크를 하지 않고 미닫이를 열었다. 당신, 무슨 일이야? 혜순은 문지방 위에 서서 외쳤다. 창문 쪽으로 향했던 개의 얼굴을 한 머리가 파자마를 입은 누렁개의 동체 위에서 이쪽을 돌아보며 멍, 멍……. 여보, 그게 지금 뭐하는 거야? 네발로 기면서 코를 찡그린 얼굴을 이쪽으로 돌린 성삼은 송곳니를 거두고 히죽 웃었다. 침이 흘러 떨어지면서 입 언저리를 더럽혔다.

혜순은 미닫이를 탁 하고 소리를 내며 닫고 거실로 돌아와 소파에 몸을 던지고는 양손으로 얼굴을 감쌌다. 양쪽 어깨가 파도를 쳤고, 이를 악문 채 입술을 떨었다.

어젯밤의 일은 술에 취한 탓이 아니었다. 지금 장난을 치고 있다고 해도 그 자체가 미치광이나 마찬가지다. 정말로 한국 개의 귀신이 든 것이다. 성삼은 정말로 개가 되었다. 머리가, 정신이 이상해진 것이다. 실제로 인간 개가 되었다. 반절은 인간 개! 아이고, 어쩌나, 정말인가? 꿈인가, 꿈의 밖인가…….
방 안의 목소리. 뭐? 꿈인가, 꿈의 밖인가……. 인간의 목소리,
말. 성삼은 꿈을 꾸고 있는 건가? 설마, 이것이 내가 꿈을 꾸고
있는 건 아니겠지. 시, 시아버지께 전화를 해야지, 성삼이 큰일
났다고, 소중한 아들이 큰일 났다고……. 전화를 한다고? 혜순
은 몸을 일으켜 소파에 똑바로 앉아 양손으로 머리카락을 뒤로
쓸어내렸다.

성삼은 어떤 모습으로 방에서 나오게 될까. 그는 꿈속에서
나오는 걸까. 꿈의 밖에 있는 것일까. 잠시 상황을 지켜보자.
방에서 송곳니를 드러내고 네발로 뛰쳐나오면 어떻게 할까. 꿈
이 아닌 실제의 성삼이라면. 그렇다 하더라도 정말로 청소기
자루를 들고 맞서 싸워야 되나.

개인지 뭔지 알 수가 없다. 인간 개이니까 반절은 인간 성삼
이다. 인간이다. 조금 이상해져서 개의 모습이 되었다……. 그
래도 덤벼든다면 반격해야지. 준비는 해둬야 한다…….

혜순은 잠시 옆방의 동정을 살피다가, 불의의 습격에 대비
해 소파를 떠나 청소기를 가지러 갔다. 주방 구석에 세워둔 청
소기 자루를 일단 손에 든 그녀는 그대로 발을 멈췄다. 그렇지
않다. 그렇지, 그래, 지금 내가 멈춰선 것이 맞다. 갑자기 심장
이 세차게 고동치기 시작했다. 성삼의, 서재의 어둠 속에서 성
삼의 등에 난 무서운 상흔과 울퉁불퉁하게 굴곡이 느껴지던 감

촉이, 등 쪽에 붙어서 잠을 잔 어제 파자마 위로 쓰다듬던 손가락의, 눈에 튀어 들어온 괴기한 상흔의 모양. 입술을 대었을 때 느껴지던 살갗의 융기가 혜순의 내부에 찡 하는, 몸이 저리고 소름이 돋는 파장을 동반하며 되살아났다. 그녀는 청소기를 원래의 자리에 두고 소파로 돌아왔다.

방에서 나오는 성삼을 지켜보자. 만일 덤벼든다면 맨손으로 저항하자. 저 사람의 등에 난 상처에 닿지 않도록. 그녀는 갑자기 기분이 진정되는 것을 느끼고 소파에서 일어나 양손으로 볼을 좌우에서 감싸며, 뭔가를 생각하는 여자처럼 방 안을 잠시 걸어 다녔다. 아– 당신, 성삼 씨, 미안. 내가 뭘 생각하고 있는 건지. 청소기로 당신을 때린다니. 당신이 개라면 나도 개가 되겠어. 멍, 멍, 당신은 개 같은 게 아니니까. 그래도 함께 네발로 기면서 멍, 멍, 틀림없이 재밌을 거야, 유수도 함께……. 혜순은 갑자기 그 자리에 웅크리고 앉더니, 양손을 바닥에 대고 양쪽 무릎을 꿇은 뒤 몸을 움직였다. 앞으로 나간다. 어린애가 된 것처럼 몇 걸음, 앞뒤의 손발이 앞으로 움직인다. 멍, 멍, 왕, 왕. 유수를 등에 태운 말처럼 몇십 초인가 기어 다니다가 웃으며 일어선 혜순의 눈이 눈물로 촉촉해졌다. 유수가 있었다면, 왕, 왕이 아니라, 엄마 말이 되어 있을 것이다. 아빠도 말이 되어 준다면. 도대체가 저 사람 성삼은 왜 저럴까. 병이야, 병이라니까…….

시아버지께 전화를 하다니 그야말로 큰일이 난다. 성삼이 개라니. 저 사람은 개가 아니다. 내가 그런 것처럼. 저 상혼이, 개의 귀신, 한국 개의 짓이다. 당신이 멍, 멍 소리에 질릴 때까지함께 멍, 멍 합시다. 혜순은 깜짝 놀라 멈춰 서서 복도 쪽을 돌아보았다. 멍, 멍을 들킨 게 아닐까……. 문이, 아니 방의 미닫이가 열린 듯한 느낌이 들었지만, 아무렇지도 않다. 미닫이는열려있지 않았다. 착각이었다.

조용히 노크를 해볼까. 노크에 반응하여 뭔가 대답을 할지도 모른다. 멍, 멍…… 하는 소리가 들린다면, 그래도 좋다,나도 멍, 멍……. 미닫이를 탁 닫은 지 10분도 지나지 않았다.아까는 미안. 미닫이를 세게 탁 닫아서……. 소리가, 기둥과미닫이의 충돌하는 소리가 귀에, 가슴을 찌르며 머릿속에 되살아난다. 다시 한번 노크를 해볼까. 몸은 좀 어때? 그걸로는안 된다. 난 병 든 게 아니야 하고 나올지도. 식사도 아직 안했는데……. 좀 전에 미닫이를 난폭하게 닫은 지 10분도 지나지 않았다. 정말로 송곳니를 드러낸 채 화를 내고 있을지도.

성삼은 아침에 커피를 한 잔 마셨을 뿐, 아직 식사를 하지 않았다. 시각은 11시에 가깝다. 음산한 방에서 뭘 하고 있을까.이불을 뒤집어쓴 채 자고 있을까. 왠지 모르겠지만, 조용히 누워있는 것이 좋을 것이다. 방에서 본인 스스로 나올 때까지 내버려 두자. 설마, 꽤 시간이 흐른 뒤에 갑자기 송곳니를 드러낸 개가 되어 뛰쳐나오는 일은 없을 것이다. 이걸로 좋다. 그때는 그때다. 점심 무렵이 되면 한번 노크를 해보자.

점심때가 가까워지자, 혜순이 노크를 하기 전에 성삼이 방에서 나오더니, 주방 맞은편의 세면장에서 세수를 했다. 그리고 아무런 말도 없이 거실로 들어와 혜순과 얼굴을 마주쳤지만, 그녀가 가벼운 미소를 띠우며 아는 체를 해도 잠자코 준비된 식탁 앞에 앉았다. 두부와 미역 된장국, 김치, 구운 김과 밥공기의 반쯤 되는 밥. 달걀부침과 채소, 마늘종 장아찌 등에는 젓가락을 대지 않았다.

텔레비전이 정오 뉴스를 내보내고 있었지만, 성삼은 쳐다보지 않는다. 혜순은 텔레비전을 끌까 하다가 갑자기 상대를 자극하는 것이 두려워 그대로 두었다. 시끄러워! 라고 고함치면 끄자. 얼굴색은 거무죽죽하고 붓기도 빠지지 않았다. 그만큼 변색된 얼굴 상처의 주름 잡힌 골이 더욱 눈에 띄는 듯했다. 눈빛은 여전히 생기가 없었다. 무얼 생각하고 있는 걸까, 허공을 바라보는 초점이 용해되어 있는 것처럼 한 점으로 맺어지지 않는다.

혜순은 함께 식사를 하면서 대화의 실마리를 찾는다. 여보, 아까는 방문을 세게 닫아서 미안해……. 긁어 부스럼을 만드는 말은 하지 않는 편이 좋을지도. 그는 잠자코 간단히 식사를 마쳤지만, 말이 없었다. 소식이었지만, 전혀 식욕이 없는 것은 아닌 듯하다. 파자마를 입은 채로 나왔는데, 목욕은 하지 않으려는 것일까. 꽤 땀에 전 시큼한 체취가 난다.

"여보……."

"……"

혜순은 마주 앉은 그의 얼굴을 보았지만, 성삼은 그녀 쪽을 보지 않는다.

"오늘밤 어쩌면 아버지와 어머니가 이쪽으로 오실지도 몰라."

"음, 뭣 하러 오시는 건가."

겨우 말이 이어졌다.

"그러니까 당신이 걱정인 거지. 그렇잖아요."

"무슨 걱정 말인가. 걱정은 필요 없어. 걱정이 돼서 이쪽으로 온다는 건 무슨 뜻이지? 내가 병으로 누워 있으니까 병문안을 오신다는 건가? 무슨 걱정을 한다는 거야. 멋대로 걱정을 만들어서는, 내가 어린앤가? 말했잖아. 난 지쳐 있어. 그뿐이야."

실어증은 아니다. 똑바로 이야기를 할 수 있다. 지쳐있다, 지쳐있다고는 하지만, 어떤 식으로 지쳐있다는 거지? 그게 걱정인데…….

"여보……."

어젯밤의 일, 오늘 아침의 일, 멍, 멍, 개의 모습을 하고 있었는데 그거 기억해? 그만두자. 기억하고 있다면 그래서 어떻게 하라고. 필시 상처를 입을 뿐이다. 몰라! 하고 물리칠지도. 잠시 그대로 두는 편이 좋다. 말이 잘 이어지지 않았다.

"오늘은 말야, 걱정이 돼서, 당신이 걱정돼서, 그래서 아버지께 전화를 드리고 사무실을 쉬었거든."

"내 어디가 걱정이라는 거야. 아까도 말했잖아. 같은 말 하게 하지 마."

"하지만······, 그래도 당신 자신이 그렇다면 안심이에요. 어머니 말씀이 닭에 인삼을 넣어서 삼계탕을 만들어 먹게 하라고. 병이 아니더라도 피로에, 피로회복에 좋으니까."

"필요 없어."

그는 녹차를 두세 모금 마시더니 말없이 일어나, 식탁 위의 담배를 집어 들고 서재 쪽으로 갔다. 그리고 베란다 옆 의자에 앉아 창밖을 바라보면서 담배를 입에 물고 천천히 피웠다. 담배는 아침에 보육원에 갔다 올 때 사다 놓은 것이다. 식탁에 있을 때는 걱정했지만, 술을 내놓으라고는 하지 않았다. 알코올 중독은 아니니까. 하지만 밤의, 저녁 무렵의 시간이 있다. 밤과 술.

성삼은 한동안 책상 앞에서 담배 연기를 뿜어내며 밖을, 하늘을, 지평선이 보이지 않는 어수선한 저 멀리 잿빛 거리를 바라보고 있었는데, 담배를 재떨이에 비벼 끈 뒤 자리에서 일어나더니 거실을 지나 다시 현관 옆 방에 틀어박혔다.

저녁에 아들 유수를 보육원에서 데리고 돌아와 보니, 성삼은 거실의 소파에 앉아 있었다.

"당신, 일어나 있었네."

"아빠, 일어났어요."

유수가 어깨에서 가방을 내리며 말을 걸었지만, 성삼은 응, 하고 한마디 대답했을 뿐, 자신을 향해 반짝반짝 빛나고 있는 아들의 똑바로 뻗어오는 검은 눈동자의 시선을, 마치 모르는 타인처럼 외면하며 일어서더니 소파를 떠났다.

"여보……."

"응."

혜순에게도 얼굴을 돌리지 않는다. 혜순은 말을 계속할 수 없었다.

성삼은 베란다 창가로 가더니 의자에 앉았다. 아아, 이게 도대체 어떻게 된 일일까. 어린 아들 유수와 얼굴을 마주하는 것도 싫은 모양이다. 어떻게 하나. 어떻게 된 거지? 역시 병이다.

밤이 찾아오고, 성삼은 여전히 입을 다문 채 가족들과 식탁에 마주 앉았지만, 술을 내놓으라고는 하지 않았다. 술을 요구하면 어떻게 거절해야 하나. 가슴이 조마조마하면서도 그것이 이상했지만, 불안이 사라진 것은 아니다. 혜순은 한두 잔의 반주 정도로 끝난다면 기꺼이 술 마실래? 하고 말을 걸었겠지만, 잠자코 있었다.

성삼은 식사가 끝나자 여전히 아무런 말도 없이 현관 옆 방으로 사라졌다. 유령이 앉아 있었던 것처럼, 지금 그곳에 있던 성삼의 자리가 공기처럼 공허했다. 술을 마시고 만취하지 않는 한 어젯밤 같은 일은 일어나지 않을 거라 생각하면서도 왠지 불안한 마음으로 조심했지만, 그래도 무난한 밤이 될 것 같은 게 최초의 난관은 통과한 듯싶다. 참으로 기묘한 불안과 평온이 뒤엉킨 밤. 성삼이 개로 변신하여 날뛰는 무서운 악몽이 뒤섞인 지난밤이 꿈같지만, 지금 이렇게 이 밤이 아무런 일 없이 평온한 것도 뭔가 무음의 진공상태 같아서, 한순간 꿈이 아닐까, 푹 하고 허공에 발을 잘못 디딜 것 같다.

다음날 아침, 혜순은 유수를 보육원에 데려다 주고 다시 집으로 돌아와, 성삼의 늦은 아침식사가 끝나기를 기다렸다가 사무실에는 느지막하게 나갔다.

밤, 한성삼이 한국에서 돌아온 지 나흘 째 되는 밤이었는데, 성삼이 개로 변신한 것은 일시적인 전초전에 지나지 않았다는 듯이 이날 밤부터 큰 이변이 발생했다.

저녁에 혜순이 돌아오고 난 뒤의 일로, 성삼이 목욕을 하고 싶다는 의외의 말을 하는 바람에 그녀는 매우 기뻤다. 성삼은 식사를 하기 전인 6시경, 미리 내놓은 갈아입을 옷을 들고, 오랜만에 욕조의 따뜻한 물속에 무참한 상처를 등에 새긴 전신을 천천히 담갔다. 욕조에 몸을 담그는 것은 서울의 하숙집 이후로 보름만이다. 욕조에 일단 담갔다가 일어서자, 뜨거운 물이 등에 여러 갈래로 난 상흔의 골을 따라 흘러 떨어지는 것을 느낀다. 한쪽 손을 등 뒤로 한껏 돌려 복잡하게 얽힌 상처의 골을 더듬어보자, 그렇게 깊지는 않지만 그래도 흘러내리는 물의 감촉이 확실히 전해져 온다. 조용히 숨을 죽이고 등을 적시는 온수가 고랑을 지나는 감촉을 좇는다. 아하하, 간지럽다. 고랑에 고인 목욕물이 파친코 알처럼 지그재그로 흘러내리는 것이 느껴진다.

욕조에서 나와 옷을 갈아입으며 그는 술을 마시고 싶다는 생각이 들었다. 생각한다기보다, 보이지 않는 술이 술을 부르듯이, 성삼의 내부에 있는 술과 외부의 술이 합체를 요구하는 것처럼 몸의 어딘가 깊은 곳에서 솟아오르는 술에 대한 요구였다. 지금까지 없던 일이고 어젯밤에는 술을 마시고 싶다는 생각이 들지 않았는데, 오늘밤, 이 시간을 약속이라도 해놓은 것처럼, 지금 갑자기 술에 갈증을 느낀다고나 할까, 그에 가까운 미지의 술에 대한 마음의 경도였다.

식탁에서 성삼은 혜순에게 청주가 있을 것이다, 그걸 내놓으라고 말했다. 맥주도 위스키도 없다는 것을 알고 있었다. 낮에 혜순이 집을 비운 사이에 주방을 뒤져 개수대 아래 수납장에 청주와 한 되짜리 소주병이 있다는 것을 확인해 놓고 있었다. 혜순은 예기치 않은 성삼의 요구에 놀랐지만, 더 이상 술이 없다고는 말할 수 없다, 그녀는 술을 어딘가에 처리하지 않은 것을 후회했지만, 정말로 마시고 싶으면 주점에 전화를 할 수도 있기 때문에 마찬가지다.

혜순이 술을 데워주겠다고 하자, 뜨거운 것은 싫으니 찬 술을 잔에 따라달라고 한다. 주방으로 간 혜순은 개수대 밑에서 술병을 꺼내 잔에 따르면서 손이 떨렸다. 어찌된 일일까. 불안이 스치고 지나갔다. 어째서 단호하게 술을 내놓지 않겠다고 거부하지 못하는가. 그녀도 마찬가지로 잔에 청주를 따라 식탁으로 돌아왔다. 구운 생선과 채소 볶음, 향기로운 수증기가 피어오르는 미역과 무를 넣은 옥돔 국물, 그리고 성삼이 좋아하는 돼지수육을 조선시장에서 사다 내놓았지만, 성삼은 무심하게 수육을 한 점 젓가락으로 집어먹은 뒤, 혜순의 옆에 있는 아들에게도 거의 말을 걸지 않고 차가운 술을 즐기듯이 조용히 마신다. 밥그릇을 비운 유수는 소파에서 뒹굴다 자신의 방이기도 한 침실로 사라졌다.

식탁 위로 침묵의 긴장이 찾아왔다. 성삼은 술을 마시며 담배를 피웠다. 담배를 너무 피우면 안 좋을 텐데, 라는 말도 하지 못한다. 두 잔째를 어떻게 할까. 어제는 술이 없는 하룻밤을 보냈지만, 오늘밤은 마치 혜순을 안심, 방심시키고 있었다는 듯이, 성삼은 지금까지 볼 수 없었던 형태의 술을 마시기 시작했다.

천천히 한 홉 정도의 술을 다 마시고 난 성삼은 두 잔째를 요구하더니, 술병을 이쪽으로 가지고 오라고 말했다. 희미하게 얼굴이 발개진 성삼의 목소리가 술기운으로 촉촉하다.

혜순이 두 잔만 마시고 그 이상은 삼가는 것이 좋다, 여전히 얼굴색도 안 좋고 얼굴의 붓기도 빠지지 않고 있다, 그 이상 마시는 것은 담배와 마찬가지로 좋지 않고, 도를 넘어서 엊그제 밤처럼 과음을 하면 심한 숙취에 시달리게 될 거예요. 멍, 멍, 개가 되어 날뛰게 될 거라고는 말하지 않았다.

성삼은 주방에 선 혜순이 두 잔째를 따라올 때까지 잠자코 기다렸다. 그녀는 자신의 잔에도 두 잔째를 따라 함께 식탁에 앉았다. 돼지수육을 좋아하잖아요. 제대로 먹지 않으면……. 명령조의 말투가 취기로 날카로워지기 시작한 성삼의 신경을 자극했다.

두 잔째를 비웠을 때는 마시기 시작한 지 반 시간쯤 지나 있었는데, 성삼의 양쪽 눈두덩이 근처와 이마에 열이 나고 미간 주위에 취기의 가벼운 소용돌이가 이는 것을 느꼈다.

성삼이 휘청하고 상반신을 흔들며 자리에서 일어남과 동시에 혜순이 가로막아 서듯이 일어났지만, 성삼은 말없이 주방이 아닌 서재 창가 쪽으로 가더니, 잠시 밖을 바라보다가 책상 앞에 앉았다.

혜순은 그대로 주방으로 가, 수납장의 문을 열고 반 정도 들어 있는 소주병을 꺼내 뚜껑을 딴 뒤 개수대에 크게 기울였다. 꼴깍 꼴깍, 소용돌이와 함께 강한 술기운을 발산시키며 흘러 떨어진다.

"이봐, 혜순!" 성삼의 고함치는 소리가 들렸다. "당신, 뭐하고 있는 거야!"

책상을 벗어난 성삼이 큰 걸음으로 주방을 향해 다가왔다.

## 16

혜순이 돌아볼 틈도 없이 좁은 주방으로 들어온 성삼은 술을 버리고 있는 그녀를 밀치듯이, 저리 비켜! 우격다짐으로 술병을 빼앗더니, 내가 버려 주겠어! 이삼 초 병을 거꾸로 들고 강렬한 냄새를 풍기는 투명한 술을 버리고 나서, 그대로 병 목을 양손으로 움켜쥐고 스테인리스 개수대에 내리쳤다. 혜순이 비명을 질렀다. 무서운 소리를 내며 깨진 한 되짜리 병의 유리 파편이 소주 거품과 함께 흩어져 날았다. 성삼의 얼굴과 입가에, 입술에도 튀었다. 병의 동체 부근에서부터 아래쪽 반절이 날아가 있었다.

성삼의 한쪽 손에는 깨진 병의 남은 반절 윗부분이 들려 있었다.

"당신, 괜찮아!"

그녀는 성삼의 손에서 술병의 목 부분을 빼앗아 개수대에 버린 뒤 그의 손을 보았다. 피가 흘러나온 흔적은 없다. 상처는 없는 모양이다.

성삼은 입가에 들러붙은 소주를 혀를 내밀어 핥고 손으로 얼굴을 닦았다.

"저쪽으로 가! 어떻게 이런 일을……."

아들 유수가 눈을 동그랗게 뜨고 주방에 있는 아버지를 올려다보고 있었다.

그녀는 바닥에 흩어진 유리조각을 손으로 주워 플라스틱 쓰레기통에 버렸다. 그리고 걸레를 물에 적셔 작은 조각들을 닦아낸 다음, 개수대에 흩어져 있는 술병의 크고 작은 조각을 소주의 코를 찌르는 자극에 눈물을 흘리며 주워 담았다. 병의 바닥에 남아 있는 걸쭉한 소주의 액체를 조용히 흘려보냈다. 그리고는 수도꼭지를 한껏 틀어 기세 좋게 씻어냈다. 몸이 청주 한두 잔의 취기에 뜨거워진 모양이다. 얼굴이 화끈거리는 것이, 소주의 자극으로 나온 눈물에 이끌려 정말로 눈물이 넘쳐흐를 것 같았다.

성삼은 아들 유수를 마치 길거리의 모르는 아이 곁을 지나치듯이 무시, 소파로 가서는 털썩 주저앉았다. 유리 파편을 쓰레기통에 던져 넣는 살벌한 충돌음의 여운이 귓가에 울리는 걸

보니, 취기가 귀에 집중되어 날카로워진 모양이다. 두 홉의 청주가 급격히 취기를 불러일으킨다. 가슴이 뜨겁다. 머릿속 두 개골 천장이 취기에 쩡하고 저려오는 게 가만히 있기 힘들다.

그는 자리에서 일어나 주방으로 가더니, 청주가 반절 정도 남아 있는 선반의 한 되짜리 병을 손으로 잡았다. 혜순이 돌아보며 외쳤다.

"그만 좀 해. 어쩌자는 거야? 술병을 깨부수고서 또 마시려고?"

술병 쟁탈전이 시작되자, 유수가 두 사람 사이로 달려와 모친의 발에 들러붙으며 울기 시작했다.

"이봐, 혜순이! 잠자코 술병을 이쪽으로 넘겨. 청주도 그쪽 하수구에 흘려버릴 생각인가. 음, 당신은 버리고 싶겠지. 그렇게 버리고 싶으면 내가 대신 버릴 테니까 나한테 줘. 에에잇, 이·자식이!"

저 멀리 어두운 하늘에서 남산 숲 속의 역겨운 목소리가 울린다. 아아, 이·자식이, 이·자식아, 개새끼야! 빨갱이 새끼야! 이·자식이⋯⋯.

이·년! 이라는 말은 나오지 않았다. 병을 잡은 성삼의 손 힘이 느슨해짐과 동시에 혜순이 병에서 손을 떼었다. 거의 손에서 떨어질 뻔한 병을 간신히 다시 잡은 성삼은 술병의 목을 잡고 소파로 가서는 테이블 위에 소리를 내며 놓았다. 성삼은 이어서 옆의 벽 쪽 식탁에 손을 뻗어 자신의 비어 있는 잔을 집어 들었다. 아득하게 현기증이 난다.

창백한 얼굴을 한 혜순이 성삼에게 다가와 술병에는 손을 대지 않고 마주보며 앉았다.

"성삼 씨." 촉촉한 양쪽 눈이 날카롭게 빛나고 있었다. "내가 따라줄 테니 앞으로 한 잔만 더 해."

혜순은 성삼의 대답을 기다리지 않고 한 되짜리 술병을 양손으로 들어 올려 지금 막 식탁에서 테이블로 옮긴 성삼의 잔에 청주를 공손히 따랐다. 소주와는 다른 차분한 향기가 난다. 성삼은 막 불을 붙인 담배를 입에 문 채 연기를 뿜어내면서, 가만히 잔을 채우고 있는 술의 움직임을 응시하고 있었다.

혜순은 식탁에서 자신의 잔을 가져오지는 않았지만, 술병을 아까처럼 바로 주방 쪽으로 가져가려고 하지는 않았다. 성삼은 말없이, 술에 익숙한 술꾼도 아니면서 잔을 한 손에 들고 천천히 음미하듯이 목구멍으로 흘려 넣었다. 한 달이 못 되는 한국 체제로 술의 수련이라도 받고 온 것일까.

"성삼 씨, 오늘은 이걸로 끝내. 약속해줘."

그는 가볍게 끄덕이며 말했다.

"술병을 가져가지 마. 여기에 놔 둬."

"이것만 마실 거잖아요?"

"그렇게 마시기도 전부터 걱정하지 마. 내가 무슨 범죄자인

가. 지금부터 무슨 범죄라도 저지를 거라고 생각하나?"

"……" 무슨 말을 하는 건가, 이 사람은. "그런 뜻이 아니잖아요. 그러니까, 세 잔 이상은 더 이상 무리니까……."

혜순은 말을 끊었다. 이것만……, 이 아니다. 그녀는 느슨해지던 신경의 용수철이 한순간 거꾸로 돌아와 날카로워지면서 지금 어떻게 하면 좋을지 망설였다. 한 되짜리 술병을 들고 사라질 타이밍을 놓친 것 같다.

그녀는 성삼을 보았다. 그녀의 시선을 느낀 성삼이 천천히 마주 보았다. 취기로 가만히 눌러앉아 있던 양쪽 눈이 동공 안쪽에서 한순간 흐릿해졌지만, 이내 초점을 되찾으며 차갑게 빛났다. 무기력한 게 아니다. 취기로 생기가 돌기 시작했다.

지금 병을 가지고 사라지면 쟁탈전이 시작되고 다시 한 되짜리 술병을 깰지도. 무서운 상상에 동요된 그녀는 반사적으로 일어났다. 술병에는 손을 대지 않았다. 손이 뻗으려던 술병을 바라보면서 우뚝 선 채로, 그녀는 왜 일어났는지 알 수가 없다. 순간, 아무런 일도 일어나지 않는다.

"여보……."

"……"

"아까 먹던 옥돔 국물 다시 데울까요?"

성삼은 말없이 필요 없어! 라고 고개를 젓는 대신에 끄덕였다.

자리에서 일어나 주방으로 간 혜순은 휴우- 하는 커다란 숨을, 성삼에게도 들렸을까, 하고 놀랄 정도로 숨을 토해내었다. 그리고 가슴을 펴고 천천히 숨을 들이마신다. 사발 가득한 국물에 씻어둔 윤기 나는 미역을 다시 넣고 렌지에 넣었다. 문득 돌아보자, 성삼이 자리에서 일어나 식탁의 돼지수육과 김치 접시를 테이블로 옮기고 있었다. 저런, 자신이 직접 음식을 챙기고 있다. 일본에 돌아오고 나서 처음 있는 일이다.

혜순은 수증기가 피어올라 따뜻하게 코를 간질이는 국물에 파를 넣고, 고춧가루, 간 참깨를 뿌렸다. 숟가락으로 한 번 맛을 본다. 뜨거운 국물에는 적당히 삶아진 무의 단맛이 녹아 있었다. 성삼은 저녁 식탁에서 두세 번 숟가락을 입으로 옮기다 말았다. 혜순은 다시 양념을 넣은 뜨거운 국물을 테이블로 가져왔다.

성삼은 숟가락을 손에 들고 국물을 떠먹은 뒤, 젓가락으로 딱딱한 뼈를 발라내고 부드러운 생선의 흰 살을 입안에 넣고 맛있게 먹는다.

"옥돔, 맛있죠?"

목소리가 희미하게 떨렸다. 무섭다, 한 되짜리 술병을 깨다니, 있을 수 없는 일을 사이에 두고 한 시간 남짓, 지금 겨우 식욕이 생긴 것일까. 한국에서 돌아온 지 나흘 밖에 지나지 않았지만, 이처럼 맛있게 먹는 것은 처음이었다. 혜순은 기특하다는 생각이 지금까지의 긴장을 녹이는 것 같아 기뻤다.

좀 전의 주방에서, 붉어져 있는 지금과는 달리 귀신처럼 창
백하고 무서운 형상을 하고 있던 성삼이 거짓말 같아서, 그 차
이가 어쩐지 으스스하고 무서운 기분이 든다.

성삼은 분명 식욕이 생긴 모양이다. 잔의 술을 두세 번 기울
이면서 돼지수육을 몇 점 거듭 새우젓에 찍어 김치와 함께 잘
도 먹는다. 씹는 맛이 있는 껍질의 감촉과 혀 위에서 녹는 비
계, 그리고 국물 맛이 잘 배어든 부드러운 무가 맛있다. 담백한
단맛이 착 감기는 청주가 잔에서 줄어듦에 따라 취기가 진행되
고, 술맛보다도 취기의 맛이 입안에서 전신으로 모세혈관을 타
고 열을 발산하면서 퍼진다.

취기에, 잔을 기울인 뒤의 술에 이끌려 생선구이에도 젓가락
을 댄다. 술은 이런 맛이 나는 건가, 꽤나 마비된 혀의 감각으
로 그런 생각을 해본다. 술을 많이 마셔본 술꾼처럼 일단 술이
들어가면 몸 안쪽에서 술을 불러들이는 느낌이다. 마치 자신이
모르는, 몸 안쪽의 깊은 기억, 술이 격세유전이라도 된 것처럼
술을 몸이 받아들인다. 술에 대한 맹목적인 욕구가 성삼의 안
에서 일어나고 있었다.

젓가락을 놓고 눈을 반쯤 감았다 떴다 하면서 상반신을 이리
저리 흔든다. 흔들림을 억제하며 취한 척은 하지 않았지만, 의
식하지 않는 사이에 꽤 취해 있었던 것이다. 눈을 감으면 머릿

속 어두운 공간에서 취기의 물결이 물보라를 일으키며 소용돌이친다. 소용돌이 속으로 몸 전체가 빨려 들어갈 것처럼 끌어당긴다. 그는 고개를 푹 떨어뜨리며 상반신이 앞쪽으로 크게 흔들리자, 순간적인 잠에서 깨어나 눈을 떴다. 취기의 막 같은 그물망 저편에서 이쪽을 보고 있는 것, 여자, 혜순이다. 취한 모양이다…… 흥. 취기가 진행되고 있었다. 응, 응…… 몸이 취기와 함께 진행된다. 앞으로가 아니라, 옆으로 흔들린다.

그는 허리를 세우고 고쳐 앉더니 테이블 위로 손을 뻗었다. 술병을 한 손으로 들어 올리자 왠지 가벼운 느낌이 들었지만, 병 밑바닥을 비춰보니 출렁하고 흔들리는 게 조금은 남아 있는 모양이다. 어느새 줄어든 느낌이 들었는데, 그렇게나 마셨나, 상당히 취한 것은 틀림없다. 그는 빈 잔에 커다란 한 되짜리 술병을 거꾸로 들고 마지막 한 방울까지 따랐다.

"술은 이뿐인가?"

"그래요. 나도 마셨고……."

혜순 앞에 있는 잔에 청주가 반쯤 들어 있었다. 그녀는 성삼이 꾸벅꾸벅 졸고 있는 사이 주전자에 두세 홉 옮겨놓고, 자신의 잔에도 반절 정도, 그리고 병에는 한 홉 정도 남겨두었다. 술에 천박하게 구는 것이 술꾼의 버릇이라고 들었는데, 도대체 성삼은 언제 이렇게 된 것일까. 한국에 갔다 오기 전과는 전혀 다르게 술을 마시는 한성삼이 눈앞에 있었다.

"내가 술을 이렇게나 마셨나?"

"성삼 씨, 취했지요. 취했어요. 이봐요, 성삼 씨, 당신 지금까지 이렇게 마신 적이 없어요. 도대체 무슨 일이야? 한국에서 매일 같이 마시면서 그런 주법을 배운 건가?"

"뭐야." 성삼이 거의 초점이 풀린 눈으로 똑바로 쳐다보며 고함을 쳤다. "내가 한국에서 매일 술을 마시며 지냈다고…….음, 이봐, 혜순, 다시 한번 말해봐!"

"매일, 매일 마셨다는 건 비유잖아요. 내가 본 것도 아니고, 어째서 그런 식으로 마시는 거예요. 이런 일은 당신이 술을 마신 이래로 처음이에요. 난 무서워요. 이런 한성삼을 보는 게 처음이니까요. 청주를 단번에 한 되짜리 병의 반절이나 마시다니, 그런 일이 있었나요!"

혜순은 등을 똑바로 펴고 소파에 고쳐 앉으며 말했다.

"뭐, 비유? 비유라. 흥, 문학적 표현을 하는군. 뭐가 비유야. 비유고 뭐고 없어. 매일이 아니고, 단 하루 만에도 술꾼이 되는 거야."

"어떻게 그렇게 술에 자신이 있는 거죠? 당신, 이제 그걸로, 당신 자신, 술이 한계라고요."

"뭐야, 한, 한계라고. 내 술이 한계라니." 성삼은 혀가 잘 돌아가지 않는다. "핫하앗, 이봐, 난 말이야, 한국에서 당신이 비유하는 것처럼 매일 술을 마신 적이 없어. 이봐, 보지 않았다고 해서 비유로 얼버무리려는 건가. 난 말이지, 술 같은 거 한국에서는 한 방울도 안 마셨다고. 그래도 마실 수 있어. 하룻밤 사이에 술도 그렇고 많은 걸 알 수 있어. 난, 난 말이지, 한국에서 개가 되었단 말이지. 개, 개 같은 인간 말이야! 내가 매일 술을 마셨다고? 말도 안 되는 소리! 개가 술을 마신 거야. 아무것도 모르는 놈들이, 세상이 다 그렇지, 세상이 다 그래……." 그는 잔을 손에 들어 입에 대고 쭉 들이켰다. 술이 목구멍으로 흘러들자 하아 하고 숨을 크게 토해냈다. 입안을 통과한 미적지근한 냄새가 테이블 위로 퍼진다. 성삼은 잔을 테이블 위에 탁 하고 놓더니 비틀거리며 일어섰다. 그리고 커다란 웃음소리를 내면서 외쳤다.

"난 한국에서 개가 되었다. 개다, 개!"

"여보, 성삼 씨……."

혜순이 몸서리를 치면서 일어났다.

"다가오지 마! 비켜, 멍, 멍, 난 개가 되었다, 개새끼가 되었다." 양손 주먹을 움켜쥐고 비틀거리며 한 걸음을 내딛더니, 주위를 걸어 다니기 시작했다. "멍, 멍, 놈들에게 부질없이 목숨을 구걸한 개다. 멍, 멍, 앗핫핫, 개, 개새끼, 넌 개새끼, 개새끼, 멍, 멍……."

혜순은 멍하니 멈춰서 있었다. 있을 수 없는 악몽의 재현, 네 발로 기면서, 정말로 지금 눈앞에서 개로 변신하는 건 아닐까.

멍, 멍, 개가 된 목소리는 아니다. 타고날 때부터의 인간의 목소리다.

한국에서 개가 되었다. 개 같은 인간이 되었다, 개새끼가 되었다……?

성삼은 가슴에 폭발물이라도 안고 발버둥치는 것처럼 팔을 좌우로 흔들면서, 칵칵, 우엑, 우엑, 아-, 불이라도 토할 듯이 소리를 지르고, 입안에서 뭔가를 웅얼거리며 방 안을 돌아다니기 시작했다. 거실에서 서재로, 또 거실로, 넓지 않은 방을 돌아다니며 어딘가에 그대로 돌진할 것처럼 걸음을 재촉했다. 베란다의 커튼이 반쯤 쳐진 유리문이 열려 있다면, 그대로 베란다로 튀어나갈지도. 아니, 닫혀 있어도 여세를 몰아 드르륵 유리문을 열고 튀어나가, 베란다 난간에 충돌하든가, 난간을 넘어 공중에 뛰어오를지도.

혜순은 유리문으로 달려가 막아섰다. 그리고 손을 뒤로 돌려 둥근 걸쇠를 내린다. 서재로 발을 들이민 성삼은 베란다 창가에 우뚝 서 있는 혜순을 무시하고 되돌아갔다.

갑자기 성삼은 앞으로 넘어지기라도 하듯이 두세 걸음 비틀거리다 무릎을 꿇더니, 양쪽 팔꿈치를 양탄자 바닥에 대고 얼굴을 양손으로 덮으며 엎드렸다. 혜순은 그 자리에 얼어붙었다. 성삼이 네발로 기는 것인가. 개처럼. 난 개가 되었다. 개새끼가. 부질없이 목숨을 구걸한 개다……. 한동안 움직이지 않는다. 윽, 윽, 우, 희미한 신음 소리. 양쪽 어깨가 조용히, 이윽고 파도를 치며, 윽, 우, 우, 억, 억……. 숨이 막히는 것일까. 혜순이 여보, 성삼 씨, 그의 등에 닿을까 말까 할 정도로 손을 뻗고, 여보, 성삼 씨. 윽, 윽, 억, 억, 성삼은 숙인 얼굴을 바닥에 비벼대며, 윽, 어엉, 어엉! 목구멍으로 소리를 내며 울기 시작했다. 어깨와 등을 크게 요동치면서 어엉, 어엉, 계속 운다. 도중에 숨이 막히면 질식을 돌파하려는 듯이 비명을 지른다. 네발로 기는 것은 아니다. 파자마가 아니라, 노타이셔츠, 감색 바지를 입고 손을 마주 잡은 채 무릎을 꿇고 있었다. 경건하게 기도를 올리는 자세로, 슬픔을 안은 채 무릎을 꿇고 있었다. 어엉, 어엉, 개가 우는 소리가 아니다. 인간의 울음소리다, 아이고-, 아이고-, 어엉, 어엉.

아들 유수가 침실의 문지방에 서서 가만히 보고 있었다. 한동안 집을 떠나 먼 한국에서 돌아왔을 때의 다른 사람 같던 얼굴 모양과, 요 며칠간 멍, 멍, 왕, 왕 하는 전혀 다른 아빠의 모습을 객관적으로 보고 있는 것 같았다. 좀 전에 아빠가 자신을 모르는 아이처럼 무시했듯이, 저녁 때 보육원에서 돌아와 소파에 앉아 있는 아빠에게, 아빠 일어났냐고 말을 걸어도, 아들의 시선을 외면하고 자리에서 일어나버린 낯선 사람이 아닌 아빠는, 부자지간의 정 같은 것이 사라져버린 그저 아빠라는 성인 남자. 그 아빠를 울거나 숨지도 않고 거실과 침실의 문지방에

서서 돌이 돌을 바라보듯이 가만히 보고 있었다.

성삼은 무릎을 꿇고 오열하는 것인지, 양손으로 얼굴을 덮고 소리를 죽인 채 구부린 어깨를 출렁이고 있었다.

"여보, 성삼 씨⋯⋯."

혜순은 셔츠 아래로 깊은 상흔이 펼쳐진 등에 살며시 손을 대면서, 여보, 성삼 씨, 물을 가져올까요.

"여보⋯⋯."

"만지지 마, 아무도 오지 마, 욱, 욱⋯⋯."

성삼은 일그러진 얼굴을 들어 올리며 어깨를 일으키고, 주위를 떨쳐내듯이 크게 흔들면서 일어섰다. 머리가 이마가, 가슴이 취기가 불타는 열기로 터질 것만 같았다. 우엑, 아까부터 불타는 머릿속, 가슴 속에서 꿈틀대던 것, 털북숭이의 검고 커다란 생물 덩어리가 눈앞에, 머리와 가슴 속으로부터 동시에 튀어나왔다. 커다란 쥐다. 개처럼 크다, 아니 개의 형상을 한 쥐, 그는 소파 뒤로 도망친 쥐의 그림자 덩어리를 뒤쫓아, 에잇, 잇, 쥐·새끼! 에잇, 잇, 쥐새끼, 개새끼!

그는 멈춰 서서 뭔가 눈에 띄는 것을 찾다가, 벽 쪽 찬장 옆에 매달린 대나무 효자손을 발견하고는 그걸 손에 들고 쥐를 몰아붙이며 소파 뒤에서, 식탁 아래, 그리고 테이블 아래를 들여다보았는데, 그곳에 숨어 있던 둥근 그림자를 발견하고 효자손으로 일격을 가했다. 땡 하는 비명을 지르며, 아니 비명이 아

니라 스테인리스의 금속음이 울리며 주전자가 옆으로 획 넘어
지고, 청주가 냄새를 발산하면서 주위로 흘러넘쳤다. 주전자로
도망친 것은 쥐가 아니다. 술, 쥐가 녹아서 술이 되었다. 성삼
은 테이블 다리에 부딪치는 바람에 손에서 떨어진 효자손을 주
워들고 소파에 털썩 주저앉았다. 그리고 테이블 위에 반쯤 남
아 있던 혜순의 청주 잔을 꿀꺽하고 단숨에 비웠다.

어느새, 하룻밤 사이에 알코올 중독이나 술 귀신이 되었단
말인가. 걸레를 들고 테이블로 간 혜순이 자신의 잔을 들어 올
리려 했을 때는 이미 늦었다. 혜순이 양탄자에 배어든 술을 닦
아내고 나서, 굴러다니는 주전자와 테이블 위의 빈 술병을 치
우려 하자, 성삼은 무슨 소린지 고함을 지르며 혜순으로부터
주전자를 빼앗아 뚜껑을 내던지고 안을 들여다보더니, 바닥에
남아 있는 청주를 자신 앞에 있는 혜순의 빈 잔에 따랐다.

"쥐가 아니야. 술이야! 술!"

혜순은 말없이 한 되짜리 술병과 찌그러진 주전자를 집어 들
고 성삼의 그림자를 피하듯이 주방으로 갔다. 말을 거는 것이 무
섭다. 분명히 이상해졌다. 이상하다. 마치 주란(酒亂), 머릿속이
착란을 일으키는 것이 아닐까. 쥐, 무슨 쥐일까. 쥐…… . 개에서
쥐…… . 멍, 멍, 놈들에게 부질없이 목숨을 구걸한 개다, 난 개,
개다…… . 쥐…… .

성삼은 잔에 삼분의 일 정도 남은 술잔을 기울인다. 눈이 따

끔따끔, 눈앞이 흔들흔들한다. 취기의 움직임에 상반신이 흔들렸다. 눈을 잠시 크게 떴다가 깜빡이는 순간, 눈앞에, 아니 눈 속에서 커다란 쥐의 그림자가 튀어나와 성삼의 무릎 위에 탁 하고 뛰어내린 뒤 그 여세를 몰아, 다시 앞에 있는 테이블에서 그 너머 소파 등받이 위로 뛰어올라 힐끗하고 작게 빛나는 두 개의 눈으로 이쪽을 돌아보더니 소파 뒤로 사라졌다. 한순간이었지만 성삼은 뚜렷이 그 눈으로 보았다. 에잇, 이·쥐새끼! 성삼은 효자손을 움켜쥐고 일어나 소파 뒤쪽으로 돌아가더니 효자손을 치켜 올렸다. 검은 그림자는 갑자기 사라지고, 빛이 깨진 것처럼 시야가 밝아지더니, 윤곽이 무너지며 형태가 보이지 않는다. 쥐가 사라졌다.

유수가 태어나기 이전의 초여름 오후, 욕실에서 샤워를 하고 있을 때, 어디서 굴러 들어왔는지 한 마리의 쥐가 갑자기 천장에서 머리 위로 덤벼들어 한성삼을 놀라게 했다. 쥐는 온수가 거의 빠진 욕조로 뛰어들어 빙글빙글 돌다가 구석에서 송곳니를 드러낸 채 작고 날카로운 눈을 반짝이며 당장이라도 덤벼들 기세다. 한성삼은 욕실의 문을 열고, 다시 세면장의 문을 열어 쫓아내려고 했지만, 쥐는 욕조 구석에 몸을 웅크린 채 이빨을 드러내고 찍, 찍 거리며 뭔가를 외칠 뿐 전혀 나올 기색이 없다. 겁을 먹고 있으면서도 도전적인 것이 마치 궁지에 몰린 쥐가 고양이를 물 듯한 기세였다. 팔을 휘저어 쫓아내려 해도

425

덤벼들려고 할 뿐, 효과가 없다. 성삼은 세면장에서 1미터 길이에다 2센티 두께의 각목을 들고 와 욕조의 쥐를 몰아내려 했지만, 쥐는 각목의 끝부분을 앞발로 긁으며 기어올라 덤벼들었다. 이 자식! 화가 난 성삼이 각목을 치켜들어 아래로 미끄러져 떨어진 쥐를 때렸지만, 헛손질을 할 뿐 제대로 맞지 않는다. 쥐는 맹렬하게 1미터 정도 뛰어오르며 반격한다. 이놈은 도망갈 의사가 없다. 성삼은 알몸이었지만, 이 자식! 세면장의, 그리고 욕실의 문을 걸어 잠그고 쥐와의 일대일 승부에 대비했다. 그리고 위험을 각오하면서 몸을 돌려 욕조 안의 쥐를, 발톱을 세운 채 뛰어올라 덤벼드는 쥐를, 각목을 휘둘러 몇 번인가 명중, 쥐는 비로소 비명을 질렀지만, 그래도 고통스런 비명과 함께 송곳니를 드러낸 채 욕조 바닥을 도망쳐 다니는 것을 성삼은 필사적으로 쫓으며 몽둥이로 내리쳤다. 쥐는 욕조 바닥을 피로 물들이고 물보라를 일으키며 도망 다닌다. 성삼은 몽둥이 끝이 쥐의 몸에 파고들 때마다 에잇, 빌어먹을 하면서 거의 잔학한 쾌감을 느꼈고, 힘을 잃어가는 쥐를 무자비하게 내리쳐 죽이고 있었다. 각목을 든 오른팔이 작고 가련한 동물을 거의 때려죽이고 있는데도 멈출 수가 없었다. 잔학한 쾌감과 느닷없이 침입했을 뿐인 쥐에 대한 까닭 없는 증오. 쥐가 죽었다. 피범벅이 되어 욕조 안에 드러누웠다. 성삼은 그걸 이중의 비닐봉지에 넣었다. 그리고 욕실을 나와 옷을 갈아입은 뒤 근처 공원에 있는 쓰레기통에 버렸다.

눈앞에, 눈 속에서 쥐가 튀어나온 뒤에 머리가 불타고 있었다. 머릿속에 펼쳐진 공간에 강한 취기로 반죽된 적란운 아닌 암운이 소용돌이 치고, 무수히 많은 기괴한 바위 형상의 그림자가 암운에 녹아내려 무너지며, 무언가 꿈틀거리는 그림자가 차례차례 튀어나오는 바람에 뜨거워진 두개골 천장이 날아가 버릴 것만 같았다. 에잇, 쥐새끼야! 이ㆍ개새끼야! 성삼은 허공을 향해 효자손을 휘둘렀다. 취기로 인한 급격한 열기가 몸을 팽창시켜 성삼을 몰아붙인다. 그는 살아 있는 물체의 그림자를 쫓아 비틀거리며 돌아다녔다. 효자손이 소파를 내리치고 옷장을 내리치고, 검은 그림자가 들러붙은 서재의 책장을 내리치다가, 자칫 천장의 형광등을 깨부술 것만 같다. 우왓, 에잇, 개새끼야! 네발로 기며 멍, 멍, 괴로워 뒹구는 개새끼, 에잇, 쥐새끼, 개새끼! 빨갱이 새끼! 멍, 멍, 때려, 때려, 내리쳐, 죽여, 멍, 멍, 눈처럼 쌓인 낙엽 위에서 날뛰는 야수의 목소리. 노란 낙엽에 파묻힌 풀밭 저편에, 희미하게 다가오는 커다란 그림자가, 인간의 그림자, 여자, 엇, 혜순, 어엇, 혜순이! 혜순이다. 왜 혜순이는 그곳에 있는 건가? 아니, 그건 뭐지? 손에 든 게 뭐냐, 전화? 전화를 하고 있구나, 이봐, 뭘 하는 거야. 여기는 어딘가. 무슨 전화야. 경찰에 전화하나? 효자손을 움켜쥔 성삼은 서재에서 거실을 향해 문지방을 넘어 전화기 테이블로 다가왔다.

혜순은 손에 막 들었던 수화기를 내려놓고는 복도와의 사이에 있는 문을 열고 나와 손을 뒤로 돌려 잠근 뒤 현관 쪽으로 도망쳤다. 현관 밖으로 나가려다가 목욕탕으로 도망쳐 들어가 안에서 접이식 문의 걸쇠를 걸었다. 유수는 침실에 숨어 방문을 잠그고 있을 터였다. 쫓아오는 기척은 없다. 아아, 무슨 말을 하는 건가! 경찰이라니……. 심장이 터질 것 같아 양손으로 가슴 언저리를 누르고 있었다. 명치에 면도날이 스치는 듯한 통증을 느꼈다. 와장창! 우당탕, 우당탕, 쿵……. 커다란 소리가 났다. 테이블을 뒤집어엎은 모양이다.

혜순은 한동안 숨을 죽이고 있다가 세면장의 문을 열고 동태를 살펴보니, 성삼은 혼자서 무슨 말인지 아우성을 치면서 날뛰고 있는 것 같았다. 복도의 문틈으로 바로 앞 침실 쪽을 보자 문이 단단히 닫혀 있다. 유수가 방구석에서, 침대 밑으로 들어가 떨고 있을지도. 울음소리는 들리지 않는다. 아이고옷, 혜순은 마음을 단단히 먹은 뒤 문을 열고, 쥐인지 개인지로 착각하고 효자손을 휘두를지도 모를 성삼이 날뛰고 있는 거실로 발길을 옮겼다. 덤벼들면 바로 성삼의 발밑으로 파고들어 양손으로 다리를 잡고 그를 넘어뜨리면 된다!

성삼은 서재에 벌러덩 누워 있었다. 천장을 보고 누운 채 양쪽 다리를, 순간적으로 깜짝 놀랐지만, 경직된 것처럼 뻗고, 양손을 교차로 움직이며 주먹으로 양탄자를 치고 있었다. 불빛이 반사된 얼굴의, 거의 눈을 뜨고 있는 듯한 표정은 주정꾼처럼 흐트러져 있었다. 일어날 기색은 없어 보여 혜순은 안도했다.

아아, 어떻게 이런 남자가 다 있을까. 이런 남자인 줄은 몰랐다. 혜순은 곧장 거실을 지나 침실의 문을 열었다. 유수가 방구석에서 튀어나와 모친의 다리에 들러붙으며 울기 시작했다. 혜순은 꽤나 무거운 유수를 안아 올리고, 흘러내리는 눈물을 손수건으로 닦아주면서 볼에 몇 번이고 키스를 했다. 아이의 울음소리가 서재에도 들리고 있었지만, 성삼은 일어날 기색이 없다.

아아, 혜순은 유수를 달래고 나서 수건과 걸레를 몇 장인가 들고 와 거실의 뒤엎어진 테이블과 흩어진 음식 등의 뒤처리를 시작했다. 한성삼이여, 식탁까지 완전히 엎어버리는 게 어때? 실제로, 지금 일어나 주변에 있는 모든 것을 전부 뒤엎어버려도 좋다고 생각했다. 어때, 이제 이걸로 끝인가. 좀 더 해보는 게……?. 성삼이여, 지금 일어나 날뛰어도 무섭지 않다. 나도 함께 날뛰어 주겠어. 사발이 소파 옆에까지 굴러 쏟아진 옥돔국물의 찌꺼기와 흩어진 부드러운 생선 살점이 국물로 더러워진 양탄자에 들러붙어 있었다. 생선 뼈, 재떨이, 재가 범벅이 된 몇 갠가의 담배꽁초, 깨진 접시 파편, 내동댕이쳐진 숟가락과 젓가락. 이런 것들을 일단 쓰레기통에 모으고 나서, 젖은 걸레로 양탄자 얼룩을 몇 번이고 닦아냈다.

눈물도 나오지 않는다. 참으로 태평스럽다. 혼자 길길이 날뛰다가 이렇게 뒤엎어놓고 쉬고 있다. 여자는 절대로 이렇게는 못 한다. 왜 이런 모습으로 다른 인간이 되어, 여기가 자신의 집이라고 돌아온 건가……. 아이를 데리고 나가고 싶다는 생각이 들었다. 잠들어 있는 것일까, 벌러덩 누워 있을 뿐인가. 성삼은 움직이지 않았다.

보통의 싸움이라면, 시어머니께, 그리고 친정에라도 돌아가 호소할 수가 있지만, 한국에서 돌아온 뒤의 모습을 밖으로 내보일 수가 없다.

11시 전이었다. 아직 시부모님께 전화를 할 수 있는 시각이었지만, 역시 해서는 안 된다. 아무래도 술주정은 진정된 듯하니 내일까지는 괜찮을 것이다. 술도 다 마셔서 없지만, 있어도 마시지 못할 것이다. 내일은 성삼의 부모님께 직접 이야기하자. 역시 이대로 두어서는 안 될 것이다. 시부모님이 알게 되면, 성삼이 화를 낼지도. 그러나 언젠가는 알아야 될 일이다.

소파에 앉은 혜순은 등받이에 몸을 기대고 방심한 듯이 불빛에 그늘진 천장을 올려다보고 있었다.

아무래도 성삼은 지난번처럼 그대로 잠이 든 모양이다. 가련한 성삼. 어쩌다 이렇게 예전의 한성삼과는 다른 사람이 되어서 술주정을 하며 날뛰는 것일까.

혜순은 술을 마시고 싶은 생각이 들었다. 이런, 술을 마시고 싶다? 생각지도 못한, 이런 일은 처음이다. 왜 내가 술을 마시고 싶어 하는 것일까. 그녀는 살짝 엷은 웃음을 띠며 지금까지 없던 묘한 기분을 생각해보았다. 아아, 사람은 이렇게 해서 저절로 술을 좋아하게 되는 건가. 저녁 식사 때, 성삼과 대작을 하기보다는, 어떻게든 그의 주량을 줄여보려고 한 홉 정도 마신 술은 이미 깨어 있었다. 왜 술을 마시고 싶은 거지. 술보다도, 뭔지 잘 모르겠지만 취기가 필요하다.

그녀는 웃으면서 일어나 주방 개수대 위에 굴러다니고 있는 찌그러진 주전자를 들고, 아아, 이 얼마나 천박한 짓인가, 주전자 바닥에 남아 있는 청주를 잔에 대고 기울였다. 어머나, 술이 떨어진다. 성삼이 전부 따르지 못했던 모양이다, 남은 술이 잔의 바닥에서 사분의 일 정도까지 올라왔다. 술꾼은 술에 비굴하다고 하는데, 나도 술꾼이 된 것일까. 그녀는 잔을 들고 소파로 돌아와, 일단 깨끗하게 닦아낸 뒤의, 거의 찌그러진 20개비 들이 담뱃갑이 달랑 놓여 있는 테이블에 잔을 놓고, 잠시 응시하다가 손에 들고 천천히 잔을 비웠다. 평온하게 목구멍 안쪽을 적시며 떨어져 내린다. 빈 잔을 테이블 위에 다시 올려놓자, 얼마든지 술을 마실 수 있을 것 같은 기분이 든다. 이렇게 해서 사람은 술꾼이 되는 건가.

왠지 우습다. 담배를 피우고 싶어졌다. 담배를 피운 적이 없다. 담배라는 게 어떤 맛, 아니, 어떤 기분이 드는 걸까. 조선의 어머니들이 남편의 폭력 등을 견디다 못해, 마침내 술 대신에, 자신을 위로하기 위해 담배 피우는 것을 본 적이 있다. 그녀는 좀 전에 테이블과 함께 내동댕이쳐진 담뱃갑에서 뽑아낸 한 개비를 입에 물고 불을 붙였지만, 한 모금 빨아들이자마자 숨이 막혀 연기를 토해내고 말았다.

그녀는 이불과 베개를 침실에서 가지고 나와, 베개는 성삼의 얼굴 옆에 놓아둔 채 이불을 조용히 덮어주고 나서 서재의 불을 껐다.

아아, 정말로, 잔의 사분의 일 정도의 술에 취하는구나. 두둥실, 상반신이 뜨는 것 같은 게 좀 전과는 달리, 이게 취한 기분인가. 이상한 기분이다. 정말로 지금 술이 있다면 잔에 따라 마시고 말 것이다.

그녀는 갑자기 가슴이 덜컥하며, 좀 전에 시아버지에게 전화하려고 수화기를 막 든 자신을 향해, 무슨 전화야, 경찰인가, 라고 고함치던 성삼의 목소리를 떠올렸다. 경찰에게 전화냐는 건 또 무슨 말인가. 대나무 효자손을 거칠게 휘둘러대면서, 난 한국에서 개가 되었다, 개, 개다, 개 같은 인간이다……. 혜순은 그때 몸서리를 치면서 꼼짝달싹 못하고 있었지만, 지금 쏴 하고 차갑게 전신에 돋아나는 소름을 느끼며 소파에서 일어났다.

놈들에게 부질없는 목숨을 구걸한 개다, 개새끼다, 개새끼, 넌 개새끼. 아아, 개 같은 인간이 되다니. 혜순은 우뚝 멈춰선 채 소등한 서재에 누워 있는 성삼을 보았다. 설령 비유라 해도, 농담이라 해도, 성삼은 한국에서 매일 술을 마시며 그런 주법을 배웠어? 도대체 무슨 말을 한 것일까. 내가 한국에서 술 같은 거 한 방울이라도 마실까 보냐. 그렇고말고, 말도 안 되는 소리를 입에 담고 말았다. 술 대신에, 그 사이의 날들을, 무서운 등의 상흔, 얼굴의 상흔이 말해주듯이, 어딘가에서 고문을 당하고 있었던 게 아닐까. 놈들에게 부질없는 목숨을 구걸하고, 멍, 멍……. 아아, 난 성삼의 술주정에만 정신에 팔려 아무것도 모르고 있었다. 한국에서 매일 술을 마시며……. 마치 신을 모독하는 듯한 비천한 말. 혜순은 양쪽 볼에 피가 거꾸로 솟아올라 새빨갛게 붉어지는 것을 느꼈다. 역시 그 나라에서, 한국에서 큰 일이 있었던 것이다. 그리고 겨우 일본으로 돌아왔다……. 갈 곳이 없어서 이곳으로 돌아왔다. 갈 곳이 있었다면 여기가 아닌, 한국이 아니라면 다른 어느 곳에라도 간다. 여기가 아니라도 좋았단 말이다.

혜순은 성삼의 곁으로 다가가 코도 골지 않는 숨소리를 살피며 살며시 머리를 조금 들어 올려 곁에 놓아둔 베개를 가져다 대었다. 무슨 일이 있었던 것일까. 알 수가 없다, 알 수가 없어. 그러나 등의 무서운 상흔은 무슨 일이 있었다는 증거다. 뭔가가, 무서운 일이.

왜 방에 쥐가 튀어나와 성삼은 개와 함께 쫓아다닌 것일까.

그의 눈에는 도망쳐 다니는 쥐가 확실히 보였던 것이다.

쥐, 도망쳐 다니는 쥐, 벌써 몇 년인가 전의 일. 그가 목욕탕에서 갑자기 뛰어들어 날뛰는 한 마리의 쥐를 죽여 공원 쓰레기통에 버린 이야기를, 나중에 한 일이 있다. 쥐와 개.

서재에서 성삼의 편안한 숨소리가 나고 있었다.

지금, 평온하다. 심야, 맨션 내부도, 맨션 밖의 밤도 깊은 바닷속처럼 조용했다. 아아, 내일은 또 무슨 일이 있을지. 뭔가 긴 미지의 여행이 시작될 것 같은 기분이 들었다.

혜순은 그대로 소파 위에 누워 아침까지 잤다.

다음날은 아무런 일도 일어나지 않았다.

아침, 유수를 보육원에 데려다주고 나서 일단 귀가, 혈거 생활을 하고 있는 성삼의 점심이 가까운 식사를 준비, 오후에 사무실로 나갔지만, 혜순은 시아버지에게 아들의 계속되는 이변에 대해 아무런 이야기도 하지 않았다. 어젯밤까지는 오늘은 꼭 시부모에게 털어놔야겠다는 생각이 간절했지만, 역시 조금 더 상황을 지켜봐야겠다고 생각을 고쳤다. 그가 다른 사람이 된 것도, 이변을 일으키고 있는 것도, 타인의 생각이 미치기 어려운 무언가 깊고 무서운 일이 있다고 느꼈다.

성삼은 변함없이 현관 옆의 어두컴컴한 방에서 자고 일어나, 그곳이 변하지 않는 그의 방이 되었고, 마치 타인이 하숙을 하고 있는 듯한 모양새였다.

술은 이삼일 내놓으라고는 하지 않았지만, 현관 옆의 혈거 생활로 창백해진 얼굴에 다박수염 그대로 나와서는, 혜순과 아들에게는 마치 타인을 대하듯이 응, 응, 때때로 히죽 히죽 억지로 만들어낸 묘한 웃음을 보이다가, 갑자기 뭔가의 일로 화를 내거나 소리를 지르며 발작적으로 혼자 날뛰었다. 물건을 내던지거나, 주변에 아무것도 없으면 슬리퍼를 차버리거나, 혜순과 아이에게 폭력을 휘두르지는 않았지만, 희로애락의 움직임이 과격해서 그러한 물건들을 엎어버리며 날�뛴 다음에는 침울하게 방에 틀어박혀 나오지 않았다.

두 번째의 소동이 있고 나서 사나흘 지나 시부모님이 아들의 상황을 살필 겸 집으로 찾아왔다.

그날 밤, 술이 나왔다. 혜순은 성삼에게 지금까지와는 달리 강한 어조로 두세 잔만 마시고 그만하도록 제지하고, 시부모에게 그동안의 사정을 이야기하면 바로 아들을 혼낼 것이 두려워 이야기하지 않았지만, 술주정을 일으킬 수 있기 때문에 너무 술을 권하지 않도록 부탁해 두었다. 혜순은 사나흘 만에 술을 앞에 두고 있는 성삼이 불안해서 상황을 보다가 어머니에게 제지를 부탁할 참이었다.

그런데 아니나 다를까, 시간이 지나면서 술이 들어간 성삼이 혜순의 제지도 듣지 않고 집요하게 술을 요구하였고, 아버지께 꾸지람을 들어도 한 잔만 더 달라며 계속 마시다가 상당히 취해서는 혼자서 뭔 소린지 중얼거리는가 싶더니 갑자기 일어나 소리를 지르고 양팔을 휘저으며 방 안을 큰 걸음으로 돌아다녔다. '설마가 사람 잡는다'는 바로 그 상황. 설마, 아들이 술을 마시고…… 양친은 처음으로 보는 아들의 술주정에 크게 당황했다. 어느새 술이 들어가면 어찌할 수 없게 되는 모양이다. 마치 신참 술꾼의 급성 알코올 중독에 의한 발작 증세라고나 할까.

양친의 존재가 힘을 발휘해 소동은 적당히 수습되었지만, 아들의 이변에 놀란 모친은 양탄자를 내리치며 통곡할 경황도 없었다. 밤에는 그대로 혜순과 함께 묵었다.

그런 일이 있고 나서 어머니는 한동안, 매일 밤 얼굴을 내밀고는 밤늦게 돌아갔다. 아들의 마치 폐인 같은 혈거 생활에 새로운 충격을 받은 어머니는 이전에 혜순에게 일렀던 삼계탕을 끓여서는 아들을 꾸짖어가며 강제로 먹였다. 저녁때는 술을 먹지 못하게 했다.

성삼은 매일 밤 마시고 싶다고는 생각하지 않았지만, 모친과 혜순의 요구대로 청주 두 홉이나, 맥주 삼 홉짜리 두 병으로 끝냈다. 위스키는 혜순이 절대로 용납하지 않았다.

성삼은 최초 두 번의 소동처럼 환각에 쫓기고 쫓거나, 환각이 심해지면 아들 유수를 적당한 크기의 개라고 착각하고 효자손을 휘두르며 쫓아다니던 광란은 반복하지 않았지만, 여전히 현관 옆방에서 생활을 계속하며 밖으로 나올 기색은 전혀 보이지 않았다. 한편으로 혜순은 성삼이 밖에서 자유롭게 술을 마실 위험이 없는 것이 기뻤다.

혜순이 출근한 뒤 맨션 집으로 아버지를 오시게 한 한성삼이 남산 연행을 고백한 것은, 도쿄 경유로 한국에서 오사카에 도착한 4월 14일로부터 보름이 지나 있었다.

아버지는 놀라고 충격을 받았지만, 이미 어느 정도는 짐작하고 있었던 모양이다. 죄명은 재일유학생에 의한 학원침투 간첩용의. 한성삼의 전향, 진술서. 그리고 전향의 증거로 재일의 "무서운 김일성주의자, 빨갱이"인 김일담의 한국 입국공작의 서약. 고백이라고는 해도, 한성삼은 말수를 줄여 거의 단어를 나열하듯 이야기했다.

흐, 흐음, 넌 상당히 당했지. 빌어먹을 새끼들! 상처는 그 얼굴뿐이냐? 음. 추잡한 자식들! 개새끼! 아버지는 침을 튀기며 욕을 하다가, 담배를 한 모금 들이마시고 소파에서 일어나 한동안 방안을 걸어 다녔다. 핫핫핫, 빌어먹을 새끼들!

## 지은이 **김석범**(金石範)

1925년 출생. 1967년 작품집 『까마귀의 죽음(鴉の死)』을 출간하여 작가로
서 데뷔. '제주4·3사건'을 소재로 1997년에 완간한 『화산도(火山島)』(전7
권)는 오사라기지로(大佛次郎)상, 마이니치(每日)예술상을 수상하였다. 이
소설은 한국에서도 2015년에 전12권으로 번역 출간되었으며, 같은 해에 제
1회 '제주4·3평화상'을, 2017년에 제1회 '이호철통일로문학상'을 수상하였
다. 이밖에도 『만월(滿月)』, 『땅속의 태양(地底の太陽)』, 『죽은 자는 지상
으로(死者は地上に)』 등의 많은 소설이 있으며, 평론으로는 일본어로 집필
하는 재일작가의 역할과 그 문학적 방법을 담아낸 『언어의 주박(言葉の呪
縛)』과 『민족·말·문학(民族·ことば·文學)』 등이 대표적이다. 이밖에도
재일동포의 인권문제와 국적문제, 조국의 통일에 대한 염원을 담아낸 많은
작품과 평론, 대담 등이 있다.


## 옮긴이 **김학동**(金鶴童)

충남 금산 출생. 국립목포해양대학 항해학과 졸업 후 외항선 항해사 근무.
호세이(法政)대학 일본문학과를 졸업하고, 충남대학교에서 「민족문학으로
서의 재일조선인 문학」으로 박사학위 취득.
전 충남대학교 연구교수. 현재 동국대학교 일본학연구소 전문연구원.
저서로는 『재일조선인문학과 민족』, 『장혁주의 일본어작품과 민족』, 『장혁
주의 문학과 민족의 굴레』가 있으며, 역서로는 『(김사량의) 태백산맥』, 『한
일내셔널리즘의 해체』, 『화산도』 전12권(공역)이 있다. 논문으로는 「김석
범의 한글 '화산도'론」을 비롯한 50여 편이 있다.

# 과거로부터의 행진 ㊤

2018년 4월 3일 초판 1쇄 펴냄

지은이 김석범
옮긴이 김학동
펴낸이 김흥국
펴낸곳 보고사

책임편집 김하놀
표지디자인 손정자

등록 1990년 12월 13일 제6-0429호
주소 경기도 파주시 회동길 337-15 보고사 2층
전화 031-955-9797(대표), 02-922-5120~1(편집), 02-922-2246(영업)
팩스 02-922-6990
메일 kanapub3@naver.com/bogosabooks@naver.com
http://www.bogosabooks.co.kr

ISBN 979-11-5516-787-8   04830
       979-11-5516-786-1   (세트)
ⓒ김석범, 2018